O DESEJO

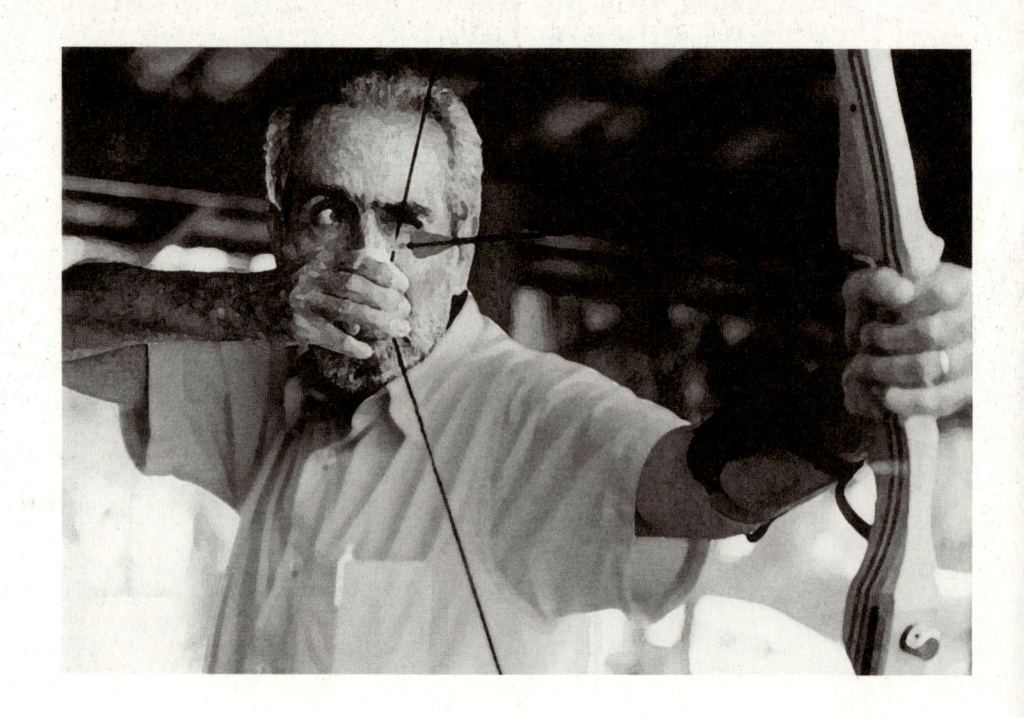

O Arqueiro

GERALDO JORDÃO PEREIRA (1938-2008) começou sua carreira aos 17 anos, quando foi trabalhar com seu pai, o célebre editor José Olympio, publicando obras marcantes como *O menino do dedo verde*, de Maurice Druon, e *Minha vida*, de Charles Chaplin.

Em 1976, fundou a Editora Salamandra com o propósito de formar uma nova geração de leitores e acabou criando um dos catálogos infantis mais premiados do Brasil. Em 1992, fugindo de sua linha editorial, lançou *Muitas vidas, muitos mestres*, de Brian Weiss, livro que deu origem à Editora Sextante.

Fã de histórias de suspense, Geraldo descobriu *O Código Da Vinci* antes mesmo de ele ser lançado nos Estados Unidos. A aposta em ficção, que não era o foco da Sextante, foi certeira: o título se transformou em um dos maiores fenômenos editoriais de todos os tempos.

Mas não foi só aos livros que se dedicou. Com seu desejo de ajudar o próximo, Geraldo desenvolveu diversos projetos sociais que se tornaram sua grande paixão.

Com a missão de publicar histórias empolgantes, tornar os livros cada vez mais acessíveis e despertar o amor pela leitura, a Editora Arqueiro é uma homenagem a esta figura extraordinária, capaz de enxergar mais além, mirar nas coisas verdadeiramente importantes e não perder o idealismo e a esperança diante dos desafios e contratempos da vida.

NICHOLAS SPARKS

O DESEJO

ARQUEIRO

Título original: *The Wish*

tradução: Livia de Almeida

preparo de originais: Cristiane Pacanowski

revisão: Luíza Côrtes e Suelen Lopes

diagramação: Abreu's System

design de capa: Flag

arte de capa: Tom Hallman

adaptação de capa: Gustavo Cardozo

imagens de capa: Getty Images (fogos e mar ao fundo)

impressão e acabamento: Lis Gráfica e Editora Ltda.

CIP-BRASIL. CATALOGAÇÃO NA PUBLICAÇÃO
SINDICATO NACIONAL DOS EDITORES DE LIVROS, RJ

S726d

   Sparks, Nicholas, 1965-
     O desejo / Nicholas Sparks ; [tradução Livia de Almeida]. – 1. ed. – São Paulo : Arqueiro, 2021.
     320 p. ; 23 cm.

     Tradução de: The wish
     ISBN 978-65-5565-222-2

     1. Ficção americana. I. Almeida, Livia de. II. Título.

21-73521   CDD: 813
                                      CDU: 82-3(73)

Camila Donis Hartmann – Bibliotecária – CRB-7/6472

Todos os direitos reservados, no Brasil, por
Editora Arqueiro Ltda.
Rua Artur de Azevedo, 1.767 – Conj. 177 – Pinheiros
05404-014 – São Paulo – SP
Tel.: (11) 2894-4987
E-mail: atendimento@editoraarqueiro.com.br
www.editoraarqueiro.com.br

Para Pam Pope e Oscara Stevick

Carta aos leitores

Este livro é muito especial para mim, pois une duas profundas paixões que tenho: o fascínio por viagens e minha longa ligação com a Carolina do Norte, onde todos os meus romances se passam.

Nos últimos dezoito anos, começando com a viagem documentada em meu livro de memórias *Três semanas com meu irmão*, tive o privilégio de visitar alguns dos lugares mais extraordinários do mundo, cada um deles inesquecível pela geografia natural, a história cultural única ou a vida selvagem impressionante.

Mas a melhor parte de toda viagem é voltar para casa... e a pequena Carolina do Norte é meu adorado lar há décadas. Nunca me canso de seu ritmo lento, de seu charme descontraído e de suas inúmeras paisagens.

Em *O desejo*, você vai conhecer Maggie Dawes, uma fotógrafa de viagens que mora em Nova York e fez carreira capturando imagens em todos os cantos do globo. Sua extraordinária trajetória profissional teve origem no verão em que ela tinha apenas dezesseis anos e se viu exilada em uma ilha minúscula no litoral da Carolina do Norte, em plena baixa temporada. Ocracoke é um destino de verão lindo e banhado pela brisa do mar, porém bastante isolado no inverno. Mesmo assim é nesse lugar, em meio ao resiliente povo local, que ela conhece não só seu primeiro amor, que a marcou para sempre, mas também uma família e uma paixão que se tornará sua profissão.

Eu tenho uma conexão com todos os livros que escrevi, por diferentes motivos, mas realmente acho que talvez este seja o melhor de todos. Você vai chorar, mas tomara que também ria e chegue ao final satisfeito com a história de uma mulher tentando aceitar o modo como as coisas aconteceram em sua vida, em vez de ficar presa ao que poderia ter sido. Esse é um desafio que todos nós, como seres humanos, enfrentamos: encontrar e expressar o amor, no tempo e na forma que nossa vida, muitas vezes imprevisível, permite.

Nicholas Sparks

Batem os sinos

Manhattan
Dezembro de 2019

Quando dezembro chegava, Manhattan se transformava numa cidade que Maggie nem sempre reconhecia. Os turistas lotavam os musicais da Broadway e inundavam as calçadas diante das lojas de departamento em Midtown, num fluxo lentíssimo de pedestres. Butiques e restaurantes transbordavam com clientes agarrados a sacolas de compras. Músicas natalinas soavam de alto-falantes disfarçados. Os saguões de hotéis ganhavam decorações cintilantes. A árvore de Natal do Rockefeller Center era iluminada por luzes multicoloridas e pelos flashes de milhares de celulares. O trânsito na cidade, que não chegava a ser veloz nem nos dias mais tranquilos, ficava tão congestionado que muitas vezes era mais rápido caminhar do que pegar um táxi. Mas caminhar trazia seus próprios desafios. O vento gélido costumava soprar entre os edifícios, exigindo roupas térmicas, vários agasalhos e casacos com zíper fechados até o pescoço.

Maggie Dawes, que se considerava um espírito livre consumido pelo desejo de viajar, sempre adorara a *ideia* de um Natal em Nova York, apesar de parecer um tanto clichê. Na verdade, como muitos nova-iorquinos, ela se esforçava para evitar Midtown no fim do ano. Preferia permanecer perto de casa, em Chelsea, ou fugir para climas mais amenos, o que fazia com mais frequência. Como fotógrafa especializada em viagens, Maggie não se considerava exatamente uma nova-iorquina. Via-se como uma nômade que, por acaso, tinha um endereço fixo na cidade. Num caderno guardado numa gaveta da mesa de cabeceira, ela havia feito uma lista de mais de uma centena de lugares que ainda queria visitar, alguns tão obscuros ou remotos que só chegar até eles já seria um desafio.

Desde que tinha abandonado a faculdade, vinte anos antes, ela vinha acrescentando lugares à lista que estimulavam sua imaginação, embora suas viagens permitissem que ela eliminasse outros tantos destinos. Com uma câmera a tiracolo, visitara todos os continentes, mais de 82 países e 43 dos cinquenta estados americanos. Tirara milhares de fotografias, desde cenas da vida selvagem no delta do Okavango, em Botsuana, à aurora boreal na Lapônia. Havia fotos tiradas durante caminhadas pela Trilha Inca, algumas da Costa dos Esqueletos na Namíbia, e muitas outras entre as ruínas no Timbuktu. Doze anos antes, Maggie aprendera a fazer mergulho autônomo e passara dez dias documentando a vida marinha em Raja Ampat. Quatro anos antes, ela havia caminhado até o famoso Paro Taksang ou Ninho do Tigre, um mosteiro budista erguido num penhasco do Butão com vista panorâmica do Himalaia.

Essas aventuras costumavam causar espanto, mas ela aprendera que *aventura* era uma palavra com muitas conotações e nem todas eram boas. Um bom exemplo era sua aventura atual – o modo como Maggie descrevia a situação para seus seguidores no Instagram e para os inscritos no seu canal no YouTube. Na maior parte do tempo, essa aventura específica a mantinha confinada à galeria de arte ou ao pequeno apartamento de dois quartos na West Nineteenth Street, em vez de explorar lugares mais exóticos. A mesma aventura que a levava a pensar, ocasionalmente, em suicídio.

Ah, não, ela nunca faria uma coisa dessas. O pensamento a aterrorizava, como admitira num dos muitos vídeos do YouTube. Por quase dez anos, as postagens não fugiram do habitual para fotógrafos. Descreviam o processo de decisão na hora de fotografar, ofereciam numerosos tutoriais de Photoshop, avaliavam novos modelos de câmera e seus inúmeros acessórios, com frequência de duas ou três vezes por mês. Aqueles vídeos do YouTube, as postagens no Instagram, no Facebook e no blog de seu site eram populares entre os aficionados de fotografia e também contribuíam para sua reputação profissional.

Três anos e meio antes, porém, por puro capricho, ela havia feito um vídeo sobre seu diagnóstico recente, algo sem qualquer relação com a fotografia. Era uma descrição desconexa e sem filtro do medo e da incerteza que ela sentiu quando soube que tinha melanoma estágio IV. Isso provavelmente nem deveria ter sido postado. Mas o que ela imaginou que seria uma voz solitária reverberando nos confins da internet de alguma forma havia chamado a atenção de outras pessoas. Maggie não tinha certeza de por que ou como, mas aquele vídeo – entre todos do canal – atraiu primeiro acessos esporádicos, depois um fluxo constante e, por fim, um dilúvio de opiniões, comentários, perguntas e curtidas de pessoas que nunca tinham ouvido falar dela nem de seu trabalho. Sentindo-se quase obrigada a responder àqueles que se comoveram com suas dificuldades, ela postou no YouTube outro vídeo relacionado a seu diagnóstico que se tornou ainda mais popular. Desde então, mais ou menos uma vez por mês, ela colocava no ar vídeos na mesma linha, principalmente porque sentia que não tinha escolha a não ser prosseguir. Nos últimos três anos, havia abordado diversos tratamentos e a forma como reagia a eles, chegando a exibir as cicatrizes de cirurgias. Falava sobre as queimaduras de radiação, náusea, perda de cabelo, e questionava abertamente o propósito da vida. Divagava sobre o medo de morrer e especulava sobre a possibilidade de vida após a morte. Talvez para repelir a própria depressão, ela procurava manter o tom o mais leve possível ao discutir assuntos tão tristes. Supunha que, em parte, era por isso que os vídeos ganharam tanta popularidade, mas quem podia garantir? A única certeza era que de alguma forma, de um modo quase relutante, ela se tornara a estrela de seu próprio reality show na internet, um seriado que começara com esperança, mas que, lentamente, foi focando em um único e inevitável final.

E conforme o grand finale se aproximava, o número de visualizações disparava, o que talvez não surpreendesse ninguém.

No primeiro *Vídeo do câncer* – era assim que se referia a eles em sua cabeça, em oposição aos *Vídeos reais* –, Maggie fitava a câmera com um sorriso irônico e dizia: "Logo de cara, eu odiei. Depois, foi tomando conta de mim."

Sabia que provavelmente seria de mau gosto fazer piadas sobre a doença, mas tudo aquilo lhe parecia um grande absurdo. *Por que ela?* Na época, tinha 36 anos, exercitava-se com regularidade e seguia uma dieta razoavelmente saudável. Não havia histórico de câncer na sua família. Crescera na nublada Seattle e morava em Manhattan, o que eliminava um passado de excessiva exposição ao sol. Nunca pusera os pés numa clínica de bronzeamento artificial. Nada daquilo fazia sentido, mas câncer era assim mesmo, não era? Não havia lógica. Simplesmente acontecia com os azarados, e depois de algum tempo Maggie finalmente aceitara que a pergunta mais adequada seria *Por que NÃO ela?*. Não tinha nada de especial. Até aquele momento da vida, houvera ocasiões em que ela se considerou interessante, inteligente ou até mesmo bonita, mas a palavra *especial* nunca passara por sua cabeça.

Quando recebeu o diagnóstico, Maggie poderia ter jurado que tinha uma saúde perfeita. Um mês antes, visitara a ilha Vaadhoo, nas Maldivas, para uma sessão de fotos para a Condé Nast. Viajara para lá na esperança de capturar a bioluminescência perto da costa, que fazia com que as ondas do mar reluzissem como estrelas, como se estivessem iluminadas por dentro. O plâncton era o responsável pela luz espectral e espetacular, e ela havia reservado um tempo para fazer algumas imagens para uso pessoal, talvez para serem vendidas na galeria.

No meio da tarde, vistoriava uma praia quase vazia próxima ao hotel com a câmera na mão, tentando visualizar a imagem que desejava capturar depois que a noite caísse. Queria fotografar um toque da linha costeira – talvez com um rochedo em primeiro plano –, o céu e, claro, as ondas no exato momento em que assomavam. Passou mais de uma hora tirando fotos de ângulos variados e de diversos pontos na praia quando um casal passou por ela, de mãos dadas. Imersa no trabalho, mal notou a presença deles.

Alguns momentos depois, enquanto examinava no visor a linha onde as ondas estavam quebrando no mar, Maggie ouviu a voz da mulher atrás dela. Falava inglês com um sotaque tipicamente alemão.

– Com licença – disse a mulher. – Estou vendo que você está ocupada e lamento incomodá-la.

Maggie baixou a câmera.

– Pois não?

– É um pouco difícil dizer isso, mas você já fez algum exame nesse sinal escuro na parte de trás de seu ombro?

Ela franziu a testa, tentando ver, entre as alças de sua roupa de banho, o tal sinal mencionado pela mulher.

– Eu nem sabia que tinha um sinal escuro aí... – Maggie fez uma careta, confusa. – E qual o seu interesse nisso?

A mulher, na casa dos cinquenta anos, com cabelos curtos e grisalhos, fez um gesto com a cabeça.

– Desculpe, eu deveria ter me apresentado primeiro. Sou a Dra. Sabine Kessel. Sou dermatologista em Munique. Esse sinal parece anormal.

– Anormal como se fosse algo tipo câncer? – perguntou Maggie, com uma expressão incrédula.

– Não sei – respondeu a mulher, com cautela. – Mas, se eu fosse você, faria um exame assim que possível. Claro que pode não ser nada.

Ou pode ser sério. Isso a Dra. Kessel não precisou acrescentar.

Embora tivesse levado cinco noites para Maggie obter o que queria com as fotos, ela ficou satisfeita com as imagens. Trabalharia incansavelmente nelas na pós-produção digital – a verdadeira arte na fotografia, hoje em dia, quase sempre emergia na pós-edição –, mas já sabia que os resultados seriam espetaculares. Enquanto isso, apesar de tentar não se preocupar com o assunto, Maggie marcou uma consulta com o Dr. Snehal Khatri, um dermatologista no Upper East Side, quatro dias depois de voltar para a cidade.

A biópsia da mancha foi feita no início de julho de 2016. Em seguida, mandaram que ela fizesse exames complementares. Fez ressonância magnética e PET no Hospital Memorial Sloan Kettering no mesmo mês. Quando os resultados chegaram, o Dr. Khatri se sentou com Maggie no consultório, onde a informou, em voz baixa, muito sério, que ela havia sido diagnosticada com melanoma estágio IV. Mais tarde, naquele mesmo dia, ela foi apresentada a uma oncologista chamada Leslie Brodigan, que supervisionaria seu tratamento. Depois dessas consultas, Maggie fez sua própria pesquisa na internet. Embora a Dra. Brodigan houvesse informado que as estatísticas gerais tinham pouca relevância para tentar prever a trajetória da doença em um indivíduo específico, Maggie não conseguiu não se assustar com os números. A taxa de sobrevivência depois de cinco anos para quem era diagnosticado com melanoma estágio IV era inferior a 15%, como ela descobriu.

Descrente e atordoada, Maggie fez o primeiro *Vídeo do câncer* no dia seguinte.

A Dra. Brodigan era uma loura vibrante, de olhos azuis, que parecia a personificação da *boa saúde*. Na segunda consulta, ela explicou mais uma vez tudo sobre o diagnóstico, pois o processo havia sido tão avassalador que Maggie só conseguia se lembrar vagamente do primeiro encontro. Melanoma estágio IV basicamente queria dizer que havia metástases não apenas em linfonodos distantes, mas também em outros órgãos. No caso de Maggie, o fígado e o estômago. Os exames PET e de ressonância tinham detectado a presença de células cancerosas invadindo as partes mais saudáveis de seu corpo como um exército de formigas devorando a comida disposta sobre a mesa de piquenique.

Em resumo: os três anos e meio que se seguiram foram turvos, alternando tratamento e recuperação, com ocasionais clarões de esperança iluminando os túneis sombrios da ansiedade. Ela foi submetida a uma cirurgia para retirar os linfonodos afetados e as metástases no fígado e no estômago. Após o procedimento, passou pela radioterapia, que foi torturante, deixando queimaduras pretas e cicatrizes feiosas que se juntaram às que ela ganhara na mesa de operações. Maggie também descobriu que existiam diferentes tipos de melanoma, até mesmo para quem estava no estágio IV, e esses diversos tipos levavam a diversas opções de tratamento. Em seu caso, a opção foi a imunoterapia, que funcionou só nos dois primeiros anos. Depois disso, em abril daquele ano, ela começou a quimioterapia e seguiu assim durante meses, detestando como o tratamento a fazia se sentir mas convencida de que tinha de ser eficiente. Como não funcionaria, ela se perguntava, se parecia estar liquidando cada parte dela? Naqueles dias, Maggie mal se reconhecia no espelho. A comida quase sempre tinha um gosto amargo demais ou salgado demais, o que dificultava a alimentação. Havia perdido mais de dez quilos de seu corpinho já miúdo. Os olhos castanhos e ovais agora pareciam fundos e enormes sobre os malares salientes. O rosto era só pele e osso. Ela sentia frio o tempo inteiro e usava suéteres grossos até dentro de seu apartamento superaquecido. Perdera todo o cabelo castanho-escuro e via que, lentamente, os fios voltavam em alguns pontos, mais claros e finos, como os de um bebê. Passara a usar um lenço ou chapéu quase todo o tempo. O pescoço se tornara tão esguio, com uma aparência tão frágil, que ela o mantinha enrolado com um cachecol para não o vislumbrar no espelho.

Fazia pouco mais de um mês, no início de novembro, que ela tinha passado por mais uma rodada de exames de imagem e PET. Em dezembro, voltara a se encontrar com a Dra. Brodigan. A médica parecia mais contida que o normal, embora seus olhos transbordassem de compaixão. Foi então que disse para Maggie que, embora mais de três anos de tratamento tivessem diminuído o ritmo da doença em algumas ocasiões, a progressão nunca se interrompera. Quando Maggie perguntou sobre as opções de tratamento disponíveis, a médica, com toda a delicadeza, voltou sua atenção para a qualidade de vida que Maggie teria pela frente.

Era seu modo de dizer a Maggie que ela ia morrer.

Maggie abrira a galeria mais de nove anos antes junto com outro artista chamado Trinity, que usava a maior parte do espaço para suas esculturas gigantes e ecléticas. O verdadeiro nome de Trinity era Fred Marshburn, e os dois tinham se conhecido na abertura da exposição de outro artista, o tipo de evento que Maggie raramente frequentava. Trinity já havia alcançado um enorme sucesso naquele momento e fazia tempo que acalentava a ideia de abrir a própria galeria. Não tinha, porém, o menor desejo de administrar o local nem vontade de ficar por lá. Como os dois se deram bem e as fotografias dela não competiam de modo algum com a obra dele, eles acabaram fazendo um acordo. Para administrar os negócios da galeria, ela receberia um salário modesto e poderia exibir uma seleção de sua obra. Na época, era mais uma questão de prestígio – Maggie podia dizer que tinha sua própria galeria! – do que pelo dinheiro que recebia de Trinity. Nos primeiros dois anos, ela vendeu apenas algumas impressões de sua autoria.

Como Maggie ainda viajava muito na época – mais de cem dias por ano, em média –, a administração diária da galeria coube a Luanne Sommers. Quando Maggie a contratou, Luanne era uma mulher divorciada rica com filhos adultos. Sua experiência se limitava à paixão por colecionar – na época ainda de forma amadora – e a um olhar de especialista para encontrar pechinchas na Neiman Marcus. O lado positivo era que se vestia bem. Também se mostrara responsável, meticulosa e disposta a aprender. Além disso, não se incomodava por ganhar pouco mais do que um salário mínimo. Como dizia, a pensão que recebia era suficiente para se aposentar e levar uma vida de luxo, mas uma mulher só conseguia participar de um determinado número de eventos antes de ficar maluca.

Luanne acabou demonstrando um talento natural para as vendas. No começo, Maggie lhe dera instruções sobre as questões técnicas de todas as suas fotos e lhe explicara a história por trás de cada uma, o que costumava ser tão interessante para os compradores quanto a própria imagem. As esculturas de Trinity, criadas com materiais variados – tela, metal, plástico, cola e tinta, além de itens recolhidos em depósitos de lixo, chifres de veado, vidros de picles e latas –, eram suficientemente originais para suscitar discussões animadas. Ele tinha se estabelecido como um queridinho da crítica e suas obras circulavam com regularidade, apesar dos preços impressionantes. Mas a galeria não divulgava nem apresentava muitos artistas convidados, por isso o trabalho era bastante tranquilo. Havia dias em que apenas um punhado de pessoas entrava lá e era possível fechar o estabelecimento nas últimas três semanas do ano. Para Maggie, Trinity e Luanne, esse foi um arranjo que funcionou por muito tempo.

No entanto, duas coisas contribuíram para tudo mudar. Em primeiro lugar, os *Vídeos do câncer* de Maggie atraíram um novo público para a galeria. Esses visitantes não eram os habituais conhecedores da arte contemporânea e da fotografia, e sim turistas vindos de lugares como Tennessee e Ohio, gente que havia começado a seguir Maggie no Instagram e no YouTube por sentir uma conexão com ela. Alguns tinham se tornado verdadeiros fãs de sua fotografia, mas muitos queriam simplesmente encontrá-la ou comprar como lembrança uma das cópias assinadas de seu trabalho. O telefone começou a tocar sem parar com pedidos de lugares aleatórios por todo o país, e muitas encomendas passaram a ser feitas pelo site da galeria. Maggie e Luanne se esforçavam para manter tudo sob controle e, no ano anterior, as duas decidiram não fechar a galeria para o recesso de fim de ano, porque multidões não paravam de chegar. E aí Maggie descobriu que teria que começar a quimioterapia em breve e que muito provavelmente não teria condições de ajudar no trabalho durante meses. Estava claro que precisavam contratar mais um funcionário, e quando Maggie tocou no assunto com Trinity, ele concordou na mesma hora. Por um acaso do destino, um rapaz chamado Mark Price entrou na galeria no dia seguinte e pediu para falar com ela, acontecimento que na época pareceu ser bom demais para ser verdade.

Mark Price acabara de concluir a faculdade, mas poderia se passar por um aluno do ensino médio. A princípio, Maggie presumiu que ele era outro "tiete do câncer", mas estava apenas parcialmente correta. O jovem admitiu ter se familiarizado com o trabalho dela graças à sua popularidade na internet – gostava especialmente de seus vídeos, ele não escondeu –, mas também tinha levado um currículo. Explicou que estava procurando emprego e que se sentia bastante atraído pela ideia de trabalhar no mundo da arte. A arte e a fotografia permitiam a comunicação de novas ideias, muitas vezes de maneiras que as palavras não davam conta, acrescentou.

Apesar das dúvidas sobre a contratação de um fã, Maggie se sentou para conversar com Mark no mesmo dia e ficou claro que ele havia feito o dever de casa. Sabia muito sobre Trinity e seu trabalho. Mencionou uma instalação específica que se encontrava em exibição no MoMA e uma outra, na New School, fazendo comparações com alguns dos trabalhos posteriores de Robert Rauschenberg de maneira bem informada mas despretensiosa. Embora não a surpreendesse, ele também demonstrou familiaridade impressionante com sua obra fotográfica. No entanto, apesar de o rapaz ter respondido a todas as perguntas de forma satisfatória, Maggie continuou com a pulga atrás da orelha. Não conseguia concluir se ele estava falando sério sobre seu desejo de trabalhar numa galeria ou se era apenas mais um que queria testemunhar a tragédia dela de perto.

Quando a conversa chegou perto do fim, Maggie avisou a ele que no momento a galeria não estava fazendo entrevistas de emprego (embora fosse tecnicamente verdade, era apenas uma questão de tempo). Com educação, o jovem perguntou se mesmo assim ela estaria disposta a receber seu currículo. Mais tarde, Maggie concluiu que se encantara com a maneira como ele havia formulado o pedido. "A senhora estaria, todavia, disposta a receber meu currículo?" Pareceu-lhe antiquado e cortês, e ela não conseguiu conter um sorriso ao estender a mão para pegar o documento.

Depois, naquela mesma semana, Maggie anunciou a vaga de emprego em alguns sites relacionados ao setor da arte e ligou para vários contatos em outras galerias, informando que estava contratando. Currículos e perguntas inundaram a caixa de entrada do estabelecimento, e Luanne se reuniu com seis candidatos enquanto Maggie se recuperava em casa da primeira infusão, tomada por enjoos ou vomitando. Apenas uma candidata conseguiu passar da primeira entrevista, mas quando não apareceu para a segunda, também foi eliminada. Frustrada, Luanne visitou Maggie em casa, para atualizá-la sobre a situação. Maggie não saía do apartamento havia dias e estava deitada no sofá, tomando a vitamina de frutas e sorvete que Luanne trouxera e que era uma das poucas coisas que ainda conseguia engolir.

– É difícil acreditar que não encontramos ninguém qualificado para trabalhar na galeria – comentou Maggie balançando a cabeça.

– Não têm experiência e não sabem nada sobre arte – bufou Luanne.

Nem você sabia, Maggie poderia ter ressaltado, mas permaneceu em silêncio, plenamente ciente de que Luanne havia demonstrado ser um tesouro como amiga e funcionária, um golpe duplo de sorte. Calorosa e imperturbável, Luanne se tornara mais que uma simples colega.

– Confio no seu julgamento, Luanne. Vamos simplesmente recomeçar a busca.

– Tem certeza que não havia mais ninguém que valesse a pena conhecer? – O tom de Luanne era queixoso.

Por alguma razão, Mark Price voltou à mente de Maggie, perguntando daquele jeito tão educado se ela estaria disposta a receber seu currículo.

– Você está sorrindo – disse Luanne.

– Não, não estou.

– Eu reconheço um sorriso quando vejo um. O que estava pensando?

Maggie tomou outro gole da vitamina, para ganhar tempo, e enfim decidiu falar.

– Um rapaz apareceu antes de colocarmos o anúncio – admitiu, e então começou a contar a história. – Ainda não sei bem o que acho dele, mas o currículo deve estar em algum lugar na minha mesa, no escritório. – Ela deu de ombros. – Não sei nem se ele está mesmo disponível, a essa altura.

Quando Luanne quis saber por que Mark tinha se interessado pelo trabalho, Maggie franziu a testa. Luanne entendia a composição do público da galeria melhor do que ninguém e reconhecia que as pessoas que viam os vídeos de Maggie muitas vezes a consideravam uma confidente, alguém que teria empatia. Com frequência, desejavam compartilhar suas histórias, o sofrimento que haviam suportado e suas perdas. E por mais que Maggie quisesse oferecer consolo, muitas vezes não tinha condição de dar nenhum apoio emocional, uma vez que mal conseguia dar conta de si mesma. Luanne fazia o possível para protegê-la dos visitantes mais agressivos.

– Deixe-me examinar o currículo e aí eu falo com ele – ofereceu ela. – Depois a gente dá um passo de cada vez.

Luanne entrou em contato com Mark na semana seguinte. A primeira conversa levou a mais duas entrevistas formais, incluindo uma com Trinity. Depois, quando foi falar com Maggie, Luanne se mostrou efusiva em seus elogios a Mark. Mesmo assim, Maggie insistiu em se reunir mais uma vez com ele, só para ter certeza. Passaram-se mais quatro dias até que ela tivesse a energia necessária para ir à galeria. Mark chegou ao escritório na hora marcada, de terno, portando uma pasta fina. Maggie se sentia péssima enquanto estudava o currículo, notando que ele era de Elkhart, Indiana. Quando viu a data da formatura dele na Northwestern, ela fez as contas depressa.

– Você tem vinte e dois anos?

– Tenho.

Com o cabelo bem repartido, olhos azuis e cara de bebê, ele parecia mais um adolescente bem-arrumado, pronto para o baile da escola.

– E se formou em teologia?

– Isso mesmo.

– Por que teologia?

– Meu pai é pastor. No futuro, quero fazer um mestrado sobre a divindade, para seguir os passos dele.

Ao ouvir isso, ela percebeu que não tinha ficado nem um pouco surpresa.

– Por que então o interesse pela arte, se você pretende se dedicar ao ministério?

Ele juntou as pontas dos dedos, como se escolhesse as palavras com cuidado.

– Sempre acreditei que arte e fé têm muito em comum. Ambas permitem que as pessoas explorem a sutileza das próprias emoções e encontrem a resposta sobre o que a arte representa para elas. Seu trabalho e o de Trinity sempre me fazem *pensar* e, mais importante, me fazem *sentir* de um modo que costuma me levar a um estado de maravilhamento. Assim como a fé.

Era uma boa resposta. Mesmo assim, ela desconfiou de que Mark pudesse estar omitindo alguma coisa. Maggie deixou esse pensamento de lado e prosseguiu com a entrevista, fazendo perguntas mais corriqueiras sobre sua experiência de trabalho e o conhecimento de fotografia e escultura contemporânea antes de, por fim, se recostar na cadeira.

– Por que você acha que seria uma boa escolha para a galeria?

Ele parecia não se abalar com o interrogatório.

– Para começar, depois de conhecer a Sra. Sommers, tenho a impressão de que nós dois trabalharíamos bem juntos. Com permissão dela, passei algum tempo na galeria após a entrevista e depois de alguma pesquisa adicional, organizei alguns dos meus pensamentos sobre as obras que se encontram em exibição no momento. – Ele se inclinou, oferecendo a pasta para Maggie. – Deixei também uma via com a Sra. Sommers.

Maggie folheou a pasta. Detendo-se em uma página aleatória, leu alguns parágrafos que ele tinha escrito sobre uma fotografia que ela tirou no Djibuti em 2011, quando o país sofria com o flagelo de uma das piores secas em décadas. Em primeiro plano, via-se a ossada de um camelo; ao fundo, três famílias vestidas em trajes coloridos, com todos os seus integrantes risonhos e brincalhões enquanto caminhavam pelo leito de um rio seco. Nuvens de tempestade se amontoavam num céu que tinha ganhado tons alaranjados e avermelhados com o sol poente, num contraste vibrante com os ossos descoloridos e com as profundas rachaduras de ressecamento que revelavam a falta de chuvas recentes.

Os comentários de Mark demonstravam uma surpreendente sofisticação técnica e uma apreciação madura de suas intenções artísticas. Maggie tentava mostrar aquela alegria improvável em meio ao desespero para ilustrar a insignificância do homem quando confrontado com o poder caprichoso da natureza, e Mark articulara bem essas intenções.

Ela fechou a pasta, sabendo que não havia necessidade de continuar olhando.

– Está claro que você é preparado e surpreendentemente bem qualificado para sua idade, mas essas não são minhas maiores preocupações. Ainda quero saber o verdadeiro motivo para querer trabalhar aqui.

Ele franziu a testa.

– Acho que suas fotos são extraordinárias. Assim como as esculturas de Trinity.

– Esse é o único motivo?

– Não sei bem o que a senhora está querendo dizer.

– Vou ser franca – falou Maggie, suspirando. Estava cansada demais, doente demais e com tempo de menos para não ser franca. – Você trouxe seu currículo antes mesmo de divulgarmos a vaga e admitiu que é fã dos meus vídeos. Essas coisas me preocupam, porque às vezes as pessoas que assistem aos meus vídeos sobre a doença ficam com uma falsa impressão de intimidade comigo. Não posso ter alguém assim trabalhando aqui. – Ela ergueu as sobrancelhas. – Você está imaginando que vamos ficar amigos e ter conversas profundas e significativas? Porque isso é improvável. Duvido que eu venha a passar muito tempo na galeria.

– Compreendo – disse ele, de um modo agradável, sem se abalar. – Se estivesse em seu lugar, provavelmente também me sentiria assim. A única coisa que posso fazer é garantir que minha intenção é ser um excelente funcionário.

Ela não tomou a decisão de imediato. Deixou passar uma noite e reuniu-se com Luanne e Trinity no dia seguinte. Apesar do receio de Maggie, eles queriam dar uma chance ao rapaz, e Mark começou no início de maio.

Felizmente, desde então, Mark não tinha dado a Maggie nenhum motivo para questionar a decisão. Derrubada pela quimioterapia durante todo o verão, ela passava apenas algumas horas por semana na galeria, mas nos raros momentos em que estava por lá, Mark era o retrato do profissionalismo. Ele a cumprimentava alegremente, sorria com facilidade e sempre se referia a ela como Sra. Dawes. Nunca chegava atrasado, nunca faltara alegando estar doente e raramente a incomodava, batendo de leve na porta da sua sala apenas quando um autêntico comprador ou colecionador pedia para vê-la e ele considerava que isso era suficientemente importante para justificar a intrusão. Talvez por ter levado a sério a entrevista, Mark nunca se referia às últimas postagens do canal nem fazia perguntas pessoais a Maggie. Vez ou outra ele comentava que esperava que ela estivesse se sentindo bem, o que não a incomodava, porque ele não insistia em saber mais, deixando nas mãos dela a decisão de dar alguma informação adicional, se quisesse.

Além disso, e mais importante, Mark se destacava no trabalho. Tratava os clientes com cortesia e charme, conduzia com elegância os curiosos até a saída e era um sucesso nas vendas, provavelmente por não ser agressivo. Atendia o telefone no segundo ou terceiro toque e embrulhava as fotos com cuidado antes de despachar as encomendadas pelo correio. Normalmente, para completar todas as suas tarefas, ele ficava uma hora ou mais no trabalho depois que a galeria fechava as portas. Luanne ficou tão impressionada com ele que nem se preocupou com as férias de um mês que tiraria em dezembro, quando viajaria para Maui com a filha e os netos, algo que fazia quase todos os anos desde que passara a trabalhar na galeria.

Nada disso, Maggie percebeu, foi uma grande surpresa. O que a surpreendeu naqueles últimos meses foi a forma como, aos poucos, suas reservas em relação a Mark deram lugar a uma crescente sensação de confiança.

Maggie não conseguia identificar exatamente o momento em que isso havia acontecido. Como vizinhos que compartilham com regularidade o mesmo elevador, o relacionamento cordial se transformou numa confortável familiaridade. Em setembro, assim que começou a se sentir melhor depois da última infusão, passou a dedicar mais tempo ao trabalho. Cumprimentos simples deram lugar a bate-papos com Mark, evoluindo naturalmente para assuntos mais pessoais. Às vezes, essas conversas aconteciam na pequena copa no mesmo corredor de seu escritório. Outras vezes, na galeria, quando não havia visitantes. A maior parte delas ocorria depois que as portas estavam trancadas, enquanto os três embalavam as cópias que haviam sido encomendadas por telefone ou pelo site. Em geral, Luanne dominava a conversa, tagarelando sobre os namoros fracassados de seu ex-marido ou sobre seus filhos e netos. Maggie e Mark ficavam satisfeitos em ouvir – Luanne era divertida. De vez em quando, um deles revirava os olhos por conta de algo que Luanne dissera ("Tenho certeza que meu ex está pagando todas as cirurgias plásticas daquela pistoleira brega") e o outro dava um ligeiro sorriso, uma comunicação particular, apenas deles.

Às vezes, porém, Luanne saía logo depois que a galeria fechava. Mark e Maggie trabalhavam juntos, sozinhos, e aos poucos Maggie passou a saber mais sobre o jovem, apesar de ele evitar fazer perguntas pessoais. Mark falou sobre os pais e a infância, que às vezes lhe soava como uma criação de Norman Rockwell, incluindo histórias na hora de dormir, jogos de hóquei e beisebol e a presença dos pais em todos os eventos escolares dos quais ele conseguia se lembrar. Também falava com frequência sobre a namorada, Abigail, que tinha acabado de começar o mestrado em economia na Universidade de Chicago. Assim como Mark, ela havia sido criada numa cidade pequena – nesse caso, Waterloo, em Iowa –, e ele tinha inúmeras fotos dos dois no seu celular. As imagens mostravam uma ruiva do Meio-Oeste jovem e bonita, com uma aparência iluminada. Mark mencionou que planejava pedi-la em casamento quando ela concluísse o mestrado. Maggie se lembrava de ter rido quando ele falou sobre o plano. Por que se casar tão jovens?, ela havia perguntado. Por que não esperar alguns anos?

– Porque ela é a mulher com quem eu quero passar o resto da vida – respondera Mark.

– Como pode saber disso?

– Algumas vezes a gente simplesmente sabe.

Quanto mais Maggie o conhecia, mais tinha certeza de que os pais tinham dado tanta sorte com ele quanto ele com os pais. Era um rapaz exemplar, responsável e gentil, contrariando o estereótipo dos millennials preguiçosos e arrogantes. Porém, aquele carinho por ele, cada vez maior, às vezes a surpreendia, talvez porque tivessem tão pouco em comum. A juventude de Maggie tinha sido... *peculiar*, pelo menos por algum tempo, e o relacionamento com os pais era tenso. Ela nunca fora parecida com Mark. Enquanto ele sempre tinha sido ótimo aluno e se formara com louvor numa importante universidade, Maggie enfrentara dificuldades nos estudos e concluíra menos de três semestres numa instituição comunitária de ensino superior. Com a idade dele, ela se satisfazia em viver o momento e resolver as coisas à medida que elas aconteciam, mas Mark parecia ter um plano para tudo. Maggie suspeitava de que, se tivesse conhecido o rapaz quando era mais jovem, não teria lhe dado a menor atenção. Quando estava na casa dos vinte anos, Maggie tinha o hábito de escolher exatamente os tipos errados de homem.

De qualquer modo, às vezes ele a lembrava de alguém que ela conhecera muito tempo antes, alguém que no passado significara tudo para ela.

Quando o Dia de Ação de Graças se aproximou, Maggie já considerava Mark um membro efetivo da família da galeria. Não era tão próxima dele quanto de Luanne ou Trinity – afinal de contas, eles já tinham passado anos juntos –, mas com toda a certeza ele havia se tornado um amigo. Dois dias depois do referido feriado, os quatro ficaram até tarde na galeria, após o fechamento. Era sábado à noite e, como Luanne planejava voar para Maui na manhã seguinte e Trinity partiria para o Caribe, eles abriram uma garrafa de vinho para acompanhar a tábua de queijos e frutas encomendada por Luanne. Maggie aceitou uma taça, embora não conseguisse nem pensar em comer ou beber nada.

Eles brindaram à galeria – aquele tinha sido, de longe, o ano de maior sucesso de sua história – e mergulharam numa conversa agradável por mais uma hora. Perto do final, Luanne ofereceu um cartão para Maggie.

– Tem um presente aí dentro – avisou Luanne. – Abra depois que eu sair.

– Ainda não consegui comprar nada para você.

– Tudo bem – disse Luanne. – Ver você voltar a agir como antigamente nesses últimos meses já é presente mais do que suficiente para mim. De qualquer maneira, não se esqueça de abri-lo logo antes do Natal.

Depois que Maggie garantiu que o abriria, Luanne se aproximou da bandeja e pegou alguns morangos. A poucos metros de distância, Trinity conversava com Mark. Como ele passava na galeria com ainda menos frequência do que Maggie, Luanne o ouviu perguntar a Mark as mesmas coisas que ela quisera saber nos últimos meses.

– Eu não sabia que você jogava hóquei – comentou Trinity. – Sou um grande fã dos Islanders, mesmo que tenham passado uma eternidade sem ganhar a Stanley Cup.

– É um ótimo esporte. Joguei todos os anos até entrar na Northwestern.

– Eles não têm uma equipe?

– Eu não era bom o suficiente para jogar no time universitário – admitiu Mark. – Não que meus pais se importassem com isso. Acho que nenhum dos dois deixou de ir a um jogo sequer.

– Eles virão visitar você no Natal?

– Não. Meu pai organizou uma excursão pela Terra Santa com alguns membros da nossa igreja durante o final do ano. Nazaré, Belém, o roteiro completo.

– E você não quis ir com eles?

– É o sonho deles, não o meu. Além disso, tenho que ficar aqui.

Maggie percebeu que Trinity olhou de relance em sua direção antes de voltar a atenção para Mark. Ele se inclinou, sussurrando algo, e, embora Maggie não pudesse ouvi-lo, sabia exatamente o que ele dissera, porque, minutos antes, ele havia expressado sua preocupação para ela.

– Fique de olho em Maggie enquanto Luanne e eu estivermos fora. Estamos um pouco preocupados com ela.

Mark apenas assentiu com a cabeça.

Trinity foi mais previdente do que imaginara, mas ele e Luanne sabiam que Maggie tinha uma nova consulta com a Dra. Brodigan marcada para 10 de dezembro. E, de fato, nessa consulta, a médica insistiu que Maggie passasse a se concentrar mais na sua qualidade de vida.

Agora era dia 18 de dezembro. Mais de uma semana havia se passado desde aquele dia terrível, e Maggie ainda se sentia quase entorpecida. Não havia contado a ninguém sobre seu prognóstico. Seus pais sempre acreditaram que, se orassem bastante, Deus encontraria alguma forma de curá-la. Dizer a verdade a eles exigiria mais energia do que ela era capaz de reunir. O mesmo se aplicava à sua irmã, por motivos diferentes. Maggie não tinha energia para tanta coisa. Mark havia mandado algumas mensagens para saber como ela estava, mas dizer algo sobre sua situação por mensagem parecia absurdo, e ela ainda não se sentia pronta para encarar ninguém. Quanto a Luanne ou mesmo Trinity, supôs que poderia fazer uma ligação, mas de que adiantaria? Luanne merecia aproveitar a temporada com a família sem se preocupar com Maggie, e Trinity também tinha a própria vida. Além disso, nenhum dos dois poderia realmente mudar aquela situação.

Em vez disso, atordoada com sua nova realidade, ela havia passado grande parte dos últimos oito dias em seu apartamento ou em caminhadas curtas e lentas pela vizinhança. Às vezes, só ficava olhando pela janela, acariciando distraidamente o pequeno pingente do cordão que sempre usava; outras vezes, observava as pessoas. Assim que se mudara para Nova York, Maggie tinha ficado fascinada pela atividade incessante ao seu redor, fosse ao ver as pessoas correndo para pegar o metrô ou ao contemplar as torres de escritórios à meia-noite, sabendo que ainda havia gente a postos em suas mesas de trabalho. Olhar pela janela e seguir os movimentos frenéticos dos pedestres trazia de volta lembranças dos primeiros momentos de sua vida adulta na cidade e da mulher mais jovem e saudável que ela havia sido. Parecia que uma vida inteira se passara desde então; parecia também que os anos haviam se escoado num piscar de olhos. Sua incapacidade de compreender essa contradição a tornava mais ensimesmada do que de costume. O tempo, pensou ela, sempre seria fugidio.

Maggie não esperava um milagre – no fundo, sempre soubera que a cura estava fora de questão –, mas não teria sido ótimo descobrir que a quimioterapia havia retardado um pouco a progressão do câncer e lhe dado mais um ou dois anos? Ou então descobrir que algum tratamento experimental estava disponível? Seria pedir muito? Ter um último intervalo antes do começo do último ato?

Esse era um dos problemas na luta contra o câncer. A *espera*. Boa parte daqueles últimos anos fora consumida pela *espera*. Esperar a consulta com o médico, esperar o tratamento, esperar se sentir melhor depois do tratamento, esperar para ver se o tratamento tinha funcionado, esperar até se sentir suficientemente bem para experimentar algo novo. Até o diagnóstico, ela considerava irritante ter que esperar por qualquer coisa. Mas aos poucos, de modo indiscutível, a espera se tornara a realidade de sua vida.

Mesmo naquele momento, pensou ela de repente. Aqui estou eu, *à espera* da morte.

Na calçada, do outro lado do vidro, ela via pessoas agasalhadas em roupas de inverno, com a respiração formando nuvens de vapor enquanto se apressavam para destinos desconhecidos; na rua, uma longa fila de carros com lanternas traseiras acesas se arrastava por ruas estreitas, ladeadas por belas casas de tijolos. Eram pessoas que levavam suas vidas como se nada fora do comum estivesse acontecendo. No entanto, nada parecia comum naquele momento, e ela duvidava que as coisas um dia voltassem a parecer comuns.

Maggie os invejava, aqueles estranhos que nunca conheceria. Levavam suas vidas sem contar os dias que lhes sobravam, algo que ela nunca voltaria a fazer. E, como sempre, eram tão numerosos. Tinha se acostumado com o fato de que tudo na cidade estava sempre lotado, não importando a hora nem a estação, o que criava transtornos até nas coisas mais simples. Se ela precisava comprar ibuprofeno na farmácia, havia uma fila no caixa; se estava com vontade de ir ao cinema, havia também uma fila na bilheteria. Quando chegava a hora de atravessar a rua, era inevitável ficar cercada por gente correndo e se acotovelando no meio-fio.

Mas por que tanta pressa? Era o que se perguntava, assim como se perguntava sobre tantas coisas. Como todo mundo, tinha seus arrependimentos, e, agora que o tempo estava se esgotando, ela não conseguia deixar de pensar neles. Havia decisões que tomara e que gostaria de desfazer; oportunidades que perdera e que não teria mais tempo de desfrutar. Com toda a sinceridade, Maggie falou sobre alguns de seus arrependimentos num vídeo, admitindo que não os tinha superado e que não estava mais perto de encontrar respostas do que na época de seu diagnóstico inicial.

Não tinha chorado desde a última consulta com a Dra. Brodigan. Em vez disso, quando não estava olhando pela janela nem caminhando, ela se concentrava no mundano. Dormia e dormia – em média catorze horas por noite – e comprava presentes de Natal pela internet. Gravou mais um *Vídeo do câncer* a respeito de sua consulta mais recente com a Dra. Brodigan, mas não o publicou. Pedia vitaminas em um aplicativo de entrega e tentava tomá-las até o fim sentada na sala de estar. Recentemente, tinha até ido almoçar no Union Square Café, um de seus lugares favoritos. O programa, porém, acabou sendo uma perda de tempo, pois tudo o que ela colocava na boca ainda tinha um gosto estranho. Era o câncer tirando mais uma alegria da sua vida.

Faltava uma semana para o Natal e, com o sol da tarde começando a minguar, ela sentiu necessidade de sair de casa. Vestiu várias camadas de roupa, presumindo que andaria um pouquinho sem rumo, mas assim que pôs o pé na rua, a vontade de passear passou tão rápido quanto tinha surgido. Em vez de vagar, ela tomou a direção da galeria. Embora não fosse fazer muita coisa, seria reconfortante saber que tudo estava em ordem.

A galeria ficava a vários quarteirões de distância e Maggie se deslocou devagar, tentando evitar qualquer um que pudesse esbarrar nela. O vento estava gelado e, quando empurrou as portas da galeria meia hora antes do fechamento, ela tremia de frio. Estava extraordinariamente lotada. Tinha calculado que com a proximidade das festas de fim de ano o número de visitantes diminuiria, mas com toda a certeza se enganara. Felizmente, Mark parecia ter as coisas sob controle.

Como sempre, ao entrar, as cabeças se viraram em sua direção e ela percebeu que surgiam alguns olhares de reconhecimento. *Desculpe. Hoje não, pessoal*, ela pensou de repente, oferecendo um aceno rápido antes de correr para seu escritório e fechar a porta. Lá dentro, havia uma mesa e uma cadeira, e uma das paredes exibia estantes embutidas com uma pilha alta de livros de fotografia e de lembranças de suas viagens a lugares distantes. Em frente à mesa havia um pequeno sofá no qual ela cabia deitada, caso precisasse, e no canto, uma cadeira de balanço cuidadosamente entalhada e com almofadas floridas que Luanne trouxera de sua casa de campo, dando um toque de aconchego ao escritório moderno.

Depois de empilhar as luvas, o chapéu e o casaco em cima da mesa, Maggie ajeitou o lenço e desabou na cadeira. Ao ligar o computador, verificou automaticamente os números das vendas semanais, observando o pico, mas percebeu que não estava com vontade de examinar as cifras em detalhes. Em vez disso, abriu outra pasta e começou a clicar em suas fotos favoritas, parando finalmente numa série de imagens que havia tirado em Ulan Bator, na Mongólia, em janeiro daquele ano. Na época, não fazia ideia de que aquela seria a última viagem internacional que faria. A temperatura ficou bem abaixo de zero durante todo o tempo em que esteve por lá, com ventos cortantes capazes de congelar a pele exposta em menos de um minuto. Tinha sido um esforço manter a câmera em funcionamento, porque os componentes tendem a entrar em pane em temperaturas tão baixas. Ela se lembrava de ter enfiado a câmera dentro do casaco várias vezes, na tentativa de aquecê-la no calor de seu corpo, mas as fotos eram tão importantes para ela que enfrentou aquelas condições inóspitas por quase duas horas.

Tinha desejado descobrir formas de documentar os níveis venenosos da poluição do ar e os efeitos visíveis sobre a população. Numa cidade com um milhão e meio de habitantes, quase todas as casas e os negócios queimavam carvão durante o inverno, obscurecendo o céu mesmo nos dias mais claros. Além de ser uma crise ambiental, era também uma crise sanitária, e Maggie queria que suas imagens estimulassem a ação. Fez inúmeros registros de crianças cobertas de fuligem por terem simplesmente saído de casa para brincar. Captou uma incrível imagem em preto e branco de um pano imundo, usado como cortina numa janela aberta, numa representação do que acontecia com pulmões saudáveis. Também procurou um panorama sombrio da cidade e finalmente chegou ao que queria: um céu de um azul vibrante que dava lugar, de repente, *bruscamente*, a uma névoa amarelada, num tom quase doentio, como se o próprio Deus tivesse desenhado uma linha reta perfeita para dividir o céu. O efeito foi arrebatador, sobretudo depois das horas despendidas refinando seu trabalho na pós-produção.

Enquanto olhava para a imagem no conforto de seu escritório, Maggie soube que nunca mais seria capaz de fazer algo parecido. Era provável que nunca mais viajasse a trabalho. Talvez nem mesmo tornasse a deixar Manhattan, a não ser que cedesse à vontade dos pais e voltasse para Seattle. E a Mongólia não havia passado por nenhuma mudança. Além da sua contribuição para o ensaio fotográfico publicado na *New Yorker*, vários periódicos como a *Scientific American* e o *The Atlantic* também tentaram despertar atenção para os perigosos níveis de poluição em Ulan Bator, mas o ar só tinha piorado nos últimos onze meses. Era mais um fracasso da sua vida, pensou ela, assim como a batalha contra o câncer.

Os pensamentos não deveriam estar conectados, mas estavam naquele momento, e de repente ela sentiu que lágrimas começavam a se formar. Estava morrendo, realmente *morrendo*, e lhe ocorreu, de repente, que estava prestes a ter seu último Natal.

O que deveria fazer com aquelas derradeiras semanas, tão preciosas? E o que significava *qualidade de vida* quando se tratava da realidade do cotidiano? Ela já estava dormindo mais do que nunca. Qualidade significava dormir mais para se sentir melhor ou dormir menos para que os dias parecessem mais longos? E as atividades de rotina? Deveria se dar ao trabalho de marcar uma consulta no dentista, para limpeza dos dentes? Deveria pagar o valor mínimo das faturas dos cartões de crédito ou sair usando o limite todo? Por que isso importaria? O que realmente importava?

Uma centena de pensamentos e perguntas aleatórias a invadiram. Perdida diante de tudo isso, Maggie sentiu um nó na garganta antes de se entregar por completo ao pranto. Não soube quanto tempo durou. Quando as lágrimas se esgotaram, ela se levantou e enxugou os olhos. Olhando pela janela acima de sua mesa, percebeu que a área da galeria estava vazia e que a porta da frente tinha sido trancada. Estranhamente, não viu Mark, embora as luzes permanecessem acesas. Ela se perguntou onde ele estava até que ouviu uma batida na porta. Até o modo como ele batia na porta era suave.

Pensou em dar uma desculpa até que as evidências de seu colapso tivessem diminuído, mas por quê? Fazia tempo que havia deixado de se preocupar com a aparência. Sabia que atualmente estava terrível mesmo nos melhores momentos.

– Pode entrar – disse.

Tirou um lenço de papel da caixa em sua mesa e assoou o nariz quando Mark entrou.

– Ei – saudou ele, em voz baixa.

– Oi.

– Péssima hora?

– Está tudo bem.

– Achei que você gostaria disso – disse ele, estendendo uma embalagem de bebida para viagem. – É uma vitamina de banana e morango com sorvete de baunilha. Talvez ajude.

Maggie reconheceu o rótulo do copo – o estabelecimento ficava a duas portas da galeria – e se perguntou como ele sabia que ela não estava bem. Talvez tivesse tirado conclusões ao ver que Maggie fora direto para o escritório, ou talvez tivesse simplesmente se lembrado do que Trinity lhe pedira.

– Obrigada – respondeu ela, aceitando.

– Você está bem?

– Já estive melhor. – Ela tomou um gole, grata por ser algo suficientemente doce para enganar suas papilas gustativas arrasadas. – Como foi hoje?

– Movimentado, mas menos do que na sexta-feira passada. Vendemos oito cópias, incluindo um exemplar número três de *Rush*.

Cada uma das fotografias de Maggie tinha uma tiragem limitada a 25 cópias numeradas. Quanto menor o número, maior o preço. A foto mencionada por Mark tinha sido tirada no metrô de Tóquio, na hora do rush, com a plataforma lotada por milhares de homens vestidos aparentemente com ternos pretos idênticos.

– Alguma coisa do Trinity?

– Hoje não, mas acho que há uma boa possibilidade de vendas num futuro próximo. Jackie Bernstein veio mais cedo com seu consultor.

Maggie assentiu. Jackie havia comprado duas obras do artista no passado e Trinity ficaria feliz de saber que ela estava interessada em adquirir mais uma.

– E quanto ao site e às encomendas por telefone?

– Seis confirmaram. Duas pessoas quiseram mais informações. Não deve levar muito tempo para aprontar os pedidos para envio. Se quiser ir para casa, posso cuidar disso.

Assim que ele disse essas palavras, outras perguntas vieram à mente de Maggie. *Quero realmente voltar para casa? Para um apartamento vazio? Para chafurdar na solidão?*

– Não, eu vou ficar – recusou ela, balançando a cabeça. – Por um tempinho, pelo menos.

Percebeu que Mark estava curioso, mas sabia que ele não faria outras perguntas. Mais uma vez, ela compreendeu que as entrevistas o haviam marcado.

– Tenho certeza que você anda vendo minhas postagens e meus vídeos – começou ela –, e por isso é provável que tenha uma noção geral do andamento da minha doença.

– Na verdade, não tenho visto. Parei de assistir a seus vídeos desde que comecei a trabalhar aqui.

Ela não esperava por isso. Até Luanne assistia a seus vídeos.

– Por quê?

– Presumi que a senhora preferiria que eu não fizesse isso. E quando considerei suas preocupações iniciais sobre minha contratação, pareceu ser a coisa certa a fazer.

– Mas você soube que fiz quimioterapia, certo?

– Luanne mencionou, mas não sei os detalhes. E, claro, nas raras vezes em que esteve na galeria, a senhora parecia...

Quando ele interrompeu a frase, ela terminou por ele:

– Com cara de morta?

– Eu diria que parecia um pouco cansada.

Claro que sim. Se acordar cedo demais explicasse o fato de estar esquálida, enjoada, caquética e careca. Mas Maggie sabia que ele estava tentando ser gentil.

– Você tem alguns minutos? Antes de começar a preparar as remessas?

– Claro. Não tenho nada planejado para hoje à noite.

Num impulso, ela passou para a cadeira de balanço, gesticulando para que ele se acomodasse no pequeno sofá.

– Nada de sair com os amigos?

– É meio caro – respondeu ele. – E sair, em geral, significa beber, mas eu não bebo.

– Nada?

– Nada.

– Uau! – exclamou ela. – Acho que nunca conheci um jovem de 22 anos que não bebe.

– Na verdade, eu agora tenho 23.

– Fez aniversário?

– Não foi nada de mais.

Provavelmente não, pensou ela.

– E Luanne sabia? Não me disse nada.

– Não comentei com ela.

Ela se inclinou para a frente e ergueu o copo.

– Então feliz aniversário atrasado.

– Obrigado.

– Fez algo divertido no seu aniversário?

– Abigail veio passar o fim de semana e vimos *Hamilton*. Já assistiu?

– Há algum tempo.

Mas nunca mais vou ver de novo, ela não se deu ao trabalho de acrescentar. O que era mais uma razão para não ficar sozinha. Para que pensamentos como esse não levassem a outra crise de choro. Com Mark por perto, de alguma forma era mais fácil se controlar.

– Eu nunca tinha visto um espetáculo da Broadway – prosseguiu Mark. – A música era incrível e eu adorei o caráter histórico e a dança e... gostei de tudo. Abigail ficou animadíssima. Jurou que nunca tinha visto nada parecido.

– Como ela está?

– Está bem. As férias dela acabaram de começar. Agora deve estar a caminho de Waterloo para ver a família.

– Ela não quis vir para cá ver você?

– É porque vai ser uma espécie de reencontro familiar. Ao contrário de mim, ela vem de uma família grande. Cinco irmãos e irmãs mais velhos que moram por todo o país. O Natal é a única época do ano em que conseguem se reunir.

– E você não quis ir para lá?

– Estou trabalhando. Ela entende. Além disso, ela vem para cá no dia 28. Vamos passar algum tempo juntos, ver a bola da Times Square cair no Ano-Novo, essas coisas.

– Será que vou conhecê-la?

– Se quiser.

– Se precisar de uma folga, me avise. Sei que posso cuidar de tudo sozinha por alguns dias.

Ela não tinha certeza disso, mas parecia ser necessário oferecer uma folga a Mark.

– Eu aviso.

Maggie tomou outro gole da vitamina.

– Não sei se mencionei isso recentemente, mas você está indo muito bem.

– Eu gosto daqui – disse ele.

Então Mark fez uma pausa e ela voltou a perceber que ele optou por não fazer perguntas pessoais. Isso queria dizer que precisaria oferecer-lhe informações ou guardar tudo consigo.

– Eu tive uma consulta com a oncologista na semana passada – contou Maggie, com uma voz que esperava que soasse firme. – Ela acha que outra rodada de quimioterapia vai fazer mais mal do que bem.

A expressão dele se suavizou.

– Posso perguntar o que isso significa?

– Significa que não há mais tratamento e que o relógio está correndo.

Ele empalideceu, assimilando as palavras que ela não disse.

– Ah... Sra. Dawes. Que terrível. Sinto muito. Não sei o que dizer. Há algo que eu possa fazer?

– Acho que ninguém pode fazer nada. Mas, por favor, me chame de Maggie. Acho que já trabalha aqui há tempo suficiente para que a gente possa se tratar de um modo mais informal.

– A médica tem certeza?

– Os exames não estavam bons – explicou ela. – Espalhou muito, por toda parte. Estômago. Pâncreas. Rins. Pulmões. Embora você não vá me perguntar isso, tenho menos de seis meses. Três ou quatro. Talvez menos.

Para surpresa de Maggie, os olhos dele começaram a se encher de lágrimas.

– Ah, a senho... – disse ele, com a expressão se suavizando de repente. – Você se incomodaria se eu orasse por você? Quer dizer, agora não, mas quando eu chegar em casa.

Maggie não conseguiu conter um sorriso. É claro que ele gostaria de orar por ela, como o futuro pastor que seria. Ela suspeitou que ele nunca havia proferido um único palavrão na vida. Era um garoto muito doce, pensou. Bem, tecnicamente ele era jovem, mas...

– Eu gostaria.

Por alguns segundos, nenhum dos dois disse nada. Então, balançando de leve a cabeça, ele comprimiu os lábios.

– Não é justo – falou.

– Quando é que a vida é justa?

– Posso perguntar como você está? Espero que me perdoe se eu estiver me intrometendo...

– Está tudo bem – respondeu ela. – Acho que estou um tanto atordoada desde que descobri.

– Deve ser insuportável.

– Às vezes é. Mas outras vezes, não. O estranho é que, do ponto de vista físico, me sinto melhor do que antes, melhor do que durante a quimioterapia. Naquela época, havia momentos em que eu tinha certeza que seria mais fácil morrer. Mas agora...

Maggie deixou o olhar vagar pelas prateleiras, observando os objetos que juntara, cada um imbuído de memórias de uma viagem. Para a Grécia e o Egito, Ruanda e Nova Escócia, Patagônia e a Ilha de Páscoa, Vietnã e Costa do Marfim. Tantos lugares, tantas aventuras.

– É estranho saber que o fim está tão próximo – admitiu ela. – Isso levanta um monte de questões. Faz a pessoa pensar qual é o sentido de tudo. Às vezes sinto que levei uma vida abençoada. Aí, no instante seguinte, fico obcecada pelas coisas que deixei de viver.

– Que tipo de coisa?

– Casamento, para começar. Sabe que nunca me casei, né? – Depois que ele assentiu, Maggie prosseguiu: – Quando eu estava crescendo, não conseguia imaginar que ainda estaria solteira na minha idade. Não fui criada desse jeito. Meus pais eram muito tradicionais e presumi que acabaria como eles. – Os pensamentos estavam à deriva, rumo ao passado, as lembranças borbulhando em busca da superfície. – Claro que não facilitei a vida deles. Nunca fui do seu jeito.

– Nem sempre fui um filho perfeito – protestou Mark. – Já me meti em confusões.

– Que tipo de confusões? Algo sério? Tipo não arrumar seu quarto ou ultrapassar um minuto da hora de voltar para casa? Espere aí. Você nunca perdeu a hora, certo?

Ele abriu a boca, mas não proferiu nenhuma palavra. Maggie estava convencida de ter acertado. Devia ter sido o tipo de adolescente que dificulta a vida do restante da geração pelo simples fato de ter sido programado para ser fácil de lidar.

– A questão é que andei pensando como tudo teria sido se eu tivesse escolhido um caminho diferente – prosseguiu ela. – Não só em relação a casamento. E se eu tivesse me esforçado mais na escola? E se tivesse terminado a faculdade ou arranjado um emprego num escritório, ou me mudado para Miami ou Los Angeles, em vez de Nova York? Coisas assim.

– É óbvio que você não precisou da faculdade. Sua carreira de fotógrafa é notável e seus vídeos e mensagens sobre a doença inspiram muita gente.

– É muito gentil de sua parte, mas essas pessoas realmente não me conhecem. E, no final, não é isso que mais importa na vida? Ser realmente conhecido e amado por alguém que escolhemos?

– Talvez – admitiu ele. – Mas isso não anula aquilo que você deu aos outros por meio da sua experiência. É um gesto poderoso, capaz de mudar a vida das pessoas.

Talvez fosse a sinceridade dele ou seus maneirismos antiquados, mas ela mais uma vez ficou impressionada com quanto ele a lembrava de alguém que havia conhecido muito tempo atrás. Fazia anos que Maggie não se permitia pensar em Bryce, pelo menos não de modo consciente. Na maior parte de sua vida adulta, tentou manter as lembranças dele a uma distância segura.

Mas não havia mais razão para isso.

– Você se importaria se eu fizesse uma pergunta pessoal? – indagou ela, imitando o modo de falar de Mark, curiosamente formal.

– De forma alguma.

– Quando soube que estava apaixonado pela Abigail?

Assim que ela mencionou o nome de Abigail, uma ternura apoderou-se dele.

– No ano passado – respondeu ele, recostando-se nas almofadas da poltrona. – Pouco depois da minha formatura. Tínhamos saído quatro ou cinco vezes e ela queria que eu conhecesse seus pais. De qualquer forma, estávamos indo para Waterloo, só nós dois. Paramos para comer alguma coisa e, ao sair, ela decidiu que queria um sorvete de casquinha. Fazia um calor causticante lá fora e, infelizmente, o ar-condicionado do carro não estava funcionando muito bem. É claro que o sorvete começou a derreter em cima dela. Muita gente teria se chateado com isso, mas ela começou a rir como se fosse a coisa mais engraçada do mundo, enquanto tentava comer antes que ele derretesse. Havia sorvete por toda parte... no nariz dela, nos dedos, no colo e até no cabelo. Eu me lembro de ter pensado que gostaria de ficar perto de alguém assim para sempre. Alguém que conseguia rir dos inconvenientes da vida e que encontrava alegria em qualquer ocasião. Foi quando eu soube que ela era a pessoa certa.

– Você contou isso a ela na época?

– Ah, não. Não fui suficientemente corajoso. Só consegui reunir a coragem para contar no último outono.

– Ela também disse que o amava?

– Disse. Foi um alívio.

– Ela parece uma pessoa maravilhosa.

– Ela é. Eu tenho muita sorte.

Embora Mark sorrisse, Maggie sabia que ele ainda estava preocupado.

– Eu gostaria que houvesse algo que eu pudesse fazer por você – insistiu ele, com a voz suave.

– Basta trabalhar aqui. Bem, isso e ficar aqui até tarde.

– Estou feliz por estar aqui. Eu me pergunto, no entanto...

– Vá em frente – disse ela, gesticulando com a vitamina na mão. – Pode fazer a pergunta que quiser. Não tenho mais nada a esconder.

– Por que nunca se casou? Quer dizer, se você pensava que casaria...

– Houve muitos motivos. Quando eu estava começando minha carreira, queria me concentrar nela até me estabelecer. Aí comecei a viajar muito, veio a galeria e... Acho que andei ocupada demais.

– E nunca conheceu alguém que fizesse você questionar tudo isso?

No silêncio que se seguiu, ela inconscientemente levou a mão ao cordão em seu pescoço e sentiu o pequeno pingente em forma de concha, certificando--se de que ainda estava lá.

– Achei que tinha conhecido. Eu sei que o amava, mas não era a hora certa.

– Por causa do trabalho?

– Não – respondeu ela. – Aconteceu muito antes. Mas tenho certeza que não teria sido bom para ele. Não naquela época.

– Não posso acreditar.

– Você não sabe como eu era. – Ela largou o copo e cruzou as mãos no colo. – Quer ouvir a história?

– Ficaria honrado.

– É meio longa.

– Costumam ser as melhores histórias.

Maggie abaixou a cabeça, sentindo que as imagens começavam a vir à tona, nos confins de sua mente. Dessa forma, as palavras acabariam aparecendo, ela sabia.

– Em 1995, quando eu tinha dezesseis anos, passei a levar uma vida secreta – começou ela.

Ilhada

Ocracoke
1995

Para falar a verdade, minha vida secreta começou quando eu tinha quinze anos de idade e minha mãe me encontrou de joelhos no chão do banheiro, me tremendo toda e com os braços em volta do vaso sanitário. Eu vinha vomitando todas as manhãs nos últimos dez dias, e minha mãe, mais bem-informada sobre essas coisas do que eu, correu para a farmácia e me obrigou a fazer xixi numa vareta assim que chegou em casa. Quando o indicador azul apareceu, ela olhou para aquela vareta por um longo tempo sem dizer uma palavra sequer, depois se retirou para a cozinha, onde chorou durante o restante do dia.

Era começo de outubro e eu estava com pouco mais de nove semanas na época. Devo ter chorado tanto quanto minha mãe naquele dia. Fiquei no quarto segurando meu ursinho de pelúcia favorito – não tenho certeza se minha mãe notou que eu não tinha ido para a escola – e me pus junto à janela com os olhos inchados, vendo a chuva torrencial cair nas ruas enevoadas. Era um clima típico de Seattle e, mesmo agora, duvido que haja um lugar mais deprimente para se estar no mundo inteiro, especialmente quando você tem quinze anos, está grávida e convencida de que sua vida acabou antes mesmo de ter tido a chance de começar.

Nem é preciso dizer que eu não tinha ideia do que fazer. É do que mais me lembro. Quer dizer, o que eu sabia sobre ter um filho? Ou mesmo sobre ser adulto? Ah, claro, havia ocasiões em que me sentia mais velha do que era, como quando Zeke Watkins – o astro do time de basquete – falava comigo no estacionamento da escola, mas parte de mim ainda se sentia uma criança. Eu adorava os filmes da Disney e comemorava meu aniversário com bolo de sorvete de morango na pista de patinação. Sempre dormia com um ursinho de pelúcia e nem sabia dirigir. Francamente, eu não tinha muita experiência quando se tratava do sexo oposto. Só havia beijado quatro meninos em toda a minha vida, mas numa dessas vezes, o beijo foi longe demais, e pouco mais de três semanas depois daquele dia horrível de vômito e lágrimas, meus pais me despacharam para Ocracoke, em Outer Banks, no litoral da Carolina do Norte, um lugar que eu nem sabia que existia. Supostamente, era uma pitoresca cidade litorânea adorada pelos turistas. Lá, eu moraria com minha tia Linda Dawes, a irmã muito mais velha do meu pai, uma mulher com quem só havia encontrado uma vez. Também fizeram arranjos com meus professores para que eu não atrasasse os estudos. Meus pais tiveram uma longa conversa com o diretor – e depois que ele falou com minha tia, decidiu confiar que ela supervisionaria minhas provas, garantindo que eu não colaria e que todos os meus deveres seriam entregues. E assim, bem de repente, me tornei o segredo da família.

Meus pais não foram comigo para a Carolina do Norte, o que tornou minha partida bem mais difícil. Em vez disso, nos despedimos no aeroporto numa manhã fria de novembro, alguns dias depois do Halloween. Eu tinha acabado de fazer dezesseis anos, estava com treze semanas e apavorada, mas não chorei no avião, graças a Deus. Nem chorei quando minha tia me pegou num aeroporto chinfrim no meio do nada, nem quando demos entrada num hotelzinho decrépito perto da praia, pois tínhamos de esperar pela balsa para Ocracoke na manhã seguinte. Àquela altura, tinha quase me convencido de que não ia chorar nada.

Nossa, como eu estava errada.

Quando desembarcamos da balsa, minha tia me fez uma rápida apresentação do vilarejo antes de me levar até sua casa e, para o meu desespero, Ocracoke não se parecia em nada com o que eu havia imaginado. Acho que estava visualizando chalés em tons pastel aninhados nas dunas de areia, com vistas tropicais do mar se estendendo até o horizonte; um calçadão movimentado com lanchonetes, sorveterias e cheio de adolescentes, talvez até uma roda-gigante ou um carrossel. Mas Ocracoke não era nada disso. Depois de passar pelos barcos de pesca no minúsculo porto onde a balsa nos deixou, o que se via era... *feio*. As casas eram velhas, castigadas pelo clima; não havia praia, calçadão nem palmeira à vista. E o vilarejo – era assim que minha tia chamava, um *vilarejo* – parecia totalmente deserto. Minha tia mencionou que Ocracoke era uma aldeia de pescadores e que menos de oitocentas pessoas viviam por lá o ano todo, mas eu não conseguia deixar de pensar por que alguém ia querer morar lá.

A casa da tia Linda ficava bem perto da água, espremida entre outras igualmente degradadas. Era construída sobre palafitas com vista para o estreito de Pamlico, com uma pequena sacada na frente e outra, maior, abrindo-se da sala de estar para a água. Também era compacta – sala de estar com lareira e janela perto da porta da frente, área de jantar e cozinha, dois quartos e um único banheiro. Não havia televisão à vista, o que me deu uma sensação repentina de pânico, embora eu tivesse achado que minha tia não percebera. Ela me mostrou o local e acabou indicando onde eu dormiria, na frente do quarto dela, num cômodo que normalmente servia como sala de leitura. Meu primeiro pensamento foi que aquilo não se parecia em nada com o meu quarto, lá em casa. Não tinha nem metade da área. Havia uma cama de solteiro enfiada sob uma janela, uma cadeira de balanço estofada, um abajur de leitura e uma prateleira abarrotada de livros de Betty Friedan, Sylvia Plath, Ursula K. Le Guin e Elizabeth Berg, além de tomos sobre catolicismo, São Tomás de Aquino e Madre Teresa. Mais uma vez, nada de televisão. Havia, porém, um aparelho de rádio, que parecia centenário, e um relógio antiquado. O armário, se é que poderia ser chamado assim, mal tinha trinta centímetros de profundidade, e a única maneira de guardar minhas roupas era dobrando e empilhando-as no chão. Não havia mesa de cabeceira nem cômoda, o que me fez sentir de repente como se estivesse fazendo uma visita inesperada por uma única noite, em vez dos seis meses previstos.

– Eu amo este quarto – confessou minha tia com um suspiro, colocando minha mala no chão. – É tão confortável.

– É bom – obriguei-me a dizer.

Depois que ela me deixou sozinha para desfazer as malas, me joguei na cama, ainda sem acreditar que estava realmente ali. Naquela casa, naquele lugar, com aquela tia. Fiquei olhando pela janela – reparando nas tábuas de madeira cor de ferrugem na casa do vizinho –, desejando, a cada piscar de olhos, ser capaz de ver o estreito de Puget, ou as montanhas Cascade cobertas de neve, ou mesmo a costa rochosa e acidentada que conheci a minha vida inteira. Pensei nos abetos e nos cedros vermelhos, e até na neblina e na chuva. Pensei na minha família e nos amigos que poderiam muito bem estar em outro planeta, e senti o nó apertar ainda mais na garganta. Eu estava grávida e sozinha, ilhada num lugar terrível, e o que mais queria era fazer com que o relógio andasse para trás para mudar tudo o que tinha acontecido. Tudo – a descoberta, os enjoos, o afastamento da escola, a mudança. Queria ser de novo uma adolescente comum – caramba, eu teria aceitado ser apenas uma *criança* de novo, em vez de estar ali –, mas de repente me lembrei do sinal azul, do teste de gravidez positivo, e a pressão atrás dos meus olhos aumentou. Eu tinha me mantido firme até aquele momento da viagem, mas quando apertei meu ursinho contra o peito e senti seu cheirinho familiar, a represa arrebentou. Não foi um choro bonito como se costuma ver nos filmes. Foi um soluço violento, com bufos, gemidos e ombros trêmulos. Pareceu durar para sempre.

Sobre meu ursinho de pelúcia, na verdade uma ursa: não era bonita nem cara, mas eu dormia com ela desde sempre. O pelo fino cor de café tinha se desgastado em alguns pontos, e costuras no estilo Frankenstein mantinham um de seus braços no lugar. Eu pedi a minha mãe que pregasse um botão quando um de seus olhos se soltou, mas o dano a fez parecer ainda mais especial para mim, porque às vezes eu também me sentia estragada. No terceiro ano, usei uma caneta hidrográfica para escrever meu nome na planta de sua pata, marcando-a como minha para sempre. Quando eu era mais jovem, costumava levar a ursinha para todos os lugares, como se fosse um bichinho de estimação de verdade. Uma vez eu a esqueci numa lanchonete, depois da festa de aniversário de uma amiga, e, quando cheguei em casa, chorei tanto que até vomitei. Meu pai teve de atravessar a cidade de carro para resgatá-la, e tenho certeza de que não a larguei por quase uma semana depois disso.

Com o passar dos anos, ela caiu na lama, foi salpicada por molho de tomate e ficou empapada com baba durante minhas noites de sono. Quando minha mãe decidia que estava na hora de lavá-la, ela a jogava na máquina, junto com minhas roupas. Eu me sentava no chão, observando a lava-roupas e a secadora, imaginando que a ursa dava voltas entre os jeans e as toalhas, esperando que não fosse destruída durante o processo.

Mas a ursinha Maggie acabava emergindo limpa e morna. Mamãe me devolvia e, de repente, eu voltava a me sentir completa, como se tudo estivesse bem no mundo.

Quando fui para Ocracoke, a ursinha Maggie era a única coisa que eu sabia que não podia abandonar.

Tia Linda veio me ver durante minha crise de choro, mas parecia não saber o que dizer ou como agir e aparentemente decidiu que era melhor me deixar resolver as coisas sozinha. Fiquei feliz com isso, mas meio triste também, porque fez com que eu me sentisse ainda mais isolada.

De algum modo, sobrevivi àquele primeiro dia e ao seguinte. Ela me mostrou uma bicicleta usada que comprara num brechó, que parecia mais velha do que eu, com um assento confortável grande o suficiente para alguém com o dobro do meu tamanho e uma cesta na frente pendurada em enormes guidões. Eu não andava de bicicleta havia anos.

– Pedi a um jovem da cidade que a consertasse, então deve funcionar bem.

– Ótimo – foi tudo o que consegui dizer.

No terceiro dia, minha tia voltou ao trabalho e saiu da casa muito antes que eu acordasse. Ela havia deixado uma pasta sobre a mesa, cheia com meus deveres de casa, e percebi que já estava ficando para trás. Eu não havia sido uma ótima aluna nem nas minhas melhores épocas – tinha um desempenho mediano e detestava receber os boletins –, e se antes eu já não tinha grande vontade de tirar nota 10 em tudo, naquele momento eu havia me tornado ainda mais apática. Minha tia também deixou um bilhete me lembrando de que eu teria dois testes no dia seguinte. Mesmo tentando estudar, não consegui me concentrar e já sabia que ia me dar mal, e foi o que aconteceu.

Além disso, talvez porque estivesse sentindo ainda mais pena de mim do que de costume, minha tia achou que seria uma boa ideia me tirar de casa e me levou de carro até sua loja. Era uma pequena lanchonete e café que oferecia bem mais do que apenas comida. O local era especializado em pãezinhos assados todas as manhãs, e podiam ser servidos com molho de linguiça ou como uma espécie de sanduíche ou, em uma versão doce, como sobremesa. Além do café da manhã, a loja vendia também livros usados e alugava videocassetes; despachava pacotes por um serviço de logística;

tinha caixas de correio para aluguel; oferecia fax, digitalização e cópias, além de serviços do Western Union. Minha tia era dona do lugar com sua amiga Gwen e abria as portas às cinco da manhã para que os pescadores pudessem comer alguma coisa antes de sair para o mar, o que queria dizer que ela geralmente chegava às quatro para começar a assar os pãezinhos. Ela me apresentou a Gwen, que usava um avental sobre uma calça jeans, uma camisa de flanela e mantinha o cabelo loiro e grisalho num rabo de cavalo bagunçado. Ela parecia legal e, embora eu só tivesse passado cerca de uma hora na loja, minha impressão era de que as duas se tratavam como um casal num longo casamento. Conseguiam se comunicar numa simples troca de olhares, prever os pedidos e se movimentavam como dançarinas atrás do balcão.

O movimento na loja foi constante mas nada impressionante, e eu passei a maior parte do tempo folheando os livros usados. Havia mistérios de Agatha Christie e faroestes de Louis L'Amour, junto com uma boa seleção de livros de autores campeões de vendas. Havia também uma caixa para doações e, enquanto eu estava por lá, uma mulher que fora tomar café com pãozinho deixou um pequeno caixote cheio de livros, quase todos muito românticos. Enquanto eu os vistoriava, fiquei pensando que se eu tivesse tido menos romance em agosto, não me encontraria naquela encrenca que enfrentava no momento.

A loja fechava às três da tarde durante a semana, e depois que Gwen e Linda trancaram as portas, minha tia me levou para fazer uma visita mais longa e extensa pelo vilarejo. Consumiu quinze minutos inteiros e não mudou em nada minha impressão inicial. Depois disso, fomos para casa, onde me escondi no quarto pelo restante do dia. Por mais estranho que fosse aquele quarto, era o único lugar onde eu dispunha de alguma privacidade quando tia Linda estava em casa. Quando não estava penando para fazer minhas lições da escola, eu podia ouvir música, refletir e passar muito tempo contemplando a morte e minha crença cada vez maior de que o mundo – e minha família em especial – seria um lugar melhor sem a minha presença.

Eu também não sabia exatamente o que achar da minha tia. Linda tinha cabelos curtos e grisalhos e olhos castanhos calorosos num rosto marcado por rugas profundas. Seu andar era sempre apressado. Nunca se casara nem tivera filhos, e às vezes parecia um pouco mandona. Além disso, havia sido freira e, embora tivesse deixado as Irmãs da Misericórdia quase dez anos antes, ainda acreditava em toda aquela baboseira de que "a limpeza é quase divina". Eu precisava arrumar meu quarto diariamente, lavar minha roupa e limpar a cozinha antes que ela chegasse em casa no meio da tarde, assim como depois do jantar. Suponho que era justo, pois eu morava lá, mas por mais que eu me esforçasse, parecia não fazer nada direito. Nossas conversas sobre o assunto em geral eram curtas, uma declaração seguida de um pedido de desculpas. Assim:

As xícaras ainda estavam molhadas quando você as guardou no armário.
Desculpe.
Ainda havia migalhas sobre a mesa.
Desculpe.
Você se esqueceu de usar o produto certo ao limpar o fogão.
Desculpe.
Precisa esticar a coberta da sua cama.
Desculpe.

Devo ter pedido desculpas uma centena de vezes na primeira semana da minha estadia, e a segunda foi ainda pior. Me saí mal em mais um teste e me entediava com a vista quando me sentava na sacada. Passei a acreditar que mesmo que estivesse numa ilha tropical fabulosa, a vista acabaria cansando depois de um tempo. Quer dizer, o mar nunca parece mudar. Sempre que se olha, lá está a água. Com certeza, as nuvens podem mudar de posição e logo antes do crepúsculo o céu ganhar uma luminosidade laranja, vermelha e amarela – mas qual é a graça de ver o pôr do sol sem companhia? Minha tia não era o tipo de mulher que parecia apreciar essas coisas.

E quer saber? A gravidez *é uma droga*. Continuei a enjoar todas as manhãs e às vezes tinha dificuldade de chegar a tempo ao banheiro. Eu havia lido que algumas mulheres jamais ficavam enjoadas, mas não era o meu caso. Passei 49 manhãs seguidas botando tudo para fora e tinha a sensação de que meu corpo parecia estar na disputa de algum tipo de recorde.

Com todos aqueles enjoos, acabei não engordando muito, apenas meio quilo, talvez um quilo em meados de novembro. Para ser sincera, não queria engordar, mas enquanto eu folheava com relutância um livro que minha mãe me dera chamado *O que esperar quando você está esperando*, descobri que muitas mulheres engordavam apenas um quilo ou menos no primeiro trimestre e que eu não era especial. Depois disso, porém, passava-se a ganhar meio quilo por semana até o parto. Quando fiz a conta – que acrescentaria uns doze quilos à minha estrutura miúda –, percebi que meu abdômen tanquinho seria substituído por um barrilzinho. Não que eu tivesse um tanquinho, para começo de conversa.

Pior do que botar tudo para fora eram os hormônios ensandecidos, o que no meu caso significava acne. Por mais que eu limpasse o rosto, as espinhas despontavam nas bochechas e na testa como constelações no céu noturno. Morgan, minha irmã mais velha perfeita, nunca teve uma espinha em toda a vida, e quando me olhei no espelho pensei que poderia lhe dar de presente uma dúzia das minhas e ainda assim ficar com uma pele bem pior que a dela. Mesmo com as espinhas, ela provavelmente continuaria linda, inteligente e popular. Nós nos entendíamos em casa – éramos mais próximas quando menores –, mas na escola ela mantinha distância e preferia a companhia de seus amigos. Só tirava notas altas, tocava violino e havia aparecido em *dois – dois –* comerciais de televisão para uma loja de departamentos local. Se você acha que era fácil crescer sendo comparada a ela, pense de novo. Acrescente minha gravidez e dá para entender muito bem por que ela era, de longe, a preferida dos meus pais. Para ser bem franca, ela também teria sido minha preferida.

Quando o Dia de Ação de Graças chegou, eu estava oficialmente deprimida. Aliás, isso costuma acontecer com aproximadamente 7% das gestantes. Com os enjoos, as espinhas e a depressão, eu tinha conquistado a tríplice coroa. Que sorte a minha, não? Estava ficando para trás na escola e a seleção musical no meu walkman ficou nitidamente mais sombria. Até Gwen tentou me animar e fracassou. Eu a conhecera um pouco mais desde nosso primeiro encontro – ela aparecia para o jantar duas vezes por semana – e Gwen me perguntou se eu queria assistir ao desfile de Ação de Graças da Macy's. Ela apareceu com um pequeno televisor e instalou-o na cozinha. Embora a essa altura eu tivesse praticamente me esquecido de como era uma televisão, aquilo não foi o suficiente para me atrair para fora do quarto. Em vez disso, fiquei sozinha e tentei não chorar enquanto imaginava minha mãe e Morgan preparando tortas e recheios na cozinha, enquanto meu pai se acomodava na poltrona, para assistir a um jogo de futebol. Embora minha tia e Gwen tivessem preparado uma refeição semelhante àquela que minha família costumava servir, simplesmente não era a mesma coisa e eu quase não tive apetite.

Também pensava muito nas minhas melhores amigas, Madison e Jodie.

Não me permitiram contar para elas o verdadeiro motivo da minha partida. Meus pais haviam contado para as pessoas – inclusive para os pais de Madison e de Jodie – que eu tinha ido morar com minha tia em algum lugar remoto por causa de uma *situação de urgência médica*, com *acesso limitado ao telefone*. Sem dúvida davam a entender que eu havia me oferecido para ajudar tia Linda, por ser como eu era, tão boa e responsável. Para que a mentira não fosse descoberta, porém, eu não deveria falar com minhas amigas enquanto estivesse longe. Não tinha celular – poucos adolescentes tinham celular naquele tempo –, e quando minha tia saía para trabalhar levava o cabo do telefone fixo com ela, o que tornava a parte do acesso limitado ao telefone tão verdadeira quanto a parte da urgência médica. Meus pais, percebi, podiam ser tão sorrateiros quanto eu, o que foi uma espécie de revelação.

Acho que foi naquela época que minha tia começou a se preocupar comigo, embora tentasse não demonstrar. Enquanto comíamos as sobras do Dia de Ação de Graças, ela mencionou de modo casual que eu não parecia particularmente tagarela nos últimos tempos. Essa foi a palavra que ela usou: *tagarela*. Também pegou um pouco mais leve na mania de arrumação – ou talvez eu tivesse melhorado na limpeza, mas por algum motivo, não andava reclamando tanto recentemente. Eu percebia que ela estava se esforçando para puxar assunto comigo.

– Está tomando suas vitaminas pré-natais?

– Estou – respondi. – São gostosas.

– Daqui a algumas semanas você vai visitar o obstetra em Morehead City. Marquei uma consulta hoje de manhã.

– Ótimo – falei.

Mexi a comida no prato, esperando que ela não percebesse que eu não estava comendo.

– Na verdade, a comida tem que chegar na boca – disse ela. – E depois você tem que engolir.

Acho que ela estava tentando fazer graça, mas eu não estava com disposição e simplesmente dei de ombros.

– Quer que eu prepare outra coisa para você?

– Não estou com tanta fome.

Ela estreitou os lábios antes de vasculhar o cômodo, como se estivesse em busca de palavras mágicas que me deixariam *tagarela* de novo.

– Ah, quase me esqueci de perguntar. Você ligou para seus pais?

– Não. Ia ligar para eles mais cedo, mas a senhora levou o cabo do telefone.

– Pode ligar para eles depois do jantar.

– Creio que sim.

Ela usou o garfo para cortar um pedacinho de peru.

– Como vão seus estudos? – perguntou. – Você está atrasada com os deveres de casa e não tem ido bem nos testes ultimamente.

– Estou me esforçando – respondi, embora não fosse realmente verdade.

– E a matemática? Lembre que você vai ter algumas provas bem importantes antes das férias de fim de ano.

– Eu odeio matemática e geometria é uma estupidez. Por que é importante saber como medir a área de um trapézio? Até parece que eu vou precisar usar isso na minha vida.

Ouvi quando ela soltou um suspiro. Observei-a em uma nova investida.

– Escreveu seu trabalho de história? Acho que também é para ser entregue na próxima semana.

– Está quase pronto – menti.

Tinha recebido a incumbência de preparar um relatório sobre Thurgood Marshall, mas nem havia começado.

Eu senti seu olhar, perguntando a si mesma se deveria acreditar em mim.

Mais tarde, na mesma noite, ela voltou a tentar.

Eu estava deitada na cama com a ursinha Maggie. Eu me retirara para o quarto depois do jantar e ela apareceu no umbral, de pijama.

– Já pensou em sair e tomar um pouco de ar fresco? – perguntou. – Sei lá, talvez dar uma caminhada ou andar de bicicleta amanhã, antes de começar a fazer sua lição de casa?

– Não há para onde ir. Quase tudo está fechado para o inverno.

– Que tal a praia? É bem tranquila nesta época do ano.

– Está frio demais para ir à praia.

– Como pode saber? Você não sai há dias.

– É porque tenho dever de casa demais e muitas tarefas.

– Já pensou em tentar conhecer alguém mais próximo da sua idade? Talvez fazer amigos?

A princípio, fiquei sem saber se tinha ouvido direito.

– Fazer amigos?

– Por que não?

– Porque não tem ninguém da minha idade morando por aqui.

– Claro que tem – rebateu ela. – Mostrei a escola para você.

O vilarejo tinha uma única escola que atendia as crianças desde o jardim de infância até o final do ensino médio. Tínhamos passado por ela durante o tour pela ilha. Não era exatamente a escola com uma única sala de aula que eu via em reprises de *Os pioneiros*, mas também não era muito mais do que isso.

– Acho que eu poderia ir para o calçadão ou talvez para as boates. Espere aí, não, Ocracoke não tem nenhuma dessas coisas.

– Só estou dizendo que pode ser bom para você conversar com alguém, além de mim ou Gwen. Não é saudável ficar tão isolada.

Sem dúvida. Mas o fato era que eu não tinha visto um único adolescente em Ocracoke desde que cheguei, e – claro – eu estava grávida, o que era para ser segredo, então de que adiantaria?

– Estar aqui também não é bom para mim, mas ninguém parece se importar.

Ela ajeitou o pijama, como se procurasse as palavras no tecido, e decidiu mudar de assunto.

– Tenho pensado que poderia ser uma boa ideia arranjar um professor particular para você – sugeriu ela. – Para geometria, definitivamente, mas talvez para outras matérias também. A pessoa poderia fazer uma revisão do seu trabalho, por exemplo.

– Professor particular?

– Acho que conheço alguém que seria perfeito.

De repente, na minha mente, eu me vi sentada ao lado de um velhote cheirando a leite de rosas e naftalina e que gostava de falar sobre *os bons e velhos tempos*.

– Não quero um professor particular.

– Suas provas finais são em janeiro, e há vários testes nas próximas três semanas, incluindo alguns bem importantes. Prometi a seus pais que faria o máximo para garantir que você não tivesse que repetir o segundo ano.

Eu odiava quando os adultos recorriam à lógica e à culpa, por isso recuei para o óbvio.

– Não me importo.

Ela ergueu uma das sobrancelhas, permanecendo em silêncio. Então finalmente falou:

– Não esqueça que vamos à igreja no domingo.

Como eu poderia me esquecer disso?

– Eu lembro – murmurei.

– Talvez pudéssemos ir comprar uma árvore de Natal depois.

– Beleza – concordei, mas tudo o que eu realmente queria era esconder a cabeça debaixo das cobertas na esperança de fazê-la partir.

Mas não foi necessário; tia Linda se virou. Um momento depois, ouvi a porta do quarto dela se fechar e eu sabia que ficaria sozinha o restante da noite, tendo meus pensamentos sombrios como única companhia.

Por mais deprimente que fosse o restante da semana, o domingo era disparado o pior dia de todos. Lá em Seattle, eu não me importava de ir à igreja porque havia uma família, os Taylors, com quatro meninos, todos com idades que variavam entre um ano a mais que eu e pouco mais que isso. Formavam uma *boy band* perfeita, com dentes brancos e cabelos que sempre pareciam ter sido moldados com o secador. Como nós, eles se sentavam na primeira fileira – ficavam sempre à esquerda enquanto nós ocupávamos a direita –, e eu ficava de olho neles até nos momentos em que devia estar rezando. Eu não resistia. Era louquinha por um ou outro dos meninos desde sempre, embora nunca tivesse chegado a falar com nenhum deles. Morgan teve mais sorte: Danny Taylor, um dos garotos do meio, que na época também era um bom jogador de futebol, a levou para tomar sorvete num domingo depois da igreja. Eu estava no oitavo ano na época e fiquei morrendo de ciúme por ele ter convidado minha irmã e não a mim. Lembro-me de ter ficado sentada em meu quarto encarando o relógio, vendo os minutos passarem. Quando Morgan finalmente chegou em casa, implorei que me contasse como era Danny. Morgan, sendo Morgan, simplesmente deu de ombros e respondeu que não era seu tipo, o que me fez querer estrangulá-la. Bastava Morgan andar pelo calçadão ou tomar uma Coca diet na praça de alimentação do shopping para deixar os meninos babando por ela.

A questão era que havia algo interessante para ver na igreja lá em Seattle – mais especificamente, quatro *algos* muito bonitinhos –, e aquilo fazia a hora passar depressa. Ali, porém, a igreja não era apenas uma obrigação, tornava-se um evento que consumia o dia inteiro. Não havia igreja católica em Ocracoke. A mais próxima era St. Egbert, em Morehead City, o que nos obrigava a pegar a balsa às sete da manhã. Geralmente levávamos duas horas e meia para chegar a Cedar Island e, de lá, mais quarenta minutos até a igreja. O serviço religioso começava às onze, o que significava que tínhamos de esperar mais uma hora. A missa ia até o meio-dia. Como se não bastasse, a balsa de volta para Ocracoke só partia às quatro da tarde, o que significava mais tempo ainda sem fazer nada.

Almoçávamos com Gwen depois da missa, pois ela sempre nos acompanhava. Como minha tia, também tinha sido freira e achava a missa de domingo o ponto alto de sua semana. Ela era legal, mas pergunte a qualquer adolescente quanto eles gostariam de almoçar com uma dupla de ex-freiras cinquentonas e você provavelmente vai entender como eu me sentia. Depois disso, íamos às compras, mas não era divertido como fazer compras no shopping ou na orla de Seattle. Nada disso. As duas me arrastavam para a Walmart para providenciar *suprimentos* – pense em farinha, gordura vegetal, ovos, bacon, salsicha, queijo, creme de leite, cafés com diferentes sabores e outros artigos de panificação a granel. Em seguida, vamos a vários brechós, onde procuravam livros baratos de autores populares e filmes em videocassete que poderiam alugar para pessoas em Ocracoke. Tudo isso, somado ao passeio de balsa no final da tarde, queria dizer que voltávamos para casa pouco antes das sete, depois que o sol já tinha se posto havia muito tempo.

Doze horas. Doze *longas* horas. Só para ir à igreja.

Aliás, existem mais ou menos um milhão de formas melhores de se passar um domingo. Mas, vejam só, ao amanhecer de domingo, eu me via de pé no cais com um casaco fechado até o queixo, batendo um pé e depois o outro para me aquecer, enquanto o ar gélido fazia parecer que eu estava fumando cigarros invisíveis. Enquanto isso, minha tia e Gwen cochichavam, riam e pareciam felizes, provavelmente porque não estavam assando pãezinhos e servindo café antes do raiar do dia. Quando chegava a hora, minha tia conduzia o carro até a balsa, onde ele se amontoava junto a uma dúzia de outros veículos.

Gostaria de dizer que o passeio era agradável ou interessante, mas não era, em especial no inverno. A menos que você gostasse de fitar o céu cinzento e a água ainda mais cinzenta, não havia nada para ver e, se o cais era congelante, andar na balsa era cinquenta vezes pior. O vento parecia atravessar as minhas roupas e depois de menos de cinco minutos ao ar livre, meu nariz começava a escorrer e minhas orelhas ficavam vermelhas. Havia na balsa, graças a Deus, uma grande cabine central onde dava para se proteger do clima, com lugares para sentar e algumas máquinas vendendo lanches. Era onde Gwen e minha tia costumavam ficar. Quanto a mim, eu entrava no carro e me esticava no banco de trás, desejando estar em qualquer outro lugar e pensando na confusão em que havia me metido.

Um dia depois que minha mãe me obrigou a fazer xixi naquela vareta, ela me levou para ver a Dra. Bobbi, que era talvez dez anos mais velha que ela, e a primeira médica sem ser pediatra com quem eu já havia me consultado. O verdadeiro nome da Dra. Bobbi era Roberta, e ela era ginecologista e obstetra. Tinha feito meu parto e o de minha irmã, por isso ela e minha mãe tinham um longo relacionamento, e estou convencida de que mamãe estava horrorizada com o motivo da visita. Depois que a Dra. Bobbi confirmou a gravidez, ela me preparou para fazer um ultrassom, para garantir que o bebê estava saudável. Levantei a blusa, um dos técnicos passou uma gosma na minha barriga e então ouvi os batimentos cardíacos. Foi ao mesmo tempo legal e absolutamente aterrorizante, mas o que eu mais me lembro era como tudo me pareceu surreal e como quis que tudo não passasse de um pesadelo.

Mas não era apenas um sonho ruim. Por ser católica, um aborto não era sequer uma opção, e assim que soubemos que o bebê parecia saudável, a Dra. Bobbi teve uma *conversa séria* conosco. Ela garantiu a nós duas que eu tinha maturidade, do ponto de vista físico, para levar a gestação até o fim, mas o aspecto emocional era diferente. Disse que eu precisaria de muito apoio, em parte por ser uma gravidez inesperada, mas ainda mais porque ainda era adolescente. Além de me sentir deprimida, também poderia ficar com raiva e decepcionada. A Dra. Bobbi avisou que provavelmente eu me sentiria distante dos amigos, o que tornaria tudo mais difícil. Se eu pudesse entrar em contato com a Dra. Bobbi agora, eu teria dito a ela: acertou, acertou, acertou e acertou de novo.

Com a conversa ainda soando em seus ouvidos, minha mãe me levou a um grupo de apoio para adolescentes grávidas em Portland, Oregon. Tenho certeza de que havia os mesmos tipos de grupos de apoio em Seattle, mas eu não queria que nenhum conhecido descobrisse acidentalmente minha gravidez, e meus pais também não. Então, depois de quase três horas no carro, eu me vi numa sala nos fundos de uma ACM, onde me sentei em uma das cadeiras dobráveis dispostas num círculo. Havia nove outras meninas lá, e algumas pareciam estar tentando surrupiar melancias, escondendo-as dentro da blusa.

A Sra. Walker, responsável pelo grupo, era assistente social e, uma por uma, nós nos apresentamos. Depois disso, deveríamos conversar sobre nossos *sentimentos* e *experiências*. O que realmente aconteceu foi que as outras meninas falaram sobre seus sentimentos e experiências e eu simplesmente ouvi.

Na verdade, foi a coisa mais deprimente de todos os tempos. Uma das meninas, ainda mais jovem do que eu, falou sobre como suas hemorroidas tinham ficado terríveis, enquanto outra resmungou sobre mamilos doloridos antes de levantar a blusa para nos mostrar as estrias. A maioria continuava a frequentar diversas escolas de ensino médio e falava da vergonha por ter que pedir ao professor para ir ao banheiro, às vezes duas ou três vezes na mesma aula. Todas reclamaram da piora da acne. Duas tinham abandonado os estudos e, embora dissessem que planejavam voltar para a escola, não sei se alguém acreditou nelas. Todas tinham perdido amigos e uma havia sido expulsa de casa e estava morando com os avós. Apenas uma delas – uma linda garota mexicana chamada Sereta – ainda falava com o pai da criança e, fora Sereta, nenhuma pretendia se casar. Exceto por mim, todas planejavam criar seus bebês com a ajuda dos próprios pais.

Após o fim da reunião, enquanto caminhávamos para o carro, eu disse a minha mãe que nunca mais queria fazer algo parecido. Era para ser útil e me fazer sentir menos sozinha, mas teve o efeito oposto. Eu queria simplesmente passar por tudo aquilo para poder voltar à vida que eu tinha antes, que era o que meus pais queriam também. Isso, é claro, os levou a tomar a decisão de me mandar para Ocracoke, e embora eles me garantissem que era para o meu próprio bem – não o deles –, eu não tinha certeza se acreditava.

Depois da igreja, tia Linda e Gwen me arrastaram para a rotina de almoço/compra de suprimentos/brechós antes de nos dirigirmos a um terreno de cascalho perto de uma loja de ferragens, onde havia tantas árvores de Natal à venda que parecia uma floresta em miniatura. Minha tia e Gwen tentavam tornar a experiência divertida para mim e ficavam pedindo minha opinião. De minha parte, dei de ombros e disse a elas que escolhessem o que quisessem, pois ninguém parecia se importar de verdade com o que eu pensava, pelo menos quando se tratava de decisões sobre minha vida.

Em algum momento perto da sexta ou sétima árvore, tia Linda parou de perguntar e as duas acabaram fazendo a seleção sem mim. Depois do pagamento, observei dois caras de macacão amarrando a árvore no teto do carro e nós embarcamos.

Por alguma razão, o caminho de volta para a balsa me lembrou da viagem para o aeroporto, na minha última manhã em Seattle. Tanto minha mãe quanto meu pai tinham me acompanhado, o que foi meio surpreendente, pois meu pai mal conseguia olhar para mim desde que soube que eu estava grávida. Eles me levaram até o portão e esperaram até a hora do embarque. Os dois estavam muito calados e eu também não estava falando muito. Mas, à medida que o tempo avançava e se aproximava a hora da partida, lembro-me de ter dito à minha mãe que eu estava com medo. Na verdade, estava apavorada a ponto de as minhas mãos começarem a tremer.

Havia muitas pessoas ao nosso redor, e ela deve ter percebido o tremor, porque pegou minhas mãos e as apertou. Depois, me levou a um portão menos lotado, onde poderíamos ter um pouco de privacidade.

– Eu também estou com medo.

– Por que você está com medo? – perguntei.

– Porque você é minha filha. Tudo o que faço é me preocupar com você. E o que aconteceu é... uma infelicidade.

Uma infelicidade. Minha mãe vinha usando muito essa palavra nos últimos tempos. Em seguida, ela lembraria que aquela viagem era para o meu próprio bem.

– Não quero ir – pedi.

– Já conversamos sobre isso – retorquiu ela. – Você sabe que é para seu próprio bem.

Bingo.

– Não quero ficar longe das minhas amigas. – A essa altura, as palavras saíam engasgadas. – E se tia Linda me odiar? E se eu ficar doente e precisar ir ao hospital? Eles nem têm um hospital por lá.

– Suas amigas ainda estarão por aqui quando você voltar – ela me assegurou. – E sei que parece muito tempo, mas maio chegará mais rápido do que você imagina. Quanto a Linda, ela ajudava meninas grávidas como você quando estava no convento. Lembra quando falei disso? Ela vai cuidar de você. Eu prometo.

– Eu nem a conheço.

– Linda tem um bom coração. Caso contrário, você não iria para lá. Quanto ao hospital, ela saberá o que fazer. Mas mesmo na pior das hipóteses, sua amiga Gwen é uma parteira experiente.

Eu não tinha certeza se isso me fazia sentir melhor.

– E se eu odiar o lugar?

– Como pode ser tão ruim assim? Fica na praia. Além disso, você se lembra da nossa conversa, certo? Ficar aqui pode ser mais fácil no começo, mas depois certamente vai tornar as coisas mais difíceis para você.

Ela se referia aos comentários maldosos, que não seriam apenas sobre mim, mas também sobre minha família. Verdade que não era como nos anos 1950, porém ainda havia um estigma em torno da gravidez na adolescência, sobretudo fora do casamento. Até eu tinha de admitir que aos dezesseis anos eu era jovem demais para ser mãe. Se as pessoas descobrissem, eu seria para sempre *aquela garota* para os vizinhos, para os outros alunos na escola, para as pessoas da igreja. Para elas, eu seria para sempre *aquela garota* que engravidou depois do primeiro ano no ensino médio. Teria que suportar os olhares de reprovação e condescendência. Teria de ignorar os cochichos ao passar por elas nos corredores. Os boatos seriam alimentados por perguntas sobre quem teria adotado o bebê e se eu não gostaria de revê-lo no futuro. Embora talvez ninguém me falasse isso, as pessoas iam se perguntar por que eu não tinha me dado ao trabalho de usar algum método contraceptivo ou por que simplesmente não insistira que ele usasse camisinha. Sabia que muitos pais – inclusive amigos da família – me usariam como mau exemplo para os filhos. E tudo isso enquanto bamboleava pelos corredores da escola com vontade de fazer xixi a cada dez minutos.

Ah, claro, meus pais haviam me falado sobre tudo isso muitas vezes. Minha mãe percebeu, porém, que eu não queria voltar ao assunto e por isso mudou de tema. Fazia muito isso quando não queria discutir, ainda mais quando estávamos em lugares públicos.

– Você se divertiu no seu aniversário?

– Foi bom.

– Só bom?

– Passei a manhã inteira vomitando. Ficar animada foi meio difícil.

Mamãe juntou as mãos.

– Eu ainda estou feliz por você ter tido uma oportunidade de ver suas amigas.

Porque é a última vez que vai vê-las por muito, muito tempo, ela não precisou acrescentar.

– Não posso acreditar que não vou estar em casa no Natal.

– Tenho certeza que tia Linda vai tornar a data muito especial.

– Mas não vai ser a mesma coisa – choraminguei.

– Não vai – admitiu minha mãe. – Provavelmente não será. Mas vamos fazer uma bela visita para ver você em janeiro.

– Papai vem também?

Ela engoliu em seco.

– Talvez.

O que também quer dizer talvez não, pensei. Tinha ouvido uma conversa deles sobre o assunto, mas meu pai não se comprometera com nada. Se mal conseguia me olhar naquele momento, como se sentiria quando eu estivesse fazendo o máximo para encarnar uma versão feminina do Buda?

– Eu queria não ter que ir.

– Eu também queria – disse ela. – Você gostaria de ficar um pouco com seu pai?

Você não deveria perguntar a ele se ele quer ficar um pouco comigo? Mas me mantive em silêncio. Quer dizer, de que adiantava?

– Está tudo bem – falei. – Eu só queria...

Quando interrompi a frase pela metade, mamãe fez uma expressão simpática. E de forma estranha, apesar de os dois estarem me despachando, eu tinha a sensação de que ela, na verdade, se sentia mal em relação àquilo tudo.

– Sei que nada disso é fácil – sussurrou ela.

Surpreendendo-me, minha mãe alcançou a bolsa e me entregou um envelope. Estava cheio de dinheiro, e eu me perguntei se papai sabia o que ela estava fazendo. Não era como se minha família tivesse dinheiro de sobra, mas mamãe não tentou explicar. Em vez disso, sentamos juntas por mais alguns minutos, até que ouvimos o anúncio do embarque. Quando chegou minha vez, meus pais me abraçaram, mas mesmo naquele momento, meu pai desviou o olhar.

Tudo isso acontecera um mês atrás, mas já parecia ter sido numa vida completamente diferente.

Não fazia tanto frio na viagem de volta quanto pela manhã na balsa, e os céus cinzentos haviam dado lugar a um azul quase luminoso. Preferi ficar dentro do carro, embora os suprimentos que adquirimos tornassem impossível me esticar no banco traseiro. Estava tentando bancar a mártir, pois nem tia Linda nem Gwen pareciam compreender que apesar da compra da árvore de Natal, o domingo ainda era o pior dia da semana.

– Como preferir – disse minha tia, dando de ombros depois que recusei a oferta para me juntar a elas na cabine.

Ela e Gwen saltaram do carro, subiram os degraus que levavam ao andar superior e rapidamente desapareceram. De algum modo, embora estivesse desconfortável, consegui adormecer, acordando depois de uma hora. Liguei o walkman, ouvi música por mais uma hora até que fiquei sem bateria e o céu escureceu. Depois disso, não demorou muito para que eu ficasse com cãibras e entediada. Pela janela, sob as luzes brilhantes da balsa, eu via alguns homens mais velhos reunidos do lado de fora de seus carros; pareciam os pescadores que provavelmente eram. Como minha tia e Gwen, eles acabaram indo para a cabine.

Eu me mexi no assento e percebi que a natureza estava chamando. De novo. Pela sexta ou sétima vez naquele dia, embora eu praticamente não tivesse bebido nada. Eu me esqueci de mencionar que minha bexiga de repente deixara de ser algo que eu quase nem lembrava que existia e se transformara num órgão hipersensível e altamente inconveniente, que tornava um imperativo saber exatamente onde encontrar um banheiro em todas as ocasiões. Sem avisar, as células da minha bexiga começavam a vibrar com histeria, transmitindo a mensagem: *Você precisa me esvaziar agora ou o pior vai acontecer!* Aprendi que eu não tinha muita escolha nessas situações. *Ou o pior vai acontecer!* Se Shakespeare tivesse tentado descrever a urgência do momento, provavelmente teria escrito *Xixi ou não xixi... Eis aquilo que NUNCA é uma questão.*

Saí do carro, subi a escada correndo e entrei na cabine, onde reparei vagamente que minha tia e Gwen conversavam com alguém a uma das mesas. Encontrei o banheiro depressa – felizmente, estava desocupado – e no meu caminho de volta, tia Linda fez um gesto para que eu me juntasse a eles. Em vez disso, abaixei a cabeça e saí da cabine. A última coisa que queria era mais uma conversa com adultos. Meu primeiro instinto depois de descer a escada foi voltar para o carro. Mas o martírio não estava funcionando e o walkman ficou sem bateria, então de que adiantava? Em vez disso, decidi explorar, pensando que me ocuparia por algum tempo. Achei que ia levar uma meia hora para a balsa atracar – eu já enxergava as luzes de Ocracoke a distância –, mas por infelicidade o passeio não era muito mais interessante do que o estreito de Pamlico. Havia a cabine mencionada no centro, carros estacionados no convés inferior e aquilo que eu imaginei ser a sala de controle onde o capitão se encontrava, acima da cabine e com acesso restrito. Notei, no entanto, alguns bancos desocupados na parte da frente do barco e, sem nada melhor para fazer, fui até lá.

Não demorou muito para descobrir por que estavam desocupados. O ar estava gelado, o vento parecia perfurar minha pele com pequenas agulhas, e mesmo depois de enterrar as mãos nos bolsos do casaco, eu ainda podia senti-las formigando. Nos dois lados, notei pequenas ondas na água escura do oceano, pequenos clarões que pareciam cintilar, mas a visão daquelas ondas minúsculas me fez pensar nele, embora eu não quisesse.

J. O garoto que me lançou naquela confusão.

O que posso dizer sobre ele? Era um surfista de dezessete anos, do sul da Califórnia, com a bela aparência de quem frequenta a praia. J. tinha passado o verão em Seattle com uma prima que, por acaso, era amiga de uma das minhas melhores amigas. Eu o vi pela primeira vez numa reuniãozinha no final de junho, mas não pense que estou me referindo a uma daquelas festas sem a presença de adultos, regadas a bebidas e com fumaça de maconha saindo pelas frestas das portas dos quartos. Meus pais teriam me matado. Não era nem mesmo numa casa – foi no lago Sammamish –, e minha amiga Jodie era amiga da prima dele, que a acompanhou nesse dia. Jodie me convenceu a ir, embora eu não soubesse bem se queria fazer aquilo, mas assim que cheguei, não precisei de mais de dois segundos para reparar nele. J. tinha cabelos louros compridos, ombros largos e um bronzeado intenso, o que seria quase impossível para mim. Minha pele preferia imitar uma maçã vermelha quando exposta ao sol. Mesmo à distância, eu podia distinguir cada músculo em seu abdômen, como se ele fosse um mostruário vivo de anatomia humana.

Ele estava saindo com Chloe, uma aluna do último ano de uma das escolas públicas vagamente familiar, que era igualmente deslumbrante. Parecia óbvio que os dois estavam juntos. Não que eu fosse uma boa detetive. Apenas não dava para ignorar, pois eles passavam basicamente o tempo todo se beijando e agarrados. Mesmo assim, isso não me impediu de dar uma boa examinada nele, sentada na toalha em que passei o restante da tarde, da mesma forma que cobicei os meninos Taylor na igreja. Eu admito que andava um pouco louca por garotos nos últimos anos.

Deveria ter terminado ali, mas, estranhamente, isso não aconteceu. Por causa de Jodie, eu o vi no feriado do 4 de Julho – dessa vez, foi uma festa noturna devido aos fogos de artifício, mas havia um monte de pais por perto – e algumas semanas depois no shopping. Em todas essas ocasiões, ele estava com Chloe e não parecia nem reparar em mim.

Aí veio o sábado, 19 de agosto.

O que posso dizer? Tinha acabado de ver *Duro de matar 3: A vingança* com Jodie, apesar de já ter visto antes, e depois nós fomos para a casa dela. Dessa vez, não havia pais. A prima se encontrava lá, assim como J., mas Chloe não. Em um momento, J. e eu acabamos conversando nos fundos e, por milagre, ele pareceu se interessar por mim. Também foi mais simpático do que eu esperava. Falou sobre a Califórnia, fez perguntas sobre minha vida em Seattle e, por fim, comentou que ele e Chloe haviam terminado. Pouco depois, J. me beijou, e ele era tão maravilhoso que eu simplesmente perdi o controle dos acontecimentos. Para encurtar a história, acabei no banco traseiro do carro da prima dele. Transar não estava nos meus planos, mas acho que eu tinha curiosidade, como todos da minha idade, sabe? Queria saber qual era o grande acontecimento. E ele não me obrigou a nada. Tudo aconteceu e acabou em menos de cinco minutos.

Depois, J. foi gentil. Quando tive de sair para cumprir o horário das 23h, ele me levou até o carro e voltou a me beijar. Prometeu telefonar, mas nada. Três dias depois, eu o vi com o braço em torno de Chloe, e quando eles se beijaram eu dei meia-volta antes que J. pudesse me ver, sentindo uma aspereza na garganta como se tivesse acabado de engolir uma lixa.

Mais tarde, quando descobri que estava grávida, liguei para ele na Califórnia. Jodie arranjou o número com a prima dele, pois J. não tinha me dado, e quando disse quem eu era, ele não pareceu se recordar. Apenas quando falei do que havia ocorrido entre nós é que ele se lembrou de nossos momentos juntos. Mesmo assim, eu tive a sensação de que J. não fazia a mínima ideia do que tínhamos conversado ou mesmo da minha aparência. Ele também perguntou por que eu estava ligando num tom meio irritado, e não era preciso ter nota máxima nas provas de admissão à universidade para saber que ele não tinha o menor interesse em mim. Embora eu tivesse a intenção de contar que estava grávida, desliguei o telefone antes de pronunciar as palavras e nunca mais voltei a falar com ele.

Meus pais não sabem de nada disso, aliás. Eu me recusei a contar qualquer coisa sobre o pai, nem mesmo como ele me parecera legal a princípio, nem que ele havia se esquecido de mim por completo. Não teria mudado nada, e a essa altura eu já sabia que entregaria o bebê para a adoção.

Sabe o que mais eu não disse a eles?

Que depois do telefonema com J., eu me senti estúpida e que, por mais decepcionados e zangados que eles estivessem, eu me sentia ainda pior em relação a mim mesma.

Enquanto me sentava no banco com as orelhas já avermelhadas e o nariz começando a escorrer, vi de relance um movimento com o canto do olho. Eu me virei e encontrei um cão trotando com uma embalagem de Snickers na boca. Era praticamente igual a Sandy, minha cadela que tinha ficado em Seattle, apenas um pouco menor.

Sandy era um cruzamento de Golden e Labrador, com um rabinho que parecia nunca parar de balançar. Seus olhos eram de um tom escuro de caramelo, suaves, bem expressivos. Se Sandy experimentasse jogar pôquer, ela teria perdido todo o dinheiro porque não conseguiria blefar. Eu sempre sabia dizer exatamente o que ela sentia. Quando eu a elogiava, seus olhos delicados brilhavam de felicidade. Se eu ficava aborrecida, eles ficavam cheios de compaixão. Fazia parte de nossa família havia nove anos – veio viver conosco quando eu estava no primeiro ano. Nos últimos tempos, em geral ela dormia na sala de estar, porque os quadris estavam frágeis e as escadas tinham ficado difíceis para ela. Embora seu focinho estivesse embranquecendo, os olhos não sofreram nenhuma mudança. Ainda eram doces como sempre, em especial quando eu aninhava sua cabeça peluda nas minhas mãos. Eu me perguntava se ela se lembraria de mim quando eu voltasse para casa. Era uma bobagem, claro. Não havia a menor chance de Sandy me esquecer. Ela sempre me amaria.

Certo?

Certo?

A saudade deixou meus olhos marejados. Passei as mãos neles, mas aí meus hormônios voltaram a atacar, insistindo que *EU SENTIA TAAANTA FALTA DE SANDY!* Sem pensar, me levantei do assento. Vi a Imitação de Sandy correndo para um sujeito sentado numa espreguiçadeira na ponta do convés, com as pernas estendidas diante de si. Ele usava um casaco verde-oliva e, ao lado dele, reparei que havia uma câmera apoiada num tripé.

Parei. Por mais que quisesse ver o cão – e fazer carinho nele –, não tinha certeza de querer me envolver numa conversa forçada com o dono, especialmente depois que ele reparasse que eu tinha chorado. Estava prestes a dar meia-volta quando o sujeito sussurrou algo para o cão. Vi que o cão se virava e trotava até a lixeira mais próxima, onde se apoiou nas patas traseiras e depositou com cuidado a embalagem.

Pisquei, pensando: *Nossa! Isso é muito legal.*

O cão voltou para o lado do sujeito, se acomodou e estava prestes a fechar os olhos quando o homem deixou cair no chão do convés um copinho de papel. O cão se levantou depressa, abocanhou o copo e guardou-o na lixeira antes de voltar. Quando outro copinho foi para o chão um minuto depois, não consegui me conter.

– O que está fazendo? – finalmente perguntei.

O homem se virou no assento, e foi só então que percebi meu erro. Não era um homem, mas um adolescente, talvez um ou dois anos mais velho que eu, com cabelo cor de chocolate e olhos escuros que cintilavam com bom humor. Feito em lona cor de oliva com costuras intrincadas, o casaco era estranhamente estiloso, em especial para aquela parte do mundo. Quando ele ergueu uma das sobrancelhas, tive um sentimento incômodo de que o garoto andava esperando por mim. Em silêncio, senti uma onda de surpresa ao pensar que minha tia tinha razão. Na realidade, *havia* alguém da minha idade por ali ou, no mínimo, havia alguém da minha idade a caminho de Ocracoke. A ilha não era inteiramente habitada por pescadores e antigas freiras, ou por mulheres mais velhas que comiam pãezinhos e liam livros românticos.

O cão também parecia estar me avaliando. As orelhas se levantaram e o rabinho batia com força na perna do sujeito, a ponto de fazer barulho. Porém, ao contrário de Sandy, que adorava todas as pessoas de imediato e com intensidade, e que com certeza teria corrido para me saudar, aquele cão voltou a atenção para o copinho, repetindo depressa sua atividade anterior, colocando-o mais uma vez na lata de lixo.

Nesse meio-tempo, o sujeito continuava a me observar. Embora estivesse sentado, dava para ver que ele era esguio, musculoso e bem bonitinho, mas minha fase louca por garotos tinha praticamente se encerrado no momento em que a Dra. Bobbi passou aquela gosma na minha barriga e eu ouvi os batimentos cardíacos. Baixei o olhar, desejando ter voltado para o carro e me arrependendo de ter dito qualquer coisa. Nunca tinha sido boa em manter contato visual, a não ser nas festinhas de pijama com as amigas, quando participava de jogos para ver quem encarava a outra por mais tempo. A última coisa de que eu precisava era ter outro garoto na minha vida. Ainda mais num dia como aquele. Não bastava ter chorado, eu tinha saído sem nenhuma maquiagem e usando jeans folgados, tênis Converse de cano alto e um casaco estofado que provavelmente me deixava com a aparência de Stay Puft, o homem de marshmallow do filme *Os caça-fantasmas*.

– Oi – arriscou ele enfim, invadindo meus pensamentos. – Estou apenas pegando um ar fresco.

Não respondi. Em vez disso, continuei a olhar para a água, fingindo que não ouvia nada, na esperança de que ele não me perguntasse se eu estivera chorando.

– Você está bem? Parece que andou chorando.

Que beleza, pensei. Embora eu não quisesse falar com ele, também não queria que ele achasse que eu tinha problemas emocionais.

– Estou bem – afirmei. – Estava na frente do barco e o vento fez meus olhos lacrimejarem.

Não sabia se ele tinha acreditado em mim, mas foi suficientemente legal para agir como se acreditasse.

– É bonito lá em cima.

– Não há muito o que ver depois que o sol se põe.

– Tem razão – concordou. – A viagem inteira tem sido bem tranquila até agora. Nenhum motivo para pegar a câmera. Sou Bryce Trickett, aliás.

A voz dele era suave e melódica, não que eu me importasse com isso. O cão tinha começado a me fitar, sacudindo o rabinho. O que me lembrou do motivo que me levara a quebrar o silêncio.

– Ensinou seu cachorro a jogar o lixo fora?

– Estou tentando – respondeu ele antes de abrir um sorriso, mostrando as covinhas. – Mas ela é jovem e ainda está aprendendo. Escapou há alguns minutos e tivemos de voltar a praticar.

Minha atenção se fixou naquelas covinhas e levei um segundo para retomar meu raciocínio.

– Por quê?

– Por que o quê?

– Por que quer ensinar o cachorro a jogar o lixo fora?

– Não gosto de sujeira e não queria que o lixo fosse parar no mar. Não é bom para o meio ambiente.

– Quer dizer, por que você simplesmente não joga fora?

– Porque eu estava sentado.

– Isso é meio cruel.

– Às vezes o *meio* justifica o fim, certo?

Rá, rá, pensei. Mas na verdade eu tinha caído na brincadeira estúpida, reconhecendo contrariada que era um jogo de palavras bastante original.

– Além do mais, Daisy não se incomoda – continuou. – Acha que é um jogo. Quer conhecê-la?

Antes que eu pudesse responder, ele disse "Levanta" e Daisy se ergueu depressa. Caminhando, ela se enrolou nas minhas pernas, choramingando, lambendo meus dedos. Ela não só lembrava Sandy, mas também se parecia com ela ao toque, e enquanto eu acariciava seu pelo, fui transportada de volta para uma vida mais simples e feliz em Seattle, antes de tudo dar errado.

Porém, com a mesma rapidez, a realidade se impôs e percebi que não tinha vontade de me demorar. Ofereci a Daisy mais alguns carinhos e coloquei as mãos nos bolsos enquanto tentava pensar numa desculpa para ir embora. Bryce não se intimidou.

– Acho que não entendi seu nome.

– Eu não disse meu nome.

– É verdade. Mas é provável que eu consiga descobrir.

– Você acha que pode adivinhar meu nome?

– No geral sou muito bom nisso – disse ele. – Também consigo ler as palmas das mãos.

– Está falando sério?

– Quer uma demonstração?

Antes que eu pudesse responder algo, ele se levantou da cadeira de forma graciosa e veio na minha direção. Era um pouco mais alto do que eu esperava e esguio como um jogador de basquete. Não um pivô ou ala como Zeke Watkins, mas talvez um ala-armador.

Quando se aproximou, eu vi as manchinhas cor de avelã em seus olhos castanhos, e notei de novo o traço de bom humor em sua expressão, que eu já tinha visto antes. Ele pareceu examinar meu rosto e, quando se satisfez, apontou para minhas mãos, que ainda estavam enterradas nos bolsos.

– Posso ver suas mãos agora? Basta mostrá-las com as palmas para cima.

– Está frio.

– Não vai demorar muito.

Aquilo estava ficando cada vez mais esquisito, mas não fazia diferença. Depois que eu mostrei minhas palmas, ele se inclinou sobre elas, aproximando-se, concentrando-se. Ergueu um dos dedos.

– Você se importa se eu tocar a sua mão? – perguntou.

– Vá em frente.

Ele passou o dedo de leve sobre as linhas, uma após a outra. Pareceu-me um gesto de estranha intimidade e me deixou um pouco inquieta.

– Com toda certeza, você não é de Ocracoke – entoou.

– Uau – falei, tentando impedi-lo de saber como eu me sentia. – Incrível. E seu palpite provavelmente não tem nenhuma relação com o fato de nunca ter me visto por aqui antes.

– Eu quis dizer que você não é da Carolina do Norte. Você nem é do Sul.

– Também deve ter notado que não tenho sotaque sulista.

Nem ele, percebi de repente, o que era estranho, porque eu pensava que todo mundo no Sul devia soar como Andy Griffith. Ele continuou a passar o dedo pelas minhas mãos por mais alguns segundos antes de retirá-lo.

– Ok, acho que já entendi. Você pode colocá-las de volta nos bolsos.

Obedeci. Esperei, mas ele não disse mais nada.

– E aí?

– E aí o quê?

– Você tem todas as suas respostas?

– Nem todas. Mas é o suficiente. E tenho certeza que sei seu nome.

– Não, não sabe.

– É o que você acha.

Não importava que ele era bonitinho, eu tinha cansado do jogo e era hora de ir embora.

– Acho que vou me sentar no carro por algum tempo – avisei. – Está ficando frio. Prazer em conhecê-lo.

Virei-me e dei alguns passos, então ouvi que ele pigarreava.

– Você vem da Costa Oeste! – exclamou. – Mas não da Califórnia. Estou pensando... Washington? Talvez Seattle?

As palavras dele me fizeram parar bruscamente, e quando me virei eu sabia que não era capaz de esconder meu espanto.

– Acertei, não é?

– Como sabia?

– Da mesma forma que sei que você tem dezesseis anos e está no segundo ano do ensino médio. Também tem um irmão mais velho, ou melhor... é uma irmã? E seu nome começa com M... não é Molly nem Mary nem Marie, mas alguma coisa mais formal. Como... Margaret? Só que você prefere ser chamada de Maggie ou coisa parecida.

Senti meu queixo cair, perplexa demais para dizer algo.

– E você não se mudou definitivamente para Ocracoke. Vai ficar apenas alguns meses, certo? – Ele balançou a cabeça e voltou a abrir um sorriso. – Mas já basta. Como disse antes, sou Bryce e fico feliz em conhecê-la, Maggie.

Alguns segundos se passaram antes que eu finalmente conseguisse resmungar:

– Conseguiu descobrir tudo isso só de olhar no meu rosto e nas palmas das minhas mãos?

– Não. Soube da maior parte graças a Linda.

Levei um segundo para entender.

– Minha tia?

– Conversei com ela por algum tempo quando estava na cabine. Ela apontou quando você passou por nós e me contou um pouquinho sobre você. Fui eu que consertei sua bicicleta, aliás.

Enquanto eu olhava para ele, me lembrei vagamente de que minha tia e Gwen conversavam com alguém.

– Então o que era toda aquela história sobre meu rosto e minhas mãos?

– Nada. Só estava me divertindo.

– Não foi muito legal da sua parte.

– Talvez não. Mas você precisava ter visto a sua cara. Fica muito bonita quando não sabe o que dizer.

Eu não podia acreditar no que tinha ouvido. *Bonita? Ele acabou de dizer que eu sou muito bonita?* Mais uma vez, lembrei a mim mesma que não fazia diferença.

– Eu dispensaria o truque de mágica.

– Tem razão. Não vai acontecer de novo.

– Por que minha tia falaria de mim para você? – E eu fiquei imaginando o que mais ela teria dito.

– Ela queria saber se eu estava interessado em dar aulas particulares. Faço isso de vez em quando.

Está brincando.

– Você vai ser meu professor particular?

– Ainda não aceitei. Queria conhecê-la antes.

– Não preciso de professor particular.

– Então eu me enganei.

– Minha tia se preocupa muito.

– Entendo.

– Então por que não parece que você acredita em mim?

– Não faço ideia. Estava me baseando apenas no que sua tia me contou. Mas se não precisa de professor particular, tudo bem. – Seu sorriso maroto era descontraído, com as covinhas ainda aparentes. – E o que acha de tudo até agora?

– Tudo o quê?

– Ocracoke. Já está por aqui há algumas semanas, certo?

– É meio pequena.

– Claro. – Ele riu. – Também levei um tempo para me acostumar.

– Não foi criado aqui?

– Não. Assim como você, sou de fora.

– Sério?

– Sério – disse ele. – Meu pai e meus irmãos também. Não é o caso da minha mãe. Ela nasceu e foi criada aqui. Só voltamos para cá há alguns anos. – Com um gesto do polegar por cima do ombro, ele indicou uma caminhonete antiga com tinta vermelha desbotada e pneus grandes e largos. – Tenho uma cadeira sobrando no carro, se quiser se sentar. É bem mais confortável do que os bancos.

– Acho que já está na hora de ir. Não quero incomodá-lo.

– Não está me incomodando de forma nenhuma. Até você aparecer, a viagem estava bem chata.

Eu não sabia dizer se ele estava flertando, então fiquei calada. Bryce pareceu tomar a ausência de resposta como um "sim" e prosseguiu:

– Ótimo – disse ele. – Vou pegar a cadeira.

Antes que eu soubesse o que estava acontecendo, a cadeira foi colocada voltada para o mar, ao lado da dele, e eu fiquei olhando enquanto ele se sentava. Sentindo-me um tanto encurralada de repente, me dirigi para a outra cadeira e me sentei cautelosamente junto dele.

Bryce esticou as pernas.

– Melhor do que o banco da cabine, certo?

Eu ainda estava tentando digerir como ele era atraente e que minha tia – a ex-freira – havia criado toda aquela situação. Ou talvez não tivesse. A última coisa que meus pais queriam, provavelmente, era que eu voltasse a conhecer qualquer um do sexo oposto e era possível que tivessem mencionado isso para ela também.

– Acho que sim. Ainda está meio frio.

Enquanto eu falava, Daisy se aproximou e se deitou entre nós. Aproximei-me dela, dando-lhe um tapinha de leve.

– Seja cuidadosa – aconselhou ele. – Assim que você começa a fazer carinho, ela pode ficar bem insistente e pedir que você não pare.

– Tudo bem. Ela me lembra da minha cachorra. Lá em casa, sabe?

– É?

– Sandy é mais velha e um pouco maior. Sinto falta dela. Qual a idade da Daisy?

– Completou um ano em outubro. Isso quer dizer que ela está com quase catorze meses agora.

– Parece muito bem ensinada para a idade.

– Deveria ser, eu a treino desde que era filhote.

– Ensinando a jogar o lixo fora?

– E outras coisas também. Como não sair correndo por aí, por exemplo. – Ele voltou a atenção para o cão, falando num tom mais animado. – Mas ela ainda tem um longo caminho pela frente, não é, meninona?

Daisy ganiu, batendo o rabo.

– Se você não é de Ocracoke, há quanto tempo mora lá?

– Vai fazer quatro anos em abril.

– O que trouxe sua família para cá?

– Meu pai era militar e depois que ele se aposentou minha mãe quis ficar mais perto dos pais dela. Como tivemos que fazer muitas mudanças por causa do trabalho dele, meu pai achou que era justo deixar que minha mãe decidisse onde se estabelecer por algum tempo. Ele nos falou que seria uma aventura.

– E tem sido?

– Às vezes. Nos verões é muito divertido. A ilha pode ficar muito cheia, ainda mais perto do 4 de Julho. E a praia é realmente bonita. Daisy adora correr por lá.

– Posso perguntar para que serve a câmera?

– Para qualquer coisa interessante, acho. Hoje não aconteceu grande coisa, mesmo antes de escurecer.

– E há algo interessante?

– No ano passado, um barco pesqueiro pegou fogo. A balsa mudou de curso para ajudar o resgate da tripulação porque a Guarda Costeira ainda não havia chegado. Foi muito triste, mas os tripulantes não se machucaram e eu tirei umas fotos incríveis. Também tem os golfinhos, e quando eles estão saltando, às vezes consigo uma boa foto. Mas hoje trouxe a câmera para o meu projeto.

– Qual é o seu projeto?

– Quero me tornar um Eagle Scout. Estou ensinando Daisy e queria tirar algumas boas fotos dela.

Franzi a testa.

– Não entendi. Você pode conseguir uma insígnia de Eagle Scout por adestrar um cão?

– Estou preparando-a para um treinamento mais avançado – explicou ele. – Está aprendendo a ser um cão de serviço de mobilidade. – Como se antecipasse minha próxima pergunta, ele explicou: – Para pessoas que necessitam de cadeiras de roda.

– Algo como um cão-guia?

– Parecido. Ela precisa de habilidades diferentes, mas é o mesmo princípio.

– Como jogar coisas no lixo?

– Exatamente. Ou como pegar o controle remoto ou o aparelho de telefone. Ou abrir gavetas, armários ou portas.

– Como ela consegue abrir portas?

– Você precisa de uma maçaneta que sirva como alavanca na porta, não uma daquelas redondas, é claro. Mas ela sobe nas patas traseiras e usa as dianteiras, abre a porta e depois a empurra com o focinho. Ela é muito boa nisso. Também consegue abrir gavetas, desde que haja um cordão no puxador. O que eu mais preciso trabalhar com ela é a concentração, mas acho que parte do problema é provavelmente a idade. Espero que ela seja aceita no programa oficial. Estou convencida de que vai conseguir. Não é obrigada a ter nenhuma habilidade avançada... É para isso que servem os adestradores formais... Mas eu queria dar a ela uma vantagem. E quando estiver pronta, vai para sua nova casa.

– Você tem que entregá-la?

– Em abril.

– Se fosse eu, ficaria com o cachorro e esqueceria o projeto.

– É para ajudar alguém que precisa. Mas você tem razão. Não vai ser fácil. Somos inseparáveis desde que a ganhei.

– A não ser quando tem aulas, não é?

– Mesmo nas aulas – respondeu ele. – Já terminei o ensino médio, mas fui educado em casa pela minha mãe. Meus irmãos também estudam em casa.

Lá em Seattle, eu só conhecia uma família que educava seus filhos em casa e eles eram fundamentalistas religiosos. Não os conhecia muito bem; tudo o que eu sabia era que as filhas tinham que usar vestidos longos o tempo todo e que a família montava um enorme presépio na frente da casa todo Natal.

– E você gostava disso? De estudar em casa, quero dizer.

– Amava.

Pensei no aspecto social da escola, que era de longe minha parte favorita. Eu não conseguia imaginar como seria não ver meus amigos.

– Por quê?

– Porque podia aprender no meu ritmo. Mamãe é professora, e como a gente se mudava com frequência, meus pais acharam que assim nós teríamos uma educação melhor.

– Havia carteiras num dos quartos de hóspedes da sua casa? Com quadro e projetor?

– Não – respondeu ele. – A gente usava a mesa da cozinha para as aulas. Mas estudamos bastante por conta própria.

– E isso funciona? – Não consegui tirar o ceticismo da minha voz.

– Acho que sim – disse ele. – Com meus irmãos, sei que funciona. Eles são muito inteligentes. Inteligentes de dar medo, para falar a verdade. São gêmeos, aliás. Robert se interessa por aeronáutica e Richard, por programação. Tem chance de eles começarem a faculdade quando tiverem quinze ou dezesseis anos, mas do ponto de vista acadêmico, os dois já estão preparados.

– Qual a idade deles?

– Doze anos. Antes de ficar impressionada demais, saiba que eles também são imaturos, fazem coisas estúpidas e me deixam doido. E se conhecê-los, vão deixar você doida também. Sinto que devo avisá-la com antecedência para que não pense mal de mim ou deles, para que saiba como são inteligentes, mesmo quando não se comportam assim.

Pela primeira vez desde que eu havia começado a conversar com ele, não consegui deixar de sorrir. Atrás de Bryce, Ocracoke parecia ainda mais próxima. A nossa volta, as pessoas haviam começado a voltar para os carros.

– Vou me lembrar disso. E você? Também é inteligente assim?

– Não como eles. Mas essa é uma das melhores coisas de se estudar em casa. Em geral, você pode fazer suas tarefas em duas ou três horas e tem tempo para aprender assuntos diferentes. Eles se interessam por ciência, mas eu gosto de fotografia. E assim tenho bastante tempo para praticar.

– E a faculdade?

– Já fui admitido – disse ele. – Começo no próximo outono.

– Você tem dezoito anos?

– Dezessete. Faço dezoito em julho.

Não pude deixar de pensar que ele parecia bem mais velho do que eu e muito mais maduro do que qualquer um na minha escola. Mais confiante e, de algum modo, mais confortável com o mundo e com seu papel nele. Estava fora do meu alcance compreender como isso podia ter acontecido num lugar como Ocracoke.

– Onde você vai estudar?

– West Point – respondeu. – Meu pai estudou lá, então é uma tradição de família. Mas e você? Como é Washington? Nunca estive por lá, mas ouvi dizer que é lindo.

– É, sim. As montanhas são incríveis e há muitas caminhadas interessantes para fazer. E Seattle é mesmo divertida. Meus amigos e eu vemos filmes e vamos ao shopping, coisas assim. Mas o bairro onde eu moro é meio tranquilo. Muita gente mais velha mora lá.

– Há baleias no estreito de Puget, certo? Baleias jubarte?

– Claro.

– Já viu uma?

– Muitas vezes. – Dei de ombros. – No sexto ano, minha turma participou de uma excursão num barco e conseguimos chegar bem perto. Foi legal.

– Espero ver uma delas antes de ir para a faculdade. Supostamente, podem ser vistas perto da costa, às vezes, mas nunca tive tanta sorte.

Duas pessoas passaram ao nosso lado. Ouvi a porta de um carro bater atrás de mim. O motor do barco gemeu e senti que a balsa começava a perder velocidade.

– Acho que já estamos quase lá – observei, pensando que a viagem parecia mais curta do que o habitual.

– Estamos, sim – disse ele. – Talvez seja uma boa ideia fazer com que Daisy entre na caminhonete. E acho que sua tia está procurando você.

Quando ele fez um sinal atrás de mim, virei e vi que minha tia se aproximava. Rezei para que ela não nos apontasse ou fizesse uma cena, informando a todos na embarcação que eu havia conhecido o sujeito que ela queria que me desse aulas particulares.

Ela apontou.

– Aí está você! – exclamou ela. Senti que afundava na cadeira enquanto ela se aproximava. – Procurei por você no carro, mas não conseguia encontrá-la – prosseguiu. – Vejo que conheceu Bryce.

– Olá, Sra. Dawes – Bryce a saudou. Ele se levantou da cadeira e a dobrou. – Sim, tivemos a chance de nos conhecer um pouco.

– É bom ouvir isso.

Na pausa, tive a sensação de que os dois estavam esperando que eu dissesse algo.

– Olá, tia Linda.

Vi que Bryce colocava sua cadeira na caçamba da picape e considerei que era a deixa para que eu me levantasse. Depois de dobrar, eu a entreguei, observando Bryce ajeitá-la no veículo antes de abaixar a porta traseira.

– Pule para cá, Daisy – chamou ele.

Daisy se levantou e saltou para a traseira da caminhonete.

Eu sentia que minha tia olhava para ele, para mim e depois para nós dois ao mesmo tempo, sem saber o que fazer, como se não se lembrasse de seus anos antes do convento, quando provavelmente ela esteve mais perto de levar uma vida normal, com sentimentos normais.

– Vou esperar por você no carro – informou ela. – Foi um prazer falar com você, Bryce. Estou feliz que tivemos uma chance de botar a conversa em dia.

– Cuide-se – respondeu Bryce. – A propósito, tenho certeza que vou aparecer para comer mais pãezinhos durante a semana. Nos veremos.

Tia Linda olhou para nós dois antes de, finalmente, dar as costas e ir embora. Quando ela já não podia mais ouvir o que falávamos, Bryce me encarou novamente.

– Eu gosto muito de Linda e Gwen. Fazem os melhores pãezinhos que já comi, mas tenho certeza que você já sabe disso. Venho tentando fazer com que compartilhem comigo sua receita secreta, mas não tive sorte. Meu pai e meu avô pegam alguns pãezinhos sempre que vão para o barco.

– O barco?

– Meu avô é pescador. Quando meu pai não está dando consultoria para o DD, ele ajuda meu avô. Conserta o barco e o equipamento ou até vai para o mar junto com ele.

– O que é DD?

– Departamento de Defesa.

– Ah – balbuciei, sem saber o que acrescentar. Era difícil aceitar a ideia de que um consultor do DD teria realmente escolhido morar em Ocracoke. A essa altura, porém, a balsa havia parado e ouvi portas de carros batendo e motores ganhando vida. – Acho que devo ir.

– Provavelmente. Mas, olha, foi ótimo conversar com você, Maggie. Nunca tem ninguém nem perto da minha idade na balsa. Você tornou a viagem muito mais agradável.

– Obrigado – falei, tentando não olhar para aquelas covinhas.

Dei meia-volta e, para minha surpresa, senti de repente uma estranha mistura de alívio e de decepção por nosso encontro ter terminado.

Esperei até o último minuto antes de entrar no carro porque não queria encarar o interrogatório, o que meus pais costumavam fazer. *Falaram sobre o quê? Gostou dele? Dá para imaginar ele ensinando geometria e revisando seu trabalho, caso seja necessário? Tomei a decisão acertada?*

Meus pais não iam parar de fazer perguntas. Quase todos os dias de aula, até mesmo quando botei tudo pra fora – ou que fiz xixi numa vareta, tanto faz –, eles sempre me perguntavam como tinha sido a escola, como se assistir às aulas fosse alguma produção mágica e misteriosa que todo mundo acharia fascinante. Não importava quantas vezes eu respondia apenas *tudo bem* – o que na verdade significava *Parem de fazer uma pergunta tão estúpida* –, eles sempre repetiam. E, para ser sincera, o que esperavam que eu dissesse além de *tudo bem?* Os dois tinham ido para a escola. Sabiam como era. Um professor ficava na frente, de pé, e ensinava coisas que eu deveria aprender para me dar bem nas provas e nada daquilo era muito divertido.

O almoço, porém, podia ser bem interessante, às vezes. Ou, quando eu era menor, o recreio podia ter rendido alguma conversa interessante. Mas *a escola?* A escola era apenas... *escola.*

Por sorte, minha tia e Gwen estavam conversando sobre o sermão que ouvimos na igreja, do qual eu mal me lembrava e, obviamente, a viagem durou apenas alguns minutos. Dirigimos primeiro para a loja, onde ajudei a descarregar os suprimentos, mas em vez de ficar em casa, Gwen veio conosco para a casa da minha tia, para nos ajudar a carregar a árvore de Natal.

Apesar da minha gravidez, e apesar de as duas serem senhoras mais velhas, de alguma forma fomos capazes de empurrar a árvore escada acima e apoiá-la num suporte que tia Linda recuperou do fundo do armário do corredor. A essa altura, eu estava meio cansada e acho que as duas também. Em vez de cuidar logo da decoração, minha tia e Gwen se ocuparam na cozinha. Tia Linda fez pãezinhos frescos enquanto Gwen esquentava mais sobras do Dia de Ação de Graças.

Não tinha percebido como estava faminta e limpei meu prato pela primeira vez em algum tempo. E talvez por Bryce ter dito alguma coisa sobre o assunto, percebi que os pãezinhos estavam mais saborosos do que o normal. Quando fui pegar outro, vi que tia Linda sorria.

– O quê? – perguntei.

– Só estou feliz porque você está comendo – respondeu ela.

– O que tem nesses pãezinhos?

– O básico... farinha, *buttermilk*, gordura vegetal.

– Algum segredo na receita?

Se tia Linda tinha curiosidade em saber por que eu me importava, ela não deixou transparecer. Lançou um olhar conspiratório para Gwen antes de voltar a me encarar.

– Claro que sim.

– E o que é?

– É segredo – disse ela, piscando.

Não falamos mais depois disso. Assim que terminei de lavar os pratos, me recolhi ao quarto. Do outro lado da minha janela, o céu estava cheio de estrelas, e eu via a lua pairando sobre a água, o mar cintilando como prata. Pus o pijama e estava prestes a entrar debaixo das cobertas quando, de repente, me lembrei de que ainda precisava fazer o trabalho sobre Thurgood Marshall. Peguei minhas anotações – ao menos isso eu tinha feito – e comecei a escrever. Sempre fui boa na escrita – nada de excepcional, mas com certeza era melhor do que em matemática – e tinha feito uma página e meia quando ouvi uma batida na porta. Ergui os olhos e vi a cabeça de tia Linda aparecer na porta entreaberta. Quando reparou que eu estava fazendo o trabalho de casa, ela ergueu uma das sobrancelhas, mas tenho certeza de que no mesmo instante pensou que era melhor não dizer nada para não paralisar bruscamente o meu progresso.

– A cozinha ficou ótima – disse ela. – Obrigada.

– De nada. Obrigada pelo jantar.

– Eram apenas sobras. – Ela deu de ombros. – A não ser pelos pãezinhos. Devia ligar para seus pais hoje à noite. Ainda é cedo para eles.

Olhei o relógio.

– Provavelmente estão jantando. Ligo para eles daqui a pouco.

Ela pigarreou de leve.

– Queria que você soubesse que, quando falei com Bryce, eu não disse nada sobre... pois bem, sobre a situação. Disse apenas que a minha sobrinha precisava passar alguns meses comigo e não me estendi.

Eu não tinha percebido que teria esse tipo de preocupação, mas me surpreendi ao soltar um suspiro de alívio.

– Ele não perguntou o motivo?

– Talvez tenha perguntado, mas me limitei ao tema para saber se ele queria dar aulas particulares para você.

– Mas falou de mim para ele.

– Só porque ele disse que precisava saber alguma coisa sobre você.

– Se eu quiser ter aulas particulares com ele.

– É – concordou ela. – E não que isso importe, mas ele é o mesmo rapaz que consertou sua bicicleta.

Eu já sabia disso, mas continuava pensando sobre a perspectiva de vê-lo dia após dia.

– E se eu prometesse recuperar o atraso sozinha?

– Você conseguiria? Porque não posso ajudá-la. Faz muito tempo desde que estive na escola.

Hesitei.

– O que devo dizer se ele me perguntar por que estou aqui?

Ela pensou por um instante.

– É importante lembrar que nenhum de nós é perfeito. Todo mundo comete erros. Tudo o que podemos fazer é tentar ser um pouco melhor a cada dia. Nesse caso, se ele perguntar, pode dizer a verdade ou mentir. Suponho que vai depender do tipo de pessoa que você deseja ver quando se encarar no espelho.

Estremeci, sabendo que nunca deveria ter feito uma pergunta sobre moral para uma antiga freira. Sem ter como responder, voltei ao óbvio.

– Não quero que ninguém saiba. Nem ele.

Ela deu um sorriso triste.

– Eu sei que você não quer, mas tenha em mente que a gravidez é um segredo difícil de guardar, ainda mais num vilarejo como Ocracoke. E assim que a barriga começar a aparecer...

Ela não precisou terminar a frase. Eu sabia o que ela queria dizer.

– E se eu não sair de casa?

Eu já sabia que era uma ideia totalmente impraticável assim que pronunciei essas palavras. Eu pegava a balsa com outras pessoas de Ocracoke para ir à igreja aos domingos. Teria consultas com um médico em Morehead City, o que implicava em mais viagens de balsa. Tinha visitado o estabelecimento da minha tia. As pessoas já sabiam que eu estava na ilha e, sem dúvida, algumas faziam conjeturas. Pelo que eu sabia, Bryce devia estar fazendo o mesmo. Talvez não pensassem em gravidez, mas suspeitariam de algum tipo de encrenca. Com minha família, com drogas, com a lei, com... *alguma coisa*. Que outro motivo me faria aparecer do nada no meio do inverno?

– Acha que eu deveria contar a ele, não é?

– Eu acho – começou ela, pesando bem as palavras – que ele vai saber da verdade, quer você queira ou não. É uma questão de quando isso vai acontecer e quem vai contar. Acho que seria melhor se você mesma fizesse isso.

Fiquei olhando pela janela, sem enxergar nada.

– Ele vai pensar que sou uma pessoa terrível.

– Duvido.

Engoli em seco, odiando aquilo, odiando *tudo* aquilo. Minha tia permaneceu em silêncio, me dando tempo para pensar. Nesse ponto, eu tinha que admitir, ela era muito melhor do que meus pais.

– Acho que Bryce pode ser meu professor particular.

– Vou falar com ele – disse tia Linda em voz baixa. Depois, pigarreando, perguntou: – O que você está fazendo?

– Espero concluir o primeiro esboço do meu trabalho hoje à noite.

– Tenho certeza que vai ser um ótimo trabalho. Você é uma jovem inteligente.

Diga isso para os meus pais, pensei.

– Obrigada.

– Quer alguma coisa antes que eu me recolha? Um copo de leite, talvez? Amanhã meu dia vai começar cedo.

– Estou bem, obrigada.

– Não se esqueça de ligar para seus pais.

– Não vou esquecer.

Ela se virou para sair, mas voltou a se deter.

– Ah, mais uma coisa. Eu estava pensando que a gente poderia decorar a árvore amanhã à noite, depois do jantar.

– Ok.

– Durma bem, Maggie. Eu amo você.

– Também amo você – falei.

A frase veio automaticamente, como acontecia com meus amigos, e mais tarde, ao conversar com meus pais, quando eles perguntaram se eu estava me dando bem com Linda, percebi que era a primeira vez que havíamos trocado aquelas palavras.

O quebra-nozes

Manhattan
Dezembro de 2019

Mark estava sentado com as pontas dos dedos unidas quando Maggie se calou, com uma expressão impenetrável. Ele não disse nada de imediato, mas por fim balançou a cabeça, como se tivesse percebido, de súbito, que chegara sua vez de falar.

– Sinto muito – disse ele. – Creio que ainda estou tentando assimilar o que me contou.

– Até aqui minha história não é bem aquela que você esperava, não é?

– Não sei exatamente o que eu esperava – admitiu ele. – E o que aconteceu em seguida?

– No momento, estou um pouquinho cansada para continuar.

Mark levantou a mão.

– Claro. Mesmo assim... Uau. Quando eu tinha dezesseis anos, duvido que tivesse conseguido lidar com uma crise parecida.

– Eu não tive opção.

– Mesmo assim... – Ele coçou a orelha, distraído. – Sua tia Linda parece interessante.

Maggie não conseguiu conter um sorriso.

– Com certeza.

– Vocês se falam até hoje?

– Nós nos falávamos. Ela e Gwen me visitaram algumas vezes em Nova York e eu a vi uma vez em Ocracoke, mas na maior parte do tempo nós trocávamos cartas e conversávamos pelo telefone. Ela faleceu há seis anos.

– Lamento ouvir isso.

– Ainda sinto falta dela.

– Guardou as cartas?

– Cada uma delas.

Ele ficou com o olhar perdido num canto antes de se voltar para Maggie.

– Por que sua tia deixou de ser freira? Chegou a perguntar?

– Não perguntei naquela época. Eu ficaria muito constrangida, e além disso eu estava envolvida demais nos meus próprios problemas para que essa pergunta tivesse sequer me ocorrido. Passaram-se anos até que eu tentasse abordar o assunto, mas quando o fiz, não recebi uma resposta que eu realmente compreendesse. Acho que eu esperava uma grande revelação ou coisa parecida.

– O que ela disse?

– Disse que a vida é feita de estações e que a estação havia mudado.

– Hum. É um pouco misterioso.

– Suponho que ela tenha se cansado de lidar com todas aquelas adolescentes grávidas. Falo com propriedade: podemos ser muito temperamentais.

Ele deu uma risada antes de ficar mais contemplativo.

– Os conventos ainda abrigam adolescentes grávidas?

– Não faço ideia, mas duvido. Os tempos mudaram. Há alguns anos, quando fui mordida pelo bichinho das perguntas, busquei as Irmãs da Misericórdia na internet e descobri que a ordem tinha acabado havia mais de dez anos.

– Onde ficava o convento dela? Antes de se retirar, quero dizer.

– Acho que era em Illinois. Ou talvez em Ohio. Em algum lugar no Meio-Oeste. E não me pergunte como ela chegou lá. Como meu pai, ela era da Costa Oeste.

– Por quanto tempo ela foi freira?

– Uns vinte e cinco anos? Talvez um pouco mais, um pouco menos. Não tenho certeza. Gwen também. Acho que Gwen entrou para a ordem antes da minha tia.

– Acha que as duas eram...?

Quando ele fez uma pausa, Maggie levantou uma das sobrancelhas.

– Um casal? Com toda sinceridade, também não sei. Quando fiquei mais velha, achei que poderiam ser, pois sempre estavam juntas, mas nunca vi as duas trocando beijos, de mãos dadas ou coisa parecida. De uma coisa tenho certeza, no entanto: elas se amavam profundamente. Gwen estava na cabeceira de tia Linda quando ela faleceu.

– Você também mantém contato com ela?

– Era mais próxima da minha tia, claro, mas depois de sua morte, fiz questão de telefonar para Gwen algumas vezes por ano. Mas nem tanto nos últimos tempos. Ela sofre de Alzheimer, então não sei bem se ainda se lembra de mim. Mas se lembra da minha tia, e isso me deixa feliz.

– É difícil acreditar que você nunca tenha contado nada disso para Luanne.

– É o costume. Até meus pais ainda fingem que nada disso aconteceu. Morgan também.

– Teve notícias de Luanne? Desde que ela foi para o Havaí?

– Não contei para ela o que a médica disse, se é o que você realmente quer saber.

Ele engoliu em seco.

– Odeio que isso esteja acontecendo com você. Odeio mesmo.

– Nós dois odiamos. Faça um favor a si mesmo e nunca tenha câncer, em especial quando você deveria estar no auge da vida.

Mark abaixou a cabeça e ela entendeu que ele não sabia o que dizer. Fazer piadas com a morte a ajudava a manter sob controle outros sentimentos, mais sombrios. O problema era que ninguém sabia exatamente como reagir. Por fim, ele ergueu os olhos.

– Recebi hoje uma mensagem de Luanne. Disse que mandou uma para você também, mas que você não respondeu.

– Ainda não olhei meu celular hoje. O que dizia?

– Era para lembrá-la de abrir seu cartão, caso ainda não tivesse feito isso.

Claro. Porque tem um presente dentro do envelope.

– Provavelmente ainda está na escrivaninha em algum lugar, se quiser me ajudar a encontrar.

Ele se levantou e começou a examinar a caixa de entrada e saída enquanto Maggie remexia a primeira gaveta da escrivaninha. Enquanto ela vistoriava os papéis, Mark tirou um envelope de uma pilha de faturas e o entregou.

– É esse aqui?

– É – respondeu ela, demorando-se um segundo para examiná-lo. – Espero que não esteja me dando de presente uma foto dela em pose sensual.

Mark arregalou os olhos.

– Não parece algo que ela faria...

Maggie riu.

– Estou brincando. Queria que você visse a sua cara.

Ela abriu o envelope. No interior, encontrava-se um cartão elegante com uma saudação padrão, junto com um bilhete de Luanne, agradecendo a Maggie "por ser alguém tão agradável no ambiente de trabalho". Luanne sempre fora defensora da linguagem formal e da gramática normativa. Dentro do envelope, havia dois ingressos para uma apresentação de *O quebra-nozes* com o New York City Ballet, no Lincoln Center. O espetáculo seria na noite de sexta-feira, dali a dois dias.

Maggie retirou os ingressos, mostrando-os para Mark.

– Foi bom você ter lembrado. Está quase na hora.

– Que presente maravilhoso. Já assistiu?

– Sempre falei que queria ir, mas nunca fui. E você?

– Não dá para dizer que eu já tenha visto.

– Gostaria de me acompanhar?

– Eu?

– Por que não? Pode ser uma recompensa, pois precisou trabalhar até tarde.

– Adoraria.

– Ótimo.

– Também gostei da história, apesar de ter sido interrompida num momento de suspense.

– Suspense?

– Sobre o que aconteceu com você, o restante da gravidez. O fato de estar começando a construir um relacionamento com sua tia. Bryce. Sei que o aceitou como professor particular, mas como foi? Ele a ajudou? Ou a decepcionou?

Assim que Mark pronunciou esse nome, Maggie sentiu uma pontada de incredulidade ao pensar que já havia se passado quase um quarto de século desde aqueles meses em Ocracoke.

– Está realmente interessado no restante da história?

– Estou – admitiu ele.

– Por quê?

– Porque me ajuda a entender um pouquinho mais sobre você.

Ela deu mais um gole na vitamina e, de repente, lembrou-se de sua conversa mais recente com a Dra. Brodigan. *Num momento*, observou ela, *você está mantendo uma conversa agradável com alguém e, no momento seguinte, tudo o que você consegue pensar é que está morrendo.* Tentou afastar essa constatação antes de se perguntar, de súbito, se Mark estava lendo seus pensamentos. Mas não conseguiu.

– Sei que fala todos os dias com Abigail. Sinta-se à vontade para contar para ela qual é meu prognóstico.

– Eu não faria isso. É... um assunto pessoal seu.

– Ela assiste aos vídeos?

– Assiste.

– Então vai descobrir logo. Estava planejando postar sobre os últimos acontecimentos depois de contar para meus pais e para minha irmã.

– Ainda não contou para eles?

– Decidi que vou esperar para contar depois do Natal.

– Por quê?

– Se contasse agora, provavelmente iam querer que eu pegasse um avião e fosse imediatamente para Seattle, coisa que não quero fazer, ou insistiriam em vir para cá, o que também não quero que aconteça. Ficariam arrasados e precisariam lidar com tamanha dor. Acabaria sendo mais difícil para todos nós. Além do mais, arruinaria todos os próximos Natais. Prefiro não fazer isso.

– Vai ser duro para eles, não importa quando souberem.

– Sei disso. Mas minha família e eu mantemos... um relacionamento singular.

– Como assim?

– Não levei exatamente o tipo de vida que meus pais gostariam. Sempre tive o sentimento de ter nascido na família errada e aprendi há muito tempo que nosso relacionamento funciona melhor quando mantemos alguma distância. Não compreendem minhas escolhas. Quanto à minha irmã, ela é mais parecida com meus pais. Fez o percurso completo: casamento, filho, casa nos arredores da cidade e continua linda como sempre. É difícil competir com alguém assim.

– Mas veja tudo o que você fez.

– Na minha família, não sei se importa.

– Lamento ouvir isso. – No silêncio que se seguiu, Maggie de repente soltou um bocejo e Mark pigarreou. – Que tal voltar logo para casa, se estiver cansada? Vou garantir que tudo esteja devidamente registrado e cuidar de todos os envios.

No passado, ela teria insistido em ficar. Agora sabia que isso não serviria para nada.

– Tem certeza?

– Você vai me levar ao balé. É o mínimo que posso fazer.

Depois que ela terminou de se agasalhar, Mark a seguiu até a porta e a abriu, pronto para fechar assim que ela saísse. O vento cruel fustigava as bochechas de Maggie.

– Mais uma vez obrigada por aquela vitamina.

– Quer que eu chame um Uber ou um táxi? Está frio lá fora.

– Não é longe. Vou ficar bem.

– Até manhã!

Ela não queria mentir. Quem poderia dizer como ela estaria se sentindo no dia seguinte?

– Talvez – respondeu.

Quando Mark assentiu, seus lábios formaram uma linha severa, e ela teve certeza de que ele compreendia.

Ao chegar na primeira esquina, Maggie soube que havia cometido um erro. Não estava apenas gelado ao ar livre. Parecia o Ártico. Ela tremia bastante, mesmo depois de entrar no apartamento. Com a sensação de que havia um bloco de gelo acomodado em seu peito, ela se aninhou no sofá sob um cobertor por quase meia hora antes de reunir forças para voltar a se mexer.

Na cozinha, preparou chá de camomila. Também pensou em tomar um banho morno, mas seria um esforço excessivo. Em vez disso, foi para o quarto, vestiu um pijama grosso, de flanela, um suéter, dois pares de meia e uma touca para aquecer a cabeça e entrou debaixo das cobertas. Depois de tomar meia xícara de chá, pegou no sono e dormiu por dezesseis horas.

Acordou se sentindo *péssima*, como se tivesse virado a noite. Pior ainda, a dor parecia se irradiar de diversos órgãos, intensificando-se a cada batimento cardíaco. Reunindo forças, ela conseguiu se levantar da cama e chegar ao banheiro, onde guardava os analgésicos receitados pela Dra. Brodigan.

Maggie engoliu dois comprimidos com água e se sentou na beirada da cama, imóvel e concentrada, até ter certeza de que desceriam. Só então se sentiu pronta para começar o dia.

Encheu a banheira, porque o chuveiro lhe dava a sensação de estar sendo esfaqueada. Ficou de molho na água morna com sabão por quase uma hora. Depois, mandou uma mensagem de texto para Mark para informar que não iria à galeria naquele dia, mas entraria em contato no dia seguinte, para combinar a hora e o local onde se encontrariam para ir ao balé.

Depois de se vestir com roupas confortáveis, preparou o café da manhã, embora a tarde já tivesse começado. Engoliu um ovo e meia torrada, ambos com gosto de papelão salgado, e a seguir – como havia se tornado um hábito naquela última semana e meia – se sentou no sofá para observar o mundo pela janela.

A neve caía em rajadas, os pequenos flocos cintilando contra o vidro em movimentos hipnóticos. Ao vislumbrar poinsétias na janela de um apartamento do outro lado da rua, ela se lembrou do primeiro Natal em Seattle, depois de voltar de Ocracoke. Embora quisesse se animar com as festas de fim de ano, Maggie passou grande parte de dezembro simplesmente funcionando no automático. Na manhã de Natal, lembrava-se de ter aberto os presentes fingindo entusiasmo.

Ela sabia que um pouco disso tinha relação com a idade. As crenças de sua infância e adolescência tinham desaparecido. Chegara a um ponto em que até sentir o aroma de um biscoito significava contar calorias. Mas era mais que isso. Os meses em Ocracoke a transformaram em alguém que não conseguia mais reconhecer, e havia momentos em que Seattle não parecia seu lar. Olhando em retrospecto, compreendia que mesmo naqueles dias ela já vinha contando o tempo que faltava até poder partir definitivamente.

Àquela altura, porém, já fazia muitos meses que vinha se sentindo assim. Pouco depois de retornar a Seattle, assim que começou a se sentir ligeiramente de volta ao normal, Madison e Jodie pareciam ansiosas para retomar a amizade, como se nada tivesse acontecido. Na superfície, pouco havia mudado. No entanto, quanto mais tempo ela passava com as amigas, mais sentia como se tivesse crescido enquanto as duas tinham permanecido exatamente iguais. Os mesmos interesses e inseguranças de sempre, o mesmo tipo de paixão por garotos, a mesma emoção em ficar na praça de alimentação do shopping nas tardes de sábado. Eram familiares e agradáveis; mesmo assim, pouco a pouco, Maggie começou a entender que as duas acabariam tomando outro rumo e desapareceriam na correnteza da vida, a mesma que Maggie às vezes sentia que também a arrastava.

Ela também passou boa parte daqueles primeiros meses em casa pensando em Ocracoke e sentindo mais saudade do que teria imaginado ser possível. Pensara na tia, na praia deserta e varrida pelo vento, nos passeios de balsa e nos brechós. Espantara-se ao refletir sobre tudo o que acontecera enquanto ela estava lá, tantas coisas que mesmo nos dias atuais ela às vezes ainda chegava a perder o fôlego.

Maggie assistiu a um drama na Netflix – alguma coisa estrelada por Nicole Kidman, embora não conseguisse se lembrar do título –, tirou uma soneca no fim da tarde e depois pediu duas vitaminas para entrega. Sabia que não teria condições de tomar as duas, mas se sentia mal por pedir apenas uma, já que o valor era tão baixo. E, na verdade, que importância teria se ela jogasse uma delas fora?

Debateu também se deveria tomar uma taça de vinho. Não nesse momento; mais tarde, na hora de dormir. Fazia meses que não bebia, mesmo se contasse a reuniãozinha na galeria no final de novembro, quando basicamente tinha segurado a taça apenas por educação. Enquanto se submetia à quimioterapia, pensar em álcool lhe dava enjoo e depois disso ela simplesmente não estava no clima. Sabia que havia uma garrafa na geladeira, alguma coisa de Napa Valley que tinha comprado por impulso. Embora nesse momento parecesse uma boa ideia, ela desconfiava que o desejo desapareceria mais tarde e que só teria vontade de dormir. O que talvez fosse mesmo a melhor ideia, admitia ela. Quem saberia o efeito que o vinho poderia ter sobre ela? Estava tomando analgésicos e comia tão pouco que até mesmo uns poucos goles poderiam deixá-la apagada ou correndo para o banheiro para fazer uma oferenda aos deuses da porcelana.

Podia ser uma esquisitice, mas Maggie não admitia que ninguém estivesse por perto quando ela vomitava, nem mesmo as enfermeiras que cuidavam dela durante a quimioterapia. Elas acompanhavam Maggie até o banheiro e ela fechava a porta e tentava ser o mais silenciosa possível. Exceto pela manhã em que a mãe a encontrara no banheiro, só havia uma outra ocasião em que alguém a vira vomitar. Aconteceu quando ela ficou mareada ao fazer fotos num catamarã, na costa da Martinica. O enjoo a atingiu como um tsunami. Ela sentiu imediatamente o estômago revirar e mal chegou à amurada a tempo. Vomitou sem parar durante duas horas. Era a pior experiência que havia passado no trabalho, tão exagerada que ela não tinha dado a mínima para saber se havia alguém olhando. Tinha sido tudo o que ela pôde fazer para tirar fotos naquela noite – somente três prestaram entre uma centena –, e entre uma foto e outra ela tinha se esforçado para ficar o mais quieta possível. Os enjoos matinais da gravidez – caramba, até os enjoos da quimioterapia – não chegavam aos pés daquilo, e ela se perguntava por que havia resmungado tanto quando tinha dezesseis anos.

Quem ela realmente era naqueles tempos? Tentara recriar a história para Mark, em especial reconstituir como aquelas primeiras semanas em Ocracoke haviam sido terríveis para uma jovem de dezesseis anos, grávida e solitária. Na época, seu exílio parecera eterno. Agora, tudo o que pensava era que aqueles meses passaram rápido demais.

Embora nunca tivesse dito isso aos pais, ela sonhava em voltar a Ocracoke. O sentimento fora especialmente forte nos dois primeiros meses depois da volta para Seattle. Em determinados momentos, o desejo parecia quase avassalador. O passar do tempo podia ter diminuído essa vontade, mas ela nunca desapareceu por completo. Anos atrás, na seção de viagem do *New York Times*, alguém havia escrito um relato sobre viagens a Outer Banks. A autora tinha a expectativa de ver os cavalos selvagens e finalmente os vira perto de Corolla, mas foi sua descrição da beleza austera daquelas ilhas baixas, de barreira, que mexeu com Maggie. A matéria invocou o perfume no ar de quando tia Linda e Gwen faziam pãezinhos para os pescadores no começo da manhã e o isolamento silencioso do vilarejo nos dias tempestuosos de inverno. Lembrava-se de ter recortado o artigo do jornal e mandado para a tia, junto com cópias de algumas ampliações das fotos mais recentes que tirara. Como sempre, tia Linda respondeu pelo correio, agradecendo a Maggie pelo recorte e tecendo elogios entusiasmados às fotos. Terminava a carta dizendo que sentia muito orgulho dela e que a amava muito.

Maggie contara para Mark que ela e tia Linda haviam se aproximado ao longo dos anos, mas não contara muitos detalhes. Com suas infinitas cartas, tia Linda se tornou uma presença mais constante na vida de Maggie do que todos os outros parentes juntos. Havia algo reconfortante em saber que alguém a amava e a aceitava como era. Para Maggie, foram os meses que passaram juntas que lhe ensinaram o significado de amor incondicional.

Poucos meses antes da morte de tia Linda, Maggie lhe confessou que sempre desejara ser mais parecida com ela. Isso ocorrera durante sua primeira e única visita a Ocracoke desde que havia partido, ainda na adolescência. O vilarejo não mudara muito e a casa da tia desencadeou uma onda de lembranças doces e amargas. Os móveis eram iguais, os cheiros eram iguais, mas a passagem do tempo tinha, lentamente, deixado sua marca. Tudo estava um pouco mais desgastado, desbotado e exaurido, inclusive a própria tia. Nessa época, as marcas em seu rosto tinham se aprofundado e se transformado em rugas. O cabelo branco rareara e chegava a revelar o escalpo em alguns pontos. Somente seus olhos permaneciam iguais, com aquele brilho eternamente reconhecível. Na ocasião, as duas mulheres se sentaram junto à mesma mesa da cozinha em que Maggie costumava fazer o dever de casa no passado.

– Por que você gostaria de ser mais parecida comigo? – perguntara tia Linda, desconcertada.

– Porque você é... maravilhosa.

– Ah, minha querida. – Tia Linda estendera uma mão tão frágil que quase partiu o coração de Maggie, apertando de leve os dedos dela. – Você não percebe que eu poderia dizer o mesmo de você?

Na sexta-feira, depois de despertar de um sono que era semelhante a um coma e de andar de um lado para outro no apartamento, Maggie engoliu um pouco de aveia instantânea sem gosto enquanto mandava uma mensagem para Mark, com seus planos para encontrá-lo mais tarde na galeria. Fez também uma reserva no Atlantic Grill e providenciou um carro para o transporte depois do jantar, pois encontrar um Uber ou um táxi naquela área, de noite, costumava ser quase impossível. Depois de resolver tudo, ela voltou para a cama. Como estava prestes a ter uma noite mais longa que o habitual, Maggie precisava repousar o suficiente para não cair com a cara no prato durante o jantar. Não programou o despertador e dormiu mais três horas. Só então começou a se arrumar.

O problema, pensou ela, *é que quando um rosto fica tão esquálido quanto um esqueleto, com pele tão frágil quanto um lenço de papel, há um limite para o que se pode fazer para ficar com uma boa aparência.* Bastava dar uma olhada na penugem tênue de bebê na sua cabeça para que qualquer um pudesse dizer que ela estava prestes a morrer. Era preciso, porém, fazer uma tentativa, e depois do banho ela se dedicou à maquiagem, tentando acrescentar cor (*vida*) ao rosto. Em seguida, passou três tons diferentes de batom até encontrar um que parecia remotamente natural.

Tinha uma opção para o cabelo – lenço ou chapéu – e finalmente se decidiu por uma boina vermelha de lã. Pensou em usar um vestido, mas sabia que congelaria, então optou por uma calça com um suéter grosso e acolchoado que dava volume a seu corpo. Como sempre, estava com seu cordão; colocou um lindo lenço de caxemira em cor viva para manter o pescoço aquecido. Quando deu um passo para trás para se admirar no espelho, achou que parecia quase tão bem quanto antes do começo da quimioterapia.

Ao pegar a bolsa, ela tomou mais alguns comprimidos – a dor não estava tão forte quanto no dia anterior, mas não havia razão para se arriscar – e chamou um Uber. Quando parou na galeria alguns minutos depois do horário de fechamento, viu Mark pela janela, conversando sobre uma de suas fotos com um casal na casa dos cinquenta anos. Mark acenou da forma mais discreta possível quando Maggie entrou e correu para o escritório. Sobre a mesa havia uma pequena pilha de correspondências. Ela dava uma rápida olhada nos papéis quando Mark bateu de repente à porta, que estava aberta.

– Oi, sinto muito. Achei que eles tomariam uma decisão antes de sua chegada, mas tinham muitas perguntas.

– E?

– Compraram duas de suas fotos.

Incrível, pensou ela. Nos primeiros tempos da galeria, às vezes se passavam semanas sem que conseguisse vender uma única foto. E embora as vendas tivessem aumentado com o progresso de sua carreira, a verdadeira fama veio com os *Vídeos do câncer*. A fama realmente mudou tudo, mesmo sendo por um motivo que ela não desejaria a ninguém. Mark entrou no escritório antes de parar bruscamente.

– Uau – disse ele. – Você está fantástica.

– Eu me esforcei.

– Como se sente?

– Ando mais cansada que o normal, por isso tenho dormido bastante.

– Tem certeza que ainda está em condições de ir?

Ela viu a preocupação no rosto dele.

– É o presente de Luanne, então eu tenho que ir. E, além disso, vai me ajudar a entrar no espírito natalino.

– Estou ansioso para ir desde que me convidou. Você está pronta? O trânsito vai estar terrível esta noite, ainda mais com este tempo.

– Estou pronta.

Depois de apagar as luzes e trancar a porta, os dois saíram para a noite gelada. Mark ergueu a mão para chamar um táxi e segurou o cotovelo de Maggie enquanto ela entrava no carro.

Na viagem para Midtown, Mark falou sobre os clientes e a informou que Jackie Bernstein havia retornado para comprar a escultura de Trinity que estava admirando. Era uma peça cara – e que valia a pena, na opinião de Maggie, mesmo que fosse apenas como investimento. Nos últimos cinco anos, o valor da arte de Trinity tinha disparado. Nove das fotos de Maggie também foram vendidas – incluindo aquelas duas últimas –, e Mark garantiu que conseguira aprontar todas as remessas antes da chegada de Maggie.

– Eu ia para os fundos sempre que tinha um minuto livre, mas queria garantir que as fotos fossem despachadas hoje. Muitas vão ser presentes de Natal.

– O que eu faria sem você?

– Provavelmente contrataria outra pessoa.

– Você não se dá o devido crédito. Esquece que muitos se candidataram e não conseguiram a vaga.

– Verdade?

– Não sabia disso?

– Como poderia saber?

Tinha razão, ela percebeu.

– Também quero agradecer a você por assumir todo o trabalho sozinho, sem a Luanne, especialmente nesse período de festas de fim de ano.

– Não foi nada. Gosto de conversar com as pessoas sobre o seu trabalho.

– E sobre a obra de Trinity.

– Claro – acrescentou ele. – Mas as obras dele são um tanto intimidantes. Aprendi que com elas geralmente é melhor ouvir mais e falar menos. Quem tem interesse no trabalho dele costuma saber mais que eu.

– Contudo, você tem um talento especial para isso. Já pensou em ser curador ou administrar sua própria galeria? Fazer talvez um mestrado em história da arte, em vez de estudar a natureza divina?

– Não – respondeu ele. Seu tom era bem-humorado, mas determinado. – Eu sei qual é o caminho que devo seguir na vida.

Tenho certeza de que sabe, pensou ela.

– E quando vai iniciá-lo? Seu caminho, digo.

– As aulas começam em setembro.

– Já foi aceito?

– Fui. Vou cursar a Universidade de Chicago.

– Com Abigail?

– Claro.

– Muito bom – disse ela. – Às vezes me pergunto como teria sido passar pela experiência da universidade.

– Você estudou numa faculdade comunitária.

– Estou me referindo a um curso regular de quatro anos, morando no alojamento estudantil, com festas, ouvindo música durante os jogos de frisbee na quadra.

Ele ergueu uma das sobrancelhas.

– E ir às aulas, estudar e preparar trabalhos.

– Ah, sim. Isso também. – Ela deu um sorriso maroto. – Você contou para Abigail que íamos ao balé hoje à noite?

– Disse, e ela ficou com um pouco de inveja. Ela me fez prometer levá-la ao balé.

– Como vai a reunião de família?

– A casa está caótica e barulhenta o tempo todo. Mas ela adora. Um dos irmãos dela está na Força Aérea e veio da Itália. Abigail não o vê desde o ano passado.

– Aposto que os pais dela estão empolgados com a presença de todos.

– Com certeza. Devem estar construindo uma casa de biscoito de gengibre. Uma casa enorme. Fazem isso todos os anos.

– E se sua chefe não precisasse de você aqui, você poderia estar ajudando.

– Sem dúvida teria sido um aprendizado. Não sou muito talentoso na cozinha.

– E seus pais? Ouvi você mencionar para Trinity que eles estão fora do país, certo?

– Estão em Jerusalém hoje e amanhã. Vão passar a noite de Natal em Belém. Mandaram algumas fotos da Igreja do Santo Sepulcro. – Ele pegou o celular para mostrar a ela. – Esta viagem é algo que meus pais queriam fazer há anos, mas esperaram até que eu terminasse a graduação. Isto é, para que eu pudesse ir para casa nas férias. – Mark guardou o aparelho no bolso. – Para onde você foi? Quer dizer, na primeira vez em que saiu do país.

– Vancouver, no Canadá – respondeu Maggie. – Porque dava para ir dirigindo. Passei um fim de semana tirando fotos em Whistler depois da passagem de uma grande tempestade de gelo.

– Ainda não tive oportunidade de sair do país.

– Precisa experimentar – disse ela. – Visitar outros países muda sua perspectiva. Ajuda a compreender que as pessoas são bem parecidas em toda parte, não importa onde você esteja ou o país que visita.

O trânsito ficou lento quando saíram da West Side Highway. Ficou mais lento ainda quando rumaram para o leste por ruas transversais. Apesar do frio, as calçadas estavam lotadas. Maggie viu gente carregando sacolas de compras e fazendo fila em lojas de comida na esquina. Outros deixavam o trabalho e corriam para casa. Acabaram chegando a um ponto em que conseguiam ver as janelas iluminadas no Lincoln Center. Tinham duas opções: ficar sentados num carro praticamente parado por mais dez ou quinze minutos ou sair e caminhar.

Decidiram caminhar e, devagar, atravessaram uma multidão que se aglomerava muito além dos portões. Maggie mantinha os braços cruzados e transferia o peso do corpo de um pé para outro, na esperança de se aquecer. Felizmente a fila andou depressa e os dois entraram no saguão depois de poucos minutos. Seguindo as instruções dos recepcionistas, eles encontraram seus assentos no balcão nobre do David H. Koch Theatre.

Continuaram a conversar baixinho antes do espetáculo, observando os arredores e vendo os assentos serem preenchidos por uma mistura de adultos e crianças. Com o tempo, as luzes diminuíram, a música começou e o público foi transportado para a véspera de Natal na casa da família Stahlbaum.

Enquanto a história se desenrolava, Maggie ficou hipnotizada pela graça e pela beleza dos dançarinos, seus saltos e os delicados movimentos animando as notas oníricas da partitura de Tchaikovsky. Ocasionalmente, ela espiava Mark, reparando em como ele prestava atenção, extasiado. Ele parecia não conseguir tirar os olhos do palco, lembrando-a de que era um garoto do Meio-Oeste que provavelmente nunca tinha visto nada parecido.

Quando o balé acabou, eles se juntaram à multidão festiva que entrava pela Broadway. Maggie se sentiu grata porque o Atlantic Grill ficava do outro lado da rua. Com frio e vacilante – talvez por causa dos comprimidos ou por não ter comido quase nada o dia inteiro –, ela enlaçou o braço de Mark quando se aproximaram da faixa de pedestres. Ele diminuiu o ritmo, permitindo que ela o usasse como apoio.

Foi só quando os dois se sentaram à mesa que ela começou a se sentir um pouco melhor.

– Tem certeza que não prefere encerrar a noite?

– Eu vou ficar bem – tranquilizou ela, sem estar totalmente certa. – E eu realmente preciso comer. – Quando ele não pareceu convencido, ela prosseguiu: – Sou a chefe. Pense nisso como um jantar de negócios.

– Não é um jantar de negócios.

– Negócios pessoais. Achei que ia querer ouvir mais sobre minha temporada em Ocracoke.

– Quero. Mas só se você estiver se sentindo bem.

– Preciso mesmo comer. Não estou brincando.

Com relutância, ele assentiu bem no momento em que a garçonete chegou e entregou a eles os cardápios. Surpreendendo-se, Maggie decidiu que tomaria uma taça de vinho, escolhendo um francês, um Borgonha. Mark pediu chá gelado.

Enquanto a garçonete se afastava, Mark observou o restaurante.

– Já esteve aqui antes?

– Num encontro, talvez há uns cinco anos? Mal pude acreditar que eles tinham uma mesa para hoje à noite. Acho que alguém deve ter cancelado.

– Como ele era? O cara que trouxe você aqui?

Ela inclinou a cabeça, tentando se lembrar.

– Alto, com um lindo cabelo grisalho, trabalhava para a Accenture como consultor de gestão. Divorciado, dois filhos e muito inteligente. Apareceu um dia na galeria. Tomamos café e acabamos saindo algumas vezes.

– Mas não deu certo?

– Às vezes, a química simplesmente não acontece. Com ele, descobri isso quando fui a Key Largo para uma sessão de fotos e percebi, ao voltar, que não havia sentido a mínima falta dele. Essa é a história de toda a minha vida amorosa, independentemente do namorado.

– Tenho medo de perguntar o que isso quer dizer.

– Aos vinte anos, quando me mudei para cá, frequentei as boates por alguns anos... saía de casa à meia-noite, voltava somente perto do amanhecer, mesmo durante a semana. Nenhum dos caras que conheci era do tipo que eu poderia apresentar para a minha família. Para ser bem franca, provavelmente nem era uma boa ideia levá-los para minha casa.

– Não?

– Pense só... um monte de tatuagens e sonhos de ser rapper ou DJ. Com certeza eu tinha um tipo preferido naquela época.

Mark exibiu uma careta que a fez rir. A garçonete voltou com a taça de vinho e Maggie a pegou com uma segurança que não correspondia ao que sentia. Deu um golinho, esperando para ver se seu estômago se rebelava, mas tudo pareceu bem. A essa altura, já haviam decidido o que pedir – para ela, o bacalhau do Atlântico, enquanto ele optou pelo filé –, e quando a garçonete perguntou se queriam alguma entrada ou salada, os dois recusaram.

Quando a moça se afastou, Maggie se inclinou sobre a mesa.

– Você podia ter pedido mais comida – ralhou ela. – Se eu não consigo comer muito, você não precisa me imitar.

– Comi algumas fatias de pizza antes de você chegar na galeria.

– Por quê?

– Não queria que a conta ficasse muito alta. Lugares assim são caros.

– Está falando sério? Que bobagem.

– É o que costumo fazer com Abigail.

– Você é uma figura, sabia?

– Estava querendo perguntar a você... Como começou a fazer fotografias de viagem?

– Por pura persistência. E maluquice.

– Só isso?

Maggie deu de ombros.

– Também tive sorte, porque não existem mais trabalhos pagos para revistas. O primeiro fotógrafo com quem trabalhei em Seattle já tinha fama como fotógrafo de viagem, pois fez um monte de trabalhos para a *National Geographic* no passado. Tinha uma ótima lista de contatos com revistas, companhias de turismo e agências de publicidade e às vezes me levava junto como assistente. Depois de alguns anos, fiquei meio maluca e acabei mudando para cá. Dividi quarto com umas comissárias de bordo, consegui passagens baratas e tirava fotos em todos os lugares que eu tinha condições de visitar. Também consegui trabalho com um fotógrafo de vanguarda aqui. Foi um dos primeiros a aderir à fotografia digital e sempre investia o que ganhava em mais equipamentos e softwares, o que me obrigou a fazer o mesmo. Comecei minha página com dicas, resenhas e aulas de Photoshop e um dos editores de fotografia da Condé Nast a encontrou por acaso. Ele me contratou para fazer fotos em Mônaco, o que me levou a outro trabalho e depois a mais outro. Nesse meio-tempo, meu antigo chefe de Seattle se aposentou e praticamente me ofereceu sua lista de clientes junto com suas recomendações. Então assumi muitos dos trabalhos que ele costumava fazer.

– E o que permitiu que você se tornasse uma fotógrafa totalmente independente?

– Minha reputação se espalhou a ponto de me dar condições de escolher os trabalhos. Meus custos sempre atraíram os editores... eu cobrava pouco para um trabalho internacional, de propósito. E a popularidade da minha página na internet e do blog, que levou às minhas primeiras vendas on-line, facilitou o pagamento das minhas contas. Comecei cedo a usar o Facebook, o Instagram e especialmente o YouTube, o que ajudou a tornar meu nome conhecido. E aí, claro, veio a galeria, o que consolidou as coisas. Durante anos, foi uma luta encontrar trabalho pago com viagens e aí, como se alguém tivesse apertado um botão, de repente passei a ter todo trabalho que quisesse.

– Qual era sua idade quando conseguiu aquele trabalho em Mônaco?

– Vinte e sete anos.

Ela percebeu o brilho no olhar dele.

– É uma história maravilhosa.

– Como eu disse, tive sorte.

– Talvez tenha tido no início. Depois correu tudo por sua conta.

Maggie observou o restaurante. Como tantos lugares em Nova York, o ambiente estava decorado para as festas de fim de ano, ostentando uma árvore de Natal enfeitada e também um menorá iluminado na área do bar. Pelos seus cálculos, havia um número acima da média de vestidos e suéteres vermelhos, e enquanto examinava os frequentadores, perguntou a si mesma o que eles fariam no Natal ou até mesmo o que ela faria.

Deu outro gole no vinho, já sentindo o efeito.

– Por falar em histórias, quer que eu continue de onde parei ou prefere esperar até que a comida chegue?

– Se estiver pronta, adoraria ouvir.

– Lembra-se de onde parei?

– Você havia concordado em deixar que Bryce fosse seu professor particular e tinha acabado de dizer para tia Linda que a amava.

Ela pegou a taça, contemplando as profundezas avermelhadas.

– Na segunda-feira – começou ela –, um dia depois de comprarmos a árvore de Natal...

Começos

Ocracoke
1995

Acordei com a luz do sol entrando pela minha janela. Eu sabia que fazia tempo desde que minha tia saíra de casa, embora durante meu torpor tenha imaginado ouvir alguém remexendo na cozinha. Ainda grogue e com medo do meu hábito matinal de botar tudo para fora, delicadamente cobri minha cabeça com o travesseiro e mantive os olhos fechados até sentir que era seguro me mover.

Esperei que a náusea tomasse conta de mim enquanto voltava à vida devagar; a essa altura, o enjoo era tão previsível quanto o nascer do sol, mas, estranhamente, continuei me sentindo bem. Sentei-me lentamente, esperei mais um minuto e ainda nada. Por fim, coloquei os pés no chão, me levantei, certa de que meu estômago começaria a dar cambalhotas a qualquer segundo, mas continuei sem sentir nada.

Caramba e aleluia!

Como a casa estava fria, vesti um moletom por cima do pijama e calcei uns chinelos felpudos. Na cozinha, minha tia tinha empilhado, com todo cuidado, meus livros e várias pastas de papel pardo sobre a mesa, provavelmente para me dar um incentivo matinal. Ignorei a pilha não apenas por *não* estar me sentindo mal. Na verdade, eu estava com fome de novo. Fritei um ovo e aqueci um pãozinho para o café da manhã, bocejando o tempo todo. Estava mais cansada do que o habitual por ter ficado acordada até tarde para terminar a primeira versão de meu trabalho sobre Thurgood Marshall. Tinha quatro páginas e meia, um pouco menos que as cinco exigidas, mas era bom o bastante, e como eu me sentia bem orgulhosa dos meus esforços, resolvi me recompensar deixando o restante do dever de casa para depois, para quando me sentisse mais desperta. Em vez de estudar, peguei o livro de Sylvia Plath na estante de minha tia, me agasalhei e fui para a sacada, para ler por algum tempo.

A questão, porém, é que eu nunca gostei muito de ler. Isso era coisa de Morgan. Sempre preferi ler alguns trechos aqui e ali para obter a ideia geral. Depois de abrir o livro numa página aleatória, vi algumas frases que minha tia havia sublinhado:

O silêncio me deprimiu. Não era o silêncio do silêncio. Era meu próprio silêncio.

Eu fiz uma careta e reli, tentando entender o que Plath queria dizer. Pensei ter entendido a primeira parte. Suspeitei que ela falava sobre solidão, embora de uma forma vaga. A segunda parte também não foi tão difícil; para mim, ela estava apenas deixando claro que falava especificamente sobre a solidão e que o fato de estar num lugar tranquilo não era deprimente. Mas a terceira frase era mais complicada. Imaginei que ela se referia à própria apatia, talvez um produto de sua solidão.

Então, por que ela não escreveu apenas *sentir-se só é uma droga*?

Perguntei a mim mesma por que algumas pessoas tinham que complicar tanto as coisas. E, sendo franca, por que essa percepção seria tão profunda? Nem todo mundo sabia que a solidão podia ser uma chatice? Eu poderia ter dito isso e era apenas uma adolescente. Afinal, eu vinha vivendo a solidão desde que ficara ilhada em Ocracoke.

Mas talvez eu tivesse feito uma interpretação equivocada de todo o trecho. Estava longe de ser uma especialista em literatura. A pergunta real era por que minha tia havia sublinhado aquelas palavras. Obviamente tinha algum significado para ela, mas qual? Ela seria solitária? Não parecia solitária e passava muito tempo com Gwen, mas o que eu realmente sabia sobre ela? Não era como se tivéssemos mantido conversas altamente pessoais desde a minha chegada.

Estava pensando no assunto quando ouvi um motor e som de pneus esmagando os seixos na entrada. Depois disso, ouvi a porta de um carro batendo. Levantei, empurrei a porta e fiquei quieta, esperando. E logo ouvi que alguém batia na porta. Não tinha ideia de quem poderia ser. Era a primeira vez que isso acontecia desde que havia chegado. Talvez eu devesse ter ficado nervosa, mas Ocracoke não era exatamente um antro de criminosos, e eu duvidava que um criminoso fosse tão educado.

Sem qualquer preocupação, fui até a porta da frente, escancarei-a e vi Bryce parado na minha frente, o que deixou meu cérebro paralisado, num estado de confusão. Eu lembrava que tinha concordado em tê-lo como professor particular, mas, por algum motivo, achava que teria alguns dias antes de começarmos.

– Oi, Maggie – disse ele. – Sua tia disse para eu passar por aqui para que possamos começar.

– Começar?

– As aulas particulares – respondeu ele.

– Ah...

– Ela mencionou que você poderia precisar de ajuda para se preparar para suas provas. E talvez para pôr em dia os trabalhos de casa.

Eu não tinha tomado banho, nem escovado o cabelo, nem colocado maquiagem. Estava de pijama, chinelo e casaco.

– Acabei de sair da cama – balbuciei finalmente.

Ele inclinou a cabeça.

– Você dorme de casaco?

– Fez frio na noite passada. – Quando ele continuou a me fitar, fui em frente: – Sou friorenta.

– Tudo bem. Minha mãe também é. Mas... está pronta? Sua tia disse que era para estar aqui às nove.

– Nove?

– Falei com ela hoje de manhã, depois de me exercitar. Ela disse que voltaria para casa e deixaria um bilhete.

Presumi que tinha *mesmo* ouvido alguém na cozinha mais cedo.

– Ah! – exclamei, tentando ganhar tempo. Não havia possibilidade de deixá-lo entrar e ficar me vendo daquele jeito. – Achei que o bilhete dizia dez horas.

– Gostaria que eu voltasse às dez?

– Seria melhor – concordei, torcendo para que ele não sentisse o meu hálito.

Ele, aliás, estava... bem parecido com o dia anterior. Cabelo ligeiramente desalinhado pelo vento, covinhas à mostra. Usava jeans e aquele mesmo casaco oliva, tão legal.

– Sem problemas – falou ele. – Até lá, será que você poderia passar para mim as coisas que sua tia Linda deixou separadas? Disse que poderia me ajudar a ter uma noção melhor do assunto.

– Que coisas?

– Ela me disse que estavam na mesa da cozinha.

Ah, claro, pensei de repente. *Aquela pilha de livros cuidadosamente arru-mada para me dar um incentivo matinal.*

– Espere aí. Deixa eu dar uma olhada.

Deixei-o no alpendre e recuei para a cozinha. Como era de se esperar, havia um bilhete da minha tia no topo da pilha.

Bom dia, Maggie,

Acabei de falar com Bryce e ele vem às nove para começar os estudos. Tirei também uma cópia da lista de tarefas e deveres de casa, bem como das datas dos testes e das provas. Tenho esperanças de que ele seja capaz de explicar as matérias, ao contrário de mim. Tenha um dia maravilhoso. Vejo você de tarde. Te amo.

Com a minha bênção,
Tia Linda

Disse a mim mesma para ficar de olho em bilhetes no futuro. Estava prestes a pegar a pilha de livros quando me lembrei do trabalho que havia escrito. Fui até o quarto e o recuperei antes de juntar o restante do material nos braços e carregar até a porta da frente, quando rapidamente percebi meu erro.

– Bryce? Ainda está por aqui?

– Estou.

– Pode abrir a porta? Estou com as mãos ocupadas.

Quando a porta se abriu, entreguei a ele aquela pilha.

– Acho que ela separou isso aqui para você. Eu também fiz um trabalho que está aqui no topo.

Se ele se surpreendeu com o tamanho da pilha, não deixou transparecer.

– Ótimo – disse ele, estendendo os braços. Segurou a pilha, que balançou ligeiramente antes de se reequilibrar. – Você se importa que eu dê uma olhada nisso aqui mesmo, na sacada? Em vez de ir para casa e voltar?

– De modo nenhum – respondi. Eu queria muito, muito ter escovado os dentes. – Preciso de um tempinho para me arrumar, tudo bem?

– Está ótimo – respondeu ele. – Vejo você quando estiver pronta. Não precisa correr.

Depois de fechar a porta, fui direto para o quarto em busca de algo para vestir. Tirando a roupa rapidamente, separei meu jeans favorito da pilha no armário, mas quando fui abotoar, ficou apertadíssimo e me machucou. O mesmo aconteceu com meu segundo jeans favorito. O que significava que provavelmente teria que usar a mesma calça folgada que usei na balsa. Vistoriei minhas blusas, e felizmente elas ainda cabiam em mim. Escolhi uma marrom-avermelhada com mangas compridas. Não tinha muitas opções de sapato. Tênis, chinelo, galocha e botinha Ugg. Escolhi a botinha.

Então, tomei banho, escovei os dentes e sequei o cabelo. Depois de passar um pouco de maquiagem, coloquei a roupa. Como minha tia havia insistido na questão da limpeza, meu quarto estava arrumado. Tudo o que eu realmente precisava fazer era esticar o lençol, puxar o edredom e apoiar a ursinha Maggie no travesseiro. Não que eu tivesse a mínima intenção de mostrar meu quarto a Bryce, mas se ele precisasse usar o banheiro e espiasse, notaria que eu mantinha tudo arrumado.

Não que isso importasse.

Lavei e sequei o prato, o copo e os utensílios que usei no café da manhã, mas havia pouco para fazer na cozinha além disso. Abri as cortinas, deixando que mais luz entrasse na casa, respirei fundo e fui até a porta.

Ao abri-la, vi que ele estava sentado na frente da casa, com as pernas acomodadas nos degraus.

– Oi – disse ele, sem dúvida ouvindo que eu me aproximava.

Reorganizou a pilha e se levantou. Então, de repente, ficou paralisado. Fitou-me como se estivesse me vendo pela primeira vez.

– Uau. Você parece ótima.

– Obrigada – respondi, achando que talvez parecesse *bem*, embora nunca pudesse ser tão bonita quanto Morgan. Mesmo assim, senti que minhas bochechas ficaram ligeiramente coradas. – Só peguei a primeira coisa que vi. Está pronto?

– Deixe-me pegar esse material.

Ele ergueu a pilha e eu recuei para que pudesse passar pela porta. Bryce parou, sem saber para onde ir.

– A mesa da cozinha é um bom lugar – falei, fazendo um sinal. – É onde costumo estudar.

Naqueles raros momentos em que estudo, pensei. Isso quando não estudava na cama, coisa que eu não estava disposta a dizer para ele.

– Perfeito! – exclamou.

Na cozinha, ele pousou os livros sobre a mesa, tirou a pasta do topo e se acomodou na cadeira em que eu tinha me sentado para tomar o café da manhã. Enquanto isso, eu ainda pensava no que ele havia me dito na porta e, embora tivesse permitido que ele entrasse, parecia bizarro encontrá-lo sentado à mesa da cozinha. Era algo que se costumava ver na televisão ou no cinema, mas que nunca se esperava experimentar na vida real.

Balancei a cabeça, pensando: *Preciso me controlar*. Dirigindo-me à cozinha, fui até o armário ao lado da pia.

– Você quer água? Vou pegar um copo.

– Seria ótimo, obrigado.

Enchi dois copos e trouxe-os para a mesa. Sentei-me no lugar que costumava ser usado pela minha tia. Fiquei surpresa ao pensar que a casa parecia inteiramente diferente daquele ângulo, o que me fez conjeturar sobre o que Bryce pensava.

– Viu o trabalho que escrevi?

– Li – respondeu ele. – Ele é um dos juízes mais relevantes de todos os tempos. Foi você que o escolheu ou foi o professor?

– O professor.

– Teve sorte, porque há muito o que escrever sobre o assunto. – Ele pousou as mãos diante de si. – Vamos começar por aqui. Como pensa que está indo com seus estudos?

Não havia esperado a pergunta e levei um segundo para responder.

– Estou indo bem, acho. Especialmente quando se considera que devo aprender tudo isso sozinha, sem um professor. Não fui muito bem nos últimos testes e provas, mas ainda há tempo para melhorar minhas notas.

– Quer melhorar suas notas?

– O que quer dizer?

– Cresci ouvindo minha mãe repetir sem parar que "não existe ensino; só existe aprendizado". Devo ter ouvido isso mais de cem vezes e por muito tempo não entendia o que ela queria dizer. Mamãe era minha professora, certo? Estaria me dizendo que não era uma professora? Mas quando fiquei mais velho, finalmente compreendi que ela me dizia que era impossível ensinar a não ser que o aluno tivesse o desejo de aprender. Suponho que haja outra forma de dizer isso. Quer aprender? De verdade? Ou quer apenas tirar nota suficiente para passar de ano?

Como na balsa, ele parecia mais maduro do que outros garotos da sua idade, mas talvez por empregar um tom tão gentil ele tenha me feito refletir sobre o que realmente estava perguntando.

– Muito bem... não quero repetir o ano.

– Entendo. Mas ainda não respondeu à minha pergunta. Que notas você gostaria de tirar? O que a deixaria feliz?

Quem sabe 10 em todas as disciplinas sem ter que estudar, era o que queria, mas não achava que seria bom reconhecer aquilo em voz alta. O fato era que eu não passava de uma aluna com notas 7 e 8, mais 7 do que 8, na verdade. Às vezes tirava uma nota mais alta nas aulas mais fáceis pra mim, como música e artes, mas tinha alguns 6 também. Sabia que nunca poderia me comparar a Morgan, mas uma parte de mim ainda queria agradar meus pais.

– Acho que se tivesse uma média 8, eu ficaria feliz.

– Muito bem – disse ele. Voltou a sorrir com covinhas à mostra e tudo.

– Agora eu sei.

– Só isso?

– Não exatamente. O lugar onde você se encontra e o ponto aonde quer chegar não se alinham no momento. Está com pelo menos oito tarefas atrasadas nos deveres de matemática e suas notas andam bem baixas. Vai precisar fazer um trabalho notável o restante do semestre para tirar um 8 em geometria.

– Ah.

– Também está atrasada em biologia.

– Ah.

– O mesmo com história dos Estados Unidos. E com inglês e espanhol também.

A essa altura, eu não conseguia mais encarar os olhos dele, sabendo que Bryce provavelmente pensava que eu era uma idiota. Eu entendia o suficiente para saber que West Point era quase tão difícil de entrar quanto Stanford.

– O que achou do meu trabalho? – perguntei, quase sentindo medo da resposta.

O olhar dele cintilou. O trabalho não estava na pasta – ele o colocara no topo da pilha dos livros didáticos.

– Queria falar com você justamente sobre o trabalho.

Como nunca tinha tido um professor particular, eu não sabia bem o que esperar. Acrescente aí que era um *professor BEM bonitinho*. Fiquei ainda mais perdida e fantasiando. Talvez eu tivesse imaginado que a gente estudaria, depois faria uma pausa e se conheceria melhor, talvez até rolasse uma paquera, mas o dia não teve nada disso. Foi praticamente só a primeira parte.

Estudamos. Fui ao banheiro. Estudamos mais. Outra pausa para o banheiro. Repetir por muitas horas.

Além de examinar o meu trabalho – ele queria que eu o tornasse mais cronológico em vez do grande vaivém temporal que eu escrevera –, passamos a maior parte do dia com a geometria, pondo em dia o dever de casa. Não havia como fazer tudo porque ele me obrigou a resolver todos os problemas sozinha. Quando pedia ajuda, ele examinava o livro didático e encontrava o capítulo que explicava o conceito. Bryce me fazia ler e se eu não compreendesse, ele tentava me explicar. Quando nem isso resolvia – o que acontecia na maior parte das vezes –, ele examinava a questão em que estava tendo dificuldades e criava outro problema semelhante. Depois, com toda paciência, ele me mostrava como responder àquele exemplo, passo a passo. Só então eu voltava para o problema original, que precisava resolver sozinha. Tudo isso era terrivelmente frustrante porque tornava o processo bem mais lento e ainda aumentava o volume de tarefas que eu tinha para fazer.

Minha tia chegou quando Bryce estava prestes a ir embora, e os dois acabaram conversando na entrada. Não tenho ideia do que falavam, mas as vozes pareciam animadas. Quanto a mim, não havia me afastado da cadeira e mantinha a cabeça abaixada. Pouco antes de minha tia entrar, mesmo depois de tudo o que eu já havia estudado, Bryce me passara dever de casa *adicional*, ou melhor, dever de casa que eu já devia ter feito. Além de refazer o trabalho escrito, ele queria que eu lesse capítulos dos livros de biologia e de história. Embora sorrisse ao dizer isso – como se o pedido parecesse completamente razoável depois de horas de tensão fritando meu cérebro –, as covinhas não tiveram qualquer significado para mim.

Exceto que...

O negócio é que ele era de fato muito bom em dar explicações, de um jeito que tudo fazia sentido intuitivamente, e foi paciente o tempo todo. No final, eu até achava que compreendia um pouco mais do que acontecia ali e me sentia menos intimidada pela visão das formas, dos números e dos sinais. Mas não se engane: eu não tinha me transformado num gênio da geometria de uma hora para outra. Cometi grandes e pequenos erros o dia todo e, no fim das contas, fiquei me sentindo muito mal. Eu sabia que Morgan não teria encontrado qualquer dificuldade.

Assim que ele saiu, tirei um cochilo. O jantar já estava pronto quando acordei, e depois de comer e limpar a cozinha, voltei para o quarto e li meus livros. Ainda tinha mais trabalho a fazer, então aumentei o volume do meu walkman e comecei a rabiscar. Minha tia apareceu na porta alguns minutos depois e disse alguma coisa. Fingi que tinha ouvido. Se fosse importante, imaginei que ela voltaria mais tarde e repetiria.

Depois de escrever por algum tempo, cometi o erro de me esquecer de que estava grávida. Acomodei-me numa posição mais confortável e de repente senti o chamado da natureza. *De novo.* Quando abri a porta para o corredor, fiquei surpresa por ouvir uma conversa que vinha da sala de visitas. Dei uma olhada pelo canto para ver quem era, reparei que Gwen colocava diante da árvore de Natal uma caixa de papelão cheia de enfeites e luzes. Lembrei-me vagamente de que minha tia dissera que cuidaríamos da decoração naquela noite, depois do trabalho.

O que eu não tinha esperado era ver Bryce tagarelando com minha tia enquanto ela sintonizava o rádio, até encontrar uma estação que tocava músicas natalinas. Senti um frio na barriga ao vê-lo, mas pelo menos dessa vez não estava usando pijama e chinelo nem aparentava ser alguém que viajava clandestinamente em trens de carga, como um pedinte.

– Aí está você – chamou tia Linda. – Eu estava quase indo buscá-la. Bryce acabou de chegar.

– Oi Maggie – ele me saudou. Ainda estava com o mesmo jeans e camiseta. Não pude deixar de notar a agradável silhueta de seus ombros e quadris. – Linda me chamou para ajudar com a árvore. Espero que não tenha problema.

Fiquei um instante sem palavras, mas acho que nenhum deles percebeu. Tia Linda já estava vestindo o casaco para sair de casa.

– Gwen e eu vamos dar uma corridinha até a loja para providenciar gemada – avisou ela. – Se vocês dois quiserem começar a colocar as luzes, vão em frente. Estaremos de volta em alguns minutos.

Permaneci na porta até que me lembrei, com dolorosa urgência, por que eu havia deixado meu quarto. Fui ao banheiro e lavei as mãos em seguida. Olhando no espelho sobre a pia, dava para ver que eu estava com uma aparência cansada, mas não havia nada que eu pudesse fazer a respeito. Passei uma escova no cabelo, respirei fundo e saí, me perguntando por que de repente me sentia nervosa. Bryce e eu já tínhamos ficado em casa sozinhos durante horas. Por que seria diferente agora?

Porque, sussurrou uma voz dentro de mim, *ele não está aqui para me ensinar. Ele está aqui porque tia Linda queria que ele viesse, não por ela, mas porque achou que eu gostaria disso.*

Quando deixei o banheiro, Linda e Gwen tinham saído e Bryce tirava um cordão de luzes de dentro da caixa. Observei seu esforço para desembaraçá-las e, tentando manter uma aparência tranquila, pesquei um fio diferente e comecei a desembaraçar também.

– Terminei minha leitura – falei. – E também uma parte do meu trabalho. – Sem a luz do sol entrando pelas janelas, o cabelo e os olhos dele pareciam mais escuros do que o normal.

– Muito bem – elogiou ele. – Levei Daisy para passear na praia e depois meus pais me mandaram cortar lenha. Obrigado por me receber.

– Claro – disse, embora não tivesse nenhuma influência naquele assunto.

Ele terminou de mexer no fio e examinou a sala.

– Preciso verificar se as luzes estão funcionando. Existe uma tomada à mão?

Eu não fazia ideia. Nunca precisei saber onde ficavam as tomadas, mas acho que Bryce estava pensando alto, porque ele se abaixou, espiando debaixo da mesa ao lado do sofá.

– Aí está.

Ele se agachou com movimentos fluidos e, por baixo, alcançou a tomada para conectar o fio. Observei quando as luzes multicoloridas piscaram.

– Adoro decorar árvores de Natal – disse ele, voltando para a caixa. – Isso me faz entrar no espírito.

Bryce estendeu a mão para pegar outro cordão assim que terminei de desembaraçar o meu. Eu o conectei ao fio no chão, observando que ele também piscava, e em seguida peguei outro.

– Nunca decorei uma árvore.

– Sério?

– Minha mãe geralmente cuida disso. Ela gosta que fique de certo jeito.

– Ah! – exclamou ele, e percebi que estava intrigado. – É o contrário do que acontece na nossa casa. Minha mãe mais ou menos nos dirige enquanto o resto de nós põe a mão na massa.

– Ela não gosta de decorar?

– Gosta, mas você teria que conhecê-la para entender. A gemada foi ideia minha, aliás. Faz parte da nossa tradição, e assim que mencionei isso, sua tia achou que deveríamos tomar aqui também. Estava dizendo a ela como você se saiu bem hoje. Principalmente no fim do dia. Mal precisei ajudá-la.

– Ainda estou bem atrasada.

– Não estou preocupado – respondeu. – Se você continuar como hoje, vai ficar em dia com os estudos antes que possa imaginar.

Eu não estava tão certa disso. Ele claramente tinha mais confiança em mim do que eu mesma.

– Obrigada por toda a sua ajuda. Não tenho certeza se disse isso antes de você sair. Eu estava meio fora de mim àquela altura.

– Não se preocupe – falou Bryce. Ele pegou o cordão que estava comigo e verificou aquelas luzes também. – Há quanto tempo você mora em Seattle?

– Desde que nasci – respondi. – Mesma casa. Mesmo quarto, na verdade.

– Não consigo imaginar como seria. Até chegarmos aqui, me mudei praticamente a cada dois anos. Idaho, Virgínia, Alemanha, Itália, Geórgia e até Carolina do Norte. Meu pai ficou em Fort Bragg por um tempo.

– Não sei onde fica.

– É em Fayetteville. Ao sul de Raleigh, a umas três horas da costa.

– Ainda não ajuda. Meu conhecimento da Carolina do Norte é limitado a Ocracoke e Morehead City.

Ele sorriu.

– Fale da sua família. O que sua mãe e seu pai fazem?

– Meu pai trabalha na linha de produção da Boeing. Acho que ele faz rebitagem, mas não tenho certeza. Ele não fala muito sobre o trabalho, mas tenho a sensação de que faz a mesma coisa todos os dias. Minha mãe trabalha meio período como secretária em nossa igreja.

– E você tem uma irmã, certo?

– Tenho – assenti. – Morgan. Ela é dois anos mais velha que eu.

– Vocês duas são parecidas?

– Quem dera – respondi.

– Tenho certeza que ela diz a mesma coisa sobre você. – O elogio me pegou desprevenida, do mesmo jeito que havia acontecido pela manhã quando ele me disse que eu estava *ótima*. Enquanto isso, Bryce recuperou uma extensão da caixa. – Acho que estamos prontos – afirmou. Ele conectou o cabo e prendeu o primeiro cordão de luzes. – Você quer liderar ou ajustar?

Eu não tinha certeza do que ele estava falando.

– Ajustar, acho.

– Tudo bem – disse ele. Agarrando a árvore, ele a afastou da janela da frente com delicadeza, abrindo mais espaço. – É mais fácil contornar a árvore assim. Podemos colocá-la de volta quando terminarmos.

Certificando-se de que o cordão estava com folga suficiente, ele começou a prender as luzes na parte de trás da árvore e depois passou para a frente.

– Só verifique para que não haja lacunas ou locais em que as luzes fiquem juntas demais.

Ajustar. Entendi.

Eu fiz o que ele pediu. Não demorou muito para que o primeiro fio estivesse no lugar e para que Bryce conectasse o próximo. Repetimos o processo, trabalhando juntos.

Ele pigarreou.

– Queria perguntar o que a trouxe para Ocracoke.

E aí estava. *A pergunta*. Na verdade, fiquei surpresa por não ter sido feita antes. Lembrei-me da conversa que tive com minha tia e da impossibilidade de guardar segredos em Ocracoke. E na observação feita por ela, de que seria melhor se a resposta viesse de mim. Respirei fundo, sentindo uma pontada de medo.

– Estou grávida.

Ele ainda estava curvado quando olhou para cima para me encarar.

– Eu sei. Eu quis dizer por que você está aqui em Ocracoke e não com sua família?

Senti meu queixo cair.

– Você sabia que eu estava grávida? Minha tia contou para você?

– Linda não disse nada. Eu meio que juntei as peças.

– Que peças?

– O fato de você estar aqui, mas continuar matriculada numa escola em

Seattle? Por que você vai embora em maio? Por que sua tia foi vaga ao falar do motivo de sua visita repentina? Por que ela pediu um assento super-confortável para sua bicicleta? Porque você usou muito o banheiro hoje? A gravidez era a única explicação que fazia sentido.

Eu não tinha certeza se estava mais surpresa por ele ter descoberto a gravidez com tanta facilidade ou pelo fato de não haver juízo de valor em seu tom ou em sua expressão ao falar.

– Foi um erro – expliquei apressadamente. – Fiz algo estúpido em agosto passado com um cara que eu mal conhecia e agora estou aqui até ter o bebê porque meus pais não queriam que ninguém descobrisse o que aconteceu. E prefiro que você não conte a ninguém também.

Ele voltou a passar as luzes ao redor da árvore.

– Não vou dizer nada. Mas as pessoas não vão descobrir o que aconteceu quando virem você andando por aí com um bebê?

– Vou entregá-la para adoção. Meus pais já planejaram tudo.

– É menina?

– Não faço ideia. Minha mãe acha que vai ser menina porque diz que na minha família só nascem meninas. Quer dizer... minha mãe tem quatro irmãs, meu pai tem três irmãs. Tenho doze primas e nenhum primo. Meus pais tiveram meninas.

– É legal – comentou ele. – Fora minha mãe, somos só meninos. Pode me entregar outro cordão?

A mudança de assunto me desconcertou.

– Espere aí... você não tem mais perguntas?

– Tipo o quê?

– Não sei. Como aconteceu ou coisa parecida?

– Eu entendo a mecânica – retorquiu ele num tom neutro. – Já mencionou que era um cara que você mal conhecia, que foi um erro e que vai entregar o bebê para adoção. O que mais há para dizer?

Meus pais com certeza tinham bem mais a dizer, mas para Bryce de que importariam os detalhes? Na minha confusão, busquei outro cordão de luzes e o entreguei.

– Não sou uma pessoa ruim...

– Nunca pensei isso.

Ele voltou a contornar a árvore e, a essa altura, as luzes já estavam na metade do caminho até o alto.

– Por que você não se incomoda com nada disso?

– Porque a mesma coisa aconteceu com minha mãe – respondeu ele, sem parar de colocar as luzes. – Ela era apenas uma adolescente quando ficou grávida. Imagino que a única diferença foi que meu pai se casou com ela e que eu acabei chegando.

– Seus pais contaram isso para você?

– Não precisaram. Sei quando comemoram o aniversário de casamento e sei qual é o dia do meu aniversário. Não foi difícil fazer as contas.

Uau, pensei. Fiquei imaginando se minha tia sabia disso tudo.

– Qual era a idade da sua mãe?

– Dezenove anos.

Não parecia ser uma diferença de idade significativa, mas na verdade era, apesar de ele não ter dito nada. Afinal de contas, aos 19 anos você já é legalmente adulto e não está mais no ensino médio. Em vez de fazer mais comentários, assim que terminou com o cordão, ele sugeriu:

– Vamos lá para trás para ver como estamos indo.

Com a distância ficava mais fácil encontrar os intervalos sem lâmpadas e os lugares onde as luzes estavam próximas demais. Na árvore, fizemos os ajustes, olhamos de novo, fizemos mais ajustes, com o perfume do pinheiro enchendo o ambiente à medida que mexíamos nos galhos. Acordes de uma canção de Bing Crosby soavam ao fundo enquanto a luz vacilante desenhava os traços de Bryce. No silêncio, eu me perguntei no que ele realmente estaria pensando e se era mesmo tão acolhedor quanto parecia.

Assim que terminamos, prendemos as luzes na metade superior da árvore. Como ele era mais alto, praticamente cuidou de tudo sozinho, enquanto eu ficava parada e observava. Quando acabou, nós dois recuamos de novo e examinamos nossa obra.

– O que acha?

– Ficou bonito – respondi, embora minha mente permanecesse a milhões de quilômetros de distância.

– Sabe se sua tia tem uma estrela ou um anjo para colocar no topo?

– Não faço ideia. E... obrigada.

– Por quê?

– Por não fazer perguntas. Por ser tão gentil em relação ao motivo que me trouxe a Ocracoke. Por ter concordado em me dar aulas particulares.

– Não precisa me agradecer – respondeu ele. – Acredite ou não, fico feliz por você estar aqui. As coisas em Ocracoke podem ficar meio chatas no inverno.

– Não diga.

Ele riu.

– Acho que já percebeu, não é?

Pela primeira vez desde que ele chegara, eu sorri.

– Não é tão ruim assim.

Tia Linda e Gwen apareceram um minuto depois e fizeram muitas exclamações de admiração às luzes antes de servir copos de gemada. Nós quatro bebericamos enquanto enfeitávamos a árvore e colocávamos o anjo no topo, peça que fora guardada no armário do corredor. Não demorou muito para concluir a decoração. Bryce devolveu a árvore à posição original antes de acrescentar mais água à base. Depois, tia Linda nos serviu enroladinhos de canela que havia comprado na loja, e embora não fossem tão frescos quanto seus pãezinhos, devoramos todos na mesa, com apetite.

Mesmo sem ser tão tarde, provavelmente já estava na hora de Bryce partir, porque tia Linda e Gwen precisavam acordar muito cedo. Felizmente, ele pareceu perceber, levou o prato para a pia e se despediu antes que nos dirigíssemos para a porta.

– Obrigado por me receber – disse ele, procurando a maçaneta. – Foi muito divertido.

Eu não sabia bem se ele estava falando da decoração da árvore ou se estava se referindo ao tempo que passamos juntos, mas senti uma onda de alívio por ter contado a verdade e por ele ter sido mais do que gentil em relação à história inteira.

– Fico feliz por ter vindo.

– Vejo você amanhã – falou ele numa voz baixa, suas palavras soando estranhamente como uma promessa e uma oportunidade.

Ilustração

– Contei para ele – informei tia Linda mais tarde, depois que Gwen foi embora. Estávamos na sala, guardando as caixas no armário.

– E aí?

– Ele já sabia. Já tinha percebido.

– Ele é... muito inteligente. A família inteira é assim.

Quando pus a caixa no chão, meu jeans apertou minha cintura e eu já sabia que as outras calças estavam ainda mais apertadas.

– Acho que vou precisar de umas roupas mais largas.

– Ia sugerir que fizéssemos compras depois da igreja, no domingo, justamente por esse motivo.

– Dá para perceber?

– Não, mas está na hora. Acompanhei muitas moças grávidas nas compras, quando era freira.

– É possível comprar calças que não deixem minha situação tão óbvia? Quer dizer, sei que todo mundo vai saber, mas...

– É mais fácil esconder no inverno, porque os suéteres e os casacos podem camuflar muita coisa. Duvido que alguém perceba sua barriga de grávida antes de março. Talvez só mesmo em abril, e quando ficar visível você pode circular menos, se preferir.

– Acha que outras pessoas além do Bryce já descobriram? Acha que estão falando de mim?

Minha tia pareceu escolher as palavras com cuidado.

– Acho que há alguma curiosidade sobre o que trouxe você aqui, mas ninguém me perguntou diretamente. Se alguém perguntar, vou responder que é uma questão pessoal. As pessoas sabem que é melhor não insistir.

Gostava do modo como ela cuidava de mim. Ao olhar a porta do meu quarto aberta, pensei no que havia lido no livro de Sylvia Plath naquela manhã.

– Posso perguntar uma coisa?

– Claro.

– Alguma vez sente que está completamente sozinha?

Ela baixou o olhar com uma estranha expressão no rosto.

– O tempo inteiro – respondeu com uma voz que não era mais do que um sussurro.

Não vou aborrecê-lo com os detalhes daquela primeira semana, porque foi tudo bem parecido, variando apenas a matéria estudada. Terminei de reescrever meu trabalho e Bryce me fez escrever tudo *mais uma vez,* antes de finalmente se dar por satisfeito. Comecei, devagar e com firmeza, a colocar meu dever de casa em dia e, na quinta-feira, passamos a maior parte do tempo estudando para a prova de geometria da sexta. A essa altura, eu sabia que meu cérebro estaria cansado demais para aguentar depois que minha tia voltasse do trabalho, então ela veio da loja para fiscalizar a prova às oito da manhã seguinte, antes que Bryce chegasse.

Eu estava muito nervosa. Por mais que tivesse estudado, morria de medo de cometer erros estúpidos ou de encontrar um problema parecendo ter sido escrito em chinês. Pouco antes de minha tia me entregar o teste, eu fiz uma pequena oração, embora achasse que não ia adiantar muito.

Por sorte, entendi a maior parte dos enunciados e, em seguida, trabalhei nas questões passo a passo, da maneira que Bryce havia me mostrado. Mesmo assim, quando finalmente entreguei a prova, ainda me sentia como se tivesse engolido uma bola de tênis. Eu tinha acertado por volta de cinquenta ou sessenta nos testes e questionários anteriores e não suportava ver minha tia enquanto ela corrigia. Eu não queria vê-la usando o lápis vermelho para riscar as respostas, fiz questão de olhar para fora da janela. Quando tia Linda finalmente trouxe o teste de volta, ela sorria, mas eu não sabia se era por pena ou porque eu tinha me saído bem. Ela colocou o papel na mesa diante de mim, e, depois de respirar fundo, finalmente tive coragem de olhar.

Eu não tinha acertado tudo. Não tirei a nota mais alta.

Mas o oitenta que eu tirei ficou mais perto da nota mais alta do que um setenta, e quando eu instintivamente gritei de alegria e descrença, tia Linda estendeu os braços e eu me lancei neles, nós duas abraçadas na cozinha por muito tempo, e eu percebi quanto eu precisava daquilo.

Quando Bryce chegou, ele revisou o teste antes de devolvê-lo à minha tia.

– Vou melhorar na próxima vez – prometeu ele, embora eu tivesse feito a prova.

– Estou empolgada – falei. – E não se dê ao trabalho de tentar se sentir mal, porque eu não vou aceitar isso.

– Mais que justo – respondeu ele, mas aquilo ainda parecia o incomodar.

Depois que tia Linda juntou todo o meu trabalho – ela despachava tudo para a minha escola nas sextas-feiras – e se dirigiu à porta, Bryce olhou para mim com expressão inquieta.

– Queria perguntar uma coisa para você – disse ele. – Eu sei que é meio que de última hora e que eu também tenho que falar com sua tia, mas queria falar com você antes. Porque se você não quiser, então não há razão para consultá-la, certo? E, obviamente, se ela não concordar com a ideia, então não se preocupe.

– Não entendi nada do que você está dizendo.

– Você já ouviu falar sobre a flotilha de New Bern, certo?

– Não, nunca.

– Ah. Eu deveria ter imaginado. New Bern é uma cidadezinha próxima de Morehead City, e todos os anos ela recebe uma flotilha de Natal. É basicamente um monte de barcos decorados com luzes que flutuam pelo rio como se estivessem desfilando. Depois, minha família janta e visitamos essa propriedade fantástica, toda decorada, em Vanceboro. É uma tradição da família e vai acontecer amanhã.

– Por que está me dizendo isso?

– Estava pensando se você gostaria de nos acompanhar.

Levei alguns segundos para perceber que ele estava me convidando para sair, como num encontro. Não era um encontro de verdade, porque os pais e os irmãos mais novos estariam também – seria mais como um *programa de família* –, mas pela forma tortuosa e desajeitada com que ele tinha abordado o assunto, suspeitei que era a primeira vez que ele fazia isso. Isso me surpreendeu, porque ele sempre pareceu muito mais velho. Em Seattle, os garotos apenas perguntavam "quer sair?" e pronto. J. nem tinha feito tanto; ele apenas se sentou ao meu lado e começou a falar.

Mas eu até gostei da supercomplexidade desajeitada, mesmo que eu não pudesse imaginar nada de romântico entre nós. Bonitinho ou não, o romance dentro de mim murchara como uma uva-passa numa calçada quente, e eu duvidava se algum dia experimentaria de novo o desejo. Ainda assim, aquilo era... *fofo*.

– Se minha tia concordar, parece divertido.

– Há outra coisa que você precisa saber primeiro – informou ele. – Passamos a noite em New Bern, porque as balsas não funcionam tão tarde. Minha família aluga uma casa, mas você teria seu próprio quarto, é claro.

– Talvez seja melhor você perguntar à minha tia antes que ela saia.

A essa altura, minha tia havia passado pela porta e descia os degraus. Bryce correu atrás dela, e tudo o que eu conseguia pensar era que ele tinha acabado de me convidar para um encontro.

Não... risque isso. *Um programa de família.*

Fiquei tentando imaginar o que minha tia diria. Não levou muito tempo antes que eu ouvisse que Bryce já estava de volta. Ele deu um sorriso maroto ao entrar pela porta.

– Ela quer conversar com meus pais e disse que vai nos informar hoje de tarde.

– Parece bom.

– Então acho que devemos começar logo. Com os estudos, quer dizer.

– Estou pronta quando você estiver.

– Ótimo – disse ele, sentando-se à mesa, os ombros relaxando de repente. – Hoje vamos começar com o espanhol. Você tem um teste na terça.

E como se tivesse apertado um interruptor, ele voltou a ser meu professor particular, um papel que claramente o deixava mais à vontade.

Tia Linda voltou para casa alguns minutos depois das três horas. Embora eu tivesse noção de seu cansaço, ela sorriu ao entrar e se livrou do casaco. Ocorreu-me que ela sempre sorria quando passava pela porta.

– Olá! Como foram as coisas por aqui?

– Foram bem – contou Bryce, enquanto juntava suas coisas. – Como estava a loja?

– Movimentada – respondeu ela e pendurou o casaco no cabideiro. – Falei com seus pais e está tudo bem se Maggie quiser ir com vocês amanhã. Eles me disseram que nos encontrariam na igreja no domingo.

– Obrigado por falar com eles. E por concordar.

– Foi um prazer – retorquiu ela. Então, voltando-se para mim, acrescentou: – E depois da igreja, no domingo, vamos fazer compras, tudo bem?

– Compras? – perguntou Bryce de modo automático.

Minha tia e eu nos entreolhamos por uma fração de segundo, mas ela sabia o que eu pensava.

– Presentes de Natal – explicou.

E assim, eu tinha um encontro marcado.

Uma espécie de encontro.

Na manhã seguinte, acordei tarde e, pelo sexto dia seguido, não senti nenhuma náusea. O que era sem dúvida uma coisa boa, seguida por outra surpresa quando tirei a roupa para entrar no chuveiro. Meu... *busto*, com toda certeza, tinha aumentado. Vou admitir que usei a palavra *busto* em vez daquela que apareceu na minha cabeça porque havia um crucifixo pendurado na parede do banheiro. Imaginei que fosse a palavra que minha tia teria usado.

Eu tinha lido que isso aconteceria, mas não imaginava que seria assim, de uma noite para outra. Muito bem, talvez eu não andasse prestando tanta atenção e ele já tivesse aumentando sem que eu percebesse, mas quando fiquei diante do espelho, achei que de repente eu parecia uma versão miniatura de Dolly Parton.

Por outro lado, reparei que minha cintura, que já tinha sido tão fina, começava a desaparecer. Examinando-me de lado, eu estava maior e mais larga no espelho. Embora houvesse uma balança no banheiro, não consegui juntar coragem para ver quanto tinha ganhado de peso.

Pela primeira vez desde que Bryce começara a me dar aulas particulares, eu tive a casa só para mim durante a maior parte do dia. Eu deveria, provavelmente, ter aproveitado a paz para adiantar o dever de casa, mas decidi ir até a praia.

Depois de me agasalhar, encontrei a bicicleta atrás da casa. A princípio, fiquei um pouco insegura – fazia tempo que não pedalava –, mas peguei o jeito depois de alguns minutos. Pedalei devagar no vento frio e, quando alcancei a areia, deixei a bicicleta apoiada num poste que indicava uma trilha de caminhada pelas dunas.

A praia era bonita, embora fosse completamente diferente da costa de Washington. Enquanto eu estava acostumada a rochas, penhascos e ondas furiosas lançando nuvens de respingos, ali não havia nada além de ondulações suaves, areia e uma vegetação rasteira. Sem pessoas, sem palmeiras, sem barracas de salva-vidas fechadas nem casas com vista para o mar. Enquanto eu caminhava por aquele trecho vazio de litoral, era fácil imaginar que eu era a primeira a pôr os pés por ali.

Sozinha com meus pensamentos, tentei imaginar o que meus pais estariam fazendo. Ou o que fariam mais tarde, porque ainda era cedo lá em Seattle. Eu me perguntei se Morgan estaria praticando violino – ela fazia muito isso aos sábados – ou se sairia para comprar presentes no shopping. Eu me perguntei se eles já tinham providenciado uma árvore ou se fariam isso hoje mais tarde, no dia seguinte ou mesmo no outro fim de semana. Fiquei imaginando o que Madison e Jodie estariam fazendo, se alguma delas tinha conhecido um garoto novo, a que filmes tinham assistido nos últimos tempos ou para onde viajariam no fim do ano – se realmente tivessem planos de viajar para algum lugar.

No entanto, pela primeira vez desde que deixei Seattle, os pensamentos não me causaram dor e tristeza opressoras. Em vez disso, percebi que a decisão de ir para lá tinha sido acertada. Não me interprete mal – eu ainda desejava que nada daquilo tivesse acontecido –, mas de alguma forma eu sabia que tia Linda era exatamente o que eu precisava naquele momento da minha vida. Ela parecia me entender de um modo que meus pais nunca tinham conseguido.

Talvez porque, assim como eu, ela sempre se sentia sozinha.

Depois que voltei para casa, tomei banho e coloquei as coisas que precisaria para a igreja dentro de uma das bolsas de viagem que trouxe de Seattle. Em seguida, passei o restante do dia lendo vários capítulos de meus livros da escola, ainda na tentativa de botar em dia os estudos e esperando que algumas das informações ficassem na minha cabeça por tempo suficiente para que eu pudesse completar o dever de casa sem ter que fazer os problemas extras que Bryce sem dúvida iria inventar.

Tia Linda voltou às duas da tarde – os sábados eram dias mais curtos na loja – e se certificou de que eu levava tudo o que seria necessário mas que eu havia esquecido, desde pasta de dente a xampu. Depois, ajudei-a a montar o presépio na cornija da lareira. Enquanto trabalhávamos, percebi pela primeira vez que seus olhos eram iguais aos do meu pai.

– Quais são seus planos para hoje à noite? – perguntei. – Afinal, vai ter a casa só para você.

– Gwen e eu vamos jantar – respondeu ela. – Depois vamos jogar.

– Parece relaxante.

– Tenho certeza que você terá uma noite agradável com Bryce e a família dele.

– Não é nada de mais.

– Vamos ver. – A forma como ela disse aquilo enquanto desviava os olhos fez com que minha pergunta seguinte saísse no automático.

– Não quer que eu vá?

– Vocês dois já passaram muito tempo juntos esta semana.

– Aulas particulares. Porque você achou que eu precisava de reforço.

– Eu sei. E embora eu tenha dado permissão, tenho algumas preocupações.

– Por quê?

Ela ajustou a posição das figuras de Maria e José antes de responder.

– Às vezes é fácil para os jovens... se perderem nas emoções.

Precisei de alguns segundos para processar as palavras que ela usou – ao mesmo tempo antiquadas e dignas de uma freira –, mas senti que meus olhos se arregalavam.

– Acha que vou me apaixonar por ele?

Quando ela não respondeu, eu quase soltei uma gargalhada.

– Não precisa se preocupar com isso. Estou grávida, lembra? Não tenho nenhum interesse por ele.

Ela suspirou.

– Não estava preocupada com você.

Bryce apareceu alguns minutos depois de terminarmos a decoração da lareira. Ainda um pouco abalada pelo comentário da minha tia, beijei seu rosto e saí pela porta com minha bolsa de viagem enquanto ele ainda subia os degraus.

– Olá – saudou-me. Assim como eu, ele estava vestido para uma noite de inverno. O casaco verde-oliva descolado tinha sido substituído por um casaco grosso como o meu. – Está pronta? Posso levar isso para você?

– Não está pesado, mas claro que pode.

Depois que ele pegou a bolsa, nos despedimos de minha tia e seguimos para a caminhonete, a mesma que eu tinha visto na balsa. De perto, era maior e mais alta do que eu me lembrava. Ele abriu a porta do carona para mim, mas parecia um pouco como escalar uma pequena montanha até que finalmente consegui me arrastar para dentro. Bryce fechou a porta e então entrou pelo outro lado, colocando a bolsa entre nós. Embora o céu estivesse claro, a temperatura já caía. Com o canto do olho, vi minha tia ligando as luzes da árvore de Natal, que reluziu pela janela, e por algum motivo de repente pensei no momento em que o vira pela primeira vez, com o cão, na balsa.

– Esqueci de perguntar. Daisy vem com a gente?

Bryce balançou a cabeça.

– Não. Acabei de deixá-la na casa dos meus avós.

– Não quiseram vir? Quer dizer, seus avós?

– Eles não gostam de deixar a ilha a não ser quando são obrigados. – Bryce sorriu. – Aliás, meus pais estão ansiosos para conhecê-la.

– Também quero conhecê-los – falei, esperando que não me fizessem *a pergunta*.

Mas não tive muito tempo para pensar nisso. A viagem levou apenas poucos minutos. A casa deles ficava mais ou menos na mesma área da loja da minha tia, perto dos hotéis e da balsa. Bryce entrou com a caminhonete e parou ao lado de uma grande van branca. Peguei-me contemplando uma casa que, a princípio, me pareceu igual a todas as outras no vilarejo, talvez um pouco maior e mais bem cuidada. Enquanto eu olhava, a porta da frente se abriu de repente e dois meninos desceram os degraus correndo, se empurrando. Meus olhos iam de um para o outro, pensando que eram imagens espelhadas.

– Richard e Robert, se você se esqueceu – informou ele.

– Nunca vou ser capaz de distingui-los.

– Estão acostumados. E vão mexer com você por causa disso.

– Mexer comigo? Como?

– Robert está com o casaco vermelho. Richard, com o azul. Pelo menos por enquanto. Mas talvez troquem, por isso esteja preparada. Lembre-se apenas de que Richard tem um pequeno sinal sob o olho esquerdo.

A essa altura, os dois tinham parado perto da caminhonete de Bryce e nos fitavam. Bryce pegou minha bolsa de viagem e abriu a porta antes de descer. Fiz o mesmo, com a sensação de estar caindo antes de meus pés finalmente encontrarem o chão. Nós nos encontramos na frente do veículo.

– Richard, Robert? – chamou Bryce. – Esta é a Maggie.

– Oi, Maggie! – exclamaram em uníssono, com vozes que pareciam ao mesmo tempo robóticas e forçadas. Em seguida, também em sincronia, os dois inclinaram a cabeça para a esquerda, e percebi que estavam fazendo uma cena. – É um prazer conhecê-la e ter a honra da sua companhia esta noite.

Levei a brincadeira adiante e fiz a saudação de *Jornada nas estrelas*.

– Vida longa e próspera.

Os dois riram e, apesar de estarem próximos e ainda haver luz do dia, não pude detectar o sinal. Mas Richard (com o casaco azul) se apoiou em Robert (no casaco vermelho), que empurrou Robert e depois Robert correu atrás de Richard, finalmente desaparecendo atrás da casa.

Com o canto do olho, vi movimento à direita, no nível do chão sob a casa. Quando me virei, vi emergir uma mulher de aparência jovem numa cadeira de rodas, seguida por um homem alto com corte de cabelo militar, que presumi ser o pai de Bryce.

Eu já tinha visto gente em cadeira de rodas, claro. Havia uma menina chamada Audrey na minha turma do terceiro e quarto anos que era cadeirante e também o Sr. Petrie – que era diácono da igreja como meu pai. Mas eu não esperava que a mãe de Bryce estivesse numa cadeira de rodas, porque ele não dissera nada sobre o assunto. Ele mencionou que ela havia engravidado na adolescência, mas se esqueceu de me contar isso?

De algum modo, fui capaz de manter uma expressão neutra mas simpática. Os dois se aproximaram enquanto a mãe exclamava:

– R e R... na van! Ou vamos sair sem vocês!

Segundos depois, os irmãos vieram correndo do lado oposto de onde eu os tinha visto pela última vez. Agora Richard (casaco azul) perseguia Robert (casaco vermelho).

Ou eles estavam me confundindo?

Não havia como saber.

– Na van! – gritou o pai.

Depois de dar mais uma volta em torno do veículo, os gêmeos abriram a porta lateral e pularam para dentro, sacudindo a van ligeiramente.

Inteligentes ou não, eles definitivamente tinham energia.

A essa altura, os pais de Bryce se aproximaram e pude ver as boas-vindas em seus rostos. O casaco da mãe era ainda mais rechonchudo do que o meu, e seu cabelo avermelhado contrastava com os olhos verdes. O pai, percebi, tinha a postura ereta como uma vara, com cabelo preto com fios de prata perto das orelhas. A mãe de Bryce estendeu a mão.

– Oi, Maggie – saudou-me com um sorriso descontraído. – Sou Janet Trickett e este é meu marido, Porter. Estou tão feliz por você poder se juntar a nós.

– Oi, Sr. e Sra. Trickett. Obrigada por me receberem.

Apertei a mão de Porter também.

– Muito prazer. É bom ver um rosto novo por aqui. Ouvi dizer que você está hospedada com sua tia Linda.

– Por alguns meses – respondi. E acrescentei: – Bryce tem realmente ajudado muito com os estudos.

– É bom saber – disse Porter. – Vocês dois estão prontos para ir?

– Estamos – respondeu Bryce. – Tem mais alguma coisa para pegar lá dentro?

– Já trouxe a bagagem. Acho que deveríamos partir logo, porque nunca se sabe se a balsa estará lotada.

Quando eu estava prestes a me dirigir à van, Bryce puxou meu braço com delicadeza, fazendo sinal para que eu esperasse. Vi que seus pais se dirigiam ao lado oposto da porta usada pelos irmãos dele. O pai pôs a mão no interior e eu ouvi o zumbido de um sistema hidráulico e observei uma pequena plataforma se estender e descer até o chão.

– Ajudei meu pai e meu avô a modificar a van – contou ele – para que minha mãe também pudesse dirigir.

– Por que não compraram um veículo adaptado?

– São caros. E não há um modelo que sirva para a gente. Meus pais queriam algo que os dois pudessem dirigir, por isso o banco dianteiro tinha de ser trocado com facilidade. Ele basicamente desliza de um lado para outro e depois é preso.

– Vocês três pensaram nisso?

– Meu pai é muito bom com esse tipo de coisa.

– O que ele fazia no Exército?

– Trabalhava na área de Inteligência – respondeu ele. – Mas também é um gênio em qualquer coisa relacionada à mecânica.

Por que não fiquei surpresa?

A essa altura, a mãe de Bryce tinha desaparecido no interior da van e a plataforma voltava a subir. Bryce viu aquilo como a deixa para começar a andar. Abrindo a porta do lado oposto, nós entramos, nos espremendo no banco traseiro ao lado dos gêmeos.

Depois que a van deu marcha a ré, partimos em direção à balsa e olhei para o gêmeo do meu lado. Vestia casaco azul e, olhando de perto, achei que dava para ver o sinal.

– Você é Richard, certo?

– E você é Maggie.

– E você é o que gosta de computadores ou de engenharia aeronáutica?

– Computadores. Engenharia é para *geeks*.

– Melhor do que ser um nerd – acrescentou Robert depressa. Ele se inclinou para a frente do banco, virando a cabeça para me olhar.

– Que foi? – perguntei por fim.

– Você não parece ter dezesseis anos. Parece mais velha.

Eu não sabia bem se aquilo era um elogio.

– Obrigada? – falei, hesitante.

Ele me olhava sem vacilar.

– Por que se mudou para cá?

– Por questões pessoais.

– Gosta de ultraleves?

– Ultraleves?

– São aviões pequenos, lentos, muito leves, que só precisam de uma pista curta para pousar. Estou construindo um deles no quintal. Como os irmãos Wright.

– Eu faço videogames – interrompeu Richard.

Eu me virei para ele.

– Não sei bem o que seria.

– Um videogame usa imagens manipuladas eletronicamente num computador ou outro dispositivo que permite a um usuário se envolver em aventuras, missões ou jornadas, cumprir obrigações ou tarefas, sozinho ou com outras pessoas, como parte de uma competição ou de uma equipe.

– Eu sei o que é um videogame. Não sabia o que você queria dizer com *fazer*.

– Quer dizer que ele concebe jogos, escreve o código e, em seguida, os projeta – esclareceu Bryce. – E tenho certeza que ela vai querer ouvir tudo sobre isso... e sobre o avião... mais tarde, mas que tal vocês dois nos deixarem ir até a balsa em paz?

– Por quê? – perguntou Richard. – Só estou tentando conversar com ela.

– Richard! Pare com isso! – Ouvi o Sr. Trickett exclamar.

– Seu pai tem razão – acrescentou a Sra. Trickett, olhando zangada para os dois. – E precisam pedir desculpas.

– Por quê?

– Por terem sido rudes.

– Por que estou sendo rude?

– Não vou entrar num debate com você – respondeu ela. – Peçam desculpas. Os dois.

Robert fez coro.

– Por que preciso pedir desculpas?

– Porque os dois estavam se exibindo – respondeu a mãe. – E não vou repetir.

Com o canto do olho, vi que os dois afundavam no assento.

– Desculpa – disseram em uníssono.

Bryce se aproximou de mim, o hálito morno em minha orelha ao falar.

– Tentei avisá-la.

Engoli o riso, pensando: *E eu achava que minha família era esquisita.*

Esperamos pela balsa numa fila de carros um tanto longa, mas havia bastante espaço no convés e partimos na hora. Richard e Robert saíram da van quase no mesmo instante e nós os seguimos, olhando os dois correrem em direção à amurada. Atrás de nós, enquanto eu colocava chapéu e luvas, ouvi mais uma vez o elevador hidráulico. Fiz um gesto para a área fechada com assentos, lá em cima.

– Sua mãe tem condições de entrar? Quer dizer, tem um elevador?

– Geralmente eles passam a maior parte do tempo na van – respondeu Bryce. – Mas ela aprecia tomar ar fresco por algum tempo. Gostaria de um refrigerante?

Eu vi a multidão caminhando naquela direção e balancei a cabeça.

– Vamos ficar um pouco lá na frente.

Caminhamos em direção à proa junto com mais pessoas, mas conseguimos encontrar um lugar onde não ficávamos amontoados com os outros. Apesar do ar frio, havia águas tranquilas em todas as direções.

– O Robert está realmente construindo um avião? – perguntei.

– Está trabalhando nisso há quase um ano. Meu pai ajuda, mas o projeto é do Robert.

– E seus pais vão deixar que ele pilote?

– Primeiro ele precisa tirar a licença de piloto. Ele está fazendo o projeto mais para participar de uma competição nacional de estudantes de ciência. Como eu o conheço, tenho certeza que o avião vai voar. Mas meu pai vai garantir que ele seja seguro.

– Seu pai também pode voar?

– Ele pode fazer um monte de coisas.

– E sua mãe é quem cuida da educação domiciliar? Não seu pai?

– Ele sempre trabalhou.

– Como sua mãe poderia ensinar alguma coisa para vocês?

– Ela também é bem inteligente. – Ele deu de ombros. – Começou a estudar no MIT quando tinha dezesseis anos.

Então como foi que ela engravidou na adolescência? Eu me perguntei. *Ah, claro. Às vezes acontece num segundo.* Mesmo assim... que família. Nunca tinha ouvido falar de outra parecida.

– Como seus pais se conheceram?

– Os dois estavam estagiando em Washington, D.C., mas não sei muito mais do que isso. Eles não costumam dividir essas histórias conosco.

– Sua mãe já usava cadeira de rodas nessa época? Sinto muito, sei que provavelmente não deveria perguntar...

– Tudo bem. Tenho certeza que muita gente se pergunta sobre isso. Ela sofreu um acidente há oito anos. Numa estrada de mão dupla, um carro ultrapassou outro pela contramão. Para evitar bater de frente, ela jogou o veículo para fora da estrada, mas de encontro a um poste telefônico. Quase morreu. Na verdade, é surpreendente que não tenha morrido. Passou quase duas semanas na UTI, passou por diversas cirurgias e muita fisioterapia, mas a medula foi lesionada. Ela ficou totalmente paralisada da cintura para baixo durante um ano, mas acabou recobrando alguma sensibilidade nas pernas. Agora pode mexê-las um pouco, o suficiente para facilitar na hora de se vestir... mas só. Não consegue ficar de pé.

– É terrível.

– É triste. Antes do acidente, ela era muito ativa. Jogava tênis, corria todos os dias. Mas não reclama.

– Por que não me falou sobre ela?

– Acho que não pensei muito nisso. Sei que parece estranho, mas parei de reparar nisso. Ela ainda ensina os gêmeos, prepara o jantar, faz compras, tira fotos e tudo mais. Mas tem razão. Eu deveria ter mencionado.

– É por isso que sua família se mudou para Ocracoke? Para que os pais dela pudessem ajudar?

– Na verdade, é o contrário. Como contei, depois que meu pai se aposentou das Forças Armadas e começou a dar consultorias, nós poderíamos ter ido para qualquer lugar, mas minha avó havia sofrido um derrame no ano anterior. Não foi um derrame seríssimo, mas o médico indicou que ela poderia ter outros no futuro. E meu avô... a artrite dele está piorando, o que é mais um motivo para meu pai ajudá-lo quando está por aqui. A questão é: minha mãe achou que podia dar mais suporte a seus pais do que eles poderiam ajudá-la, por isso queria morar perto deles. Pode acreditar, ela é bastante independente.

– E ela é o motivo pelo qual você treina Daisy? Para ajudar alguém como sua mãe?

– Foi em parte por isso. Meu pai também achou que eu ia gostar de ter um cão por algum tempo, já que ele viaja tanto.

– Quanto tempo ele passa viajando?

– Varia, mas em geral são quatro ou cinco meses por ano. Ele vai partir de novo em algum momento depois do fim de ano. Mas agora é sua vez. Falamos de mim, da minha família e parece que não sei nada sobre você.

Eu sentia o vento no cabelo, sentia o gosto do sal no ar gélido.

– Já falei sobre meus pais e minha irmã.

– E você, então? O que mais você gosta de fazer? Tem algum hobby?

– Eu fazia dança quando era pequena e pratiquei esportes na escola. Mas não tenho hobbies de verdade.

– O que faz depois da escola ou nos fins de semana?

– Fico com os amigos, converso no telefone, vejo TV. – Enquanto eu dizia essas palavras, compreendi como tudo parecia bobo e soube que precisava tirar o foco de mim o mais depressa possível. – Você se esqueceu de trazer a câmera?

– Para a flotilha? Pensei nisso, mas achei que seria perda de tempo. Tentei no ano passado e não consegui acertar nas fotos. As luzes coloridas ficaram todas brancas.

– Você tentou usar a configuração automática?

– Tentei de tudo, mesmo assim não conseguir acertar. Na época, não percebi que deveria ter usado um tripé e ajustado o ISO. Mesmo assim, as imagens provavelmente não ficariam boas. Acho que os barcos ficavam muito distantes da costa e, obviamente, estavam em movimento.

Eu não tinha ideia do que isso significava.

– Parece complicado.

– É e não é. É como aprender qualquer coisa, requer tempo e prática. E mesmo quando eu acho que sei exatamente o que fazer numa foto, ainda me pego mudando a abertura com frequência. Quando fotografo em preto e branco, o que normalmente faço, também preciso observar o tempo no laboratório para obter o sombreamento correto. E agora, com o Photoshop, há ainda mais que posso fazer no pós-tratamento.

– Você tem seu próprio laboratório fotográfico?

– Meu pai construiu para minha mãe, mas eu também o uso.

– Você deve ser um especialista.

– Minha mãe é a especialista, não eu. Quando há um problema com uma ampliação, ela ou Richard ajudam. Às vezes os dois.

– Richard?

– Com o Photoshop, quero dizer. Ele compreende automaticamente qualquer coisa relacionada a computadores. Então se é uma questão com o Photoshop, ele resolve. É irritante.

Sorri.

– Foi sua mãe que ensinou você a fotografar, certo?

– Foi. Ela tem tirado fotos incríveis nos últimos anos.

– Gostaria de ver. E o laboratório também.

– Vou ficar feliz em mostrar para você.

– Como foi que sua mãe se envolveu com a fotografia?

– Ela disse que simplesmente pegou uma câmera quando estava no ensino médio, tirou umas fotos e ficou vidrada. Depois que nasci, nem minha mãe nem meu pai queriam me deixar numa creche. Por isso ela começou a fazer trabalho freelance com um fotógrafo local nos fins de semana, quando meu pai podia ficar comigo. E aí, sempre que a gente se mudava, ela arranjava trabalho como assistente de algum fotógrafo. Fez isso até a chegada dos gêmeos. A essa altura, já tinha começado a me dar aulas... e a cuidar dos dois... e a fotografia virou um hobby. Mas ela ainda sai com a câmera sempre que pode.

Pensei em meus pais, tentando desvendar suas paixões, mas não consegui encontrar nenhuma, afora o trabalho, a família e a igreja. Mamãe não jogava tênis nem bridge nem nada parecido. Meu pai nunca tinha jogado pôquer nem qualquer outra coisa que os homens costumavam fazer quando se encontravam. Os dois trabalhavam. Ele cuidava do quintal, da garagem e esvaziava o lixo enquanto ela cozinhava, lavava roupa e limpava a casa. Além de sair para jantar em sextas-feiras alternadas, meus pais eram bastante caseiros. O que provavelmente explicava por que eu também não fazia grandes coisas. Ao mesmo tempo, Morgan tocava violino e talvez eu estivesse apenas dando desculpas.

– Vai continuar a fotografar depois que for para West Point?

– Duvido que tenha tempo. É uma programação bem cheia de regulamentos.

– O que você quer fazer no Exército?

– Talvez atuar com Inteligência, como meu pai. Mas parte de mim se pergunta como seria seguir a rota das forças especiais e me tornar um boina-verde ou ser selecionado para a Delta.

– Como o Rambo? – perguntei, referindo-me ao personagem de Sylvester Stallone.

– Exatamente, mas dispenso o estresse pós-traumático. E veja só, voltamos a falar sobre mim. Eu gostaria de ouvir mais sobre você.

– Não há muito o que dizer.

– Como tem sido? A mudança para Ocracoke, por exemplo.

Hesitei, me perguntando se queria falar sobre isso ou quanto eu contaria a ele, mas esse sentimento durou apenas alguns segundos e evoluiu para *Por que não?*. Depois disso, as palavras começaram a sair. Embora eu não tenha dito nada sobre J. – o que havia realmente a dizer, além de que eu tinha sido estúpida? –, contei como minha mãe me encontrou vomitando no banheiro e depois tudo, até o momento em que ele apareceu para acompanhar meus estudos. Achei que seria mais difícil, mas Bryce não me interrompia com frequência, dando-me o espaço de que eu precisava para contar a história.

Quando terminei, faltava apenas meia hora para a balsa atracar e eu estava fazendo uma oração silenciosa de agradecimento por ter me agasalhado tanto. Estava gelado e nos retiramos para a van, onde ele puxou uma garrafa térmica e serviu dois copinhos de chocolate quente. Seus pais conversavam na frente. Dissemos um olá rápido antes de eles voltarem para a conversa.

Tomamos o chocolate quente enquanto meu rosto, aos poucos, voltava à cor normal. Durante todo o tempo, conversamos sobre coisas normais de adolescentes – música, filmes e programas de televisão favoritos, que tipo de pizza nós gostávamos (massa fina com queijo duplo para mim; linguiça e pepperoni para ele) e tudo o mais que veio à mente. Robert e Richard voltaram para a van no momento em que o pai de Bryce ligava o motor e a balsa estava prestes a atracar.

Dirigimos por estradas escuras e silenciosas, passando por fazendas e trailers enfeitados com luzes natalinas. Uma cidadezinha dava lugar a outra. Eu sentia a perna de Bryce pressionando a minha, e quando ele riu de algo que um dos gêmeos havia dito, pensei como parecia tranquila a forma com que ele se relacionava com a família. A mãe dele, provavelmente pensando que eu poderia estar me sentindo excluída, fez o tipo de pergunta que os pais sempre faziam e, embora eu ficasse feliz em responder de uma maneira geral, ainda me perguntava quanto Bryce havia contado a eles sobre mim.

Quando chegamos a New Bern, fiquei surpresa com como a cidade parecia *pitoresca*. As casas históricas de frente para o rio, o centro da cidade ladeado por pequenas lojas e os postes de luz em cada cruzamento, tudo estava decorado com guirlandas iluminadas. As calçadas estavam lotadas de pessoas que se dirigiam ao Union Point Park e, depois de estacionar, seguimos a multidão.

Fazia mais frio: minha respiração saía em pequenas baforadas. No parque, mais chocolate quente foi oferecido, junto com biscoitos de manteiga de amendoim. Só depois de dar a primeira mordida foi que percebi como estava com fome. Parecendo ler minha mente, a mãe de Bryce me entregou mais um assim que terminei o primeiro, mas quando os gêmeos pediram para repetir, ela disse que teriam que esperar até depois do jantar. A piscadela conspiratória que ela lançou para mim me fez sentir imediatamente como se também fizesse parte da família.

Eu ainda mordiscava quando o desfile começou. Transmitindo ao vivo, sob uma tenda, a estação de rádio local anunciava por meio de um alto-falante o proprietário e o tipo de cada barco enquanto cada um passava lentamente. Por alguma razão, acho que estava esperando iates, mas além de um punhado de veleiros, as embarcações eram semelhantes em tamanho ou mesmo menores do que os barcos de pesca que eu via nas docas de Ocracoke. Alguns estavam enfeitados com luzes; alguns ostentavam personagens como o Ursinho Pooh ou o Grinch, e outros simplesmente colocavam árvores decoradas pelo convés. Tudo parecia ter saído de um antigo seriado de TV, e embora eu achasse que aquilo poderia despertar um sentimento de saudade de casa, isso não aconteceu. Ao contrário, fiquei concentrada na proximidade de Bryce, bem ao meu lado, e observei seu pai apontar e sorrir com os gêmeos. Sua mãe apenas bebericava o chocolate quente, com um ar satisfeito. Pouco depois, quando o pai de Bryce se inclinou e beijou ternamente sua esposa, me peguei tentando me lembrar da última vez em que vi meu pai beijar minha mãe da mesma maneira.

Depois, jantamos no Chelsea, um restaurante não muito distante do parque. Não fomos os únicos a ir ao local depois que a flotilha acabou; o estabelecimento estava bastante movimentado. No entanto, o serviço foi rápido e a comida satisfatória. Na mesa, eu me peguei ouvindo Richard e Robert debaterem tópicos científicos complexos com a mãe e o pai. Bryce ficou recostado no assento, permanecendo tão silencioso quanto eu.

Quando o jantar acabou, voltamos para a van e dirigimos para o que parecia ser o meio do nada. Acabamos estacionando ao lado da rodovia com o pisca-alerta acionado. Ao saltar do veículo, só conseguia fitar, maravilhada, enquanto tentava absorver tudo.

Embora as casas enfeitadas com luzes de Natal fossem comuns em Seattle, assim como os shoppings decorados com todo o esmero, aquilo tinha uma escala totalmente diferente, com a temática natalina espalhada por pelo menos 12 mil metros quadrados. À minha esquerda, encontrava-se uma casinha na margem da propriedade com luzes emoldurando as janelas e revestindo o telhado, mais um Papai Noel e um trenó empoleirados perto da chaminé. Mas foi o restante do terreno que me surpreendeu. Mesmo da rodovia, eu via dezenas de árvores de Natal iluminadas, uma bandeira americana gigante no topo das árvores, cones altos em forma de tenda montados apenas com luzes, um lago "congelado" com uma superfície de plástico transparente iluminada por baixo por pequeninas lâmpadas brilhantes, um trem decorado e luzes sincronizadas, dando a impressão de que renas voavam pelo céu. No meio da propriedade, uma reluzente roda-gigante em miniatura girava devagar, com bichinhos de pelúcia sentados nos vagões. Aqui e ali, eu distinguia personagens de quadrinhos e de desenhos animados pintados em tábuas, cortados em padrões minuciosos.

Os gêmeos correram numa direção enquanto os pais de Bryce se dirigiram lentamente para outra, deixando-nos sozinhos. Ao circular entre as decorações, eu sentia que meu olhar vagava para lá e para cá. O orvalho umedecia a ponta dos meus sapatos e enfiei as mãos mais fundo nos bolsos. Ao redor, famílias caminhavam pela propriedade, crianças correndo de uma decoração para a outra.

– Quem faz tudo isso?

– A família que mora na casa – respondeu Bryce. – Eles fazem isso todos os anos.

– Devem realmente adorar o Natal.

– Sem dúvida – concordou. – Sempre me pego imaginando quanto tempo leva para que consigam montar tudo isso. E como guardam tantos objetos para poder remontar tudo no ano seguinte.

– E não se importam que as pessoas basicamente caminhem pelo quintal deles.

– Acho que não.

Inclinei a cabeça.

– Não sei muito bem se gostaria de ter desconhecidos perambulando pelo meu quintal o mês inteiro. Acho que ficaria sempre com medo de ter gente olhando para dentro da casa, pela fresta das janelas.

– Acho que a maioria das pessoas compreende que não pode fazer isso.

Pela meia hora seguinte, vagamos entre as decorações, a conversa fluindo com facilidade. Ao fundo, eu ouvia canções natalinas saindo de alto-falantes escondidos, junto com os gritos de alegria das crianças. Muitas pessoas tiravam fotos e, pela primeira vez, me peguei entrando no espírito de Natal, algo que não poderia ter imaginado antes de conhecer Bryce. Ele parecia saber o que eu estava pensando, e quando meus olhos pousaram nele, pensei de novo sobre nossas conversas recentes e quanto eu já havia compartilhado com ele. De repente percebi que Bryce talvez conhecesse meu verdadeiro eu melhor do que qualquer outra pessoa na minha vida.

Passamos aquela noite no bairro histórico de New Bern, não muito longe do parque onde vimos a flotilha. Peguei minha bolsa de viagem, segui a família para dentro de casa e o pai de Bryce me mostrou meu quarto. Depois de colocar o pijama, adormeci em minutos.

De manhã, o Sr. Trickett fez panquecas para o café da manhã. Sentei-me ao lado de Bryce, ouvindo os planos de compras deles para o dia. Mas a hora avançava – ninguém queria deixar minha tia esperando no estacionamento da igreja. Depois de um banho rápido, arrumei minhas coisas e fizemos o percurso de volta para Morehead City, enquanto meu cabelo ainda estava molhado.

Tia Linda e Gwen aguardavam e, depois de me despedir dos Tricketts – a mãe de Bryce me deu um abraço –, fizemos aquela programação na igreja. Seguiram-se o almoço e a busca por suprimentos e, embora eu soubesse que havia mencionado roupas mais folgadas, de forma casual minha tia me lembrou de algo que eu havia esquecido.

– Talvez queira escolher presentes para seus pais e Morgan enquanto estivermos por aqui.

Claro. E concluí que também poderia aproveitar para providenciar alguma coisa para minha tia. Afinal, eu estava morando com ela.

Nós nos arriscamos numa loja de departamentos próxima e nos separamos. Comprei um lenço para minha mãe, um suéter de moletom para meu pai, uma pulseira para Morgan e um par de luvas para minha tia. Na saída, ela prometeu embalar e despachar os presentes da minha família na semana seguinte.

Em seguida, visitamos uma loja especializada em roupas para gestantes. Eu não tinha a mínima ideia de como ela conhecia aquele lugar – afinal de contas, não era algo que ela já pudesse ter precisado –, mas consegui encontrar jeans com cós elásticos, um para aquele momento e outro para quando eu estivesse do tamanho de uma melancia. Para ser bem sincera, eu nem sabia que essas coisas existiam.

Fiquei apavorada com o momento de me dirigir até o caixa para pagar – eu sabia que o atendente me daria uma boa *olhada* –, mas, felizmente, minha tia pareceu captar minhas preocupações.

– Se você quiser ir para o carro e esperar – ofereceu ela casualmente –, vou pagar, depois eu e Gwen encontramos com você.

Senti meus ombros relaxarem de repente.

– Obrigada – murmurei, e enquanto empurrava a porta para sair, tive a revelação de que uma freira, ou ex-freira, tanto faz, era na verdade uma das pessoas mais legais que eu conhecia.

Encontramos Bryce e sua família na balsa e vimos que havia uma enorme árvore de Natal presa ao teto da van. Nós dois ficamos conversando na maior parte da viagem até que minha tia se aproximou e informou a ele que ela e eu tiraríamos um dia "para atividades pessoais" na terça, e por isso Bryce não teria de estudar comigo. Não fazia ideia do que ela queria dizer, mas entendi que era melhor ficar quieta. Ele aceitou bem o comentário. Só fui perguntar para minha tia o que estava acontecendo depois que chegamos em casa.

Eu tinha uma consulta com o ginecologista obstetra, explicou tia Linda, e Gwen nos acompanharia.

Uma coisa era estranha: apesar de termos comprado jeans para gestantes, ocorreu-me que nos dois dias anteriores eu praticamente não tinha pensado na gravidez.

Diferentemente da Dra. Bobbi, meu novo médico, o Dr. Chinowith, era mais velho, com cabelos brancos e mãos tão imensas que poderia segurar com facilidade uma bola de basquete com o dobro do tamanho normal. Eu estava com dezoito semanas e, pela postura dele, fiquei convencida de que não era a primeira futura mãe adolescente e solteira que ele atendia. Também estava claro que ele havia trabalhado com Gwen várias vezes no passado e que os dois tinham certa intimidade.

Fizemos todos aqueles exames, ele renovou a receita para as vitaminas pré-natais que a Dra. Bobbi me passara e depois conversamos rapidamente sobre como eu me sentiria nos meses seguintes. Ele me disse que costumava atender as pacientes grávidas uma vez por mês, mas como Gwen era uma parteira experiente – e a consulta consumia um dia inteiro e era muito inconveniente –, ele se sentia à vontade em me ver com menos frequência, a menos que houvesse alguma emergência. Recomendou que eu conversasse com Gwen caso tivesse alguma pergunta ou preocupação. Ele também me avisou que Gwen monitoraria minha saúde com grande cuidado no terceiro trimestre e por isso não havia motivos para ficar preocupada. Assim que Gwen e minha tia saíram da sala, ele mencionou a adoção e perguntou se eu gostaria de segurar o bebê depois do parto. Não fui capaz de dar uma resposta rápida, e ele pediu que eu pensasse no assunto, me garantindo que ainda havia tempo para decidir. Enquanto o médico falava, eu não conseguia tirar os olhos daquelas mãos, que realmente me assustavam.

Quando fui conduzida a uma sala adjacente para fazer o ultrassom, a assistente me perguntou se eu gostaria de saber o sexo do bebê. Balancei a cabeça. Mas depois, enquanto voltava a vestir o casaco, eu a ouvi murmurando algo para minha tia.

– Foi difícil obter um bom ângulo, mas estou quase certa de que é uma menina.

Aquilo confirmava as suspeitas da minha mãe.

Com o passar dos dias e das semanas, minha vida se acomodou a uma rotina regular. Dezembro trouxe dias ainda mais frios. Completei minhas tarefas de casa, revisei capítulos, escrevi trabalhos e estudei para as provas. Quando fiz a última rodada de testes antes do começo das férias de inverno, tive a sensação de que meu cérebro estava prestes a explodir.

Pelo lado positivo, minhas notas estavam melhorando bastante, e quando falava com meus pais, não conseguia deixar de me gabar um pouquinho. Embora não estivessem no nível das de Morgan – eu nunca chegaria ao nível de Morgan –, as notas estavam bem mais altas do que antes de deixar Seattle. E mesmo que meus pais não dissessem nada, eu praticamente ouvia como se espantavam pelo modo como os estudos, de repente, tinham se tornado prioridade para mim.

E o que era mais surpreendente: aos poucos, eu me acostumava à vida em Ocracoke. Certo, era um lugar pequeno e entediante, e eu ainda sentia falta da minha família e me perguntava o que meus amigos estariam fazendo, mas uma programação regular tornava as coisas mais simples. Às vezes, depois que terminava de estudar, Bryce e eu caminhávamos pela vizinhança. Em duas ocasiões, ele trouxe a câmera e o fotômetro. Tirava fotos de coisas aleatórias – casas, árvores, barcos – de ângulos interessantes, explicando o que tentava realizar com cada foto. Seu entusiasmo era evidente.

Por três vezes, terminamos a caminhada na casa de Bryce. Havia na cozinha uma bancada mais baixa, que podia ser acessada com facilidade pela mãe dele. A árvore de Natal da família parecia muito com a que havíamos decorado. A casa dele sempre cheirava a biscoitos. A mãe preparava uma pequena fornada quase todos os dias e, assim que chegávamos, ela servia dois copos de leite e se sentava conosco à mesa. Graças a essas conversas na hora do lanche, fomos nos conhecendo aos poucos. Ela contava histórias da sua infância em Ocracoke – aparentemente, costumava ser ainda mais tranquilo, o que eu achava quase impossível de acreditar –, e quando perguntei como ela havia sido aceita no MIT ainda tão jovem, ela apenas deu de ombros, dizendo que sempre teve facilidade para a ciência e a matemática, como se isso explicasse tudo.

Eu sabia que havia mais nessa história – *tinha* de ter –, mas como o assunto parecia entediá-la, costumávamos falar de outras coisas: como Bryce e os gêmeos eram quando mais novos, como era fazer tantas mudanças com frequência, a vida da mulher de um militar, ensino domiciliar e até suas dificuldades depois do acidente. Ela me fazia muitas perguntas também, no entanto, ao contrário de meus pais, não perguntava o que eu pretendia fazer da vida. Acho que havia percebido que eu não tinha a mínima ideia do que fazer. E também não me perguntou o que havia me trazido a Ocracoke, mas desconfiei de que ela já soubesse o motivo. E não era por Bryce ter contado – era mais uma questão de ter um faro para gravidez adolescente. Ela sempre insistia para que eu me sentasse enquanto conversávamos e nunca perguntou por que eu sempre usava o mesmo jeans elástico com moletons largos.

Também falávamos de fotografia. Mostraram-me o laboratório, que me fez me lembrar do laboratório de ciências da escola. Havia uma máquina chamada ampliador e bacias plásticas cheias de produtos químicos, além de um varal em que as fotos ficavam penduradas para secar. Havia uma pia e bancadas. Metade delas era suficientemente baixa para permitir acesso à mãe de Bryce, e uma luz vermelha que fazia parecer que tínhamos viajado para Marte. As paredes da casa estavam cobertas de fotos e a Sra. Trickett às vezes mencionava as histórias por trás de cada uma. Minha favorita era uma tirada por Bryce – uma lua enorme iluminando o farol de Ocracoke. Apesar de ser em preto e branco, ela parecia quase uma pintura.

– Como você fez essa foto?

– Armei o tripé na praia e usei um cabo disparador especial, porque o tempo de exposição tinha de ser extralongo – respondeu ele. – Obviamente, minha mãe me ajudou muito quando chegou a hora de revelar.

Como eu era curiosa, Robert me mostrou o ultraleve que ele construía com o pai. Ao contemplá-lo, eu sabia que, mesmo se voasse, jamais andaria naquele troço, nem que me pagassem um milhão de dólares. Por sua vez, Richard me mostrou o videogame que ele estava criando, passado num mundo com dragões, cavaleiros de armadura, com todas as armas imagináveis. O aspecto gráfico não era uma maravilha – até ele admitia isso –, mas o jogo parecia interessante, o que dizia muito, porque eu nunca tinha achado graça em passar horas parada diante de um computador.

Mas, afinal de contas, o que eu sabia dessas coisas? Especialmente quando comparada com um garoto – ou com uma família – assim?

– Já pensou no presente que vai dar para Bryce? – perguntou tia Linda.

Era noite de sexta-feira e faltavam três dias para o Natal. Eu lavava os pratos na pia e ela secava, embora não tivesse que fazer isso.

– Ainda não. Pensei em dar alguma coisa para a câmera, mas eu não saberia por onde começar. Acha que poderíamos passar numa loja depois da igreja, no domingo? Sei que é véspera de Natal, mas vai ser minha última chance. Talvez eu consiga pensar em algo.

– Claro que podemos ir – disse ela. – Vamos ter tempo mais que suficiente. Será um dia longo.

– Os domingos são sempre longos.

Ela sorriu.

– Longuíssimo então, porque o Natal cai na segunda-feira. Temos a missa de domingo de manhã, como sempre, e depois a missa da meia-noite, para a celebração de Natal. E também algumas outras coisas no meio. Vamos passar a noite em Morehead City e pegar a balsa de volta pela manhã.

– Ah. – Se tia Linda percebeu a infelicidade em meu tom de voz, ela a ignorou. Lavei e enxaguei um prato e entreguei a ela, sabendo que seria inútil tentar fazer com que mudasse de ideia. – O que você vai dar para Gwen?

– Um suéter e uma caixinha de música antiga. Ela coleciona.

– Devo comprar algo para Gwen também?

– Não – respondeu. – Pus seu nome na caixinha de música. Vai ser um presente de nós duas.

– Obrigada. O que acha que eu devo dar para Bryce?

– Você o conhece melhor do que eu. Perguntou para a mãe dele se há alguma coisa que ele quer?

– Esqueci. Acho que poderia ir até lá amanhã e perguntar. Espero que não seja caro demais. Preciso encontrar alguma coisa para a família dele também. Estava pensando em dar um belo porta-retratos.

Tia Linda guardou o prato no armário.

– Tenha em mente que você não precisa comprar nada para Bryce. Às vezes, os melhores presentes são de graça.

– Como o quê?

– Uma experiência ou talvez você possa fazer alguma coisa, ou quem sabe ensinar alguma coisa a ele.

– Acho que não posso ensinar nada a ele. A não ser que ele se interesse por maquiagem ou em pintar as unhas.

Ela revirou os olhos, mas percebi que achou graça.

– Tenho fé que você vai ter alguma ideia.

Pensei no assunto enquanto terminávamos de arrumar a cozinha, mas a inspiração só veio quando passamos para a sala de estar. O problema era que eu precisaria da ajuda da minha tia de várias maneiras. Ela abriu um sorriso assim que expliquei.

– Posso fazer isso. E tenho certeza que ele vai adorar.

Uma hora depois, o telefone tocou. Presumi que eram meus pais e fiquei surpresa quando tia Linda me entregou o aparelho, dizendo que era Bryce. Que eu soubesse, era a primeira vez que ele ligava.

– Oi, Bryce – saudei-o. – Tudo bem?

– Estava pensando se seria possível passar por aí na véspera de Natal. Quero dar a você meu presente.

– Não vou estar aqui – falei. Expliquei sobre a missa dupla. – Só vou estar de volta no dia de Natal.

– Ah. Tudo bem. Bom, minha mãe também queria que eu perguntasse a você se gostaria de participar do nosso almoço de Natal. Vai ser por volta das duas horas.

A mãe dele queria que eu fosse? Ou ele queria que eu fosse?

Tapando o aparelho, perguntei para minha tia se eu podia e ela concordou, mas só se ele viesse para o nosso jantar de Natal mais tarde.

– Perfeito – concordou ele. – Tenho algo para sua tia Linda e Gwen também, então podemos fazer uma troca de presentes.

Só depois que desliguei fui atropelada pela realidade da situação. Ver a flotilha com a família dele ou ir à sua casa depois de caminhar pela praia era uma coisa, mas passar tempo juntos nas casas dos dois no dia de Natal parecia algo mais, quase como se estivéssemos dando um passo numa direção que eu não sabia muito bem se queria seguir. No entanto...

Não podia negar que me sentia feliz.

A véspera de Natal no domingo foi diferente do que costumava ser na minha casa em Seattle, não apenas por causa da viagem de balsa e das duas missas. Suponho que devia ter esperado que, para duas antigas freiras, fosse importante encontrar um modo de celebrar o *verdadeiro significado* das festas, que foi exatamente o que fizemos.

Depois da igreja, fomos para nossa visita habitual ao Walmart, onde encontrei um belo porta-retratos para os pais de Bryce e um cartão para ele, mas em vez do circuito de brechós, dessa vez visitamos um lugar chamado Missão Esperança, onde passamos algumas horas preparando refeições numa cozinha para os pobres e sem-teto. Minha função era descascar batatas e, embora eu não conseguisse ser muito rápida a princípio, me senti uma especialista no final. Ao sair, depois que tia Linda e Gwen abraçaram pelo menos dez pessoas – tive a sensação de que faziam trabalho voluntário ali de vez em quando –, vi minha tia discretamente passar um envelope para o coordenador do abrigo, sem dúvida uma doação.

No entardecer, assistimos a um auto de Natal numa das igrejas protestantes (minha mãe teria feito o sinal da cruz se descobrisse isso). Vimos José e Maria sendo rejeitados na estalagem e acabando no estábulo, o nascimento de Cristo e a visita dos três reis magos. A encenação acontecia ao ar livre e as temperaturas baixíssimas faziam com que tudo parecesse mais real. Quando essa parte do programa foi encerrada, o coral começou a cantar e minha tia e eu ficamos de mãos dadas enquanto entoávamos os cantos natalinos.

O jantar veio em seguida, e como ainda faltavam algumas horas para a missa da meia-noite, fomos para o mesmo hotel onde havíamos ficado quando cheguei de Seattle. Dividi o quarto com tia Linda e, depois de programar o despertador, cochilamos. Às onze horas, acordamos de novo. E se eu tinha preocupações em ainda estar cansada na missa, o padre usou incenso suficiente para deixar todo mundo bem desperto. Meus olhos não paravam de lacrimejar. Era um tanto sinistro, mas de um modo espiritual. Havia velas acesas em toda a igreja, um órgão somando profundidade e ressonância à música solene. Quando olhei de relance para minha tia, reparei no movimento de seus lábios em orações silenciosas.

Depois, voltamos para o hotel e pegamos a balsa bem cedo pela manhã. Não parecia muito um programa de Natal, mas minha tia tentou compensar. Na área dos assentos, ela e Gwen compartilharam histórias de seus Natais favoritos. Criada numa fazenda em Vermont, Gwen contou da vez em que ganhou um filhote de pastor australiano. Tinha nove anos e fazia muito tempo que ela queria um cão. Na manhã, depois de desembrulhar todos os presentes, Gwen tinha ficado desapontada, sem perceber que o pai saíra de fininho pela porta dos fundos. Reapareceu um minuto depois, segurando um filhote com um laço vermelho no pescoço – e quase meio século depois ela ainda se lembrava da alegria que havia sentido quando o filhote pulou e começou a brincar com ela. Mais contida, tia Linda contou como havia assado biscoitos com a mãe na véspera de Natal. Era a primeira vez que sua mãe permitia que ela não apenas ajudasse, mas fizesse a maior parte das medições e das misturas. Ela se lembrou de como ficou orgulhosa quando todos na família elogiaram os biscoitos e, de manhã, ela recebeu um avental com seu nome bordado nele, bem como seus próprios utensílios de cozinha. Havia mais histórias como essa – e enquanto as ouvia, me lembro de ter pensado como os relatos pareciam normais. Nunca me ocorreu que futuras freiras tivessem essas experiências banais da infância. Eu simplesmente presumi que elas cresciam rezando o tempo todo e encontrando Bíblias e rosários aos pés da árvore.

De volta em casa, conversei com meus pais e com Morgan ao telefone, escrevi o cartão para Bryce e comecei a me arrumar. Tomei banho, fiz aquele negócio de cuidar do cabelo e da maquiagem. Vesti o jeans de cintura com elástico – que coisa abençoada, aliás – e um suéter vermelho. Lá fora, nuvens escuras enchiam o céu. Por precaução, calcei as galochas. Ao me examinar no espelho, achei que mal parecia grávida, a não ser pelo busto cada vez maior.

Perfeito.

Botei o presente debaixo do braço e parti rumo à casa dos Tricketts. No estreito de Pamlico, dava para ver a espuma branca no alto das pequenas ondulações e o vento tinha ficado mais forte, bagunçando meu cabelo, o que me fez perguntar a mim mesma por que eu havia me dado ao trabalho de ajeitá-lo.

Bryce abriu a porta enquanto eu subia os degraus da entrada. A distância, ouvi um ronco profundo ecoando no céu. Eu sabia que a tempestade chegaria em breve.

– Olá! Feliz Natal! Você está incrível – elogiou ele.

– Obrigada. Você também – falei, observando a calça de lã escura, a camisa abotoada e os calçados reluzentes.

Dentro, a casa era uma versão perfeita de uma cena do dia de Natal. Os restos de papel de embrulho tinham sido amassados e guardados dentro de uma caixa de papelão sob a árvore. Os aromas de presunto, torta de maçã e milho cozinhando na manteiga preenchiam o ar. A mesa estava arrumada, com alguns dos acompanhamentos já dispostos. Richard e Robert estavam sentados no sofá de pijama, com chinelos felpudos, lendo revistinhas, lembrando-me de que por mais inteligentes que fossem, os dois ainda eram crianças. Daisy, aninhada a seus pés, levantou-se e veio me saudar, sacudindo o rabo. Nesse meio-tempo, Bryce me apresentou aos avós. Embora fossem simpáticos, eu mal compreendia uma palavra do que diziam. Acenei com a cabeça, sorri e depois que conseguiu finalmente me tirar dali, ele cochichou no meu ouvido:

– *Hoi Toider* – falou. – É o dialeto da ilha. Talvez haja uma centena de pessoas no mundo que ainda falam. As pessoas nas ilhas não tiveram muito contato com o continente por centenas de anos. Por isso, desenvolveram o próprio dialeto. Não se sinta mal. Na metade do tempo também não consigo entendê-los.

Os pais de Bryce estavam na cozinha, e depois dos abraços e das saudações a mãe entregou a ele a travessa de purê de batata para levar à mesa.

– Richard e Robert? – chamou ela. – A comida está quase pronta. Lavem as mãos e sentem nos seus lugares.

Durante a refeição, perguntei aos gêmeos o que haviam ganhado de Natal e eles perguntaram o mesmo para mim. Quando expliquei que minha tia e eu planejávamos abrir os presentes mais tarde, Robert ou Richard – ainda não conseguia distingui-los – virou-se para os pais.

– Gosto de abrir os presentes no dia de Natal, *de manhã*.

– Eu também – disse o outro.

– Por que está me dizendo isso? – perguntou a mãe.

– Porque não quero que tenha ideias malucas no futuro.

Parecia tão sério que a mãe caiu na gargalhada.

Depois que todos terminaram de comer, a mãe de Bryce abriu o presente que eu havia levado, e ela e o marido me agradeceram com delicadeza. Daí, todos ajudaram a limpar a cozinha. As sobras foram arrumadas em potes de plástico e depois levadas para a geladeira, e quando a mesa ficou limpa, a mãe de Bryce trouxe um quebra-cabeça. Depois que todas as peças da caixa foram despejadas sobre a mesa, os pais de Bryce, os irmãos e até os avós começaram a virá-las, colocando-as do lado certo.

– Sempre montamos um quebra-cabeça no Natal – cochichou Bryce. – Não me pergunte por quê.

Enquanto estava sentada ao lado dele, tentando encontrar as peças para completar o quebra-cabeça, junto com os outros, fiquei me perguntando o que minha família estaria fazendo. Era fácil imaginar Morgan guardando suas roupas novas enquanto minha mãe cozinhava e meu pai assistia a um jogo na televisão. Ocorreu-me que depois do frenesi matinal de abertura dos presentes, afora a refeição, todos da minha família cuidavam das próprias atividades. Sabia que cada família tinha suas tradições natalinas, mas as nossas pareciam nos manter dispersos enquanto as da família de Bryce mantinham todos juntos.

Lá fora começou a chover e depois desabou um temporal. Enquanto os relâmpagos rasgavam o céu e os trovões ribombavam, montamos o quebra-cabeça com afinco. Havia mil peças, mas era uma família de craques – especialmente o pai de Bryce – e terminamos em mais ou menos uma hora. Se eu estivesse montando sozinha, o Natal seguinte chegaria e ainda não teria completado. A família botou o vídeo de *Adorável avarento* – versão musical de *Um conto de Natal* de Dickens – e pouco depois de terminar chegou a hora de Bryce e eu partirmos. Após pegar alguns presentes não abertos debaixo da árvore, ele recolheu guarda-chuvas e as chaves da caminhonete enquanto eu me despedia abraçando todos os membros da família.

Parecia mais escuro do que o habitual ao percorrermos as estradas tranquilas. Nuvens pesadas bloqueavam a luz das estrelas enquanto os limpadores de para-brisa afastavam a chuva. A tempestade tinha se transformado em chuvisco quando chegamos à casa da minha tia, onde encontramos ela e Gwen na cozinha. Saboreei mais uma rodada de aromas deliciosos, embora não sentisse a mínima fome.

– Feliz Natal, Bryce! – exclamou Gwen.

– O jantar deve estar pronto em vinte minutos – informou tia Linda.

Bryce colocou seus presentes sob a árvore junto aos outros e saudou as duas com abraços. A casa tinha se transformado desde que eu saíra. A árvore estava iluminada e havia velas acesas na mesa, sobre a lareira e na mesinha junto do sofá. Acordes distantes de música natalina vinham do rádio, me lembrando da minha infância, dos tempos em que eu era a primeira a me esgueirar escada abaixo na manhã de Natal. Eu ia até a árvore e olhava os presentes, procurando quais eram para mim e quais eram para Morgan antes de me sentar nos degraus. Sandy geralmente me acompanhava e eu acariciava sua cabeça, deixando a expectativa aumentar até enfim chegar a hora de todo mundo levantar.

Conforme me lembrava daquelas manhãs, eu sentia o olhar curioso de Bryce sobre mim.

– Boas lembranças – afirmei com simplicidade.

– Deve ser difícil ficar longe da família num dia como hoje.

Encontrei os olhos dele, sentindo uma onda de carinho de um jeito que eu não esperava.

– Na verdade, estou bem.

Nós nos sentamos no sofá e conversamos sob as luzes da árvore de Natal até o jantar ficar pronto. Minha tia fez peru e, apesar de comer apenas pequenas porções, tive a sensação de estar prestes a explodir quando finalmente baixei o talher.

Depois que havíamos limpado a cozinha e nos recolhido à sala de estar, a tempestade passara. Embora um ou outro raio ainda reluzisse no horizonte, a chuva parara e uma névoa leve começara a baixar. Tia Linda havia servido uma taça de vinho para si e para Gwen – era a primeira vez que eu via as duas bebendo alguma coisa com álcool. Começamos a abrir os presentes.

Minha tia adorou as luvas. Gwen soltou exclamações ao ver a caixinha de música. Abri os presentes que meus pais e Morgan me mandaram. Encontrei um bom par de sapatos, algumas blusinhas bonitas e suéteres num tamanho maior do que aquele que eu costumava usar, o que acredito que fazia sentido considerando a minha situação. Quando chegou a vez de Bryce, entreguei a ele o envelope.

Eu tinha escolhido um cartão bastante genérico, com espaço para escrever minha própria mensagem. Como a luz era muito fraca na sala de estar, ele precisou ligar o abajur para ler o que eu havia escrito.

Feliz Natal, Bryce!

Obrigada por toda a ajuda e, no espírito dessa época do ano, eu queria presenteá-lo com algo que eu sabia que você adoraria, um presente que pudesse lhe dar alegrias pelo resto da vida.
Este cartão dá direito ao seguinte:

1. A receita supersecreta do pãozinho da minha tia;
2. Uma aula de culinária para nós dois, para que você possa aprender a fazer pãezinhos sozinho.

É óbvio que esse é um presente meu e da minha tia, mas a ideia foi minha.

Maggie
P.S. 1: Minha tia adoraria que a receita continuasse secreta!

Enquanto Bryce lia o cartão, dei uma espiada em tia Linda, cujos olhos brilhavam. Quando terminou, virou-se primeiro para mim, depois para ela antes de finalmente abrir um sorriso.

– Isso é ótimo! – declarou ele. – Obrigado! Não acredito que você se lembrou disso.

– Eu não sabia bem o que mais poderia dar a você de presente.

– É o presente perfeito – agradeceu ele. Virou-se para minha tia. – Não quero dar muito trabalho, então se for mais fácil, podemos ir à sua loja mais cedo e ver você prepará-los como sempre faz.

– No meio da noite? – questionei, arregalando os olhos. – Acho que não.

Tia Linda e Gwen riram.

– Vamos dar um jeito – disse minha tia.

Em seguida, vieram os presentes de Bryce. Enquanto minha tia desembrulhava com cuidado o que ele trouxera para ela e Gwen, vislumbrei a moldura e soube imediatamente que tinha dado uma foto. Curiosamente, minha tia e Gwen ficaram olhando fixamente para a imagem, sem falar, fazendo com que eu me levantasse do sofá para olhar sobre seus ombros. De repente, compreendi por que as duas não tiravam os olhos dela.

Era uma imagem a cores da loja, tirada no início da manhã, de um ângulo que me levava a suspeitar que ele tinha se deitado na rua. Um cliente – presumi que era um pescador, com base em seus trajes – saía com um saquinho na mão, no momento exato em que uma mulher entrava. Os dois estavam bem agasalhados e dava até para ver a nuvenzinha da respiração deles pairando no ar. Na janela, encontrei o reflexo das nuvens e atrás do vidro dava para ver o perfil da minha tia e Gwen colocando uma xícara no balcão. Acima do telhado, o céu era cinza como ardósia, acentuando a pintura desbotada e os beirais castigados pelo tempo. Embora eu já tivesse visto a loja inúmeras vezes, nunca a vi tão cativante... até bonita.

– Isso... é incrível – Gwen conseguiu dizer. – Não acredito que não vimos você tirando essa foto.

– Eu estava escondido. Na verdade, fui lá três manhãs consecutivas para conseguir a foto que eu queria. Precisei de dois rolos de filme.

– Você vai pendurá-la na sala? – perguntei.

– Está brincando?! – exclamou minha tia. – Vai ficar num lugar de honra na loja. Todos devem ver isso.

Como meu presente veio numa caixa de forma e tamanho semelhante, eu sabia que também tinha ganhado uma fotografia. Enquanto desembrulhava, rezei baixinho pedindo que não fosse uma foto minha, algo que ele tivesse capturado sorrateiramente num momento em que eu estivesse desatenta. Como regra geral, não gostava de fotos minhas, muito menos tiradas quando eu usava moletons folgados ou calças feias, com meu cabelo voando em todas as direções.

No entanto, não era uma foto minha, e sim aquela foto que eu amava, a do farol e da lua gigante. Como eu, tia Linda e Gwen ficaram impressionadas com a imagem. As duas concordaram que deveria ficar pendurada no meu quarto, onde eu pudesse vê-la deitada na cama.

Depois de abrir os presentes, conversamos um pouco, até que Gwen anunciou que queria dar um passeio. Tia Linda se juntou a ela na porta e vimos as duas se agasalharem.

– Tem certeza que não quer nos acompanhar? – perguntou minha tia. – Para ajudar a digerir o jantar antes que a chuva volte, que tal?

– Estou bem – respondi. – Acho que gostaria de ficar sentada por algum tempo, se estiver tudo bem.

Ela terminou de enrolar o lenço em volta do pescoço.

– Não demoraremos muito.

Assim que saíram, meus olhos foram da fotografia para a árvore brilhante, para as velas e depois para Bryce. Ele estava ao meu lado no sofá, suficientemente perto para que, se eu me inclinasse, nossos ombros se tocassem. A música continuou a tocar no rádio e, ao fundo, quase imperceptível, havia o som suave de ondas batendo na costa. Bryce estava quieto; como eu, parecia satisfeito. Pensei nas minhas primeiras semanas em Ocracoke – o medo, a tristeza e a dor da solidão enquanto eu ficava em meu quarto, a ideia de que meus amigos se esqueceriam de mim e a convicção de que permanecer longe de casa no fim de ano era uma injustiça que nunca poderia ser corrigida.

No entanto, sentada ao lado de Bryce com a fotografia no colo, eu já sabia que aquele tinha se tornado um Natal que eu jamais esqueceria. Pensei em tia Linda, Gwen e na família de Bryce, na tranquilidade e na gentileza que havia encontrado, mas principalmente pensei nele. Eu me perguntei o que ele estava pensando, e quando seus olhos de repente se voltaram para mim, eu quis lhe dizer que ele havia me inspirado de maneiras que provavelmente não poderia imaginar.

– Está pensando em algo – declarou Bryce, e eu senti meus pensamentos se desfazendo como vapor, deixando apenas uma única ideia.

– Verdade – confirmei. – Estou pensando.

– Gostaria de compartilhar?

Olhei para a fotografia que ele havia me dado antes de finalmente encará-lo.

– Acha que poderia me ensinar fotografia?

A árvore de Natal

Manhattan,
Dezembro de 2019

Quando a garçonete veio trazer o cardápio de sobremesas e oferecer café, Maggie aproveitou a oportunidade para recuperar o fôlego. Havia contado sua história durante a maior parte da refeição, mal notando quando seu prato, quase intocado, foi retirado. Mark pediu café descafeinado. Maggie dispensou, ainda bebericando a taça de vinho. Havia apenas um punhado de mesas ocupadas e as conversas não passavam de um murmúrio.

– Foi *Bryce* quem ensinou você a fotografar? – indagou Mark.

Maggie assentiu.

– Também foi ele que me introduziu ao básico do Photoshop, que era relativamente novo naquela época. E a mãe dele me ensinou muitas técnicas de revelação... a clarear, a escurecer, a cortar, a importância do tempo certo no processo... essencialmente me ensinou essa arte agora perdida de fazer cópias a partir de negativos. Com a ajuda dos dois, foi como um curso intensivo. Bryce também previa que a fotografia digital ia substituir a analógica, e que a internet transformaria o mundo... lições que levei a sério.

Mark ergueu uma das sobrancelhas.

– Impressionante.

– Ele era um sujeito inteligente.

– Você começou a tirar fotos de imediato?

– Não. Sabe como era Bryce, fez questão que eu aprendesse do mesmo jeito que ele. Então apareceu um dia depois do Natal com um livro de fotografia, uma câmera Leica de 35 milímetros, o manual e um fotômetro. Tecnicamente, eu ainda estava de férias e tinha apenas que concluir as tarefas pendentes. De qualquer modo, àquela altura, eu tinha na verdade me adiantado em relação às aulas, o que me deixou com mais tempo para aprender fotografia. Bryce me mostrou como colocar o filme na câmera, ensinou como as diferentes configurações alteravam a foto e como operar o fotômetro. Ele me fez ler o manual assim como o livro que tratava de composição, enquadramento e o que pensar ao tentar tirar uma foto. Era informação demais, obviamente, mas ele transmitiu tudo passo a passo. Depois, testou meus conhecimentos, claro.

Mark sorriu.

– E quando você tirou sua primeira foto de verdade?

– Logo antes do Ano-Novo. Eram todas em preto e branco... bem mais fácil de revelar os negativos, fazer folhas de contato e produzir as ampliações no laboratório de Bryce. Não precisávamos mandar o filme para revelação em Raleigh, o que era bom porque eu não tinha muito dinheiro. Restava apenas a quantia que minha mãe havia me dado no aeroporto.

– O que você fotografou naquele primeiro dia?

– O mar, alguns velhos barcos de pesca amarrados no cais. Bryce me obrigou a fazer ajustes na abertura do diafragma e na velocidade, e quando fui olhar nos contatos, eu fiquei... – Ela procurou a palavra apropriada, recordando-se. – ... *pasma*. As diferenças no efeito me impressionaram, e foi aí que eu comecei a compreender de verdade o que Bryce queria dizer quando falava que a fotografia tratava de capturar a luz. Depois disso, fiquei vidrada.

– Foi tão rápido assim?

– Você precisava ver – disse ela. – E o mais engraçado foi o seguinte: quanto mais eu me envolvia com a fotografia nos meses seguintes, mais fácil se tornava o estudo e mais depressa eu concluía minhas tarefas. Não por ter me tornado subitamente mais inteligente, mas porque terminar cedo significava ter mais tempo com a câmera. Comecei até a fazer dever de casa extra de noite, e quando Bryce aparecia no dia seguinte, a primeira coisa que eu fazia era entregar a ele duas ou três tarefas prontas. Não é uma doideira?

– Não acho nada doido. Você encontrou sua paixão. Às vezes eu fico me perguntando se um dia encontrarei a minha.

– Você vai ser pastor. Se isso não exige paixão, não sei mais o que precisa.

– Acredito que sim. Com toda a certeza é uma vocação, mas não parece ser o mesmo sentimento que você teve ao ver a folha de contato. Nunca

tive esse grande insight. O sentimento simplesmente sempre esteve ali, fervilhando, desde que eu era pequeno.

– Isso não o torna menos real. O que Abigail acha disso?

– Ela me apoia. Também indicou, claro, que isso significa que ela terá que ser a principal provedora da família.

– O quê? Não sonha em ter um programa na televisão nem em construir uma igreja gigantesca?

– Acho que cada um de nós recebe diferentes chamados. Nada disso me atrai.

Maggie ficou feliz com a resposta, convencida de que muitos pregadores televisivos não passavam de vendedores hipócritas, mais interessados em um estilo de vida glamoroso do que em ajudar os outros a se aproximarem de Deus. Ao mesmo tempo, ela admitia que seu conhecimento de tais pessoas era limitado ao que havia lido nos jornais. Na verdade, nunca tinha conhecido um pregador famoso nem o pastor de uma igreja gigantesca.

A garçonete se aproximou, oferecendo-se para reabastecer a xícara de Mark, que recusou. Quando ela saiu, ele se inclinou sobre a mesa.

– Posso pedir a conta?

– De modo algum – rebateu Maggie. – Você é meu convidado. E, além do mais, sei exatamente quanto você ganha, Sr. Que Come uma Fatia de Pizza Antes de Sair.

Ele riu.

– Obrigado. Foi divertido. Uma noite incrível, especialmente nessa época do ano.

Ela não pôde deixar de relembrar o Natal em Ocracoke, anos atrás, sabendo que houvera beleza na sua simplicidade, naqueles momentos passados com pessoas de quem ela gostava em vez de ficar sozinha.

Não queria ficar sozinha em seu último Natal. Depois de examinar Mark por alguns segundos, ela soube subitamente que não queria que ele também passasse a data sozinho. As palavras seguintes saíram quase no automático.

– Acho que precisamos entrar mais no espírito natalino.

– O que tem em mente?

– O que a galeria precisa este ano é de uma árvore de Natal, não acha? Que tal providenciarmos a entrega de uma árvore e alguns enfeites? E aí nós montamos tudo juntos depois de fechar amanhã.

– Parece uma ideia fantástica.

O jantar tardio deixou Maggie se sentindo ao mesmo tempo animada e exausta e, no dia seguinte, ela só acordou depois de meio-dia. Seu nível de dor era tolerável; mesmo assim ela engoliu os comprimidos, com a ajuda de uma xícara de chá. Obrigou-se a comer uma torrada, intrigada porque, mesmo com manteiga e geleia, o pão ainda parecia salgado.

Ela tomou banho e se vestiu, depois passou algum tempo no computador. Encomendou uma árvore, pagando o triplo pela entrega rápida, para que chegasse à galeria até as cinco horas da tarde. Para a decoração, escolheu um conjunto completo chamado Winter Wonderland, que incluía luzes brancas, fios de seda prateados e enfeites brancos e prateados. Mais uma vez, o envio custou uma pequena fortuna, mas o que importava a despesa àquela altura? Ela queria um Natal memorável e ponto final. Mandou em seguida uma mensagem para Mark, avisando-o da encomenda e dizendo que ela estaria lá mais tarde.

Depois disso, se acomodou no sofá e se enrolou num cobertor. Pensou em ligar para os pais, mas decidiu esperar até o dia seguinte. Aos domingos, ela sabia que os dois estariam pela casa. Sabia que provavelmente deveria ligar para Morgan, mas também adiou. Morgan não era a pessoa mais fácil de conversar nos últimos tempos. Para falar a verdade, quando Maggie era sincera, tinha de admitir que conversar com sua irmã nunca havia sido tão fácil, afora algumas raríssimas exceções.

Por que isso acontecia, mesmo deixando de lado as diferenças óbvias entre as duas? Maggie supunha que, ao voltar de Ocracoke, ficara ainda mais evidente que Morgan era a filha preferida. Ela manteve as médias altíssimas, foi a rainha do baile da escola e acabou indo para a Universidade Gonzaga, onde ingressou na fraternidade acadêmica certa. Seus pais não poderiam ter ficado mais orgulhosos e não pouparam esforços para que Maggie soubesse disso. Depois de concluir a faculdade, Morgan começou a ensinar música numa escola local e namorou caras que trabalhavam em bancos ou em companhias de seguros, o tipo que usava terno todos os dias. Acabou conhecendo Jim, que trabalhava para o Merrill Lynch, e depois de dois anos de namoro ele a pediu em casamento. Tiveram uma festa não muito grande, mas perfeitamente orquestrada, e se mudaram imediatamente para a casa comprada por Jim e Morgan, que vinha com tudo, inclusive uma churrasqueira no quintal. Alguns anos depois, Morgan teve Tia. Três anos depois, veio Bella, dando origem a fotos de família tão perfeitas que poderiam ser usadas para vender porta-retratos.

Nesse meio-tempo, Maggie abandonara a família e passara aqueles anos lutando para deslanchar na carreira, levando uma vida agitada, o que queria dizer que suas posições enquanto irmãs não haviam se alterado. Tanto Maggie quanto Morgan sabiam quais eram seus papéis familiares – a estrela e a batalhadora –, o que fundamentava as conversas telefônicas regulares, embora nada frequentes.

Mas, então, Maggie teve sua chance e, aos poucos, conquistou uma reputação que lhe permitiu viajar regularmente pelo mundo. Depois disso, passou a cuidar da galeria. Com o passar do tempo, até sua vida social se estabilizou. Morgan pareceu desconcertada com esses acontecimentos e houve ocasiões em que Maggie tinha percebido até mesmo uma ponta de inveja por parte da irmã. Nunca foi nada explícito quando Maggie estava na casa dos vinte anos. Em geral, se manifestava sob uma forma passivo-agressiva. *Tenho certeza que esse seu novo namorado é muito melhor do que o último*, ou *Dá para acreditar na sua sorte?* Ou *Já viu as fotos que saíram na* National Geographic *este mês? São realmente incríveis.*

Quanto mais bem-sucedida Maggie se tornava, mais Morgan tentava manter o foco em si mesma. Em geral, ela descrevia um desafio após o outro – com os filhos, com a casa, com o trabalho – antes de relatar como havia resolvido todos os problemas empregando inteligência e perseverança. Naquelas conversas, Morgan era ao mesmo tempo uma vítima e uma heroína, enquanto Maggie era apenas *sortuda*.

Em muitas ocasiões, Maggie fez o máximo para ignorar... essas *manias*. No fundo, ela sabia que Morgan a amava, que ter duas filhas pequenas, cuidar de uma casa e manter um emprego em tempo integral era estressante para qualquer um. O egocentrismo de Morgan era justificado e, além do mais, Maggie sabia que, com ou sem inveja, Morgan se orgulhava dela.

Foi só depois de adoecer que Maggie começou a questionar seus pressupostos mais básicos. Pouco depois do diagnóstico inicial – nos tempos em que Maggie ainda tinha esperança –, o casamento de Morgan entrou em crise e os problemas da irmã começaram a ser o foco de quase todas as conversas. Em vez de oferecer a Maggie uma oportunidade para desabafar ou para expressar suas preocupações com o câncer, Morgan ouvia apenas por um curto tempo antes de mudar de assunto. Queixava-se de que Jim parecia vê-la como uma criada ou que Jim havia se fechado do ponto de vista emocional e nem considerava a hipótese de receber aconselhamento, porque dizia que era Morgan que precisava. Ou então ela revelava que tinham passado meses sem transar ou que Jim havia começado a trabalhar até tarde no escritório durante três ou quatro dias por semana. Era uma coisa depois da outra, e sempre que Maggie tentava esclarecer algo que Morgan havia dito, sua irmã ficava irritada e acusava Maggie de ficar do lado de Jim. Mesmo naquele momento, Maggie ainda não sabia exatamente o que tinha dado errado no casamento além daquele velho clichê de que Morgan e Jim haviam simplesmente se afastado.

Como Morgan andava muito infeliz – a palavra *divórcio* havia começado a despontar nas conversas –, Maggie foi surpreendida pela fúria da irmã quando Jim fez as malas e saiu de casa. Ficou ainda mais consternada quando a raiva e a amargura se intensificaram. Embora Maggie soubesse que passar por um divórcio costumava ser uma experiência terrível, ela não conseguia compreender por que Morgan parecia determinada a fazer com que as coisas ficassem ainda piores. Por que os dois não podiam encontrar uma solução amigável, sem advogados que jogavam mais lenha na fogueira enquanto acumulavam honorários e tornavam o processo cada vez mais lento?

Maggie sabia que provavelmente estava sendo ingênua. Nunca tinha passado por um divórcio. Mesmo assim, o sentimento de traição e de busca absoluta pela justiça de Morgan refletia sua convicção de que Jim merecia ser punido. Da parte dele, era provável que também se sentisse uma vítima, o que significou um divórcio longo e cruel que levou dezessete meses exaustivos até finalmente ser resolvido.

Porém, não acabou por aí. No verão do ano anterior, sempre que as duas se comunicavam, Morgan ainda reclamava de Jim e sua nova namorada, mais jovem, ou se queixava de que Jim não correspondia às expectativas como pai. Contava para Maggie que o ex-marido se atrasara para as reuniões de pais e professores, ou que ele havia tentado levar as crianças para uma caminhada nas Cascades, embora fosse tecnicamente o fim de semana de Morgan de ficar com elas. Ou que Jim se esquecera da caneta de adrenalina ao levar as meninas para uma plantação de maçãs, apesar de Bella ser alérgica a abelhas.

Ao ouvir todas essas coisas, Maggie tinha vontade de dizer: *A propósito, a quimioterapia é uma droga. Meu cabelo está caindo e estou vomitando o tempo todo. Obrigada por perguntar.*

Na verdade, Morgan perguntava como Maggie se sentia. Só que Maggie simplesmente tinha a sensação de que por mais que se sentisse péssima, Morgan sempre considerava que sua própria situação era pior.

Tudo isso levou a cada vez menos ligações, especialmente no último mês e meio. O último telefonema ocorreu no aniversário de Maggie, antes do Halloween, e fora uma mensagem rápida com uma resposta igualmente rápida, e as duas nem se falaram no Dia de Ação de Graças. Ela não havia mencionado essas coisas para Mark ao revelar seus motivos para permanecer em silêncio sobre o diagnóstico. E era também verdade que ela não queria estragar o Natal de Morgan, em especial por causa de Tia e Bella. Em nome da paz durante o Natal, Maggie entendia que era melhor se manter distante.

Maggie pegou um táxi para a galeria e chegou meia hora depois do fechamento. Apesar do dia de languidez e de outra dose de analgésicos, ela ainda se sentia abatida, como se houvesse sido jogada por acidente dentro de uma secadora de roupas. Os músculos e as articulações estavam doloridos, como se tivesse se exercitado demais. O estômago, revirado. Quando avistou a árvore de Natal à direita da porta, entretanto, seu ânimo melhorou ligeiramente. Era alta e volumosa. Como não a escolhera presencialmente, Maggie teve receio de acabar com uma árvore esquálida como aquela escolhida por Charlie Brown no velho especial de Natal da turma dos *Peanuts*. Depois de destrancar a porta, ela entrou na galeria no momento em que Mark saía do escritório.

– Oi – cumprimentou ele, o rosto se iluminando. – Você veio. Por alguns minutos, não tinha certeza se viria.

– O tempo voou. – Estava se sentindo como uma chaleira sem vapor suficiente para apitar, mas por que começar a falar de desgraças? – Como foi hoje?

– Movimento moderado. Muitos fãs, mas apenas umas poucas fotos vendidas. No entanto, recebemos vários pedidos on-line.

– Alguma coisa para Trinity?

– Apenas algumas consultas pela internet. Já enviei as informações, então veremos como fica. Também havia um e-mail de uma galeria em Newport Beach perguntando se o Trinity estaria interessado em fazer uma exposição por lá.

– Ele não vai – avisou Maggie. – Mas suponho que você tenha passado as informações para o assessor de imprensa dele.

– Fiz isso. Também despachei todas as suas encomendas da internet.

– Andou ocupado. Quando a árvore chegou?

– Por volta das quatro ou talvez um pouco depois. Na verdade, os enfeites chegaram mais cedo. Devem ter sido bem caros.

– A árvore também é bonita. Estou impressionada por ainda haver uma boa árvore disponível. Achei que todas já tinham sido vendidas.

– Pequenos milagres – comentou ele. – Já adicionei água na base e fui até a Duane Reade para arranjar um cabo de extensão, caso seja necessário.

– Obrigada. – Ela suspirou. Percebeu que até ficar de pé lhe exigia um esforço maior do que havia imaginado. – Você se importaria de trazer minha cadeira para cá? Para que eu possa me sentar?

– Trago, claro – respondeu ele.

Deu meia-volta e desapareceu nos fundos da galeria. Momentos depois, reapareceu empurrando a cadeira de rodinhas, finalmente ajustando-a para ficar diante da árvore. Quando Maggie se sentou, estremeceu, e Mark franziu a testa com preocupação.

– Está se sentindo bem?

– Não, mas tenho quase certeza que não deveria me sentir bem mesmo. Com o câncer me devorando por dentro e tudo mais.

Mark baixou os olhos, fazendo Maggie se arrepender de não ter encontrado uma resposta mais delicada, mas o câncer não tinha nenhuma delicadeza.

– Precisa de mais alguma coisa?

– Estou bem por enquanto – respondeu ela. – Obrigada.

Ela examinou a árvore, pensando que precisava ser ligeiramente movimentada. Mark seguiu seu olhar.

– Não está gostando daquela falha ali embaixo, não é?

– Não reparei nela quando vi a árvore do lado de fora.

Ele caminhou até a árvore.

– Humm... – Ele a segurou, ergueu-a e deu meia-volta. – Melhor assim?

– Perfeito – disse ela.

– Tenho uma surpresa – acrescentou Mark. – Espero que não se importe.

– Adoro surpresas.

– Um minutinho, está bem?

Ele voltou a desaparecer nos fundos, voltando com uma pequena caixa de som portátil e velas debaixo do braço, além de dois copos cheios de um líquido cremoso. Maggie presumiu que era uma vitamina, mas quando ele se aproximou percebeu que tinha se enganado.

– Gemada?

– Achei apropriado.

Entregou um copo e ela deu um gole, esperando que o estômago não rejeitasse a bebida. Felizmente, ela caiu bem e nem deixou um gosto residual. Maggie voltou a beber, percebendo como estava faminta.

– Tem muito mais lá atrás, para nos reabastecer – informou Mark, que também deu um gole e pousou o copo num pedestal baixo de madeira.

Pôs a caixa de som perto do copo e tirou o celular do bolso. Segundos depois, ela ouviu Mariah Carey cantar "All I Want for Christmas Is You", num volume baixo. Mark acendeu as velas, foi para o outro lado e apagou a maior parte das luzes, deixando acesas apenas as do fundo da galeria.

Sentou-se no pedestal.

– Você ficou mesmo impressionado com minha história, não é? – perguntou Maggie.

– Contei tudo para Abigail quando fizemos uma chamada de vídeo ontem à noite. Ela sugeriu que eu recriasse partes do seu Natal de Ocracoke também, já que nós íamos decorar a árvore. Ela me ajudou com a seleção das músicas e eu arranjei a gemada e as velas quando fui pegar o cabo de extensão.

Maggie sorriu ao tirar as luvas, mas resolveu ficar com o casaco e o lenço, pois ainda se sentia gelada.

– Não sei se vou ter energia suficiente para ajudá-lo com a árvore – confessou.

– Está tudo bem. Pode dar instruções como a mãe do Bryce fazia. A não ser que prefira tentar de novo amanhã...

– Amanhã, não. Vamos fazer agora. – Ela deu outro gole na gemada. – Fico pensando quando foi que as pessoas começaram a montar árvores de Natal.

– Estou certo de que foi na segunda metade do século XVII, numa região que hoje em dia faz parte da Alemanha. Por muito tempo, foi considerado um costume protestante. A primeira árvore do Vaticano só foi exibida em 1982.

– E você, por acaso, tem tudo isso dentro da cabeça?

– Fiz um trabalho sobre o assunto para a escola, no ensino médio.

– Não consigo me lembrar de nada dos trabalhos que fiz no ensino médio.

– Nem de Thurgood Marshall?

– Nem dele. E só para você saber, apesar de minha família ser católica, tínhamos árvores de Natal quando eu era pequena.

– Não culpe o mensageiro – provocou ele. – Está pronta para me dar instruções enquanto eu monto?

– Só se você não se importar.

– Está brincando? Isso é ótimo. Não tenho uma árvore no meu apartamento e por isso essa é a única chance que terei este ano.

Ele encontrou a caixa, tirou as luzes da embalagem plástica e ligou o cabo de extensão. Como Bryce, muito antes, Mark tirou a árvore do canto para colocar as luzes, fazendo ajustes de acordo com as sugestões de Maggie. As fitas de seda vieram a seguir e aí, por fim, um grande laço combinando, que ele colocou no alto, no lugar da estrela. Terminou espalhando os enfeites pela árvore, também seguindo as instruções de Maggie. Depois de colocá-la de volta no lugar, ele foi para junto de Maggie e os dois avaliaram.

– Ficou bom? – perguntou Mark.

– Está perfeito – respondeu ela.

Mark continuou a fitar a árvore, até que finalmente pegou o celular. Tirou uma série de fotos e começou a teclar.

– Abigail?

Maggie percebeu que ele corava.

– Ela queria ver a árvore assim que estivesse pronta. Não sei bem se ela acreditava que eu seria capaz de fazer um bom trabalho. Vou mandar para os meus pais também.

– Teve notícias deles hoje?

– Mandaram algumas fotos de Nazaré e do mar da Galileia. Já esteve em Israel, certo?

– É um país incrível. Quando visitei, ficava pensando que podia estar seguindo os passos de Cristo. Literalmente.

– O que você fotografou?

– Tel Megiddo, os penhascos de Qumran e alguns outros sítios arqueológicos. Fiquei lá por uma semana e sempre quis voltar, mas havia lugares demais no mundo para conhecer.

Mark se inclinou, os cotovelos apoiados nos joelhos enquanto a olhava fixamente.

– Se eu pudesse visitar um único lugar no mundo, para onde eu deveria ir? – A luz cintilou em seus olhos, fazendo-o parecer quase infantil.

– Muita gente já me fez essa pergunta, mas não há uma só resposta. Depende do seu momento na vida.

– Não sei bem se estou entendendo.

– Se você anda estressado, trabalhando zilhões de horas durante meses, talvez o melhor lugar para ir seja uma praia tropical em algum lugar. Se você está em busca do sentido da vida, talvez seja o caso de caminhar no Butão ou visitar Machu Picchu ou assistir à missa na Basílica de São Pedro. Ou talvez você queira apenas ver animais, daí pode viajar para Botsuana ou para o norte do Canadá. Vejo todos esses lugares de um modo diferente... e fotografei todos eles de um modo diferente... influenciada em parte por minhas experiências de vida na época.

– Entendi – disse ele. – Pelo menos, *acho* que entendi.

– Para onde você gostaria de ir? Se pudesse escolher apenas um lugar?

Ele buscou a gemada e deu um gole.

– Gosto de sua ideia sobre Botsuana. Adoraria ir a um safári, ver animais selvagens. Eu poderia até ser convencido a levar uma câmera, embora só fosse utilizar com as configurações automáticas.

– Posso lhe dar algumas dicas de fotografia, se quiser. E quem sabe? Talvez você acabe com sua própria galeria um belo dia.

Ele riu.

– Não há a mínima chance.

– Um safári é uma boa opção. Talvez você possa pensar nisso para sua lua de mel?

– Ouvi dizer que é bem caro. Mas tenho confiança de que chegarei lá um dia. Onde há vontade, há um caminho. Água mole em pedra dura... essas coisas.

– Como seus pais e a viagem para Israel?

– Exatamente – concordou ele.

Maggie se recostou na cadeira, começando a se sentir mais perto da normalidade de novo.

Não estava suficientemente aquecida para tirar o casaco, mas aquela friagem que entrava nos ossos havia passado.

– Sei que seu pai é pastor, mas acho que nunca perguntei a você sobre sua mãe.

– Ela é psicóloga infantil. Ela e meu pai se conheceram quando os dois faziam o doutorado em Indiana.

– Ela ensina ou atende?

– Fez um pouco dos dois no passado, mas agora ela se dedica principalmente ao consultório. Também ajuda a polícia quando necessário. Ela é a especialista de plantão quando há problemas envolvendo crianças. E como costuma servir com frequência de testemunha técnica, é uma presença frequente nos tribunais.

– Ela parece inteligente. E muito ocupada.

– Ela é.

Embora aquilo lhe custasse algum esforço, Maggie ajeitou a perna, tentando ficar mais confortável.

– Imagino que na sua casa não havia muita gritaria quando as emoções eram intensas. Afinal, seu pai é pastor e sua mãe é psicóloga, certo?

– Nunca – concordou ele. – Acho que nunca ouvi nenhum dos dois erguer a voz. A não ser quando estavam torcendo por mim no hóquei ou no beisebol. Eles preferem conversar, o que parece ótimo, mas também pode ser frustrante. Não é divertido ser o único a gritar.

– Não consigo imaginar você gritando.

– Não gritava muito, mas quando isso acontecia, eles me pediam para baixar a voz para que pudéssemos ter uma conversa razoável ou me mandavam para o quarto até me acalmar, para que depois disso conseguíssemos ter uma conversa civilizada. Não levou muito tempo para que eu compreendesse que a gritaria não funcionava.

– Há quanto tempo seus pais são casados?

– Há 31 anos.

Maggie fez as contas mentalmente.

– Então eles são um pouco mais velhos, certo? Afinal, eles se conheceram quando faziam o doutorado, não é?

– Os dois fazem sessenta anos no ano que vem. Minha mãe e meu pai às vezes falam em aposentadoria, mas não sei bem se esse dia vai mesmo chegar. Eles amam demais o que fazem.

Ela se lembrou das reflexões feitas sobre Morgan, um pouco antes.

– Já desejou ter irmãos?

– Não até há pouco tempo – disse ele. – Ser filho único era tudo o que eu conhecia. Acho que meus pais queriam mais filhos, mas acabou não dando certo. E ser filho único tem suas vantagens. Eu não tinha que entrar em acordo sobre o filme que íamos ver ou sobre o primeiro brinquedo na Disney. Mas agora que estou com Abigail, vejo como ela é próxima dos irmãos e às vezes me pergunto como seria se eu tivesse irmãos também.

Os dois ficaram em silêncio por um instante. Maggie tinha a sensação de que ele queria ouvir mais sobre sua temporada em Ocracoke, mas percebeu que não estava preparada para recomeçar. Em vez disso, ela perguntou:

– Como foi crescer em Indiana? É um dos estados que nunca visitei.

– Sabe alguma coisa sobre Elkhart?

– Absolutamente nada.

– É no norte do estado, com uma população de cinquenta mil habitantes e, como várias cidadezinhas do Meio-Oeste, ainda tem aquela vibe de cidade de interior. A maioria das lojas fecha às seis, a maioria dos restaurantes fecha a cozinha às nove e a agricultura... em nosso caso a produção de laticínios... desempenha um papel importante na economia. Acho que as pessoas são genuinamente bondosas por lá. Elas ajudam um vizinho doente e as igrejas são fundamentais para a comunidade. Mas quando você é criança, não pensa nessas coisas. Para mim, o que importava era que havia praças e áreas ao ar livre para brincar, campos de beisebol, quadras de basquete e um rinque de hóquei. Quando eu era garoto, assim que voltava da escola, saía direto para brincar com os amigos. Havia sempre um jogo acontecendo em algum lugar. É do que mais me lembro sobre ter sido criado lá. Apenas... jogar basquete ou beisebol ou futebol ou hóquei todas as tardes.

– E eu que achava que todos da sua geração viviam colados nos iPads – comentou ela, num tom irônico de espanto.

– Meus pais não me deixavam ter um. Só me deixaram ter um iPhone quando eu tinha dezessete anos e me obrigaram a comprá-lo. Tive que trabalhar o verão inteiro para conseguir o dinheiro.

– Eles eram contra a tecnologia?

– De forma alguma. Eu tinha computador em casa e eles tinham celulares. Mas acho que queriam que eu fosse criado como eles haviam sido.

– Valores antiquados?

– Acho que sim.

– Estou gostando de seus pais cada vez mais.

– São boas pessoas. Às vezes não sei como conseguem ser.

– O que quer dizer?

Ele fitou a gemada como se buscasse as palavras dentro do copo.

– No trabalho, minha mãe às vezes ouve algumas coisas muito terríveis, especialmente quando trabalha com a polícia. Abusos físicos, sexuais, emocionais, abandono... E meu pai... por ser pastor, faz muito aconselhamento também. As pessoas o procuram em busca de orientação quando têm problemas conjugais, enfrentam vícios, têm problemas no trabalho ou com os filhos ou estão em crise com a fé. Ele também fica muito tempo no hospital. Não passa uma semana sem que alguém da igreja adoeça ou sofra um acidente, ou então necessite de consolo para sua dor. É desgastante para os dois. Quando eu era criança, havia ocasiões em que um deles ficava em silêncio na hora do jantar, às vezes os dois, e eu passei a reconhecer os sinais de um dia particularmente difícil.

– Mas eles ainda amam o que fazem?

– Amam. E acho que têm um autêntico senso de responsabilidade quando se trata de ajudar os outros.

– E obviamente passaram isso para você. Aqui está você, ficando até tarde de novo.

– É um prazer – disse ele. – Não é um sacrifício de forma alguma.

Ela gostou de ouvir isso.

– Gostaria de conhecer seus pais um dia. Quer dizer, se eles vierem a Nova York.

– Tenho certeza que gostariam de conhecê-la também. E você? Como são seus pais?

– São apenas pais.

– Já vieram visitá-la em Nova York?

– Duas vezes. A primeira quando eu estava com uns vinte e poucos anos e depois quando estava com uns trinta. – Como se tivesse percebido como essas palavras soavam, ela acrescentou: – É um voo longo e eles não são grandes fãs da cidade. Por isso costuma ser mais fácil que eu vá vê-los em Seattle. Dependendo de onde estou trabalhando, às vezes eu programo voos com escala lá e passo um fim de semana com eles. Até recentemente, isso costumava acontecer uma ou duas vezes por ano.

– Seu pai ainda trabalha?

Ela balançou a cabeça.

– Ele se aposentou há alguns anos. Agora brinca com trens em miniatura.

– Sério?

– Ele tinha trens quando criança e, depois de se aposentar, voltou a se dedicar a eles. Construiu um grande cenário na garagem... uma antiga cidade do Oeste, cânions, colinas cobertas de árvores. Ele não para de acrescentar novas construções, vegetação, placas ou colocar novos trilhos. Na verdade, é bem impressionante. Saiu uma matéria no jornal no ano passado, com fotos e tudo. Então ele se ocupa com isso e sai da casa. De outro modo, acho que meus pais ficariam loucos.

– E sua mãe?

– Ela trabalha como voluntária na igreja em algumas manhãs, mas se dedica principalmente a ajudar minha irmã Morgan com as filhas. Mamãe pega as duas na escola, cuida delas no verão, leva para os eventos se Morgan está trabalhando até tarde ou coisa parecida.

– O que Morgan faz?

– Ela é professora de música, mas também está encarregada do clube de teatro. Tem sempre ensaios depois das aulas para os concertos e apresentações.

– Aposto que sua mãe adora ficar com as netas.

– Ela adora. E sem ela, não sei bem o que Morgan faria. Ela se divorciou e as coisas têm sido difíceis.

Mark assentiu antes de baixar os olhos. Os dois ficaram em silêncio por um momento antes que ele finalmente fizesse um sinal para a árvore.

– Fico feliz que você tenha decidido armar uma árvore aqui. Tenho certeza que os clientes vão adorar.

– Sinceramente, a árvore foi para mim.

– Posso perguntar uma coisa?

– Claro.

Ele se virou para encará-la.

– Aquele Natal em Ocracoke foi o seu favorito?

Ao fundo, Maggie ainda ouvia a música que Mark selecionara saindo da caixa de som.

– Em Ocracoke, como você sabe, eu estava vivendo um momento muito difícil. E naturalmente todo aquele encantamento infantil em torno da data havia desaparecido. Mas... o Natal daquele ano parece tão *real* para mim. A flotilha, a decoração da árvore com Bryce, o trabalho voluntário na véspera de Natal, a missa do Galo, e depois, claro, o próprio Natal. Mas com o tempo, a lembrança se tornou ainda mais especial. É o Natal que eu gostaria de ter de novo.

Mark sorriu.

– Gosto que você tenha essa lembrança.

– Eu também. E ainda tenho aquela foto do farol, aliás. Está pendurada na parede do quarto que uso como estúdio.

– E vocês dois acabaram fazendo pãezinhos?

– Suponho que seja sua forma de perguntar o que aconteceu depois na história. Ou estou enganada?

– Estou morrendo de curiosidade de saber o que aconteceu depois.

– Imagino que eu poderia contar um pouco mais. Mas com uma condição.

– Qual?

– Vou precisar de um pouco mais de gemada.

– É pra já – disse ele.

Pegou os dois copos e foi para os fundos, depois voltou com a gemada. Era notável: aquela bebida densa e doce conseguia ao mesmo tempo ser suave para seu estômago e deixá-la com a sensação de estar bem alimentada, algo que ela não sentia havia semanas.

– Falei da tempestade?

– Aquela do Natal? Quando choveu?

– Não. Uma tempestade diferente. Em janeiro.

Mark fez que não com a cabeça.

– Você me falou da semana depois do Natal, quando avançou nos trabalhos escolares e Bryce começou a ensinar o básico da fotografia.

– Ah, sim. Isso mesmo. – Ela estudou o teto como se examinasse os canos expostos em busca de lembranças perdidas. Quando voltou o olhar para Mark, comentou: – Minhas notas foram muito boas no final do primeiro semestre, a propósito. Para mim, pelo menos. Duas notas 10 e o restante eram 8 ou 9. Acabou sendo meu melhor semestre no ensino médio.

– Ainda melhor do que o semestre da primavera?

– Foi – respondeu ela.

– Por quê? Por causa da fotografia?

– Não. Não foi isso. Acho que... – Ela ajustou o lenço, ganhando tempo para encontrar a melhor forma de continuar a história de onde havia parado.

– Para Bryce e para mim, acho que tudo começou a mudar bem na época em que a tempestade *nor'easter* varreu Ocracoke...

O segundo semestre

Ocracoke
1996

A *nor'easter* chegou na segunda semana de janeiro, depois de três dias seguidos com temperaturas mais altas que o normal e dias ensolarados que pareciam estranhos depois do breu acinzentado de dezembro. Eu nunca poderia ter previsto que uma tempestade tão forte estava por vir.

Nem poderia ter antecipado as mudanças envolvendo meu relacionamento com Bryce. Na véspera de Ano-Novo, eu ainda o considerava apenas um amigo, embora ele tivesse escolhido passar a noite na minha casa enquanto o restante de sua família fora até a cidade. Gwen trouxe a televisão e sintonizamos o programa de Dick Clark, ao vivo da Times Square. Perto da meia-noite, fizemos a contagem regressiva com o restante do país. Quando a famosa bola caiu, Bryce detonou alguns morteiros da sacada, que explodiram sobre a água com estrondo, deixando um rastro de faíscas. Os vizinhos batiam colheres nas panelas, mas em poucos minutos a cidade voltou ao modo sonolento e as luzes das casas próximas começaram a se apagar. Liguei para meus pais para desejar um feliz Ano-Novo e eles me lembraram de que me fariam uma visita dentro de algumas semanas.

Apesar do feriado, Bryce voltou menos de oito horas depois, dessa vez com Daisy, o que nunca tinha acontecido. Ele ajudou minha tia e a mim a desmontar a árvore – que havia se tornado um verdadeiro risco de incêndio – e arrastou-a para a rua. Depois que guardei os ornamentos e varri as agulhas de pinheiro, tomamos nossos lugares à mesa para os estudos. Daisy farejava a cozinha. Quando Bryce a chamou, ela veio depressa e se deitou perto da cadeira dele.

– Linda disse que não tinha problema se eu a trouxesse, quando perguntei na noite passada – explicou. – Minha mãe diz que Daisy ainda perambula demais.

Olhei para a cadela, que me fitou com inocência e satisfação, abanando o rabo.

– Ela me parece ótima. E dá uma olhada na carinha dela.

Com toda certeza, Daisy parecia saber que estávamos falando dela, colocando o focinho na mão de Bryce. Quando ele a ignorou, ela voltou a se esgueirar para a cozinha.

– Está vendo? Era exatamente disso que eu estava falando – disse ele. – Daisy? Venha.

Daisy fingiu não ouvir. Só voltou para seu lado quando ouviu a ordem pela segunda vez, e em seguida se deitou com um gemido. Reparei que Daisy às vezes era teimosa, e quando ela tentou escapulir de novo, ele acabou colocando a guia e prendendo-a na cadeira. Ela nos encarou, parecendo tristonha.

Aquela semana foi bem parecida com a anterior: deveres de casa e fotografia. Além de me deixar fotografar bastante, Bryce apareceu com um arquivo cheio de fotos que ele e a mãe tinham tirado ao longo dos anos. No verso de cada uma havia anotações sobre os aspectos técnicos – hora do dia, iluminação, abertura, velocidade do filme –, e pouco a pouco comecei a antecipar como a mudança de um único elemento podia alterar inteiramente a imagem. Também passei minha primeira tarde no laboratório fotográfico, observando Bryce e a mãe revelando doze fotos que eu havia batido no centro do vilarejo. Eles me mostraram todas as etapas do processo para preparar os banhos da forma certa – a revelação, a interrupção do desenvolvimento e a fixação – e como lavar o negativo. Mostraram-me como usar o ampliador e o modo de criar o equilíbrio exato de luz e sombra que eu desejava. Apesar de não ser capaz de absorver a maior parte das informações, quando eu observava as imagens emergindo, fantasmagóricas, aquilo parecia mágica.

Uma coisa interessante era que, apesar de ainda ser novata para tirar fotos e fazer ampliações, eu parecia ter um talento natural quando se tratava de Photoshop. Carregar as imagens exigia um scanner de ponta e um computador Mac, e Porter havia adquirido os dois para a esposa no ano anterior. Desde então, a mãe de Bryce editara várias de suas fotos favoritas e, para mim, examinar seu trabalho era a forma perfeita de aprender a manejar o programa, pois eu tinha condições de ver as imagens antes e depois... e então tentar reproduzi-las sozinha. Não estou dizendo que eu era o tipo de geniozinho da computação como Richard, nem tinha a mesma experiência de Bryce e sua mãe com o Photoshop, mas assim que aprendi a usar uma das ferramentas, nunca mais esqueci. Eu também tinha uma noção muito boa dos aspectos da foto que precisavam ser priorizados na edição, uma espécie de entendimento intuitivo que surpreendeu os dois.

A questão é que entre as férias, as aulas particulares e a fotografia, Bryce e eu ficamos juntos de manhã até de noite praticamente todos os dias desde o Natal até a chegada da grande tempestade. Com Daisy como nossa companheira constante desde o início de janeiro – não havia nada que ela gostasse mais do que nos seguir quando praticávamos com a câmera –, minha vida começou a parecer estranhamente normal, se é que isso faz sentido. Eu tinha Bryce, um cachorro e uma paixão recente. A saudade de casa parecia distante, e na verdade me sentia animada ao sair da cama todas as manhãs. Era um sentimento novo para mim, mas também meio assustador, tipo *tomara que isso continue do jeito que está.*

Não pensava no que toda aquela convivência com Bryce significaria para nós dois. De fato, eu não andava realmente pensando nele tanto assim. Na maior parte daquele período, ele simplesmente *estava lá*, como minha tia Linda ou minha família em casa, ou mesmo como o ar que eu respirava. Assim que eu pegava a câmera, estudava fotografias ou brincava com o Photoshop, não sei bem se eu ainda reparava nas covinhas de Bryce. Não acho que percebia como ele havia se tornado importante para mim até pouco antes da chegada da tempestade. Ele se encontrava na sacada depois de outro longo dia a meu lado, quando finalmente me entregou a câmera, o fotômetro e um novo rolo de filme preto e branco.

– Para que isso tudo? – perguntei, ao pegar o material.

– Caso você queira praticar amanhã.

– Sem você? Ainda não sei o que estou fazendo.

– Sabe mais do que pensa. Você vai ficar bem. E vou estar bem ocupado nos próximos dias.

Assim que ele disse aquelas palavras, senti uma inesperada pontada de tristeza ao pensar que não o veria.

– Aonde você vai?

– Vou ficar por aqui, mas preciso ajudar meu pai a deixar tudo pronto para a *nor'easter.*

Embora eu já tivesse ouvido minha tia mencionar aquilo, imaginei que a tempestade não seria muito diferente do que havíamos experimentado desde que eu chegara em Ocracoke.

– O que é uma *nor'easter*?

– É uma tempestade na Costa Leste. Mas às vezes... como esperam que aconteça agora... ela colide com outro sistema climático e mais parece um furacão fora de época.

Enquanto ele explicava, eu ainda tentava processar meu desconforto ao saber que não o veria. Desde que nos conhecemos, só havíamos nos separado por dois dias, o que naquele momento percebi ser também um pouco estranho. Fora os parentes, eu nunca passara tanto tempo com *uma pessoa*. Se Madison, Jodie e eu ficávamos um fim de semana juntas, no final já estávamos irritando umas às outras. Querendo manter Bryce na sacada só mais um pouquinho, eu dei um sorriso forçado.

– O que você precisa fazer com seu pai?

– Prender bem o barco do meu avô, fechar as janelas da nossa casa e da casa dos meus avós com tábuas. E outras também, pelo vilarejo, como as de sua tia e as de Gwen. A gente deve levar um dia pra deixar tudo arrumado e, no dia seguinte, vamos ter que colocar tudo de volta no lugar.

Atrás dele, o céu era azul e eu estava bem convencida de que ele e o pai estavam exagerando.

Mas não estavam.

No dia seguinte, acordei numa casa vazia depois de dormir mais que o habitual. Meu primeiro pensamento foi *Sem Bryce*.

Para ser sincera, aquilo me deixou um pouco atordoada. Ainda de pijama, comi torrada na cozinha, fui até a sacada, vaguei pela casa, ouvi música e acabei de novo na cama. Mas não consegui dormir – estava mais entediada do que cansada –, e depois de ficar procurando posição e me virando, eu finalmente reuni a energia para me vestir, só para pensar *E agora?*.

Acho que poderia ter estudado para as provas finais ou continuado a trabalhar nas tarefas do próximo semestre, mas não estava com disposição. Por isso peguei o casaco, a câmera e o fotômetro, e coloquei tudo na cesta da minha bicicleta. Eu não sabia realmente para onde ir. Pedalei por um tempo, parando de vez em quando para praticar o mesmo tipo de fotos que vinha tirando o tempo todo – cenas de ruas, prédios e casas. Porém, eu acabava baixando a câmera antes de pressionar o disparador. Na minha mente, eu já sabia que nenhuma dessas fotos era tão especial – apenas mais do mesmo – e não queria desperdiçar o filme.

Foi mais ou menos nesse momento que percebi que o clima no vilarejo havia mudado. Não parecia mais uma cidade fantasma, sonolenta, e sim estranhamente movimentada. Em quase todas as ruas, eu ouvia o som de brocas ou martelos e, quando passei pelo armazém, notei que o estacionamento estava cheio, com carros e mais carros enfileirados na rua. Caminhões cheios de madeira passaram por mim, e numa das lojas que vendiam itens turísticos como camisetas e pipas, vi um homem no telhado prendendo uma lona. Os barcos nas docas foram amarrados com dezenas de cordas enquanto outros estavam ancorados no porto. Sem dúvida, as pessoas estavam se preparando para a *nor'easter*, e de repente percebi que tinha a oportunidade de tirar uma série de fotos com um *tema*, algo como *As pessoas antes da tempestade*.

Receio ter ficado um pouco obcecada com isso, embora só tivesse doze exposições. Como não havia jovialidade nas pessoas que vi – apenas uma determinação severa –, tentei ser o mais circunspecta possível com minha câmera, o tempo todo tentando me lembrar de tudo o que Bryce e sua mãe me ensinaram. A iluminação geral, felizmente, era muito boa – nuvens espessas haviam chegado, algumas na cor preto-acinzentado –, e depois de verificar o fotômetro, eu observava a imagem no visor e me movimentava até obter finalmente a perspectiva e a composição que pareciam corretas. Lembrando-me das fotos que eu havia estudado com Bryce, eu prendia a respiração, mantendo a câmera perfeitamente imóvel enquanto apertava o disparador com cuidado. Sabia que não seriam todas espetaculares, mas esperava que uma ou duas ficassem boas. Era a primeira vez que eu fotografava pessoas cuidando das suas vidas cotidianas... um pescador prendendo sua embarcação, carrancudo, a mulher com um bebê curvando-se para se proteger do vento, um homem esguio e enrugado fumando diante da fachada de uma loja coberta por tábuas.

Trabalhei na hora do almoço, parando na loja apenas para comer um sanduíche enquanto as condições atmosféricas começavam a piorar visivelmente. Quando voltei para a casa da minha tia, sobrava apenas uma chapa. Ela voltara cedo da loja – o carro estava na entrada –, mas não a vi e cheguei assim que a caminhonete de Bryce estacionou. Quando ele acenou, senti meu coração acelerar loucamente. O pai estava ao lado dele, e vi que Richard e

Robert se encontravam na caçamba. Peguei a câmera na cesta da bicicleta. Depois que Bryce saltou, veio na minha direção. Usava uma camiseta e um jeans desbotado que acentuava seus ombros largos e quadris angulosos, portava um cinto de couro no qual estavam presos uma broca sem fio e um par de luvas de couro. Sorrindo com aquele jeito tranquilo, ele acenou.

– Como foram as coisas hoje? – perguntou ele. – Alguma novidade?

Contei sobre minha ideia de fotografar *As pessoas antes da tempestade* e acrescentei:

– Estou esperando que você ou sua mãe possam revelá-las logo.

– Tenho certeza que mamãe vai ficar feliz. O laboratório é o lugar mais alegre da casa para ela, o único local onde pode realmente ser ela mesma. Mal posso esperar pra vê-las.

Atrás dele, na caminhonete, vi o pai tirando uma escada da caçamba.

– Como foram as coisas?

– Não paramos e ainda precisamos ir a alguns lugares. Vamos pra loja da sua tia em seguida.

De perto, reparei nas manchas de sujeira na camisa, o que não prejudicava nem um pouco a aparência dele.

– Não está sentindo frio? Acho que você precisa de um casaco.

– Não tive tempo pra pensar nisso – respondeu, e então me surpreendeu: – Senti sua falta hoje.

Bryce olhou para o chão e então voltou a fitar meus olhos com firmeza, e por uma fração de segundo tive a nítida sensação de que ele queria me beijar. O sentimento me deixou desconcertada, e acho que ele também percebeu, porque fez um gesto com o polegar sobre o ombro, voltando depressa a ser o Bryce que eu conhecia.

– Provavelmente é melhor começar logo para terminarmos tudo antes que escureça.

Minha garganta estava seca.

– Não se atrase por minha causa.

Dei um passo para trás, perguntando a mim mesma se eu tinha imaginado coisas enquanto Bryce se afastava. Ele se pôs ao lado do pai e os dois foram para a área de depósito, sob a casa.

Enquanto isso, Richard e Robert carregavam a escada em direção à sacada. Por instinto, me afastei da casa, tentando inconscientemente encontrar a melhor forma de enquadrar uma última imagem com a única chapa que eu tinha. Ao parar num ângulo que parecia correto, ajustei a abertura da lente e verifiquei a luz com o fotômetro, garantindo que tudo estava pronto.

Bryce e o pai desapareceram no depósito, mas depois de alguns segundos, vi que Bryce emergia com uma tábua de compensado. Encostou-a na parede e depois voltou com outra. Em minutos, havia uma pilha delas. Bryce e um dos gêmeos levaram uma peça para a porta da frente, enquanto Porter e o outro gêmeo faziam o mesmo. Desapareceram lá dentro, minha tia segurando a porta aberta para eles, que reapareceram segundos depois na sacada. Ergui a lente quando começaram a botar as tábuas sobre a porta de correr, mas não valia a pena tirar a foto, pois estavam todos de costas para mim. Bryce afundou o primeiro prego, o resto deles seguindo em rápida sucessão. A segunda tábua foi colocada com igual velocidade, e os quatro desceram da escada. Nas duas vezes, baixei a câmera.

Mais dois pedaços de madeira foram colocados na janela da frente com a mesma velocidade e, mais uma vez, o ângulo era ruim. Não consegui a foto que eu queria até a escada passar para o quarto da minha tia.

Bryce subiu primeiro a escada. Os gêmeos deram para o pai uma peça menor de compensado, que ele entregou a Bryce. Fiz o foco e, de repente, Bryce precisou se virar na minha direção, enquanto agarrava a madeira com as mãos. Apertei o disparador automaticamente. Com a mesma rapidez, ele se voltou, posicionando-se para pregar a madeira, e eu fiquei me perguntando se tinha perdido a foto.

E, assim, a janela foi coberta, ficando óbvio que aquela não era a primeira vez que tinham feito aquilo. Os gêmeos levaram a escada de volta para a caminhonete enquanto Bryce e o pai voltavam ao depósito. Emergiram segurando algo que parecia um pequeno motor. Colocaram-no ao lado, num lugar onde ficaria abrigado do vento e da chuva. Puxando um cordão, deram partida. O som lembrava um cortador de grama.

– Gerador! – exclamou Bryce, sabendo que eu não fazia a mínima ideia do que estava vendo. – É praticamente garantido que vai faltar energia.

Depois de desligar, encheram o tanque com uma grande lata de gasolina que tinha ficado na caçamba da caminhonete e Bryce levou um longo cabo de força para dentro da casa. Distraidamente, comecei a rebobinar o filme, esperando ter conseguido, por milagre, tirar aquela foto que eu queria de Bryce.

Quando o filme terminou de correr, me virei para a água, que tinha se tornado um mar de pequenas ondas com espuma. Teria ele desejado mesmo me beijar? Continuei a me perguntar, ao vê-lo descer os degraus. Os outros já estavam na caminhonete, e depois de outra troca de acenos, eles se afastaram.

Perdida em meus pensamentos, cogitei entrar na casa antes de subir na bicicleta de novo, de forma impulsiva. Fui depressa para a casa de Bryce, sabendo que ainda não teriam voltado, aliviada quando a mãe abriu a porta.

– Maggie? – Ela me fitou, curiosa. – Se está procurando o Bryce, hoje ele está trabalhando com o pai.

– Eu sei, mas queria pedir um grande favor. Sei que deve estar ocupada, se preparando pra tempestade e tudo mais, mas queria saber se a senhora se importaria em revelar esse filme. – Expliquei o tema, como havia feito com Bryce, e percebi que ela me analisava.

– Disse que também tirou uma de Bryce?

– Não tenho certeza. Espero que sim. É a última foto do rolo.

Ela inclinou a cabeça, sem dúvida intuindo a importância que tinha para mim, antes de me estender a mão.

– Vamos ver o que posso fazer.

A casa da minha tia estava às escuras, como uma caverna, o que não surpreendia, visto que não passava nenhuma luz nas janelas vedadas. Na cozinha, a geladeira estava afastada da parede, sem dúvida para permitir que ela fosse facilmente ligada ao gerador, quando chegasse a hora. Minha tia não estava em lugar nenhum, e quando me sentei no sofá peguei-me revendo em minha mente o momento em que pensei que Bryce fosse me beijar, ainda tentando entender.

Na esperança de tirar aquilo da cabeça, peguei meus livros e passei uma hora e meia estudando e fazendo deveres de casa. Minha tia acabou saindo do quarto para preparar o jantar, e enquanto eu cortava o tomate para a salada, ouvi o inconfundível ronco de um veículo lá fora. Minha tia também ouviu e ergueu uma das sobrancelhas, com certeza se perguntando se eu havia convidado Bryce para o jantar.

– Ele não comentou que ia passar aqui – avisei, dando de ombros.

– Você me faria o favor de ver quem é? Estou com o frango na panela.

Fui até a porta e reconheci a van da família Trickett na entrada. A mãe de Bryce estava ao volante. O céu ficava cada vez mais escuro e o vento soprava forte o suficiente para me fazer agarrar o corrimão com força. Quando cheguei à van, a mãe de Bryce abriu a janela do lado do motorista e me entregou um envelope pardo.

– Tive a impressão de que você estava com pressa, então comecei a revelação assim que você saiu. Tirou umas fotos maravilhosas. Captou muita força em alguns dos rostos. Gostei especialmente daquela do homem que está fumando na frente da loja.

– Desculpa por ter feito você correr – falei, me esforçando para fazer a minha voz se destacar na ventania. – Não tinha necessidade.

– Quis cuidar disso antes de acabar a energia. Sei que você está ansiosa. Eu me lembro do primeiro rolo de filme que fotografei sozinha.

Engoli em seco.

– A foto de Bryce saiu?

– É a minha favorita – respondeu ela. – Mas sou suspeita, claro.

– Eles já voltaram?

– Acho que eles vão chegar em casa a qualquer minuto, então é melhor eu voltar logo.

– Obrigada por ter feito isso tão depressa.

– O prazer é meu. Se eu pudesse, passaria todos os dias no laboratório.

Observei o carro dar ré e acenei quando voltou a andar para a frente, depois corri para casa. Na sala, liguei o abajur, querendo o máximo de luz possível para examinar as fotos.

Como suspeitava, havia apenas poucas fotos boas. A maioria delas chegava perto, mas não era perfeita. Faltava foco ou as configurações não eram ideais. Minha composição também não era incrível, mas a mãe de Bryce estava certa ao achar que a foto do fumante era uma das boas. No entanto, foi a de Bryce que quase me fez soltar uma exclamação.

O foco estava perfeito e a iluminação era dramática. Eu havia captado o exato momento em que ele se virara na minha direção. Os músculos do braço se destacavam como se tivessem sido esculpidos e a expressão refletia intensa concentração. A imagem retratava como ele era de verdade, espontâneo e naturalmente gracioso. Passei a ponta do meu dedo sobre sua figura.

Ocorreu-me então que Bryce – como a minha tia – tinha aparecido na minha vida na época em que eu mais precisava dele. Mais do que isso, ele rapidamente havia se tornado meu maior confidente e eu não me enganara ao ler seu desejo. Se estivéssemos a sós, ele talvez tivesse tentado um beijo mesmo quando nós dois sabíamos que era a última coisa que eu queria ou de que precisava. Como eu, ele devia saber que não havia como um relacionamento entre nós dois dar certo. Em poucos meses eu deixaria Ocracoke e me tornaria outra pessoa, alguém que eu ainda não conhecia. Nosso relacionamento estava fadado ao fracasso. Porém, apesar do peso dessa constatação, eu sabia que no fundo – assim como Bryce – também sonhava que houvesse algo mais entre nós.

Meus pensamentos continuaram a girar, a revirar como roupas numa secadora durante o jantar, e mesmo conforme a tempestade se aproximava. Quando a escuridão nos envolveu, ela uivava, aumentando de intensidade a cada hora. A chuva e o vento açoitaram a casa, fazendo-a ranger e estremecer. Minha tia e eu permanecemos sentadas na sala, sem querer ficar sozinhas. Bem quando eu pensava que a tempestade não poderia piorar, outra rajada nos atingia e a chuva caía com tanta força que seu som parecia de fogos de artifício. Como previsto, a energia acabou e a sala ficou um breu. Nós nos agasalhamos, sabendo que era preciso ligar o gerador. Assim que tia Linda girou a maçaneta, a porta praticamente voou para dentro; a chuva atingiu meu rosto enquanto descíamos correndo os degraus, agarradas ao corrimão para não voarmos para longe.

Sob a casa, o vento ameaçava meu equilíbrio, mas pelo menos nós duas estávamos fora do aguaceiro. Observei minha tia lutar para ligar o gerador. Assumi o posto e finalmente consegui ligá-lo na terceira tentativa. Voltamos para casa com dificuldade. Lá dentro, tia Linda acendeu um monte de velas e ligou a geladeira. As pequenas chamas pouco iluminavam a sala.

Por fim adormeci no sofá depois da meia-noite. A tempestade continuou em fúria até pouco depois do amanhecer. Embora ainda ventasse, a chuva acabou diminuindo até se tornar um chuvisco e enfim parar no meio da manhã. Só então saímos de casa para examinar os estragos.

Uma árvore havia tombado no terreno do vizinho, galhos espalhados por toda parte, e pedaços de telhas tinham sido arrancados do telhado. A rua estava alagada, com mais de trinta centímetros de água. Os cais vizinhos tinham sido retorcidos ou completamente arrancados, e os destroços quase alcançavam a casa. O ar estava gélido; o vento, positivamente ártico.

Bryce e o pai apareceram às onze. A essa altura, o vento era um sussurro diante do que ocorrera. Tia Linda trouxe um saco com sobras de pãezinhos enquanto eu seguia até Bryce. Ao caminhar, tentei me convencer de que meus sentimentos do dia anterior eram semelhantes a um sonho depois de acordar. Não eram reais; não eram nada além de cintilações e faíscas destinadas a desaparecer por completo. Mas quando o vi alcançar a escada na caçamba da caminhonete, pensei novamente sobre o modo como ele havia parado diante de mim e sabia que eu estava apenas tentando me enganar.

O sorriso no rosto, como sempre. Vestia aquele casaco verde-oliva de novo e um boné de beisebol, assim como calça jeans e o cinto de ferramentas. Eu me sentia quase como se estivesse flutuando, mas me esforcei ao máximo para parecer indiferente, como se fosse apenas mais um dia normal para nós.

– O que achou da tempestade? – perguntou ele.

– Foi uma loucura ontem de noite. – Minhas palavras pareciam vir de outro lugar. – Como está o restante da cidade?

Ele colocou a escada no chão.

– Tem muitas árvores derrubadas e está sem energia em toda parte. Com um pouco de sorte, as equipes de manutenção chegam aqui hoje de tarde, mas quem sabe? Um dos hotéis e alguns outros negócios foram inundados, e metade dos prédios do centro sofreu estragos nos telhados. Acho que o maior problema foi que um dos barcos se soltou e acabou na rua perto do hotel.

Senti que relaxava, pois ele parecia o Bryce normal, casual de sempre.

– A loja da minha tia sofreu algum dano?

– Não que eu tenha visto. Tiramos as tábuas, mas obviamente não pudemos entrar para verificar vazamentos.

– E sua casa?

– Apenas alguns galhos caídos no quintal. Gwen e meus avós também ficaram bem. Mas se estiver planejando tirar fotos hoje, deve tomar cuidado com os fios de energia caídos. Principalmente em lugares alagados. Eles podem eletrocutar.

Eu não tinha me dado conta daquilo e estremeci ao pensar em ser eletrocutada.

– Vou só ficar com minha tia, talvez estudar um pouco. Mas eu ainda gostaria de ver os danos e talvez tirar algumas fotos.

– Que tal eu passar por aqui mais tarde e levar você pra dar uma volta? Posso pegar mais um filme.

– Você vai ter tempo?

– Tirar os painéis é bem mais rápido do que colocar, e meu avô já cuidou do barco.

Quando concordei, ele içou a escada e a carregou em direção à sacada. A partir daí, Bryce e seu pai reverteram o processo do dia anterior; a única diferença era que usavam uma pistola de calafetagem para preencher os orifícios dos parafusos. Enquanto trabalhavam, minha tia e eu começamos a limpar o entulho do quintal, empilhando-o perto da rua. Ainda realizávamos essa tarefa quando Bryce e o pai deram ré na estrada.

Com o quintal pronto, tia Linda e eu voltamos para casa. Minha tia foi imediatamente para a cozinha e começou a fazer sanduíches de pasta de amendoim e geleia.

– Bryce disse que a loja parecia estar bem – comentei.

– O pai dele me disse a mesma coisa, mas preciso ir lá daqui a pouco pra ter certeza.

– Esqueci de perguntar. A loja tem gerador?

Ela assentiu.

– Ele liga automaticamente quando falta energia. Ou, pelo menos, é assim que deveria ser. É outra coisa que preciso checar. As pessoas vão querer pãezinhos e livros amanhã, porque não vai dar pra cozinhar grande coisa antes que a energia volte. Até lá, vai ficar lotado.

Pensei em me oferecer para ajudar, mas como ainda não tinha tido minha aula de pãezinhos com Bryce, achei que ia apenas atrapalhar.

– Bryce vem pra cá mais tarde – avisei. – Vamos ver o que aconteceu com a tempestade.

Ela colocou os sanduíches em pratos e levou para a mesa.

– Tenham cuidado com as fiações de energia caídas.

Parecia óbvio que todos sabiam desse perigo em potencial, menos eu.

– Vamos ter.

– Tenho certeza que você vai aproveitar o tempo com ele.

– Provavelmente só vamos tirar fotos.

Tenho certeza que tia Linda reparou no modo como desviei do assunto, mas ela não insistiu. Em vez disso, sorriu.

– É provável que você se torne uma excelente fotógrafa algum dia.

Depois do almoço, eu estudei, ou tentei estudar pelo menos. Fui interrompida diversas vezes pela visão do envelope pardo que parecia insistir que eu desse uma olhada na foto de Bryce.

Passaram-se várias horas antes de ele chegar na caminhonete. Assim que eu ouvi o veículo fazendo manobras na entrada, peguei a câmera e desci os degraus, sorrindo ao encontrar Daisy na caçamba. Ela choramingou e agitou o rabo quando me aproximei, então parei para fazer carinho nela. Nesse meio-tempo, Bryce havia saltado e contornado a caminhonete para abrir a porta para mim. Meu coração voltou a disparar. Ele me ofereceu o braço para me ajudar – tinha tomado banho e eu via gotículas de água ainda pingando de seu cabelo –, e quando ele fechou a porta, uma voz dentro de mim ralhou e mandou que eu me controlasse.

Atravessamos a cidade, conversando descontraídos enquanto parávamos aqui e ali para tirar fotos. Perto do hotel, no lugar onde o barco tinha parado, caído de lado no meio da rua, passei muito tempo apenas tentando acertar a foto. No final, entreguei a câmera a Bryce para que ele fizesse uma tentativa e me peguei observando o modo como ele andava, reparando em seus movimentos fluidos. Sabia que estava se exercitando para estar pronto para West Point, mas sua graça natural e a coordenação me faziam achar que ele teria sido bom em qualquer esporte.

Claro, por que eu deveria me surpreender? Até onde eu sabia, Bryce era bom em *tudo*. O filho e o irmão mais velho perfeito, inteligente e atlético, atraente e empático. E o melhor, ele fazia aquilo parecer fácil. Até seu comportamento era diferente do de todo mundo que eu conhecia, especialmente quando comparado ao dos meninos da minha escola. Muitos deles pareciam até legais numa conversa individual, mas na companhia dos amigos, eles se exibiam, bancavam os difíceis, falavam besteiras, o que me fazia perguntar a mim mesma quem realmente eram.

No entanto, se Madison e Jodie se sentiam lisonjeadas pela atenção recebida – e elas realmente gostavam daquilo –, eu tentava imaginar o que achariam de Bryce. Ah, elas iam reparar de cara que ele era um gato, mas será que ligariam para sua inteligência, sua paciência, o interesse pela fotografia? Ou para o fato de estar adestrando um cão com o intuito de ajudar alguém numa cadeira de rodas? Ou por ele ser o tipo de adolescente que ajudava o pai a vedar com placas de madeira as casas de pessoas como a minha tia Linda e Gwen?

Não sabia bem, mas tinha ideia de que para Madison e Jodie a aparência dele já bastaria e o resto seria apenas ligeiramente interessante. E se J. servia de alguma referência, eu provavelmente pensava do mesmo jeito antes de chegar ali e encontrar um cara que me dera motivos para mudar de ideia.

Mas por que isso havia acontecido? Costumava me considerar madura para minha idade, mas a vida adulta ainda parecia uma miragem e eu me perguntava se parte disso tinha relação com o ensino médio em geral. Quando olhava para trás, parecia que eu havia passado todo o tempo me esforçando para que gostassem de mim, em vez de descobrir se eu gostava daquelas pessoas. Bryce não tinha frequentado a escola nem teve de lidar com todas aquelas pressões imbecis, então talvez para ele isso nunca tivesse sido uma questão. Teve liberdade para ser ele mesmo, e isso me fazia pensar quem eu teria me tornado caso não estivesse tão ocupada tentando ser exatamente como meus amigos.

Era coisa demais para pensar e balancei a cabeça, tentando afastar aquelas ideias. Bryce havia escalado uma lixeira para ter uma visão melhor do barco na rua. Daisy, que o seguira, olhava para o alto até que finalmente se lembrou da minha presença. Veio trotando na minha direção, balançando o rabinho, e depois se aninhou junto às minhas pernas. Seus olhos castanhos eram tão amistosos que não pude deixar de me abaixar. Envolvi sua mandíbula com as mãos e beijei seu nariz. Ao fazer isso, ouvi de longe o som de um disparador. Quando olhei para cima, Bryce – ainda no alto da lixeira – ostentava uma expressão envergonhada ao abaixar a câmera.

– Sinto muito – falou. Deu um salto, aterrissando como um ginasta, e veio em minha direção. – Sei que devia ter pedido, mas não pude resistir.

Embora eu nunca gostasse das minhas fotos, dei de ombros.

– Tudo bem. Tirei uma sua ontem.

– Eu sei. Vi você.

– Você viu?

Ele deu de ombros sem responder.

– E agora? Tem mais alguma coisa que você queira ver ou fazer?

Ao ouvir sua pergunta, meus pensamentos começaram a se agitar.

– Por que não ficamos um tempo na casa da minha tia?

Tia Linda havia ido para a loja, deixando eu e Bryce sozinhos. Nós nos sentamos no sofá, eu numa ponta com os pés para cima e Bryce do lado oposto. Ele dava uma olhada em algumas das fotos que eu tirara no dia anterior, me elogiando mesmo quando eu havia feito algo obviamente errado. Pouco antes de chegar na sua foto, de repente senti um nó no estômago, como o bater de asas de uma borboleta. Automaticamente, pus as mãos na barriga, mas fora isso fiquei completamente imóvel. Ele deve ter feito alguma pergunta, mas como eu estava concentradíssima, não escutei.

– O que é? Você está bem?

Absorta na minha experiência, não respondi. Em vez disso, fechei os olhos. E acabei sentindo aquele leve movimento, como minúsculas ondulações atravessando um lago. Embora nunca tivesse passado por isso, eu sabia exatamente o que era.

– Senti que o bebê se mexeu.

Esperei um pouco, mas quando nada mais aconteceu, me acomodei numa posição mais confortável. Graças ao livro que havia ganhado da minha mãe, eu sabia que num futuro não muito distante aqueles estremecimentos se tornariam chutes e que minha barriga se movimentaria sozinha como aquela cena assustadora, supernojenta em *Alien, o oitavo passageiro*. Bryce permaneceu em silêncio, mas tinha empalidecido um pouco, o que achei meio engraçado, porque em geral ele era imperturbável.

– Está com cara de quem viu um fantasma – provoquei.

O som da minha voz pareceu fazê-lo voltar ao normal.

– Sinto muito – respondeu. – Sei que está grávida, mas não penso muito no assunto. Você nem engordou.

Premiei aquela mentira com um sorriso grato. Eu havia engordado seis quilos.

– Acho que sua mãe sabe que estou grávida.

– Não disse nada a ela...

– Não precisava dizer. É coisa de mãe.

Era estranho, mas percebi que aquela era a primeira vez que minha gravidez tinha vindo à tona desde que havíamos decorado a árvore de Natal. Dava para ver que ele estava curioso, mas não sabia como se expressar.

– Tudo bem se quiser fazer perguntas sobre o assunto – falei. – Não me importo.

Ele pousou as fotos na mesa de centro com uma expressão pensativa.

– Sei que acabou de sentir o movimento, mas como é estar grávida? Sente alguma diferença?

– Tive enjoos de manhã por muito tempo, ou seja, eu realmente sentia algo, mas agora são coisas pequenas. Estou mais sensível aos cheiros e mais sonolenta. E, claro, faço xixi toda hora, você já percebeu. Fora isso, não reparei muitas coisas. Tenho certeza que isso vai mudar quando a barriga crescer mais.

– Quando deve nascer?

– Nove de maio.

– É tão exato assim?

– O médico que falou. As gestações duram nove meses completos.

– Não sabia disso.

– Por que saberia?

Ele riu baixinho antes de voltar a ficar sério.

– É assustador? A ideia de entregar o bebê pra adoção?

Pensei na minha resposta.

– Sim e não. Quer dizer, espero que o bebê fique com um casal maravilhoso, mas ninguém pode ter certeza. Essa parte me assusta um pouco. Ao mesmo tempo, sei que não estou pronta para ser mãe. Ainda estou no ensino médio, por isso não teria como sustentá-lo. Nem sei dirigir.

– Ainda não tirou a carteira de motorista?

– Eu deveria começar as aulas de direção em novembro, mas minha viagem pra cá meio que adiou os planos.

– Posso ensinar você a dirigir. Se meus pais concordarem, quer dizer. E sua tia também, claro.

– Mesmo?

– Por que não? Quase não passa carro na extremidade da ilha. Foi onde meu pai me ensinou.

– Obrigada.

– Posso fazer outra pergunta sobre o bebê?

– Claro.

– É você quem vai escolher o nome?

– Acho que não. Quando fui ao médico, a única coisa que ele me perguntou foi se eu queria segurar o bebê depois do parto.

– O que você disse?

– Não respondi, mas acho que não vou fazer isso. Tenho medo de segurar e depois ser mais difícil entregar.

– Já pensou em nomes? Se puder escolher o nome, quer dizer.

– Sempre gostei de Chloe. Ou Sofia.

– São nomes lindos. Talvez deixem você decidir.

Gostei daquilo.

– Tenho que admitir, não estou ansiosa esperando o trabalho de parto. Com os primeiros filhos, às vezes pode demorar mais que um dia. E não faço ideia de como um bebê inteiro vai...

Não concluí a frase, mas não houve problema. Soube que ele tinha compreendido quando vi que ele estremecia.

– Se faz você se sentir melhor, mamãe nunca mencionou nada sobre a dificuldade do trabalho de parto. Mas ela sempre lembra que nenhum de nós dormia bem e que ainda devemos compensá-la pelos anos em que ela teve poucas horas de sono.

– Seria difícil pra mim. Gosto de dormir.

Ele juntou as mãos e vi que os músculos de seu antebraço se contraíam.

– Se for embora em maio, você vai voltar direto pra escola?

– Não sei – respondi. – Acho que vai depender de estar em dia com as matérias ou mesmo adiantada. Talvez eu não precise aparecer por lá, exceto pras provas finais, e talvez eu possa fazê-las em casa. Tenho certeza que meus pais também terão uma opinião sobre o assunto. – Passei a mão pelo cabelo. – Eles devem vir me visitar no final do mês.

– Tenho certeza que vai ser bom revê-los.

– Vai sim – concordei.

A verdade é que eu tinha sentimentos ambíguos. Ao contrário da minha tia, meus pais não eram as pessoas mais bacanas de se conviver.

– Você tem desejos malucos?

– Adoro o estrogonofe de carne da minha tia, porque é o melhor de todos. E agora estou com vontade de comer um queijo-quente, mas não sei se isso conta como desejo. Sempre gostei.

– Quer que eu faça um para você?

– É muita gentileza sua, mas vou ficar bem. Minha tia vai fazer o jantar daqui a pouco.

Ele esquadrinhou a sala, como se procurasse algo mais para perguntar.

– Como vão seus estudos?

– Ah, não estrague a conversa – pedi. – Não quero pensar na escola agora.

– Admito que é um alívio terminar o ensino médio.

– Quando você tem que ir para West Point?

– Em julho – respondeu.

– Está animado?

– Vai ser diferente. Nada parecido com estudar em casa. Há bastante estrutura e espero ser capaz de lidar com isso. Quero apenas que meus pais se orgulhem de mim.

Quase soltei uma gargalhada diante do absurdo daquelas palavras. Quer dizer, que pai não ficaria orgulhoso dele? Levei um momento, mas percebi, de repente, que Bryce estava falando sério.

– Eles estão orgulhosos de você.

Bryce buscou a câmera, levantou-a e cuidadosamente deixou-a na mesma posição.

– Sei que você mencionou que sua irmã Megan é perfeita – disse ele –, mas também não é fácil ser irmão de Richard e Robert. – A voz dele estava tão baixa que eu precisei me esforçar para ouvi-lo enquanto ele prosseguia. – Sabia que fizeram o vestibular em setembro? Lembre-se de que têm apenas doze anos. Os dois tiraram praticamente a nota máxima: 1.570 e 1.580, o que é bem mais do que eu consegui. E quem sabe? Richard talvez nem precise ir para a faculdade. Ele poderia começar direto uma carreira em programação. Conhece a internet, certo? Ela vai mudar o mundo, pode acreditar, e Richard já está ficando famoso no ramo. Ganha mais do que meu avô, trabalhando meio período e fazendo trabalhos freelancers. Ele provavelmente vai ser um milionário quando tiver a minha idade. Robert vai pelo mesmo caminho. Acho que ficou com um pouco de inveja do dinheiro e por isso, nos últimos meses, anda trabalhando com Richard na parte de programação, além de construir seu avião. E, claro, acha tudo ridiculamente fácil. Como posso competir com irmãos assim?

Quando ele terminou, eu não pude dizer nada. Sua insegurança não fazia sentido algum... só que naquela família, até dava para entender.

– Não fazia ideia.

– Não me interprete mal. Tenho orgulho da inteligência dos dois, mas também me faz sentir vontade de fazer algo extraordinário. E West Point vai ser um desafio, só que não tenho ilusões de ser capaz de repetir o que meu pai fez por lá.

– O que ele fez?

– Todo formando de West Point recebe uma nota final baseada em seu desempenho acadêmico, méritos e deméritos, que são influenciados pelo caráter, liderança, honra e coisas assim. Meu pai teve a quarta nota mais alta na história de West Point, logo abaixo de Douglas MacArthur.

Nunca tinha ouvido falar de Douglas MacArthur mas pela forma com que Bryce disse aquele nome, concluí que se tratava de alguém muito importante.

– E claro, tem minha mãe, que foi para o MIT aos dezesseis anos...

Quanto mais eu pensava no assunto, mais a insegurança dele parecia justificada, apesar de os padrões da família de Bryce pertencerem ao espaço sideral.

– Tenho certeza que você vai ser um general na época da formatura.

– Impossível. – Ele riu. – Mas obrigado pelo voto de confiança.

Lá fora, ouvi o carro da minha tia se aproximando pela estrada esburacada e um guincho ruidoso quando o motor foi desligado.

Bryce também devia ter ouvido.

– A correia de transmissão faz aquele barulho. Provavelmente precisa ser apertada. Eu posso consertar isso pra ela.

Ouvi tia Linda subindo os degraus antes de abrir a porta. Seus olhos pousaram em nós dois e, embora não dissesse nada, eu tinha certeza que ela estava feliz por nos encontrarmos em lados opostos do sofá.

– Olá – disse ela.

– Como foi? – perguntei.

Tia Linda tirou o casaco.

– Não há vazamentos e o gerador está funcionando bem.

– Ah, que bom. Bryce disse que pode consertar seu carro.

– Qual é o problema com meu carro?

– A correia de transmissão precisa ser apertada.

Ela pareceu confusa por me ouvir dizer aquilo, em vez de Bryce. Quando olhei para ele, percebi que ainda estava pensando em suas declarações recentes.

– Bryce pode ficar para o jantar?

– Claro que pode – respondeu ela. – Mas não vai ser nada sofisticado.

– Queijo-quente?

– Você gostaria disso? Talvez com sopa?

– Perfeito.

– Também fica mais fácil para mim. Que tal daqui a uma hora?

Senti meu desejo por queijo-quente estourando como pipoca no micro-ondas.

– Mal posso esperar.

Depois do jantar, acompanhei Bryce até a porta. No alpendre, ele se virou.

– Vejo você amanhã? – perguntei.

– Estarei aqui às nove. Obrigado pelo jantar.

– Agradeça à minha tia, não a mim. Eu só lavo a louça.

– Já agradeci a ela. – Ele enfiou a mão no bolso antes de prosseguir. – Eu tive um dia ótimo hoje. Conhecendo você melhor, quer dizer.

– Eu também. Mesmo que você tenha mentido pra mim.

– Quando eu menti?

– Quando disse que eu não parecia grávida.

– Não parece mesmo – insistiu ele. – De modo algum.

– Pois é – eu dei um sorriso irônico –, espere mais um mês.

A próxima semana e meia foi um turbilhão de preparação para as provas finais, adiantando as tarefas do semestre seguinte e com a ortografia. Fiz um exame rápido com Gwen, que disse que o bebê e eu estávamos bem. Também comecei a pagar pelo filme e pelo papel fotográfico que estava usando. A mãe de Bryce encomendava a granel, por isso era mais barato. Bryce hesitou em aceitar o dinheiro, mas eu estava usando tanto filme que parecia a coisa certa a fazer. O melhor de tudo é que a cada rolo eu parecia estar ficando um pouco melhor.

Bryce, por sua vez, quase sempre revelava meu filme à noite, quando eu fazia minhas tarefas escolares extras. Revisávamos as folhas de contato na manhã seguinte e decidíamos juntos quais imagens seriam ampliadas. Ele também me ajudou a fazer fichas com resumo das matérias quando eu pensei que precisava delas, me testou sobre os capítulos que eu tinha que saber para todas as disciplinas e basicamente me deixou pronta para tudo, quando chegou a época das minhas provas finais. Não vou dizer que acertei tudo, mas considerando o patamar anterior das minhas notas, eu quase sofri um estiramento muscular de tanto comemorar. Além disso – e de observar Bryce ajustando a correia de transmissão no carro da minha tia –, a única coisa importante que faltava era aprender a fazer os pãezinhos na loja.

Fomos para lá num sábado, alguns dias antes da chegada prevista dos meus pais. Minha tia nos fez usar aventais e mostrou tudo passo a passo.

Quanto aos segredos, na verdade eles se resumiam ao seguinte: era importante usar a farinha com fermento White Lily, e nenhuma outra marca, e peneirá-la antes de medir porque tornava os pãezinhos mais fofos. Acrescentar gordura vegetal, *buttermilk* e um pouco do (secretíssimo) açúcar de confeiteiro, o que algumas pessoas no Sul talvez considerassem uma blasfêmia. Depois disso, tudo era uma questão de não trabalhar demais a massa na hora de misturar tudo. Ah, e nunca torcer o cortador de pãozinho. Apertar direto para baixo depois de abrir a massa. A seguir, quando os pãezinhos estão frescos e quentes, recém-saídos do fogo, passar manteiga derretida nos dois lados.

Naturalmente, Bryce fez um zilhão de perguntas e encarou a lição com muito mais seriedade do que eu. Ao dar uma mordida, praticamente gemeu como um garotinho. Quando minha tia disse que ele podia compartilhar a receita com a mãe, ele pareceu quase indignado.

– De jeito nenhum. O presente é *meu*.

Depois, na mesma tarde, Bryce finalmente mostrou a foto que tinha tirado de mim e de Daisy quando fomos ver o vilarejo depois da tempestade.

– Também fiz uma ampliação pra você – disse ele, entregando-a. Nós estávamos na caminhonete dele, estacionada perto do farol. Eu tinha acabado de tirar algumas fotos do pôr do sol e o céu já começava a escurecer. – Na verdade, minha mãe me ajudou na ampliação, mas você entende.

Eu podia ver por que ele quis ficar com uma cópia. Era realmente uma foto cativante, apesar de eu estar presente nela. Ele cortou a imagem para capturar apenas nossos rostos de perfil e captou o instante em que meus lábios tocaram o focinho de Daisy. Meus olhos estavam fechados, mas os de Daisy transbordavam adoração. E o melhor de tudo, meu corpo não aparecia, o que tornava fácil imaginar que todo aquele drama nunca tinha acontecido.

– Obrigado – agradeci, continuando a fitar a imagem. – Eu gostaria de conseguir tirar fotos tão bem quanto você. Ou quanto sua mãe.

– Você é bem melhor do que eu quando comecei. E algumas de suas fotos são fantásticas.

Talvez sim, pensei. *Mas talvez não.*

– Andei pensando em te perguntar se eu poderia ter algum problema no laboratório. Por estar grávida.

– Perguntei para minha mãe – disse ele. – Não se preocupe. Não mencionei você. Ela comentou que trabalhou no laboratório durante a gravidez e disse que não é perigoso, desde que você use luvas de borracha e não passe o dia inteiro trancada lá dentro.

– Isso é bom. Adoro ver quando as imagens começam a se materializar no papel. Um segundo, e não há nada lá... aí, aos poucos, a imagem ganha vida.

– Entendo totalmente. Pra mim, é uma parte essencial da experiência – acrescentou Bryce. – Mas eu me pergunto o que vai acontecer quando a fotografia digital pegar de verdade. Meu palpite é que ninguém mais vai revelar fotos.

– O que é fotografia digital?

– Em vez de filme, as imagens são armazenadas num disco na câmera que você pode ligar a um computador sem ter que usar um scanner. Vai haver câmeras em que você até pode ver as fotos imediatamente numa pequena tela na parte de trás.

– Está falando sério?

– Vai ser assim – apostou ele. – As câmeras estão muito caras agora, mas, assim como os computadores, tenho certeza que o preço vai cair. Com o tempo, acho que a maioria das pessoas vai querer usar esse tipo de câmera. Inclusive eu.

– Isso é meio triste – ponderei. – Tira um pouco da magia.

– É o futuro – respondeu ele. – E nada dura pra sempre.

Não pude deixar de conjeturar se ele também estava se referindo a nós dois.

Conforme a visita de meus pais se aproximava, comecei a me sentir agitada, com um ligeiro nervosismo que vibrava dentro de mim. Eles voariam para New Bern na quarta-feira e pegariam a balsa para Ocracoke na manhã de quinta. Não ficariam muito tempo – partiriam no domingo à tarde – e o plano era que todos nós fôssemos à igreja e nos despedíssemos no estacionamento logo após o culto.

Na quinta de manhã, acordei mais cedo do que de costume para tomar banho e me arrumar, mas mesmo quando Bryce apareceu, continuei com problemas para me concentrar nos estudos. Não que houvesse muito o que fazer – tendo realizado as provas finais, eu estava trabalhando no segundo semestre num ritmo que deixaria até Morgan orgulhosa. Bryce percebeu minha ansiedade e tenho certeza que Daisy também captou. Pelo menos duas vezes, ela veio para o meu lado e fuçou minha mão antes de choramingar, o som vindo do fundo de seu ser. Apesar dos esforços para me tranquilizar, minhas pernas ficaram bambas ao levantar da cadeira, quando tia Linda apareceu para me levar de carro até a balsa a fim de encontrar meus pais.

– Vai ficar tudo bem – garantiu Bryce.

Ele arrumava meu trabalho em pilhas bem organizadas na mesa da cozinha.

– Espero que sim – falei.

Distraída como eu andava, mal percebia como ele era um gato ou quanto eu passara a depender dele nos últimos tempos.

– Tem certeza que ainda quer que eu venha amanhã?

– Meus pais disseram que queriam conhecê-lo.

Não mencionei que me apavorava a ideia de ficar sozinha na casa com meus pais enquanto tia Linda trabalhava na loja.

A essa altura, minha tia pôs a cabeça no vão da porta da frente.

– Está pronta? A balsa deve chegar em dez minutos.

– Quase – respondi. – Estávamos só dando uma arrumada.

Deixei o material escolar no quarto, e depois que peguei o casaco, Bryce me seguiu escada abaixo. Ele deu uma piscadela rápida enquanto subia na caminhonete, o que me deu o incentivo necessário para entrar no carro da minha tia, apesar do nervosismo.

Estava frio e cinzento enquanto nos dirigíamos para as docas. O carro alugado dos meus pais foi o segundo a sair da balsa. Quando nos viram, meu pai parou e nós caminhamos para nos juntar a eles.

Abraços e beijos, alguns *que bom ver você*, nenhum comentário sobre meu tamanho, provavelmente porque queriam fingir que eu não estava grávida, e aí eu voltei para o carro da minha tia. Meus olhos ocasionalmente iam para o retrovisor enquanto meus pais nos seguiam até em casa, e depois de estacionar ao nosso lado, eles saíram do carro e olharam o lugar. Na penumbra, a casa me pareceu mais decrépita do que o normal.

– Então é isso, hein? – perguntou minha mãe, puxando o casaco para se proteger do frio. – Entendo por que tivemos que reservar um quarto no hotel. Parece meio pequena.

– É confortável e tem uma ótima vista pra água – comentei.

– A viagem de balsa pareceu durar uma eternidade. É sempre tão lenta?

– Acho que sim. Mas a gente se acostuma depois de um tempo.

– Hmm – disse ela.

Meu pai, entretanto, permaneceu quieto. Minha mãe não falou mais nada.

– Que tal um almoço? – sugeriu minha tia com uma alegria forçada. – Fiz salada de frango mais cedo e pensei que poderíamos preparar sanduíches.

– Sou alérgica a maionese – respondeu minha mãe.

Tia Linda se recuperou rapidamente.

– Acho que ainda tenho sobras de um bolo de carne e eu poderia preparar um sanduíche para você.

Minha mãe assentiu. Meu pai permaneceu em silêncio. Nós quatro começamos a subir em direção à porta da frente, o nó no meu estômago aumentando a cada passo.

De algum modo, sobrevivemos ao almoço, mas a conversa continuou vacilante. Sempre que um silêncio incômodo pairava no ar, tia Linda voltava a falar sobre a loja, tagarelando como se a visita não fosse nada fora do comum. Depois, todos nos amontoamos no carro da minha tia para uma rápida visita ao vilarejo. Ela praticamente repetiu aquilo que havia me dito quando me mostrou os arredores pela primeira vez, e tenho certeza que meus pais ficaram tão pouco impressionados quanto eu. No banco de trás, minha mãe estava quase em estado de choque.

No entanto, eles pareceram gostar da loja. Gwen estava por lá e, embora já tivessem comido, ela insistiu em dar a eles pãezinhos de sobremesa, que eram essencialmente uma versão com mirtilos e cobertura açucarada. Gwen logo percebeu o clima estranho com minha família e manteve uma conversa leve. Na área de livros, ela apontou alguns de seus favoritos, caso algum dos meus pais estivesse interessado. Eles não estavam – meus pais não eram leitores –, mas assentiram de qualquer maneira, fazendo-me sentir como se estivéssemos participando de uma peça em que todos os personagens queriam estar em outro lugar.

De volta à casa, tia Linda e meu pai começaram a conversar sobre a família – sobre as outras irmãs e meus primos – e, depois de um tempo, minha mãe pigarreou.

– Que tal darmos um passeio na praia? – sugeriu para mim.

Ela deu a entender que eu não tinha muita escolha, e nós duas fomos no carro alugado até a praia, estacionando perto da duna.

– Achei que a praia ficava mais perto – comentou ela.

– O vilarejo fica na parte protegida do estreito.

– Como você vem até aqui?

– De bicicleta.

– Você tem uma?

– Tia Linda arranjou uma num brechó, antes de eu chegar.

– Ahh. – Lá em casa, ela sabia, minha bicicleta estava na garagem, com pneus vazios por não ser usada, o banco coberto de poeira. – Pelo menos você sai de vez em quando. Está pálida demais.

Dei de ombros sem responder. Saímos do carro e fechei o zíper do casaco antes de enfiar as mãos nos bolsos. Nós nos dirigimos à beira do mar, contornando a duna, os pés afundando e escorregando a cada passo. Só quando chegamos à praia minha mãe voltou a falar.

– Morgan pediu pra dizer que gostaria de ter vindo. Mas ela faz o papel principal na peça da escola e tinha ensaios. Está tentando também uma bolsa com o Rotary, apesar de já ter conseguido outras bolsas que podem cobrir a maior parte das despesas da universidade.

– Tenho certeza que ela vai conseguir – resmunguei.

E era verdade. Embora eu sentisse aquela pontada familiar de insegurança, percebi que não me sentia tão mal quanto no passado.

Demos mais alguns passos antes que eu ouvisse de novo a voz da minha mãe.

– Ela comentou que vocês duas não têm se falado nas últimas semanas.

Perguntei a mim mesma se tia Linda havia mencionado que levava o cabo do telefone para o trabalho.

– Andei muito ocupada com os estudos. Ligo pra ela na semana que vem.

– Mas por que você ficou tão pra trás? Sua tia ficou muito preocupada, assim como seus professores.

Senti meus ombros se encolhendo um pouco.

– Acho que demorei um pouco pra me adaptar aqui.

– Você não está perdendo nada lá em casa.

Eu não tinha certeza do que dizer.

– Tem notícias de Madison ou Jodie?

– Elas não ligaram, se é isso que você está querendo saber.

– Sabe o que elas andam fazendo?

– Não faço ideia. Acho que eu poderia perguntar a Morgan quando voltar para casa.

– Tudo bem – falei, sabendo que minha mãe não faria isso. Para ela, quanto menos pessoas estivessem falando de mim ou perguntando por mim, melhor.

– Se quiser escrever cartas para elas – prosseguiu minha mãe –, acho que posso entregá-las. Claro, você não pode ser específica demais nem dar sequer uma ideia do que está acontecendo.

– Talvez – respondi.

Eu não queria mentir para as duas e como não podia dizer a verdade, não teria nada para contar.

Minha mãe ajustou a gola do casaco para cobrir o pescoço.

– O que você achou do consultório médico que Linda encontrou? Sei que Gwen provavelmente poderia fazer o parto, mas eu disse a Linda que ficaria mais confortável se você fosse a um hospital.

Assim que ela me perguntou, visualizei imediatamente as mãos gigantes do Dr. Chinowith.

– O médico é mais velho mas parece legal e Gwen já trabalhou muito com ele. Aliás, vou ter uma menina.

– É um homem que te atende?

– Isso é um problema?

Ela não parecia querer responder e simplesmente balançou a cabeça.

– Não importa, mais alguns meses e você vai voltar pra casa e pra vida normal.

Sem saber o que fazer, perguntei:

– Como o papai está?

– Precisou fazer horas extras porque tem uma encomenda grande de novos aviões. Mas, fora isso, está a mesma coisa.

Pensei nos pais de Bryce e na maneira carinhosa como eles se tratavam, tão diferente da forma como os meus se relacionavam.

– Vocês ainda saem pra jantar fora duas vezes por mês?

– Ultimamente não – respondeu ela. – Tivemos um vazamento. Com o conserto, o Natal e a viagem pra cá, andamos com o orçamento apertado.

Aquilo me fez sentir mal, mesmo que ela provavelmente não tivesse essa intenção. Na verdade, aquela caminhada estava me deixando cada vez mais deprimida. Mas isso me fez pensar...

– Acho que as aulas particulares também são caras.

– Isso já está resolvido.

– Pela tia Linda?

– Não – disse ela, parecendo estar num debate interno antes de dar uma explicação. Então finalmente suspirou. – Algumas de suas despesas estão sendo bancadas pelos futuros pais, por meio da agência. Sua escola, parte das contas do médico que não são cobertas pelo nosso seguro-saúde, seus voos de ida e de volta. Até um pouco de dinheiro para cobrir suas despesas.

O que explicava o envelope de dinheiro que ela tinha me dado no aeroporto.

– Você conheceu os pais? Eles são pessoas legais?

– Não conheci. Mas tenho certeza que serão pais amorosos.

– Como você tem certeza se não os conheceu?

– Sua tia e a amiga dela, Gwen, trabalharam com essa agência antes e conhecem a responsável. Por isso, ela cuidou pessoalmente da triagem dos candidatos. É uma mulher muito experiente e tenho certeza que avaliou os pais em potencial com todo o cuidado. Isso é mesmo tudo o que sei, e você também não deveria querer saber mais que isso. Quanto menos você se preocupar, mais fácil será no final.

Suspeitei que ela estivesse certa. Mesmo com o bebê se mexendo com regularidade, minha gravidez nem sempre parecia real. Minha mãe sabia que não devia insistir no assunto, então deixou passar.

– Está tudo tranquilo lá em casa desde que você veio pra cá.

– Aqui também é tranquilo.

– Parece que sim. Acho que imaginei que a cidade seria maior. É tão ermo. Quer dizer... o que as pessoas fazem por aqui?

– Na baixa temporada, consertam barcos e equipamentos e se preparam para o inverno – respondi. – Ou então possuem pequenos negócios, ou trabalham em um. São o que mantêm a cidade em funcionamento, como tia Linda. Não é uma vida fácil. As pessoas têm que batalhar muito para sobreviver.

– Não acho que eu poderia viver aqui.

Mas servia pra mim, certo? E no entanto...

– Não é tão ruim assim.

– Por causa do Bryce?

– Ele me dá aulas particulares.

– E está ensinando você a fotografar?

– Ele aprendeu com a mãe. Tem sido muito divertido e acho que vou continuar praticando quando voltar pra casa.

– Você costuma ir à casa dele?

Eu ainda me perguntava por que ela não parecia interessada na minha nova paixão.

– De vez em quando.

– Os pais dele estão em casa quando você vai lá?

Quando minha mãe disse aquilo, compreendi de repente o que estava passando na sua cabeça.

– A mãe dele está sempre lá. Os irmãos também costumam estar.

– Ah – disse ela, mas naquela única sílaba eu percebi seu alívio.

– Gostaria de ver algumas das fotos que eu tirei?

Ela deu alguns passos sem dizer nada.

– É ótimo que você tenha encontrado um hobby, mas não acha que deveria se concentrar na escola? Talvez usar seu tempo livre pra estudar sozinha?

– Eu estudo sozinha – respondi, detectando meu tom defensivo. – Viu minhas notas. Já estou adiantada com a matéria deste semestre também. – Com o canto dos olhos eu via as ondas quebrando continuamente em direção à areia, como se tentassem apagar nossos passos.

– Estou apenas me perguntando se você não estaria passando tempo demais com Bryce, em vez de cuidar de si mesma.

– O que está querendo dizer com *cuidar de mim mesma*? Estou indo bem na escola. Encontrei um hobby legal. Até fiz amigos...

– Amigos? Ou amigo?

– Caso não tenha percebido, não tem muita gente da minha idade por aqui.

– Só estou preocupada com você, Margaret.

– Maggie – corrigi, sabendo que minha mãe só usava *Margaret* quando estava transtornada. – E não precisa se preocupar comigo.

– Esqueceu por que está aqui?

O comentário me magoou, me lembrando de que, por mais que eu me esforçasse, sempre seria a filha que a decepcionou.

– Eu sei por que estou aqui.

Ela assentiu, sem dizer nada, baixando os olhos.

– Quase não está aparecendo.

Minhas mãos foram automaticamente para a barriga.

– O suéter que você comprou esconde muita coisa.

– Está usando calças para gestantes?

– Tive que comprar no mês passado.

Ela sorriu, mas aquele sorriso não escondia sua tristeza.

– Sentimos sua falta, sabe.

– Sinto sua falta também. – E naquele momento eu sentia mesmo, embora às vezes ela dificultasse muito as coisas.

As interações com meu pai foram igualmente desajeitadas. Ele passou quase toda a tarde de quinta-feira com minha tia, os dois sentados à mesa da cozinha, ou de pé, nos fundos da casa, perto da beira da água. Mesmo na hora do jantar, ele não me dirigiu muito a palavra além de "Pode passar o milho?". Cansados da viagem ou talvez apenas sob grande tensão, meus pais foram para o hotel pouco depois da refeição.

Quando voltaram na manhã seguinte, viram Bryce e eu estudando na mesa. Depois de uma breve apresentação – Bryce se comportou com a simpatia de sempre enquanto meus pais o examinavam com expressões reservadas –, os dois se sentaram na sala, falando baixo enquanto voltávamos ao estudo. Embora eu já estivesse com as tarefas adiantadas, a presença deles me deixava nervosa. Seria pouco dizer que a situação toda me parecia esquisita.

Bryce captou a tensão e nós dois concordamos em encerrar cedo, suspendendo os estudos na hora do almoço. Além da loja da minha tia, havia apenas alguns lugares para comer, e meus pais e eu acabamos no Pony Island

Restaurant. Eu nunca tinha estado por ali e, embora servisse apenas opções de café da manhã, meus pais não pareceram se importar. Eu comi rabanadas, assim como minha mãe, e meu pai comeu ovos com bacon. Depois, eles foram xeretar a loja da minha tia e eu voltei para casa para tirar um cochilo. Quando me levantei, minha mãe estava conversando com tia Linda, que já havia voltado. Meu pai tomava café na sacada e eu saí para ficar junto dele, me sentando na outra cadeira de balanço. Meu primeiro pensamento foi que ele nunca me parecera tão desanimado.

– Como você está, papai? – perguntei, fingindo que não tinha percebido.

– Estou bem – respondeu. – E você?

– Estou meio cansada, mas é normal. De acordo com o livro, pelo menos.

Seus olhos voaram para minha barriga e depois se ergueram de novo. Eu me acomodei na cadeira, tentando ficar mais confortável.

– Como está o trabalho? Mamãe disse que você tem feito muitas horas extras nos últimos tempos.

– Tem muitos pedidos para o novo 777-300 – disse ele, como se todos compartilhassem seus conhecimentos sobre aeronaves da Boeing.

– E isso é bom, certo?

– É uma forma de ganhar a vida – grunhiu.

Ele tomou um gole do café. Eu voltei a mudar de posição na cadeira, pensando se minha bexiga começaria a reclamar, dando-me uma desculpa para entrar em casa. Não reclamou.

– Gostei de aprender fotografia – arrisquei.

– Ah – disse ele. – Que bom.

– Gostaria de ver algumas das minhas fotografias?

Ele levou alguns minutos para responder.

– Eu não saberia dizer o que estou vendo. – No silêncio depois da resposta, vi o vapor saindo do café antes de desaparecer depressa, uma miragem temporária. Então, como se soubesse que era sua vez de dar sequência à conversa, ele suspirou. – Linda diz que você tem sido uma grande ajuda na casa.

– Tento ajudar. Ela me dá tarefas, mas não tem problema. Gosto da sua irmã.

– Ela é uma boa mulher. – Ele parecia estar se esforçando muito para evitar olhar na minha direção. – Ainda não sei por que ela se mudou para cá.

– Perguntou pra ela?

– Ela disse que assim que ela e Gwen deixaram a ordem religiosa, quiseram viver uma vida tranquila. Eu achava que os conventos eram tranquilos.

– Vocês eram próximos quando mais novos?

– Ela é onze anos mais velha que eu. Por isso, tomava conta de mim e de nossas irmãs depois da escola, quando eu era pequeno. Mas saiu de casa quando tinha dezenove anos e não voltei a vê-la por muito tempo. Ela me escrevia cartas. Sempre gostei disso. E depois que eu me casei com sua mãe, ela veio nos visitar algumas vezes.

Era mais do que meu pai costumava dizer de uma vez só, o que me deixou meio atônita.

– Só me lembro de uma visita dela quando eu era pequena.

– Não era fácil pra ela se afastar. E depois que se mudou para Ocracoke, ela não podia.

Olhei para ele fixamente.

– Você está bem mesmo, pai?

Ele demorou muito para responder.

– Só estou triste. Triste por você, triste por nossa família.

Sabia que ele estava sendo sincero, mas assim como as coisas que minha mãe havia dito, suas palavras doíam.

– Sinto muito e estou fazendo o melhor que posso pra consertar as coisas.

– Sei que está.

Engoli em seco.

– Você ainda me ama?

Pela primeira vez ele me encarou e sua surpresa estava evidente.

– Sempre vou amar você. Vai ser pra sempre a minha garotinha.

Olhei para trás e vi minha mãe com minha tia na mesa.

– Acho que mamãe está preocupada comigo.

Ele voltou a se virar.

– Nenhum de nós queria isso pra você.

Depois disso, ficamos sentados em silêncio até que meu pai finalmente se levantou da cadeira e entrou na casa para pegar mais café, me deixando sozinha com meus pensamentos.

Mais tarde naquela noite, depois que meus pais voltaram para o hotel, me sentei na sala de estar com minha tia. O jantar tinha sido constrangedor, com comentários sobre o tempo intercalados com longos silêncios. Tia

Linda estava tomando chá na cadeira de balanço enquanto eu relaxava no sofá, meus dedos dos pés enfiados sob a almofada.

– É como se eles nem estivessem felizes em me ver.

– Eles estão felizes – disse ela. – É que ver você é mais difícil pra eles do que imaginaram.

– Por quê?

– Porque você não é a mesma garota que os deixou em novembro.

– Claro que sou – falei, mas assim que as palavras saíram, eu soube que não era verdade. – Eles não quiseram ver minhas fotos – acrescentei.

Tia Linda colocou o chá de lado.

– Eu já disse que, quando trabalhei com jovens como você, tínhamos uma sala reservada para aulas de pintura? Com aquarelas? Havia uma grande janela que dava para o jardim e quase todas as meninas experimentaram a pintura enquanto estavam por lá. Algumas chegaram a se apaixonar e, quando os pais visitavam, muitas queriam exibir seus trabalhos. Na maioria das vezes, os pais não queriam ver.

– Por quê?

– Porque sentiam medo de ver o reflexo da artista, em vez do próprio reflexo.

Ela não explicou mais nada, e mais tarde naquela noite, enquanto abraçava a ursinha Maggie na cama, pensei sobre suas palavras. Imaginei garotas grávidas numa sala iluminada e arejada do convento com flores silvestres desabrochando do lado de fora. Pensei em como seria levantar um pincel, acrescentando cor e encantamento a uma tela em branco e se sentindo – mesmo que apenas por um breve momento – como outras garotas da sua idade, livres dos erros do passado. E eu sabia que elas se sentiam como eu quando olhava pela lente, que sentiam que encontrar e criar beleza poderia iluminar até os períodos mais sombrios.

Entendi então o que minha tia estava tentando me dizer, assim como soube que meus pais ainda me amavam. Entendi que eles queriam o melhor para mim, naquele momento e no futuro. Mas queriam enxergar seus próprios sentimentos nas fotos, e não os meus. Queriam que eu me visse como eles me viam.

Meus pais, eu sabia, queriam ver desapontamento.

A epifania não animou meu espírito, embora tivesse me ajudado a compreender os sentimentos dos meus pais. Para ser sincera, eu também me sentia desapontada comigo, mas tentava trancar aquele sentimento em algum canto pouco utilizado do meu cérebro, porque não tinha tempo para me recriminar como antes. Nem queria. Para meus pais, quase tudo o que eu fazia tinha raízes no meu erro. E toda vez que havia uma cadeira vazia na mesa, toda vez que eles passavam pelo meu quarto intocado, toda vez que recebiam cópias das notas que eu conquistava do outro lado do país, eles se lembravam de que eu tinha destroçado a família temporariamente, destruindo também a ilusão de que – como meu pai havia dito – eu ainda era sua garotinha.

Nem a visita melhorou. O sábado foi praticamente igual ao dia anterior, exceto que Bryce não apareceu. Exploramos de novo o vilarejo, o que os deixou tão entediados quanto eu imaginara. Tirei um cochilo e, embora pudesse sentir o bebê chutando sempre que me deitava, fiz questão de não contar a eles. Eu li e fiz as tarefas de casa no quarto com a porta fechada. Também usei meus moletons mais largos e um casaco, dando o melhor para fingir que parecia a mesma de sempre.

Minha tia, graças a Deus, conduzia a conversa sempre que a tensão começava a se insinuar. Gwen também. Ela se juntou a nós para jantar no sábado à noite, e graças às duas, eu mal tive que falar. Evitaram também qualquer menção a Bryce ou à fotografia. Tia Linda manteve o foco na família, e foi interessante descobrir que minha tia sabia ainda mais sobre minhas outras tias e primos do que meus pais. Assim como fazia com meu pai, ela escrevia para todos com regularidade, o que era mais uma coisa que eu não sabia sobre ela. Imaginei que provavelmente escrevia as cartas na loja, pois nunca a vira colocando a caneta no papel.

Meu pai e tia Linda também compartilharam histórias da infância em Seattle, época em que a cidade tinha muitas áreas sem urbanização. De vez em quando, Gwen contava detalhes de sua vida em Vermont e descobri que sua família tinha seis vacas premiadas que produziam uma manteiga cremosa utilizada em alguns restaurantes elegantes de Boston.

Eu fiquei agradecida pelo que tia Linda e Gwen estavam fazendo, porém, enquanto ouvia as histórias, descobri que meus pensamentos vagavam para Bryce. O sol baixava e, se meus pais não estivessem ali, ele e eu teríamos saído com a câmera, tentando capturar a luz perfeita da hora dourada. Naqueles momentos, meu mundo encolhia até se tornar nada além daquela tarefa, ao mesmo tempo que se expandia de forma exponencial.

Mais do que qualquer coisa, eu queria que meus pais compartilhassem do meu interesse. Queria que sentissem orgulho de mim. Queria dizer a eles que havia começado a imaginar uma carreira como fotógrafa. Mas a essa altura o assunto era Morgan. Eles falavam sobre suas notas, sua popularidade, sobre o violino e as bolsas de estudo que recebera para cursar a Universidade Gonzaga. Quando vi o jeito com que os olhos deles brilhavam, baixei meu olhar e perguntei a mim mesma se meus pais chegariam a demonstrar o mesmo orgulho ao falar de mim.

No domingo, eles foram embora. Iam pegar um voo à tarde, mas nós todos pegamos a balsa da manhã, fomos à missa e almoçamos antes de nos despedirmos no estacionamento. Minha mãe e meu pai me abraçaram, mas nenhum deles derramou uma lágrima. Depois de sair dos abraços, enxuguei o rosto e pela primeira vez desde que haviam chegado, senti algo parecido com compaixão da parte dos meus pais.

– Vai estar em casa antes do que imagina – garantiu minha mãe e, embora meu pai se limitasse a assentir, pelo menos olhou para mim. A expressão era tristonha como sempre, mas, mais do que isso, dessa vez detectei desamparo.

– Vou ficar bem – afirmei, continuando a enxugar os olhos e, embora eu falasse sério, não sei bem se algum dos dois acreditou em mim.

Bryce apareceu na porta mais tarde naquela noite. Tinha pedido que ele viesse e, apesar do frio, nos sentamos na sacada, no mesmo lugar onde eu e meu pai tínhamos conversado alguns dias antes.

Despejei toda a história da visita dos meus pais, sem deixar nada de fora, e Bryce não me interrompeu. No final, eu estava chorando e ele puxou sua cadeira para mais perto da minha.

– Lamento que não tenha sido a visita que você queria – murmurou.

– Obrigada.

– Há algo que eu possa fazer para ajudá-la a se sentir melhor?

– Não.

– Eu poderia deixar Daisy aqui para você ficar abraçada com ela esta noite.

– Achei que Daisy não deveria subir nos móveis.

– Não deve mesmo. Então, que tal eu fazer um chocolate quente pra você?

– Tudo bem.

Pela primeira vez desde que eu o conheci, ele se aproximou e colocou sua mão sobre a minha. E apertou, num toque elétrico.

– Pode não significar nada, mas acho você incrível – revelou ele. – Você é inteligente e tem um ótimo senso de humor e, obviamente, já sabe como é bonita.

Percebi que corava com aquelas palavras, grata pela escuridão. Eu ainda sentia a mão dele na minha, irradiando calor pelo meu braço. Ele não parecia ter pressa de me soltar.

– Sabe o que eu estava pensando? – perguntei. – Um pouco antes de você chegar aqui?

– Não faço ideia.

– Estava pensando que, apesar de meus pais terem passado só três dias, me pareceu um mês inteiro.

Ele riu antes de voltar a encontrar meus olhos. Senti seu polegar acariciando as costas da minha mão, leve como uma pena.

– Você quer que eu venha amanhã pra aula particular? Porque se precisar de um dia pra relaxar, vou entender perfeitamente.

Ficar longe de Bryce, eu sabia, me faria sentir ainda pior.

– Quero continuar minhas leituras e fazer as tarefas – falei, surpreendendo até a mim mesma. – Vou ficar bem depois de dormir um pouco.

A expressão dele era gentil.

– Sabe que eles te amam, certo? Seus pais... Mesmo que não sejam muito bons em demonstrar o que sentem.

– Eu sei – respondi, mas, estranhamente, me peguei me perguntando se ele estava falando sobre meus pais ou sobre si mesmo.

Quando entramos em fevereiro, Bryce e eu voltamos à nossa rotina normal. Porém não era exatamente a mesma de antes. Para começar, algo mais profundo havia se enraizado quando senti que ele queria me beijar e tinha se tornado ainda mais forte quando ele pegou minha mão. Embora Bryce não tenha voltado a me tocar – e com certeza também não tentou um beijo –, havia uma nova energia entre nós, uma vibração discreta e insistente que era quase impossível de ignorar. Eu estava resolvendo um problema de geometria e o pegava olhando para mim de um jeito que parecia pouco familiar, ou ele me entregava a câmera e a segurava por um instante a mais, me fazendo puxá-la, e eu sentia como se ele estivesse tentando controlar as próprias emoções.

Enquanto isso, eu examinava meus sentimentos, especialmente antes de cair no sono. Eu chegava ao ponto sem volta – aquele período breve e nebuloso em que a consciência se combina com o inconsciente e as coisas ficam confusas – em que, de repente, imaginava-o na escada ou me lembrava de como seu toque havia incendiado minha pele, e acordava no mesmo instante.

Minha tia também pareceu notar que meu relacionamento com Bryce havia... *evoluído*. Ele ainda jantava conosco duas ou três vezes por semana, mas, em vez de ir embora logo após a refeição, se sentava conosco na sala por algum tempo. Apesar da falta de privacidade – ou talvez por causa dela –, nós dois desenvolvemos uma comunicação não verbal secreta. Ele levantava discretamente uma das sobrancelhas e eu sabia que estava pensando a mesma coisa que eu, ou então eu passava a mão pelo cabelo com impaciência e Bryce sabia que eu queria mudar de assunto. Achei que éramos muito sutis, mas tia Linda não era enganada facilmente. Depois que ele enfim ia para casa, ela dizia algo que me fazia refletir sobre o que estava realmente tentando me dizer.

"Vou sentir sua falta depois que você for embora", dizia ela de forma casual, ou então "Como anda seu sono? A gravidez pode ter todo tipo de efeito sobre os hormônios".

Estou bem certa de que era seu jeito de me lembrar que me apaixonar por Bryce não era a melhor coisa para mim, embora não dissesse isso diretamente. O efeito geral era que eu refletia sobre os comentários depois de reconhecer a verdade subjacente: meus hormônios estavam enlouquecidos e eu em breve eu ia voltar para casa.

No entanto, os sentimentos são uma coisa engraçada, porque embora soubesse que não havia um futuro para nós dois, eu despertava de noite ouvindo ondas suaves batendo na costa, sabendo que uma grande parte de mim simplesmente não se importava com isso.

Se eu pudesse apontar uma única mudança notável em meus hábitos desde a minha chegada a Ocracoke, seria minha diligência em relação aos trabalhos escolares. Na segunda semana de fevereiro, eu estava concluindo as tarefas de março e tinha me saído bem em testes e provas. Ao mesmo tempo, continuei a ganhar confiança com a câmera e a aprimorar cada vez mais minhas habilidades. Isso se devia ao nosso foco restrito aos trabalhos escolares e à fotografia, já que o Dia de São Valentim foi só... mais ou menos.

Não estou dizendo que Bryce se esqueceu da data. Ele apareceu naquela manhã com flores e, embora eu tenha ficado momentaneamente emocionada, percebi que tinha trazido dois buquês, um para mim e outro para minha tia, o que diminuiu um pouco o impacto. Mais tarde, confirmei que ele também tinha dado flores para a mãe. Isso me fez pensar que tudo o que estava acontecendo entre nós talvez não passasse de uma fantasia induzida por hormônios.

Dois dias depois, porém, ele compensou. Era noite de sexta-feira – já estávamos juntos por umas doze horas àquela altura – e minha tia se encontrava na sala enquanto nós estávamos na sacada que dava para a sala. Era uma noite mais quente do que o habitual, por isso deixamos a porta deslizante entreaberta. Achei que minha tia podia nos ouvir e, embora estivesse com um livro aberto no colo, desconfiei que de vez em quando estava disfarçadamente dando uma olhada em nós. Enquanto isso, Bryce se remexia na cadeira e arrastava os pés como o adolescente nervoso que era.

– Sei que precisa acordar cedinho no domingo, mas esperava que você estivesse livre amanhã de noite.

– O que vai acontecer amanhã de noite?

– Andei construindo uma coisa com Robert e papai. Quero te mostrar.

– O quê?

– É surpresa – respondeu. Então, como se estivesse com medo de prometer muito, ele prosseguiu, as palavras se sucedendo com rapidez. – Não é nada de mais. E não tem nenhuma relação com a fotografia, mas estava verificando o tempo e acho que as condições vão estar perfeitas. Acho que eu poderia te mostrar durante o dia, mas vai ficar bem melhor de noite.

Não tinha ideia do que ele estava falando. A única coisa que eu sabia era que ele estava agindo do mesmo jeito de antes, ao me convidar para ver a flotilha de Natal em New Bern com a família. O encontro *mais ou menos*. Ele ficava mesmo insuportavelmente bonitinho quando estava nervoso.

– Terei que ver com minha tia.

– Claro – disse ele.

Esperei. Quando ele não acrescentou mais nada, perguntei o óbvio:

– Poderia me dar um pouco mais de informação?

– Ah, posso. Bom, esperava levá-la para jantar no Howard's Pub e depois a surpresa. Posso deixá-la em casa por volta das dez.

Sorri por dentro, pensando que se um garoto perguntasse a meus pais se eu podia ficar fora até as dez, mesmo *eles* teriam concordado. Pois bem... no passado, teriam concordado, mas talvez não mais. De qualquer modo, aquilo parecia um encontro *de verdade*, não um encontro *mais ou menos*. Embora meu coração tivesse disparado, me virei na cadeira, tentando parecer calma e esperando chamar a atenção da minha tia.

– Dez horas está bom – concordou ela, ainda com o olhar no livro. – No máximo.

Voltei a encarar Bryce.

– Tudo bem.

Ele assentiu. Arrastou os pés. Voltou a assentir.

– E aí... a que horas? – perguntei.

– Como assim?

– A que horas eu tenho que estar pronta amanhã?

– Que tal por volta das nove?

Embora eu entendesse exatamente o que ele queria dizer, fingi que não entendia, só para ser engraçada.

– Você vai me pegar às nove, vamos jantar em Howard's Pub, ver a surpresa e você vai me deixar em casa às dez?

Ele arregalou os olhos.

– Nove da manhã. Pras fotos, quero dizer, e talvez pra treinarmos no Photoshop. Tem também um lugar na ilha que eu quero te mostrar. Só os locais conhecem.

– Que lugar?

– Você vai ver. Sei que não está fazendo muito sentido, mas... – Ele hesitou, e eu senti um arrepio ao pensar que havia realmente me convidado para um encontro *de verdade*. O que me deixava um tanto assustada, mas também empolgada.

– Vejo você amanhã? – perguntou ele finalmente.

– Mal posso esperar.

E, verdade seja dita, eu mal podia esperar mesmo.

Fechei a porta e minha tia ficou em silêncio. Ah, ela disfarçou bem – com o livro aberto e tudo mais – e não fez comentários repletos de significados ocultos, mas percebi sua preocupação, embora eu estivesse nas nuvens.

Dormi bem, melhor do que nas semanas anteriores, e acordei me sentindo descansada. Tomei o café da manhã com ela e, de manhã, Bryce e eu tiramos algumas fotos perto da casa dele. Depois, trabalhamos com a mãe dele no computador. Bryce se sentou perto de mim, irradiando calor, dificultando minha concentração mais que o normal.

Almoçamos na casa dele e entramos na caminhonete. Achei que Bryce ia me levar de volta para a casa da minha tia, mas ele entrou numa rua por onde eu já havia passado dezenas de vezes sem realmente reparar nela.

– Para onde estamos indo? – perguntei.

– Vamos fazer um rápido desvio para a Grã-Bretanha.

– Quer dizer a Inglaterra? O país?

– Exatamente – respondeu, dando uma piscadela. – Você vai ver.

Passamos por um pequeno cemitério à esquerda, depois outro à direita, antes de finalmente estacionar a caminhonete. Quando saímos, ele me levou a um memorial de granito localizado perto de quatro túmulos retangulares bem conservados cercados por pinheiros e buquês de flores, tudo envolto por uma cerca de estacas.

– Bem-vinda à Grã-Bretanha – disse ele.

– Não estou entendendo nada.

– Em 1942, o navio *Bedfordshire* foi torpedeado por um submarino alemão próximo à costa e quatro corpos foram lançados, chegando a Ocracoke. Foi possível identificar dois dos homens, mas os outros dois não. Foram enterrados aqui e esse local foi cedido à Comunidade Britânica.

Havia mais informações sobre o memorial, incluindo os nomes de todos que estavam na embarcação. Parecia impossível que submarinos alemães vagassem por ali, nas águas dessas ilhas desertas. Não havia outro lugar onde deveriam estar? Embora a Segunda Guerra Mundial fosse um assunto dos meus livros de história, minhas opiniões sobre o tema tinham sido moldadas mais pelos filmes de Hollywood do que pelas leituras, e me peguei visualizando como devia ter sido horrível estar a bordo quando uma explosão rasgou o casco. O fato de apenas quatro corpos terem sido recuperados, dos 37 a bordo, me pareceu terrível, e me perguntei o que teria acontecido com o restante da tripulação. Afundaram com o navio, sendo sepultados com o casco? Ou apareceram em outro lugar, talvez flutuado mais longe no mar?

A história me causou arrepios, mas eu nunca tinha me sentido bem em cemitérios. Quando meus avós morreram – todos os quatro antes de eu completar dez anos –, meus pais levaram Morgan e eu para visitar seus túmulos, onde deixaríamos flores. Tudo o que eu conseguia pensar era que estava cercada de pessoas mortas. Eu sei que a morte é inevitável, mas não gostava de pensar nisso.

– Quem colocou as flores aqui? As famílias?

– Provavelmente a guarda-costeira. São eles que cuidam do terreno, apesar de ser território britânico.

– Por que havia submarinos alemães aqui?

– Nossa frota mercante pegava suprimentos na América do Sul, no Caribe ou em qualquer lugar e depois seguia a corrente do Golfo rumo ao norte, atravessando o mar até a Europa. Mas no começo, os navios mercantes eram lentos e desprotegidos. Tornavam-se alvos fáceis para os submarinos. Dezenas de navios mercantes foram afundados perto da costa. É por isso que o *Bedfordshire* estava por aqui. Para ajudar a protegê-los.

Enquanto eu estudava as sepulturas bem cuidadas, percebi que muitos dos marinheiros a bordo do navio provavelmente não eram muito mais velhos que eu, e que as quatro pessoas enterradas ali estavam a um oceano de distância dos parentes que deixaram para trás. Eu me perguntei se seus pais teriam feito a viagem para Ocracoke para ver como foram sepultados e como teria sido doloroso, independentemente da resposta.

– Isso me deixa triste – falei, finalmente, sabendo por que Bryce não tinha sugerido que levássemos a câmera. Era um lugar para ser guardado apenas na memória.

– Também me deixa triste – admitiu ele.

– Obrigada por me trazer aqui.

Ele comprimiu os lábios e, depois de um tempo, voltando para a caminhonete, caminhou mais devagar do que o normal.

Depois que ele me deixou, dormi um pouco e liguei para Morgan. Eu tinha feito isso algumas vezes desde a visita dos meus pais. Conversamos por quinze minutos. Ou, para ser mais precisa, Morgan praticamente falou sozinha, e tudo o que eu precisei fazer foi ouvir. Depois de desligar, comecei a me preparar para o meu encontro. No que dizia respeito a roupas, estava limitada à calça jeans com cós elástico e ao suéter que ganhei no Natal. Felizmente, minha acne havia diminuído e não precisei de muita base ou pó. Também não exagerei no blush ou na sombra, mas coloquei brilho labial.

Pela primeira vez, eu podia realmente dizer que estava grávida. Meu rosto estava mais redondo e eu estava simplesmente... *maior*, em especial no busto. Eu precisava mesmo de sutiãs maiores. Teria que providenciá-los depois da igreja, o que não parecia muito apropriado, mas eu não tinha outra opção.

Tia Linda estava no fogão. Planejava fazer estrogonofe de carne e eu sabia que Gwen iria se juntar a ela. O aroma de sua comida fez meu estômago roncar e ela devia ter ouvido.

– Quer uma fruta? Pra aguentar até o jantar?

– Eu vou ficar bem – falei e me sentei à mesa.

Apesar da minha resposta, ela secou as mãos e pegou uma maçã.

– Como foi o dia?

Contei a ela sobre o Photoshop e a visita ao cemitério. Ela acenou com a cabeça.

– Todos os anos, no dia 11 de maio, data que marca o afundamento, Gwen e eu vamos lá para deixar flores e orar pela alma dos tripulantes.

Fazia sentido.

– Fico feliz por isso. Você já foi ao Howard's Pub?

– Muitas vezes. É o único restaurante daqui que fica aberto o ano todo.

– A não ser pelo seu.

– Não somos um restaurante de verdade. Você está bonita.

Ela cortou a maçã em quartos e trouxe para a mesa.

– Estou com cara de grávida.

– Ninguém pode ter certeza.

Ela voltou a limpar cogumelos enquanto eu mordiscava um dos pedaços da maçã, que era exatamente o que meu estômago precisava. Mas aquilo me fez pensar...

– O trabalho de parto é muito difícil? – perguntei. – Quer dizer, ouvi tantas histórias assustadoras.

– Para mim, é difícil responder. Nunca dei à luz e por isso não posso falar com propriedade. Acompanhei no hospital apenas algumas das meninas que ficavam conosco. É provável que Gwen possa dar uma resposta melhor, pois ela é parteira. Pelo que sei, as contrações não são agradáveis. Mesmo assim, não é algo tão terrível a ponto de fazer com que as mulheres se recusem a passar por isso de novo.

Fazia sentido, apesar de não ser uma resposta para a minha pergunta.

– Acha que devo segurar o bebê depois do parto?

Ela demorou alguns segundos antes de responder.

– Também não tenho como responder.

– O que você faria?

– Pra ser bem sincera, não sei.

Peguei mais um dos pedaços de maçã, mordisquei, pensativa, mas fui interrompida quando vi o brilho de um farol atravessando a janela e subindo. *A caminhonete de Bryce*, pensei com uma inesperada onda de nervosismo. O que era uma bobagem. Eu já havia passado metade do dia com ele.

– Sabe onde Bryce vai me levar depois do jantar?

– Ele me disse hoje antes de você ir pra casa dele.

– E aí?

– Não se esqueça de levar o casaco.

Esperei, mas ela não acrescentou mais nada.

– Está zangada porque estou saindo com ele.

– Não.

– Mas não acha que é uma boa ideia.

– A pergunta, na verdade, é se *você* acha que é uma boa ideia.

– Somos só amigos – respondi.

Ela não disse nada, mas nem precisava. Porque percebi que, assim como eu, ela estava nervosa.

Hora da confissão. Foi a primeira vez que saí para jantar a dois. Ah, eu já havia me encontrado com um garoto e alguns amigos numa pizzaria e o mesmo garoto me levou para tomar sorvete, mas, fora essas ocasiões, eu era uma novata no que dizia respeito a como agir ou o que dizer.

Por sorte, não levei mais de dois segundos para perceber que Bryce também nunca tinha tido um jantar a dois, pois estava agindo com mais nervosismo que eu, pelo menos até chegarmos ao restaurante. Ele havia tomado um banho com uma colônia de aroma terroso e usava uma camisa de botão, as mangas dobradas na altura dos cotovelos, e – talvez por saber que minhas opções de guarda-roupa eram limitadas – calça jeans como eu. A diferença era que ele poderia ter saído de um ensaio fotográfico de uma revista enquanto eu parecia uma versão mais inchada da garota que eu queria ser.

Quanto ao Howard's Pub, era exatamente como eu esperava, com piso de tábuas de madeira e paredes decoradas com flâmulas e placas de carro, um balcão de bar lotado e barulhento na frente. Na mesa, pegamos os cardápios e, menos de um minuto depois, apareceu uma garçonete para anotar nossos pedidos de bebidas. Nós dois pedimos chá, o que provavelmente nos tornava os únicos no local que não tinham vindo em busca do *pub* no nome do estabelecimento.

– Minha mãe diz que os bolinhos de caranguejo são bons – observou Bryce.

– É isso que você vai pedir?

– Provavelmente vou ficar com as costeletas. É o que eu sempre peço.

– Sua família vem sempre aqui?

– Uma ou duas vezes por ano. Meus pais vêm com mais frequência, sempre que precisam de uma folga dos filhos. Acho que às vezes podemos ser um pouco exaustivos.

Sorri.

– Andei pensando sobre aquele cemitério – comentei. – Foi bom não termos tirado fotos.

– Nunca tiro, principalmente por causa do meu avô. Ele era um daqueles marinheiros mercantes que o *Bedfordshire* tentava proteger.

– Ele já conversou com você sobre a guerra?

– Não muito, só disse que foi a época mais assustadora da vida dele. Não só por causa dos submarinos, mas também pelas tempestades no Atlântico

Norte. Ele já passou por furacões, mas as ondas no Atlântico Norte eram mais que aterradoras. Claro, antes da guerra, ele nunca tinha sequer posto os pés no continente, então era tudo muito novo pra ele.

Tentei imaginar uma vida assim e não consegui. No silêncio, senti que o bebê se mexia – aquela pressão líquida de novo – e minha mão foi automaticamente para a barriga.

– O bebê? – perguntou ele.

– Ele está ficando muito ativo – respondi.

Bryce pôs o cardápio de lado.

– Sei que não é uma decisão minha, e que nem é da minha conta, mas estou feliz que você tenha decidido entregar para a adoção em vez de fazer um aborto.

– Meus pais não teriam permitido. Acho que eu poderia ter ido para alguma clínica, por minha conta, mas nunca passou pela minha cabeça. É coisa de católico.

– O que eu quero dizer é que se você tivesse feito um aborto, nunca teria vindo para Ocracoke e eu não teria tido a chance de conhecê-la.

– Não teria perdido grande coisa.

– Tenho certeza que teria perdido tudo.

Senti um súbito calor na nuca, mas por sorte a garçonete chegou com nossas bebidas e me salvou. Fizemos os pedidos – bolinhos de caranguejo para mim, costeletas para ele – e, enquanto tomávamos o chá, a conversa se tornou mais tranquila, com menos assuntos capazes de provocar rubores. Ele descreveu os muitos lugares pelos Estados Unidos e pela Europa onde havia morado. Relatei a conversa que tinha mantido com Morgan – que girava basicamente em torno do estresse que *ela* estava sofrendo – e contei histórias sobre Madison, Jodie e algumas das nossas aventuras, que na verdade consistiam em festas do pijama e ocasionais fiascos com a maquiagem. Estranhamente, eu não tinha voltado a pensar em Madison e Jodie desde a conversa com minha mãe, quando caminhamos na praia. Se antes da minha chegada a Ocracoke alguém tivesse me dito que eu passaria um dia ou dois sem pensar nelas, eu não teria acreditado. Fiquei me perguntando quem era a pessoa que eu estava me tornando.

As saladas chegaram, depois os pratos, enquanto Bryce falava sobre o árduo processo de admissão em West Point. Ele recebeu recomendações dos dois senadores da Carolina do Norte, o que me deixou meio espantada – mas disse que mesmo se não tivesse sido aceito, teria ido para outra universidade e entrado no Exército como oficial depois da graduação.

– E aquele negócio de boina-verde?

– Ou Delta, que é um passo à frente. Isso se eu me qualificar.

– Você não tem medo de morrer? – perguntei.

– Não.

– Como pode não ter medo?

– Não penso no assunto.

Eu sabia que pensaria nisso o tempo todo.

– E depois da carreira militar? Você já pensou no que quer fazer? Quer ser um consultor como seu pai?

– Não mesmo. Se fosse possível, eu seguiria os passos da minha mãe e tentaria fazer fotos de viagens. Acho que seria legal ir a lugares remotos e contar histórias com minhas imagens.

– Como é que se arranja um emprego assim?

– Não faço ideia.

– Você poderia se dedicar ao adestramento de cães. Daisy progrediu muito nos últimos tempos.

– Seria muito difícil doar os cães. Eu fico apegado demais.

Percebi que também ficaria triste.

– Estou feliz por você trazê-la para casa. Assim, pode vê-la quanto quiser antes de ela ir embora.

Ele girou o copo de chá.

– Você se importaria se eu desse uma parada pra pegá-la hoje à noite?

– O quê? Pra surpresa?

– Acho que ela se divertiria.

– O que vamos fazer? Pode ao menos me dar uma dica?

Ele pensou.

– Não peça sobremesa.

– Isso não ajuda.

Eu vi um levíssimo brilho em seus olhos.

– Que bom.

Depois do jantar, fomos até a casa de Bryce, onde encontramos seus pais e os gêmeos assistindo a um documentário sobre o Projeto Manhattan, o que não me causou nenhuma surpresa. Depois de colocar uma empolgada Daisy na caçamba, voltamos para a estrada e não demorou muito até que eu soubesse para onde estávamos indo. A estrada só levava a um lugar.

– A praia?

Quando ele assentiu, olhei-o de soslaio.

– Não vamos entrar na água, certo? Tipo a cena de abertura de *Tubarão*, em que a mulher vai nadar e é devorada? Porque se esse é seu plano, podemos dar meia-volta agora.

– A água está fria demais pra nadar.

Em vez de parar no estacionamento, ele procurou um vão entre as dunas, depois virou na areia e começou a dirigir pela praia.

– Isso é permitido?

– Claro – respondeu. – Só não é permitido atropelar ninguém.

– Obrigada – falei, revirando os olhos. – Eu não teria imaginado.

Ele riu enquanto sacolejávamos na areia, minha mão segurando a alça acima da porta. Estava escuro – muito, muito escuro –, porque havia apenas um facho minúsculo de lua, e mesmo pelo para-brisa eu via as estrelas espalhadas no céu.

Bryce permaneceu em silêncio enquanto eu me esforçava para discernir contornos sombreados adiante. Mesmo com os faróis, não dava para dizer o que era, mas Bryce girou o volante quando nos aproximamos e freou a caminhonete.

– Chegamos – avisou. – Mas feche os olhos e espere na caminhonete até que eu apronte as coisas. E não abra os olhos, está bem?

Fechei os olhos – por que não? – e escutei quando ele saiu do veículo e fechou a porta. Mesmo assim, eu conseguia ouvir quando ele dizia para Daisy não sair correndo enquanto ele fazia algumas viagens entre a caminhonete e o lugar para onde estava indo.

Deve ter levado apenas alguns minutos, mas depois desse tempo que me pareceu longo eu finalmente ouvi a voz dele do outro lado da minha janela.

– Continue com os olhos fechados! – exclamou, atrás do vidro fechado. – Vou abrir a porta, ajudá-la a descer e levá-la até onde eu quero que você vá. Depois pode abrir os olhos, está bem?

– Não me deixe cair – eu o adverti.

Ouvi a porta se abrir e senti a mão dele ao procurá-la. Abaixando-me com cuidado, estiquei meu dedo do pé até finalmente alcançar o chão. Depois disso, foi fácil, com Bryce me guiando pela areia fria, o vento forte fustigando meu cabelo.

– Não há nada na sua frente – ele me assegurou. – Só ande.

Depois de alguns passos, senti uma onda de calor e parecia haver luz abrindo caminho até minhas pálpebras. Ele me fez parar com delicadeza.

– Pode abrir os olhos agora.

O contorno sombrio que eu tinha notado antes era uma pilha de areia formando uma parede semicircular ao redor de um poço de fundo plano com cerca de sessenta centímetros de profundidade. No lado do buraco que dava para o mar, havia uma pirâmide de madeira já brilhando com chamas dançantes, e ele colocou duas pequenas espreguiçadeiras de frente para ela, com um cobertor sobre cada uma. Entre as cadeiras havia um pequeno isopor e atrás algo montado num tripé. No reino das cenas românticas do cinema, podia não ser grandes coisas, mas para mim foi absolutamente perfeito.

– Uau – murmurei.

Fiquei tão emocionada que nada mais surgiu na minha mente.

– Que bom que você gostou.

– Como você conseguiu fazer o fogo tão depressa?

– Briquetes de carvão e fluido de isqueiro.

– E o que é aquilo? – perguntei, apontando para o tripé.

– Um telescópio. Meu pai me emprestou. É dele, mas toda a família usa.

– Vou ver o cometa Halley ou algo parecido?

– Não. O cometa passou em 1986. Só será visível de novo em 2061.

– E você sabe disso assim, por acaso?

– Acho que todo mundo que tem telescópio sabe disso.

Claro que é o que ele acha.

– Então o que vamos ver?

– Vênus e Marte. Sirius, que também é chamada de Cão Maior. Lepus. Cassiopeia. Orion. Algumas outras constelações. E a Lua e Júpiter estão quase em conjunção.

– E a caixa térmica?

– Marshmallows derretidos com biscoito e chocolate – respondeu. – São divertidos de fazer na fogueira.

Ele estendeu um dos braços em direção às cadeiras e eu passei, escolhendo a mais distante. Inclinei-me para a frente, liberando o cobertor, mas, ao estendê-lo no colo, percebi que praticamente não havia mais vento por causa do fosso e da parede de areia atrás de mim. Daisy se aproximou e se deitou ao lado de Bryce. Com a fogueira, estava bem quentinho.

– Quando você fez tudo isso?

– Eu cavei o buraco e arrumei a madeira e o carvão depois de deixar você em casa.

Enquanto eu cochilava. O que explicava a diferença entre nós dois – ele fez aquilo enquanto eu dormia.

– É incrível. Obrigada por tudo isso.

– Também tenho um presente para o Dia de São Valentim.

– Você já me deu flores.

– Eu queria dar um presente que também fosse uma lembrança de Ocracoke.

Eu já tinha a sensação de que me lembraria daquele lugar – e daquela noite – para sempre, mas observei fascinada quando ele enfiou a mão no bolso do casaco, tirou uma caixinha embrulhada em papel vermelho e verde e me entregou. Não pesava quase nada.

– Desculpe. Só havia papel de embrulho com tema natalino lá em casa.

– Está ótimo – respondi. – Devo abrir agora?

– Por favor.

– Eu não comprei nada pra você.

– Você me deixou levá-la pra jantar, o que é mais do que suficiente.

Ao ouvir essas palavras, meu coração voltou a disparar daquele jeito esquisito, como vinha acontecendo com muita frequência nos últimos tempos. Baixei os olhos e comecei a mexer no embrulho antes de finalmente tirar o papel. Dentro estava a caixa de um extrator de grampos.

– Também não havia caixas de presente – ele se desculpou.

Quando abri e inclinei a caixa, uma fina corrente de ouro escorregou na palma da minha mão. Balancei suavemente a corrente e vi que havia um pequeno pingente de ouro com a forma de uma concha. Eu o segurei contra a luz bruxuleante do fogo, emocionada demais para dizer alguma coisa. Era a primeira vez que eu ganhava algum tipo de joia de um garoto.

– Leia o que está escrito atrás – pediu ele.

Virei o pingente e me aproximei da luz do fogo. Era difícil de ler, mas não impossível.

Lembrança de Ocracoke

Continuei a fitar o pingente, sem conseguir tirar os olhos dele.

– É lindo – sussurrei, vencendo o nó na minha garganta.

– Eu nunca vi você usar colar, por isso não sabia se ia gostar.

– É perfeito – falei, finalmente me virando para ele. – Mas agora me sinto mal por não ter te dado nenhum presente.

– Mas você deu – respondeu Bryce, a luz do fogo cintilando em seus olhos escuros. –Você me deu memórias.

Eu quase podia acreditar que nós dois estávamos sozinhos no mundo, e eu queria dizer quanto ele significava para mim. Procurei as palavras certas, mas elas não pareciam vir. No final, deixei meu olhar se desviar.

Atrás da fogueira, era impossível ver as ondas, mas dava para ouvi-las batendo na praia, abafando o som do fogo crepitante. Senti o cheiro de fumaça e sal e percebi que ainda mais estrelas surgiram no céu. Daisy havia se enrolado como uma bola aos meus pés. Sentindo os olhos de Bryce em mim, soube de repente que ele havia se apaixonado. Ele não se importava que eu estivesse carregando o filho de outra pessoa nem que eu fosse embora em breve. Não se importava que eu não fosse tão inteligente quanto ele nem tão talentosa, ou que nem nos meus melhores dias eu pudesse ser bonita o suficiente para um garoto como ele.

– Você me ajuda a colocá-lo? – Finalmente fui capaz de perguntar, com uma voz que pareceu estranha até para mim mesma.

– Claro – murmurou.

Virei e levantei o cabelo, sentindo seus dedos roçarem minha nuca. Quando estava preso, toquei o pingente, pensando que parecia tão quente quanto eu, e coloquei-o para dentro do suéter.

Sentei-me de novo, tonta ao perceber que ele me amava e me perguntando como e quando isso havia acontecido. Minha mente vasculhou a biblioteca de memórias – o encontro com Bryce na balsa e a manhã em que ele apareceu na minha porta; sua resposta simples quando eu disse que estava grávida. Pensei em como tinha sido ficar ao lado dele na flotilha de Natal e vê-lo caminhando entre os enfeites da fazenda em Vanceboro. Lembrei-me de sua expressão quando dei a ele a receita de pãozinho e a ansiedade em seus olhos quando ele me entregou a câmera pela primeira vez. Por último, imaginei-o na escada enquanto fechava as janelas com tábuas, a imagem que eu sabia que teria para sempre.

Quando ele perguntou se eu queria olhar pelo telescópio, me levantei da cadeira num estado de sonho e aproximei um dos olhos da ocular, ouvindo Bryce descrever o que eu via. Ele girou e ajustou as lentes várias vezes antes de iniciar uma introdução aos planetas, constelações e estrelas distantes. Fez referência a lendas e mitologia, mas, distraída por sua proximidade e por minhas recentes descobertas, quase não registrei nada do que ele disse.

Ainda estava sob uma espécie de feitiço quando Bryce me mostrou como fazer os marshmallows derretidos. Carregando-os em espetos de madeira, ele me mostrou a altura adequada em que eu devia segurá-los sobre as chamas para que não queimassem. Montamos os biscoitos e as barras de chocolate com os marshmallows, e saboreamos aquela delícia doce e pegajosa. Observei enquanto um fio de marshmallow escorria dos lábios de Bryce na primeira mordida, fazendo-o se inclinar para a frente, atrapalhado. Ele ergueu as costas rapidamente, balançando a mistura pegajosa, colocando o fio em sua boca de algum modo. Riu, lembrando-me de que por melhor que fosse em praticamente tudo, ele nunca parecia se levar a sério demais.

Poucos minutos depois, Bryce se levantou e voltou para a caminhonete. Daisy foi atrás enquanto ele puxava algo grande e volumoso da caçamba. Eu não sabia o que era. Passou do lugar onde estávamos carregando aquele negócio e finalmente parou na areia dura perto da beira da água. Só reconheci o objeto quando ele ergueu a pipa no ar e eu a vi subir cada vez mais alto até desaparecer na escuridão.

Ele acenou para mim com uma alegria infantil, e eu me levantei e fui me juntar a ele.

– Uma pipa!

– Robert e meu pai me ajudaram a fazer – explicou.

– Mas eu não consigo ver.

– Pode segurar aqui por um segundo?

Embora eu não empinasse uma pipa desde a infância, aquela parecia grudada no céu. Do bolso de trás, Bryce tirou o que parecia ser um controle remoto, semelhante ao de uma televisão. Apertou um botão e a pipa de repente se materializou contra o céu escuro, iluminada pelo que imaginei serem luzes vermelhas de Natal. As luzes acompanhavam a estrutura de madeira, estampando um grande triângulo e uma série de quadrados no céu.

– Surpresa! – exclamou.

Observei seu rosto animado e depois voltei os olhos para a pipa. Ela sacudiu e eu movi meu braço, vendo sua resposta. Soltei a linha mais um pouco, observando a pipa subir mais alto, me sentindo quase hipnotizada pela visão. Bryce também a olhava.

– Luzes de Natal? – perguntei, encantada.

– Sim, com pilhas e um receptor. Posso fazer as luzes piscarem, se você quiser.

– Vamos deixar do jeito que está.

Bryce e eu estávamos suficientemente próximos para que eu sentisse seu calor, apesar do vento. Quando me concentrei, senti o pingente de concha pressionando minha pele. Pensei no jantar, no fogo, nos marshmallows e no telescópio. Ao fitar a pipa, eu pensava em quem eu era ao chegar em Ocracoke e fiquei maravilhada com a nova pessoa que me tornara.

Senti Bryce se virar para mim e fiz o mesmo, vendo quando ele deu um passo hesitante para se aproximar. Estendeu a mão, colocando-a no meu quadril, e, de repente, eu soube o que estava por vir. Senti quando ele me puxou de leve, a cabeça começando a se inclinar. Ele veio na minha direção, os lábios cada vez mais próximos, até finalmente tocarem os meus.

Foi um beijo delicado, suave e doce, e parte de mim queria detê-lo. Queria lembrá-lo de que estava grávida e de que era uma visitante que logo partiria. Eu deveria ter dito a ele que não havia futuro para nós como casal.

Mas não disse nada. Ao contrário, ao sentir seus braços deslizando à minha volta e seu corpo pressionando o meu, eu soube que queria aquilo. Sua boca se abriu lentamente e, quando nossas línguas se uniram, eu me perdi num mundo onde passar tempo com ele era a única coisa que importava, onde abraçá-lo e beijá-lo era tudo o que eu sempre quis.

Não foi meu primeiro beijo, nem mesmo meu primeiro beijo de língua, mas foi o primeiro que pareceu perfeito em todos os sentidos, e quando finalmente nos afastamos, eu o ouvi suspirar.

– Não sabe há quanto tempo eu queria fazer isso – sussurrou. – Eu te amo, Maggie.

Em vez de responder, me recostei nele, deixando que Bryce me abraçasse, sentindo as pontas dos dedos percorrerem suavemente minhas costas. Imaginei seu coração batendo em uníssono com o meu, mesmo que sua respiração parecesse mais estável do que a minha.

Meu corpo estava trêmulo, mas eu nunca tinha me sentido mais confortável, mais completa.

– Ah, Bryce – murmurei, as palavras vindo com naturalidade. – Eu também te amo.

O espírito das festas
e a véspera de Natal

Manhattan
Dezembro de 2019

Sob o brilho das luzes da árvore de Natal da galeria, a lembrança daquele beijo permanecia vívida na mente de Maggie. Sentiu a garganta seca e se perguntou por quanto tempo vinha falando. Como sempre, Mark permanecera em silêncio enquanto ela relatava os eventos daquele período de sua vida. O corpo se inclinava, antebraços nas coxas, as mãos entrelaçadas.

– Uau – disse ele, finalmente. – O beijo perfeito?

– Foi sim – concordou ela. – Eu sei como isso soa. Mas... foi assim mesmo. Até hoje, é o beijo com o qual todos os outros foram comparados.

Ele sorriu.

– Estou feliz por você ter tido a oportunidade de experimentar algo assim, mas admito que me deixa um pouco intimidado.

– Por quê?

– Porque quando Abigail ouvir essa história, ela pode se perguntar o que está perdendo... talvez saia por aí em busca de seu beijo perfeito.

Rindo, Maggie tentou se lembrar da última vez que ela havia passado horas com um amigo, simplesmente... *conversando*. Sem censura nem preocupações, sentindo que podia realmente ser ela mesma. Fazia tempo demais...

– Tenho certeza que Abigail se derrete toda vez que você a beija – provocou ela.

Mark corou até a raiz do cabelo. Então de repente ficou sério.

– Você estava falando a verdade, quando disse que o amava?

– Não sei bem se algum dia deixei de amá-lo.

– E aí?

– Vai ter que esperar pra ouvir o restante. Não tenho energia pra continuar hoje.

– Certo. A história pode esperar. Só torço para que não me faça esperar demais.

Ela fitou a árvore, avaliando sua forma, as fitas reluzentes e habilidosamente arranjadas.

– É difícil pra mim acreditar que será meu último Natal – refletiu. – Obrigada por me ajudar a torná-lo ainda mais especial.

– Não precisa me agradecer. Fico honrado por ter me escolhido pra passar uma parte desse período.

– Sabe o que eu nunca fiz, apesar de viver em Nova York por todos esses anos?

– Ver *O quebra-nozes*?

Ela balançou a cabeça.

– Nunca patinei no gelo no Rockfeller Center sob aquela árvore gigante. Na verdade, nunca vi a árvore desde que cheguei aqui, só pela televisão.

– Então devemos ir! A galeria fica fechada amanhã. Por que não?

– Não sei patinar no gelo – disse ela com uma expressão tristonha. *E não sei bem se teria energia para isso, mesmo se soubesse patinar.*

– Eu sei. Jogava hóquei, lembra? Posso ajudá-la.

Ela o encarou, insegura.

– Não tem nada melhor pra fazer na sua folga? Não devia considerar sua responsabilidade realizar todos os caprichos malucos da sua chefe.

– Parece muito mais divertido do que o que eu geralmente faço aos domingos.

– O que é, exatamente?

– Lavo roupas. Vou ao mercado. Jogo um pouco de videogame. Então está combinado?

– Vou precisar dormir até tarde. Só vou estar pronta no meio da tarde.

– Por que não nos encontramos na galeria às duas horas, mais ou menos? Podemos pegar um Uber juntos.

Apesar das reservas, Maggie concordou.

– Tudo bem.

– E depois, dependendo de como você se sentir, talvez possa me contar o que aconteceu em seguida entre você e Bryce.

– Pode ser. Vamos ver como eu me sinto.

De volta ao apartamento, Maggie sentiu uma profunda exaustão sobrepujá-la, arrastando-a como uma correnteza. Retirou o casaco e se deitou na cama, querendo descansar os olhos por um minuto antes de trocar de roupa e vestir o pijama.

Ela despertou ao meio-dia e meia no dia seguinte, ainda com as roupas que usara na véspera.

Era domingo, 22 de dezembro, três dias antes do Natal.

Apesar de confiar em Mark, Maggie estava apreensiva de cair no gelo. Embora tivesse dormido profundamente naquela noite – ela duvidava que houvesse mudado de posição –, sentia-se mais fraca que o normal, mesmo para o que lhe era habitual por conta da doença. A dor também tinha voltado, tornando impossível até mesmo a ideia de comer.

Sua mãe havia ligado mais cedo, naquela manhã, e deixado uma mensagem curta, apenas para saber como ela estava, esperando que estivesse bem – como de costume –, mas, mesmo na mensagem, Maggie percebia um tom de preocupação. Ela havia decidido, muito tempo atrás, que se preocupar era a maneira como sua mãe demonstrava quanto a amava.

Porém aquilo também era cansativo. Afinal de contas, a preocupação tinha suas raízes na desaprovação – como se a vida de Maggie pudesse ter sido melhor, se ela tivesse dado ouvidos à mãe o tempo todo –, e com o passar do tempo, aquilo havia se transformado num padrão.

Embora Maggie quisesse esperar até o Natal, ela sabia que precisava retornar a ligação. Se não, provavelmente receberia outra mensagem, ainda mais enérgica.

Ela se sentou na beira da cama e, depois de olhar para o relógio, percebeu que havia uma chance de seus pais estarem na igreja, o que seria ideal. Maggie poderia deixar uma mensagem, dizer que teria um dia agitado pela frente e evitar qualquer estresse desnecessário. Mas não teve tanta sorte. A mãe atendeu no segundo toque.

As duas conversaram por vinte minutos. Maggie perguntou pelo pai, Morgan e suas sobrinhas, e sua mãe respondeu, obediente. Ela perguntou a Maggie como estava se sentindo e Maggie respondeu que ia tão bem quanto o esperado. Felizmente, ela parou por aí, e Maggie deu um suspiro de alívio, sabendo que seria capaz de esconder a verdade até depois do Natal. Perto do final da conversa, o pai de Maggie entrou na linha, lacônico como sempre. Falaram sobre o tempo em Seattle e Nova York, ele a atualizou sobre o desempenho recente dos Seahawks – ele amava futebol americano – e mencionou que havia comprado um binóculo para o Natal. Quando Maggie perguntou por quê, ele disse que a mãe dela entrara para um clube de observação de pássaros. Maggie se perguntou quanto tempo duraria aquele interesse. Presumiu que não seria muito diferente dos outros clubes frequentados pela mãe durante os anos. A princípio, haveria muito entusiasmo e Maggie escutaria elogios aos outros sócios, muito fascinantes; depois de alguns meses, sua mãe notaria que havia algumas pessoas no clube com quem ela não se dava bem. Mais tarde, anunciaria que resolvera se afastar porque a maioria dos integrantes era simplesmente horrível. No mundo de sua mãe, o problema sempre estava no outro.

Seu pai não disse mais nada e, depois de desligar, Maggie voltou a desejar que o relacionamento com os pais fosse diferente, especialmente com a mãe. Um relacionamento baseado mais em risos do que em suspiros. A maioria de seus amigos mantinha uma boa relação com as mães. Até Trinity se dava bem com a dele, ainda que fosse temperamental quando comparado a outros artistas. Por que era tão difícil para Maggie?

Porque, como Maggie reconhecia silenciosamente, sua mãe tornava tudo difícil, e ela fazia isso desde que Maggie conseguia se lembrar. Para ela, a filha era mais uma sombra do que uma pessoa real, alguém cujas esperanças e sonhos pareciam estranhos e incompreensíveis. Mesmo quando compartilhavam uma opinião semelhante sobre determinado assunto, a mãe não parecia ficar satisfeita. Em vez disso, voltava sua atenção para uma área relacionada de desacordo, tendo a preocupação e a desaprovação como suas armas principais.

Maggie sabia que a mãe não conseguia agir de forma diferente. Devia ter o mesmo comportamento desde criança. E pensando bem, de certo modo, era infantil. *Faça o que eu quero, se não...* Para a mãe de Maggie, os faniquitos eram sublimados e se transformavam em outras formas de controle, mais insidiosas.

Os anos após o retorno de Ocracoke, antes da mudança para Nova York, tinham sido particularmente difíceis. A mãe acreditava que tentar uma carreira na fotografia era ao mesmo tempo arriscado e uma bobagem. Ela julgava que Maggie deveria ter ido para a Universidade Gonzaga depois de Morgan, que devia procurar o tipo certo de homem e sossegar. Quando finalmente se mudou, Maggie sentia horror de ter qualquer conversa com a mãe.

O mais triste era que sua mãe não era uma pessoa terrível. Nem necessariamente uma mãe ruim. Quando analisava o passado, Maggie sabia que ela havia tomado a decisão correta ao enviá-la para Ocracoke. Tampouco era a única mãe do mundo que se importava com notas ou que se preocupava que a filha estivesse saindo com homens errados, ou que acreditava que uma carreira não podia ser mais importante do que o casamento e a família. E, claro, alguns de seus valores tinham sido *transmitidos* a Maggie. Como os pais, Maggie raramente bebia, evitava drogas recreativas, pagava as contas em dia, valorizava a honestidade e obedecia às leis. Porém, não frequentava mais a igreja. Tinha sofrido uma crise de fé aos vinte e poucos anos. Na verdade, tinha sofrido uma crise de quase tudo, o que provocou sua mudança espontânea para Nova York e uma série de relacionamentos terríveis, se é que poderiam mesmo ser chamados de relacionamentos.

Quanto ao pai...

Maggie às vezes se perguntava se chegara mesmo a conhecê-lo. Se fosse pressionada, ela diria que o pai era o produto de outra era, um tempo em que os homens trabalhavam, sustentavam a família, iam à igreja e compreendiam que as reclamações raramente ofereciam soluções. Seu silêncio geral, porém, tinha dado lugar a algo diferente depois da aposentadoria, a uma quase reticência em falar qualquer coisa. Passava horas sozinho na garagem mesmo quando Maggie ia visitar a família e ficava satisfeito em deixar que a esposa falasse por ele durante os jantares.

Mas a ligação terminou, pelo menos até o Natal, e isso a fez perceber quanto temia a ligação seguinte. Sem dúvida, a mãe exigiria que Maggie voltasse para Seattle e se utilizaria de todos os artifícios baseados na culpa para tentar conseguir o que queria. Não ia ser bonito.

Afastando esse pensamento, ela tentou se concentrar no presente. Notou que a dor estava piorando e se perguntou se deveria enviar uma mensagem para Mark e cancelar. Com uma careta, se dirigiu ao banheiro e pegou o frasco de analgésicos, lembrando que a Dra. Brodigan havia avisado que o medicamento poderia causar dependência, caso fosse utilizado de modo inapropriado. Que coisa mais boba de dizer. De que importaria se Maggie se tornasse viciada àquela altura? E quanto era inapropriado? Suas entranhas pareciam uma almofada tomada de alfinetes e até mesmo tocar as costas de sua mão provocava pequenos clarões de dor nos cantos dos olhos de Maggie.

Ela engoliu dois comprimidos, se debateu e depois tomou um terceiro, só para garantir. Decidiu se sentar no sofá enquanto faziam efeito antes de tomar uma decisão final sobre aquele dia. Apesar de ter conjeturado se os comprimidos funcionariam como sempre, a dor começou a diminuir, como num passe de mágica. Quando finalmente chegou a hora de sair, ela praticamente flutuava numa onda de bem-estar e otimismo. Em último caso, sempre havia a opção de ver Mark patinar, e provavelmente era uma boa ideia tomar um pouco de ar fresco, não?

Pegou um táxi para a galeria e viu Mark parado diante da porta. Ele estava segurando um copo para viagem, sem dúvida com sua vitamina favorita, e quando a viu, saudou-a com um largo sorriso. Apesar de seu estado, ela teve a certeza que tomara a decisão certa.

– Você acha que vamos conseguir patinar? – perguntou Maggie quando eles chegaram ao Rockefeller Center e viram a multidão transbordante no rinque. – Nem passou pela minha cabeça que poderíamos precisar fazer uma reserva.

– Eu liguei esta manhã – tranquilizou-a Mark. – Está tudo resolvido.

Mark encontrou um lugar para Maggie se sentar enquanto ele esperava na fila, e ela tomou um gole da vitamina, pensando que o segredo tinha sido o terceiro comprimido. Sentia-se um pouco zonza, menos esfuziante do que antes. De qualquer maneira, a dor havia diminuído e alcançado um nível quase tolerável. Além disso, ela se sentia aquecida pela primeira vez em uma eternidade. Embora sua respiração saísse como nuvenzinhas de fumaça, não tremia, e seus dedos, para variar, não doíam.

Ela também estava engolindo a vitamina com facilidade, o que era um alívio. Sabia que precisava de cada caloria. Não era irônico? Depois de uma vida inteira vigiando o que comia e gemendo toda vez que a balança subia meio quilo, agora que ela realmente precisava de calorias, mesmo que fossem quase impossíveis de ingerir. Nos últimos tempos, andava com medo de subir na balança, apavorada demais para ver quanto peso havia perdido. Por baixo das roupas, estava se transformando num esqueleto.

Mas já bastava de tanta desgraça. Hipnotizada pela massa de corpos em movimento sobre o gelo, Maggie ouviu vagamente o toque do celular. Enfiando a mão no bolso, viu que Mark tinha mandado uma mensagem, dizendo que estava voltando para acompanhá-la até o rinque e ajudá-la com os patins.

No passado, aquele tipo de ajuda lhe pareceria humilhante. Mas a verdade era que ela duvidava que fosse capaz de calçar os patins sem assistência. Quando ele chegou, ofereceu o braço e os dois desceram lentamente os degraus para o lugar onde calçariam os patins.

Mesmo com aquele apoio, ela tinha a sensação de que seria derrubada pelo vento.

– Quer que eu continue segurando você? – perguntou Mark. – Ou acha que pegou o jeito?

– Nem pense em me soltar – respondeu ela com os dentes cerrados.

A adrenalina, intensificada pelo medo, era um jeito de esvaziar a mente, e ela decidiu que patinar no gelo parecia muito melhor na teoria do que na prática. Tentar se manter de pé sobre duas lâminas finas numa superfície escorregadia de gelo, no estado em que ela se encontrava, não fora uma das ideias mais brilhantes. Na verdade, haveria bons argumentos para chamar aquilo de uma ideia idiota.

No entanto...

Mark tornou tudo tão fácil e seguro quanto possível. Ele estava patinando de costas, diante dela, com as mãos firmes em seus quadris. Estavam perto da borda externa do rinque e movendo-se devagar; do lado de dentro, quase todo mundo, de velhinhas a bebês, passava a toda velocidade, com uma aparência alegre e despreocupada. Mas com a ajuda de Mark, pelo menos Maggie deslizava. Havia algumas pessoas que, como ela, claramente nunca tinham patinado no gelo e se agarravam à parede externa a cada passinho, com pernas ocasionalmente seguindo em direções imprevisíveis.

À frente deles, Maggie testemunhou um desses incidentes.

– Eu realmente não quero cair.

– Não vai cair – assegurou Mark, com os olhos fixos nos patins dela. – Estou cuidando de você.

– Não pode ver pra onde estamos indo – protestou ela.

– Estou usando minha visão periférica – explicou Mark. – Só precisa me avisar se alguém levar um tombo bem na nossa frente.

– Quanto tempo nós temos?

– Trinta minutos.

– Não acho que vou conseguir durar tanto.

– A gente para quando você quiser.

– Esqueci de te dar meu cartão de crédito. Você pagou?

– É meu presente. Agora pare de falar e tente se divertir.

– Não é divertido quase cair a cada segundo.

– Não vai cair – insistiu ele. – Estou cuidando de você.

– Foi divertido! – exclamou Maggie.

Mark acabara de ajudá-la a tirar os patins. Embora ela não tivesse pedido, ele também a ajudara a calçar de novo os sapatos. Ao todo, tinham dado quatro voltas pelo rinque, o que consumira treze minutos.

– Fico feliz por você ter se divertido.

– Agora posso dizer que já estive na grande atração turística de Nova York.

– Com certeza.

– Teve uma chance de ver a árvore? Ou estava ocupado demais evitando que eu quebrasse o pescoço?

– Eu vi. Mas muito pouco.

– Pode voltar a patinar. Você ainda tem alguns minutos.

Para sua surpresa, ele parecia estar realmente pensando no assunto.

– Você se importaria?

– De forma alguma.

Depois de ajudá-la a se levantar – e oferecer o braço –, ele a levou até a lateral do rinque e se assegurou de que ela conseguia se manter apoiada, antes de soltá-la.

– Você está bem?

– Vá em frente. Vamos ver como você se sai sem ser atrapalhado por uma mulher velha e doente.

– Não é velha. – Ele piscou, patinhando até o gelo, então deu três ou quatro passos rápidos, acelerando na curva. Saltou, girando no ar, e começou a patinar de costas enquanto acelerava ainda mais, voando sob a árvore do outro lado do rinque. Girou novamente, acelerando e avançando até a curva seguinte, uma mão quase no gelo, e aí passou diante dela voando. Quase automaticamente, ela pegou o celular no bolso. Esperou até que ele voltasse a patinar sob a árvore e tirou algumas fotos; na vez seguinte, fez um vídeo.

Poucos minutos mais tarde, depois do fim da sessão, quando Mark estava tirando os patins, ela deu uma olhada nas imagens e se pegou pensando na foto de Bryce na escada. Como tinha feito naquela época, ela parecia ter capturado a essência do rapaz que conhecera. Como Bryce, Mark também se tornara estranhamente importante para ela num período relativamente curto. No entanto, assim como acontecera com Bryce, ela sabia que também acabaria se despedindo de Mark. Pensar nisso causou-lhe uma dor repentina que ofuscava a dor física que espreitava em seus ossos.

Assim que voltaram à terra firme, ela mandou uma mensagem com as fotos e o vídeo para Mark e os dois pediram a um desconhecido que tirasse uma foto deles com a árvore ao fundo. No mesmo instante, Mark começou a mexer no celular, sem dúvida encaminhando as imagens.

– Para Abigail? – perguntou Maggie.

– E para meus pais.

– Tenho certeza que estão sentindo sua falta neste Natal.

– Acho que eles estão vivendo os melhores momentos de suas vidas.

Ela apontou para o restaurante adjacente ao rinque.

– Tudo bem por você se passarmos no Sea Grill? Acho que gostaria de tomar um chá quente no balcão.

– O que você quiser.

Ela deu o braço para Mark e caminhou lentamente para o restaurante envidraçado. Disse ao atendente o que queria e Mark pediu o mesmo. Quando o bule foi colocado diante dela, Maggie se serviu de um pouco de chá.

– Você é um excelente patinador.

– Obrigado. Abigail e eu praticamos de vez em quando.

– Ela gostou da foto que você mandou?

– Respondeu com três emojis de coração, o que interpreto como um "sim". Mas andei pensando...

Quando Mark fez uma pausa, Maggie concluiu a frase por ele:

– Sobre a história?

– Ainda tem o cordão que Bryce te deu?

Em vez de responder, Maggie colocou a mão atrás do pescoço e soltou o fecho antes de tirar o cordão. Entregou a ele, vendo como Mark o segurava com cuidado. Ele fitou o pingente antes de virar e examinar a gravação na parte de trás.

– É tão delicado.

– Não consigo pensar num dia em que não o tenha usado.

– E a corrente nunca arrebentou?

– Sou muito cuidadosa. Não durmo nem tomo banho com ele. Mas, fora isso, faz parte do meu figurino diário.

– E quando o usa, você se lembra daquela noite?

– Eu me lembro daquela noite o tempo inteiro. Bryce não foi apenas meu primeiro amor. Ele é o único a quem amei.

– A pipa foi muito legal – reconheceu Mark. – Eu fiz aquilo de fogueira e marshmallows com Abigail... no lago, não na praia... mas nunca ouvi falar de uma pipa com luzes de Natal. Eu me pergunto se conseguiria construir alguma coisa parecida.

– Hoje em dia, você provavelmente pode pesquisar no Google ou até encomendar uma.

Mark pareceu contemplativo, encarando a própria xícara de chá.

– Fico feliz por você ter passado uma noite como aquela, ao lado de Bryce – afirmou ele. – Acho que todo mundo merece pelo menos uma noite perfeita.

– Eu também acho.

– Mas você entende que estava apaixonada por ele o tempo todo, certo? Não começou quando a tempestade chegou. Tudo começou na balsa, quando você o viu pela primeira vez com aquele casaco verde-oliva.

– Por que acha isso?

– Porque você não se afastou e está claro que poderia ter feito isso. E quando sua tia perguntou se Bryce poderia ser seu professor particular, você logo concordou.

– Eu precisava de ajuda nos estudos!

– Se é o que você diz... – comentou ele com um sorriso maroto.

– Agora é a sua vez – disse ela, mudando de assunto. – Você me levou pra patinar, mas há algo que realmente queira fazer agora que estamos aqui em Midtown?

Ele girou o chá na xícara.

– Você provavelmente vai achar uma bobagem, já que mora aqui há tanto tempo...

– O que é?

– Quero ver as vitrines de algumas lojas de departamento na Quinta Avenida... daquelas que foram todas decoradas pro Natal, sabe? Abigail me disse que era algo que eu devia fazer. E daqui a uma hora e meia, vai haver a apresentação de um coral na porta da catedral de São Patrício.

O coral ela compreendia, mas as vitrines? E por que não parecia esquisito que ele quisesse fazer algo assim?

– Vamos lá – concordou Maggie, obrigando-se a não revirar os olhos. – Mas não sei bem se vou conseguir caminhar. Estou me sentindo um pouquinho trêmula.

– Ótimo – respondeu ele, abrindo um sorriso. – E vamos pegar um táxi ou um Uber sempre que precisarmos, está bem?

– Uma pergunta: como você sabe que vai haver a apresentação de um coral hoje?

– Pesquisei hoje de manhã.

– Por que estou com a sensação de que você está tentando tornar esse Natal especial para mim?

Quando os olhos dele tremularam com tristeza, Maggie entendeu que ele não precisava dar explicações.

Ao terminarem o chá, eles saíram e encontraram o ar gelado. Maggie sentiu uma dor aguda no fundo do peito, uma dor que aumentava a cada batida de seu coração. Era insuportável – como facas e não como agulhas –, estava pior do que nunca. Ela ficou paralisada, os olhos fechados e apertando o punho com força bem embaixo do peito. Com a mão livre, agarrou o braço de Mark, que arregalou os olhos.

– Você está bem?

Ela tentou manter a respiração regular, a dor continuando a cegar e arder. Sentiu o braço de Mark em torno dela.

– Está doendo – sussurrou, rouca.

– Precisa voltar lá pra dentro e se sentar? Ou é melhor eu te levar pra casa?

Com os dentes cerrados, ela balançou a cabeça. Parecia impossível só de imaginar fazer qualquer movimento, e ela se concentrou na respiração. Não sabia se ajudaria, mas foi o que Gwen lhe dissera quando sofria a agonia do trabalho de parto. Depois do mais longo minuto de sua vida, a dor finalmente começou a ceder, uma onda diminuindo devagar ao sumir no horizonte.

– Estou bem – balbuciou, por fim, embora sua visão parecesse turva.

– Não parece bem – retrucou ele. – Está tremendo.

– Pac-Man – resmungou Maggie.

Respirou mais algumas vezes antes de baixar a mão. Movendo-se devagar, buscou a bolsa e tirou o frasco de medicamento. Pegou mais um comprimido e o engoliu a seco. Fechou os olhos com força até ser capaz de voltar a respirar normalmente, a dor enfim recuando para um nível suportável.

– Isso acontece muito?

– Mais do que costumava acontecer. Está se tornando mais frequente.

– Achei que ia desmaiar.

– Impossível. Seria fácil demais e assim eu não sentiria a dor.

– Não devia fazer piadas – ralhou ele. – Eu quase chamei uma ambulância.

Ao perceber seu tom de voz, ela deu um sorriso forçado.

– Verdade. Agora estou me sentindo bem.

Mentira, pensou ela. *Mas que diferença faz?*

– Talvez seja melhor levá-la pra casa.

– Quero ver as vitrines e ouvir as canções de Natal.

Por mais estranho que parecesse, era pura verdade, mesmo que soasse um pouco bobo. Se não fosse naquele momento, sabia que não seria nunca mais. Mark parecia estar tentando desvendá-la.

– Tudo bem – disse ele finalmente. – Mas se voltar a acontecer, eu a levo pra casa.

Ela assentiu, sabendo que talvez fosse mesmo necessário.

Foram primeiro para a Bloomingdale's e depois para a Barneys, e daí para a Quinta Avenida, onde todas as lojas pareciam tentar superar a decoração natalina das vitrines vizinhas. Maggie viu Papai Noel, os elfos, ursos-polares e pinguins com golas natalinas, neve artificial nas cores do arco-íris, instalações elaboradas ressaltando peças de roupa selecionadas ou itens que provavelmente custavam uma fortuna.

Ao chegar na Quinta Avenida, ela começara a se sentir melhor, até um pouquinho esfuziante. Não era de surpreender que as pessoas se viciassem em remédios. Eles surtiam efeito *de verdade*. Ela se agarrou ao braço de Mark enquanto as pessoas passavam por eles nas duas direções, carregando sacolas com nomes de todas as grifes do planeta. Muitas das lojas tinham longas filas na porta, compradores de última hora na expectativa de encontrar o presente perfeito, ninguém parecendo feliz por estar no frio.

Turistas, pensou ela, balançando a cabeça. Pessoas que queriam ir para casa e dizer coisas como *Você não vai acreditar como estava lotado* ou *Tive que esperar uma hora só pra entrar na loja*, como se fosse uma medalha de honra ou um ato de coragem. Sem dúvida, contariam a mesma história por anos a fio.

No entanto, Maggie achou o passeio curiosamente agradável, talvez por causa daquela sensação de estar flutuando, mas em especial porque Mark parecia visivelmente aturdido. Embora apertasse sua mão com firmeza, ele se esforçava para ver além da multidão, os olhos se arregalando ao encontrar um Papai Noel fabricando um relógio Piaget ou sorrindo encantado para enormes renas enfeitadas com arreios Chanel, todas com óculos escuros Dolce & Gabbana. Estava acostumada a fazer cara feia para a comercialização da data, mas observar o espanto de Mark a fez considerar a criatividade das lojas com um novo apreço.

Por fim alcançaram a Catedral de São Patrício, chegando com praticamente todo mundo das redondezas que vinha pelo mesmo motivo. A multidão era tão grande que eles ficaram presos a meio quarteirão de distância e, embora Maggie não pudesse ver os cantores, ela os ouvia graças a imensas caixas de som. Mark, porém, ficou desapontado. Maggie percebeu que devia ter avisado que aquilo aconteceria. Quando se mudou para Nova York, ela aprendeu que comparecer a um evento na cidade e realmente assistir ao evento costumavam ser duas coisas completamente diferentes. Em seu primeiro ano, ela se aventurara no desfile do Dia de Ação de Graças da Macy's. Viu-se espremida contra um prédio, cercada por centenas de pessoas, e sem conseguir sair do lugar por horas, vendo basicamente a parte de trás das cabeças de outros espectadores. Precisou entortar o pescoço para observar os famosos balões e acordou na manhã seguinte com tanta dor que precisou visitar um quiroprata.

Ah, as alegrias da vida na cidade, certo?

Mesmo que invisível, o coral soava arrebatador para seus ouvidos, e enquanto desfrutava aquela magia, Maggie refletia sobre os últimos dias com uma leve sensação de arroubo. Tinha visto *O quebra-nozes*, decorado uma árvore, enviado presentes para sua família, patinado no Rockefeller Center, visto as vitrines da Quinta Avenida e agora aquilo. Estava vivendo experiências únicas com alguém que passara a ser muito importante para ela. Além disso, compartilhar a história de seu passado a havia deixado mais animada.

Porém, quando a sensação de flutuação começou a se esvair, ela foi tomada pelo cansaço e soube que estava na hora de ir. Apertou o braço de Mark, sinalizando que estava pronta. Tinham ouvido quatro canções de Natal e, virando-se, ele começou a conduzi-la em meio à multidão que se formara atrás deles. Quando finalmente encontraram espaço para respirar, ele parou.

– Que tal um jantar? – perguntou ele. – Adoraria ouvir o restante da história.

– Acho que preciso me deitar um pouco.

Ele sabia que não podia se opor.

– Posso ir com você.

– Eu vou ficar bem – disse ela.

– Acha que vai conseguir passar na galeria amanhã?

– Provavelmente vou ficar em casa. Melhor prevenir.

– Vejo você na véspera de Natal? Queria dar seu presente.

– Não precisava me dar nada.

– Claro que precisava. É Natal.

Maggie pensou no assunto e finalmente decidiu. *Por que não?*

– Tudo bem – cedeu ela.

– Quer me encontrar no trabalho? Ou jantar? O que for mais fácil pra você.

– Vamos fazer o seguinte... por que não pedimos alguma coisa pra ser entregue na galeria? Podemos comer sob a árvore.

– Posso ouvir o restante da história?

– Não sei bem se você vai querer. Não é uma história muito boa pro Natal. Fica muito triste.

Ele se virou, erguendo a mão para chamar um táxi para ela. Enquanto o carro parava, ele a olhou sem piedade.

– Eu sei – disse ele com simplicidade.

Pela segunda noite seguida, Maggie dormiu sem nem tirar a roupa do corpo.

Na última vez em que olhou o relógio, faltavam poucos minutos para as seis da tarde. Horário do jantar em boa parte dos Estados Unidos. Horário de trabalho em boa parte de Nova York. Despertou mais de dezoito horas depois, sentindo-se fraca e desidratada, mas felizmente sem dor.

Sem querer correr o risco de ter uma recaída, ela tomou um único analgésico antes de seguir vacilante para a cozinha, onde se obrigou a comer uma banana e uma fatia de torrada. Sentiu-se ligeiramente melhor.

Depois de tomar banho, postou-se diante do espelho, quase sem se reconhecer. Seus braços estavam finos como palitos, a clavícula saltava sob a pele e seu tronco exibia vários hematomas, alguns deles muito escuros. Os olhos, no rosto esquelético, pareciam com os de um alienígena, brilhantes e perplexos.

O que lera sobre melanoma – e parecia que ela havia lido quase tudo sobre o assunto – sugeria que era impossível prever como seriam seus meses finais. Algumas pessoas sentiam muita dor, necessitando de morfina por gotejamento intravenoso; para outras, a dor não era debilitante. Alguns pacientes tinham sintomas neurológicos que se intensificavam enquanto outros permaneciam lúcidos até o fim. A localização da dor era tão variada quanto os pacientes, o que ela supunha fazer sentido. Depois da metástase, o câncer podia ir para qualquer parte do corpo. Maggie acalentara a esperança de morrer do modo menos penoso. Tinha condições de lidar com a perda de apetite e o sono excessivo, mas a perspectiva da dor torturante a assustava. Depois de passar para a morfina endovenosa, ela sabia que talvez não conseguisse mais sair da cama.

A parte relativa à morte propriamente dita não a assustava. Naquele momento, estava ocupada demais se sentindo incomodada para que a morte fosse qualquer coisa além de hipotética. E quem saberia como realmente era? Veria a luz brilhante no fim de um túnel, ouviria harpas ao adentrar os portões perolados ou simplesmente desapareceria? Quando pensava nisso, imaginava que seria como dormir sem sonhar, exceto que nunca acordaria. E, obviamente, ela não se importaria em não acordar porque... bem, porque a morte impossibilitava que alguém se importasse com alguma coisa.

Mas as comemorações natalinas do dia anterior fizeram a ficha cair: ela era uma mulher gravemente doente. Não queria mais sentir dor e não queria dormir dezoito horas por dia. Não havia tempo suficiente para aquelas coisas. Mais do que tudo, Maggie queria viver uma vida normal até o fim, mas desconfiava cada vez mais que isso não seria possível.

No banheiro, ela colocou o cordão de volta. Puxou um suéter por cima de um conjunto de roupa de baixo térmica e pensou em colocar uma calça jeans, mas de que adiantava? A calça do pijama era mais confortável, por isso ficou com ela. Finalmente, calçou chinelos felpudos e quentes e um gorro de tricô. O termostato foi ajustado para ficar em torno dos 25 graus. Mesmo assim, como ainda sentia um pouco de frio, ligou um aquecedor portátil. Não havia motivo para se preocupar com a conta de luz. Não era como se ela tivesse que economizar para a aposentadoria.

Esquentou uma xícara de água no micro-ondas e foi para a sala de estar. Deu um gole, pensando onde ela havia interrompido a história que contava para Mark. Pegou o celular e mandou uma mensagem, sabendo que ele já devia estar no trabalho.

Vamos nos encontrar na galeria às seis amanhã, ok? Eu vou contar o restante da minha história e depois podemos jantar.

Quase imediatamente, ela viu os pontos na tela que indicavam que ele estava respondendo, e sua mensagem apareceu.

Mal posso esperar! Se cuida. Ansioso. Tudo bem no trabalho. Hoje está movimentado.

Ela esperou, vendo se ele acrescentaria alguma coisa, mas ele não escreveu mais nada. Terminando a água quente, ela refletiu sobre como seu corpo estava escolhendo desafiá-la. Às vezes, era fácil imaginar que o melanoma falava com ela com uma voz assustadora. *Vou pegar você no final, mas antes disso? Vou fazê-la queimar por dentro e obrigá-la a definhar. Vou tirar sua beleza, roubar seus cabelos e privá-la de horas de consciência até que não sobre nada além de uma concha esquelética...*

Maggie deu uma risada mórbida ao pensar naquela voz imaginária. Bem, seria silenciada em breve. O que levantava a questão: o que ela faria em relação a seu funeral?

Pensava sobre isso desde a última consulta com a Dra. Brodigan. Não com frequência, apenas de vez em quando, no momento em que o pensamento de repente vinha à tona, em geral nas situações mais inesperadas. Como naquela ocasião. Fizera o possível para ignorá-lo – a morte ainda sendo hipotética e tudo mais –, mas a dor do dia anterior tornara aquilo impossível.

O que ia fazer? Supunha que realmente não tinha de fazer nada. Os pais ou Morgan, sem dúvida, cuidariam de tudo, mas ela não queria que eles assumissem aquele fardo. E como era seu funeral, com certeza deveria ter algum pedido. Mas o que ela queria?

Não queria um funeral típico, isso ela já sabia. Não tinha vontade nenhuma do caixão aberto ou de canções melosas como "Vento sob minhas asas", e com toda certeza dispensava um longo discurso fúnebre realizado por um sacerdote que nem a conhecia. Não era seu estilo. Mas mesmo se fosse, onde o funeral aconteceria? Os pais gostariam que ela fosse enterrada em Seattle, e não em Nova York, mas Nova York era seu lar. Não concebia que sua mãe e seu pai fossem obrigados a encontrar uma funerária e um cemitério ou providenciar o serviço religioso católico numa cidade desconhecida. Nem sabia ao certo se os pais seriam capazes de lidar com algo parecido. Embora Morgan tivesse mais condições, ela já vivia sobrecarregada com os cuidados de duas crianças pequenas. Tudo isso a deixava com uma única opção.

Maggie tinha de providenciar tudo de antemão.

Levantou-se do sofá e encontrou um bloco de papel numa gaveta da cozinha. Fez algumas anotações sobre o tipo de cerimônia que desejava. Era menos deprimente do que havia imaginado, talvez porque descartou logo de cara toda a parte sombria. Revisou o que havia escrito e, embora aquilo não fizesse sentido para seus pais, ficou feliz por ter pensado em expressar seus últimos desejos. Fez um bilhete para si mesma, para entrar em contato com o advogado no Ano-Novo para que tudo pudesse ser finalizado.

E isso deixava apenas mais uma tarefa pendente.

Ela precisava arranjar um presente de Natal para Mark.

Embora tivesse concedido a ele um bônus no início de dezembro, assim como fizera com Luanne, ela sentia que Mark merecia algo mais, em especial depois dos últimos dias. Mas com o que poderia presenteá-lo? Como a maior parte dos jovens, em especial aqueles que pretendiam dar sequência aos estudos na pós-graduação, ele provavelmente apreciaria um presente em dinheiro mais do que qualquer coisa. Só Deus sabia como ela teria desejado aquilo quando estava na casa dos vinte anos. Seria fácil – tudo o que precisava fazer era preencher um cheque –, mas não parecia correto. Intuía que receberia um presente com um caráter mais pessoal, o que a fazia pensar em retribuir da mesma forma.

Perguntou a si mesma do que Mark gostava, mas nem isso a deixou com muitas respostas. Ele amava Abigail e os pais, pretendia levar uma vida religiosa, se interessava por arte contemporânea e, além de ter sido criado em Indiana, jogava hóquei. O que mais ela sabia sobre ele?

Voltou a pensar na primeira entrevista, lembrando-se de como ele demonstrara estar preparado, e a resposta finalmente apareceu. Mark admirava as fotos que ela havia tirado. Mais do que isso, ele pensava nelas como o legado de Maggie. Por que não dar a Mark um presente que refletia a paixão de Maggie?

Nas gavetas da escrivaninha, encontrou vários pen drives. Sempre mantinha muitos à mão. Durante as horas seguintes, começou a transferir as fotos para os drives, escolhendo suas favoritas. Algumas se encontravam penduradas nas paredes da galeria e, embora não fizessem parte das tiragens limitadas – e portanto não tivessem valor monetário –, ela sabia que Mark não se importaria. Não ia querer as fotos para ganhar dinheiro. Ia querer as imagens porque Maggie as tirara e porque tinham um significado para ela.

Quando terminou, Maggie obedientemente comeu alguma coisa. Papelão salgado, horrível como sempre. Ignorando a cautela, também se serviu de uma taça de vinho. Encontrou uma estação de rádio que tocava músicas natalinas e tomou o vinho até ficar tonta. Trocou o suéter por um moletom, calçou meias em vez de chinelos e deitou na cama.

Despertou ao meio-dia na véspera de Natal, sentindo-se relaxada e, milagre dos milagres, completamente sem dor.

Mas só para se precaver, tomou os comprimidos, engolindo-os com meia xícara de chá.

Como sabia que aquela provavelmente seria uma noite longa, ela descansou durante a maior parte do dia. Ligou para seu restaurante italiano favorito da redondeza e descobriu que uma entrega para duas pessoas não seria um problema, apesar da multidão esperada para o jantar naquela noite. O gerente, a quem ela conhecia bem e que provavelmente sabia de sua doença por causa de sua aparência, foi particularmente solícito. Adiantou o que ela poderia gostar, lembrando-se do que Maggie costumava pedir com frequência e sugerindo alguns especiais além do famoso tiramisù. Ela agradeceu calorosamente depois de passar para ele o número do cartão de crédito e de programar a entrega para as oito da noite. *E quem disse que os nova-iorquinos são insensíveis?*, pensou ela com um sorriso ao desligar.

Pediu uma vitamina pelo aplicativo de entregas e a bebeu enquanto tomava banho. Depois, voltou a examinar os arquivos nos pen drives que havia criado para Mark. Como sempre, ao revisitar seu trabalho anterior, sua mente recriou as circunstâncias particulares de cada imagem.

Perder-se nas lembranças de tantas viagens e experiências empolgantes fez o tempo passar depressa. Às quatro, tirou um cochilo, embora ainda se sentisse muito bem. Depois de acordar, começou a se aprontar devagar. Como havia feito em Ocracoke tanto tempo antes, escolheu um suéter vermelho, com mais camadas de roupa por baixo. Calça de lã preta sobre meia-calça, uma boina preta. Sem bijuterias além do cordão, mas com maquiagem suficiente para não assustar o motorista de táxi. Acrescentou um lenço de caxemira para esconder o pescoço esquelético e colocou os analgésicos na bolsa, por segurança. Não tinha tido tempo de embrulhar o presente de Mark. Por isso, esvaziou uma latinha de pastilhas e usou o recipiente para guardar os pen drives. Desejava ter um lacinho, mas concluiu que Mark não se importaria. Por fim, com uma sensação de temor, ela separou uma das cartas que sua tia Linda lhe escrevera, guardada no porta-joias.

Lá fora, fazia um frio arrasador e estava úmido. O céu prometia neve. Na curta viagem até a galeria, ela passou por um Papai Noel tocando um sino, pedindo doações para o Exército da Salvação. Viu um menorá na janela de um apartamento. No rádio, o motorista ouvia música que parecia indiana ou paquistanesa. Natal em Nova York.

A porta da galeria estava trancada e, depois de entrar, ela voltou a trancá-la. Não havia sinal de Mark, mas a árvore estava iluminada, e ela sorriu quando viu que ele tinha armado uma pequena mesa dobrável, flanqueada por duas cadeiras dobráveis, diante da árvore, cobrindo-a com uma toalha de papel vermelha. Sobre a mesa, havia uma caixa embrulhada com papel de presente e um vaso com um cravo vermelho, junto de dois copos de gemada.

Mark devia ter ouvido sua chegada, pois emergiu dos fundos enquanto ela admirava a mesa. Ao se virar, reparou que ele também vestia um suéter vermelho e uma calça preta.

– Diria que você está com uma aparência ótima, mas ia parecer que estou elogiando a mim mesma – observou ela ao tirar o casaco.

– Se eu não a conhecesse, diria que passou por aqui mais cedo só pra ver o que eu estava usando – retrucou ele.

Maggie se dirigiu para a mesa.

– Você andou ocupado.

– Achei que precisaríamos de um lugar pra comer.

– Você sabe que se eu tomar gemada não vou conseguir comer mais nada, né?

– Então pense na gemada como decoração da mesa. Posso guardar seu casaco?

Maggie o entregou e Mark voltou a desaparecer nos fundos enquanto ela examinava o cenário. Aquilo a fez se lembrar muito do Natal passado em Ocracoke, o que sem dúvida tinha sido a intenção dele.

Sentou-se à mesa, sentindo-se satisfeita, enquanto Mark voltava dos fundos com uma xícara de café na mão. Ele a pousou na frente dela.

– É só água quente – explicou. – Mas trouxe um saco de chá, se quiser algum sabor.

– Obrigada. – Como o chá parecia bom e a cafeína era melhor ainda, ela adicionou o saquinho à água, deixando que se impregnasse. – Onde arranjou tudo isso? – Ela gesticulou com um dos braços na direção da mesa.

– As cadeiras e a mesa vieram do meu apartamento. Na verdade, são minha sala de jantar temporária. A toalha barata veio da Duane Reade. Mas o mais importante: como você está? Fiquei preocupado desde que a vi pela última vez.

– Dormi bastante. Estou me sentindo melhor.

– Está com uma boa aparência.

– Sou um cadáver ambulante, mas obrigada.

– Posso fazer uma pergunta?

– Já não passamos dessa fase? A fase em que você precisa me pedir permissão pra fazer alguma pergunta?

Ele fitou a gemada, a testa marcada por uma leve ruga.

– Depois que terminamos de patinar, sabe, quando... você começou a se sentir mal. Disse alguma coisa como... Pac-Man? Ou Packmin? Ou...

– Pac-Man – disse ela.

– E o que isso quer dizer?

– Não conhece *Pac-Man*? O videogame?

– Não.

Meu bom Deus, ele é mesmo jovem. Ou estou ficando velha. Maggie pegou o celular, acessou o YouTube, escolheu um vídeo curto e entregou o aparelho para ele, que começou a assistir.

– Então o Pac-Man se movimenta num labirinto comendo os pontinhos pelo caminho?

– Exatamente.

– O que tinha a ver com o que você estava sentindo?

– Porque é assim que às vezes penso no câncer, como o Pac-Man, percorrendo o labirinto do meu corpo, devorando todas as minhas células saudáveis.

Ao ouvir a resposta, os olhos dele se arregalaram.

– Ah... nossa. Sinto muito por ter mencionado. Não devia ter perguntado...

Ela fez um sinal com a mão.

– Não é nada. Vamos esquecer isso, tudo bem? Está com fome? Espero que não se importe, mas eu me adiantei e fiz um pedido no meu restaurante italiano favorito. A comida deve chegar por volta das oito.

Mesmo que não conseguisse comer mais do que algumas garfadas, ela esperava desfrutar do cheiro.

– Parece ótimo. Obrigado. E antes que eu me esqueça, Abigail desejou um feliz Natal. Disse que queria estar aqui conosco e que mal pode esperar para te conhecer quando vier a Nova York daqui a alguns dias.

– Eu sinto o mesmo – retribuiu Maggie. Fez um gesto em direção ao presente. – Devo abrir agora? Afinal, a comida ainda vai demorar um pouco.

– Por que não esperamos até depois do jantar?

– E até lá, deixe-me adivinhar... Você quer ouvir o final da minha história.

– Andei pensando nela desde que a interrompeu.

– Fica melhor ainda se terminarmos com o beijo perfeito.

– Prefiro ouvir tudo, se não se incomodar.

Ela deu um gole no chá, deixando que ele aquecesse o fundo da garganta enquanto os anos regrediam, velozmente. Fechou os olhos, desejando ser capaz de se esquecer, mas sabendo que nunca se esqueceria.

– Mais tarde, naquela noite, depois que Bryce me levou pra casa, mal consegui dormir...

O terceiro semestre

Ocracoke
1996

Parte da minha insônia tinha relação com tia Linda. Quando cheguei em casa, ela permanecia no sofá, com o mesmo livro aberto no colo, mas só precisou dar uma olhada na minha direção. Sem dúvida, eu estava irradiando o luar, porque suas sobrancelhas mexeram ligeiramente e, por fim, ouvi um suspiro. Era o tipo de suspiro que dizia *Eu sabia que isso ia acontecer*, se é que entende o que eu quero dizer.

– Como foi? – perguntou ela, minimizando o óbvio.

Eu me peguei pensando, não pela primeira vez, como alguém que passou décadas trancada num convento podia ser tão experiente.

– Foi divertido. – Eu dei de ombros, tentando bancar a indiferente, embora nós duas soubéssemos que era inútil. – Jantamos e fomos à praia. Ele construiu uma pipa com luzes de Natal, mas você provavelmente já sabia disso. Obrigada mais uma vez por ter me deixado ir.

– Não sei bem se poderia ter feito algo para impedir.

– Poderia ter dito não.

– Humm – foi tudo o que ela disse e, de repente, compreendi que havia algo inevitável em relação a mim e Bryce o tempo todo.

Diante da minha tia, de forma inexplicável, eu me vi de volta à praia com Bryce em meus braços. Senti uma inegável onda de calor subindo pelo pescoço e comecei a tirar o casaco na esperança de que ela não percebesse.

– Não esqueça que vamos à igreja de manhã.

– Eu lembro – confirmei.

Olhei-a de soslaio enquanto me dirigia para o quarto, reparando que ela tinha voltado a ler o livro.

– Boa noite, tia Linda.

– Boa noite, Maggie.

Deitada na cama com a ursinha Maggie, eu estava agitada demais para dormir. Ficava me lembrando do que acontecera naquela noite e pensando no modo como Bryce me olhara durante o jantar, ou em como seus olhos escuros refletiam a luz da fogueira. Acima de tudo, eu me lembrava do gosto de seus lábios e percebia que estava sorrindo na escuridão. No entanto, com o passar das horas, minha empolgação aos poucos foi sendo substituída pela confusão, o que também me manteve desperta. Embora no fundo eu soubesse que Bryce me amava, aquilo ainda não fazia sentido. Ele não sabia quanto era extraordinário? Tinha esquecido que eu estava grávida? Podia ter qualquer garota que quisesse, enquanto eu não era nada além de comum, sem falar em um desastre total num dos aspectos mais importantes. Fiquei me perguntando se os sentimentos que ele nutria por mim tinham mais relação com a simples proximidade do que com algo de particularmente singular e maravilhoso a meu respeito. Fiquei preocupada por não ser inteligente ou bonita o suficiente e cheguei a cogitar se eu tinha inventado tudo aquilo. Enquanto me virava e revirava na cama, me dei conta de que o amor era a mais poderosa das emoções, porque tornava a pessoa vulnerável à possibilidade de perder tudo o que realmente importava.

Apesar da ressaca emocional, ou talvez por causa dela, a exaustão finalmente venceu. De manhã, encontrei uma desconhecida no espelho. Havia olheiras profundas, a pele do meu rosto estava flácida e meu cabelo parecia mais oleoso que o normal. Um banho e a maquiagem me permitiram ficar um pouco mais apresentável antes de sair do quarto. Minha tia, que parecia me conhecer melhor do que eu mesma, fez panquecas para o café da manhã e não tocou no assunto. De um jeito casual, conduziu a conversa para o encontro em si e eu contei tudo para ela, deixando de fora apenas as coisas importantes, embora minha expressão extasiada provavelmente dispensasse mais detalhes.

A conversa agradável era exatamente o que eu precisava para me sentir melhor, e as trepidações que experimentei durante a noite deram lugar a uma calorosa sensação de contentamento. Na balsa, no andar de cima, sentadas à mesa com Gwen, olhei pela janela e observei a água, novamente perdida nas lembranças da noite anterior. Pensei em Bryce enquanto estava na igreja e novamente quando pegamos os suprimentos; em um dos brechós, encontrei uma pipa e me perguntei se ela voaria se eu colasse luzes de Natal nela. A única vez que não pensei nele foi quando chegou a hora de comprar sutiãs maiores. Foi tudo o que pude fazer para esconder meu constrangimento, especialmente quando a dona da loja – uma morena de aparência severa com olhos pretos brilhantes – me deu uma olhada, detendo-se na minha barriga, ao me conduzir até o provador.

Quando finalmente voltamos para casa, notei a falta de sono. Embora já estivesse escuro, tirei um breve cochilo e acordei quando o jantar estava prestes a ser servido. Depois de comer e limpar a cozinha, fui para a cama ainda me sentindo como um zumbi. Fechei os olhos, imaginando como Bryce teria passado o dia e se as coisas mudariam entre nós por estarmos apaixonados. Pensei em beijá-lo de novo e, pouco antes de voltar a dormir, percebi que, para mim, esse momento não poderia chegar depressa demais.

O sentimento de estar num sonho persistiu quando acordei. Na verdade, ele permeou todas as horas dos dez dias seguintes, mesmo quando conversei com Gwen sobre a gravidez. Bryce me amava e eu o amava, então meu mundo basicamente girava em torno dessa ideia emocionante, não importando o que nós dois estávamos fazendo.

Não que nossa rotina tivesse se alterado muito. Bryce era, acima de tudo, responsável. Ainda vinha me dar aulas particulares, junto com Daisy, e se esforçava ao máximo para me manter concentrada mesmo quando eu apertava seu joelho antes de começar a rir quando via que ele corava de repente. Apesar das minhas frequentes tentativas de flerte nas horas em que devia estar concentrada nos estudos, continuei progredindo. Nas provas, prolonguei minha ótima fase, embora Bryce permanecesse decepcionado com seu talento como professor particular. Minhas aulas de fotografia não mudaram muito também, a não ser pelo fato de ele ter começado a me ensinar a tirar fotos internas com flash e outra iluminação, além da foto noturna ocasional.

Costumávamos fazer aquelas na casa dele, porque o equipamento estava por lá. Para fotografar o céu estrelado, utilizávamos um tripé e um controle remoto, pois a câmera precisava ficar absolutamente estável. Essas imagens exigiam velocidades de obturador lentíssimas – às vezes até trinta segundos –, e numa noite particularmente clara, quando não havia lua no céu, pegamos uma parte da Via Láctea, que parecia com uma nuvem cintilante num céu escurecido iluminado por vaga-lumes.

Continuamos também a jantar juntos três ou quatro vezes por semana. Metade dessas vezes era com minha tia; a outra metade, com a família dele, em muitas ocasiões também com os avós. O pai tinha viajado na segunda-feira depois de nosso encontro para um trabalho de consultoria que duraria dois meses. Bryce não sabia exatamente para onde ele tinha ido nem o que faria. Sabia apenas que era para o Departamento de Defesa, mas não parecia muito interessado. Apenas sentia falta de ter o pai por perto.

De verdade, a única coisa que mudou para Bryce e eu foram as ocasiões em que fazíamos uma pausa nos estudos ou quando guardávamos a câmera. Naqueles momentos, tínhamos conversas mais profundas sobre nossas famílias e amigos, e até sobre os eventos mais recentes no noticiário, embora ele tivesse que se incumbir desse último tema. Sem televisão nem jornais, eu andava bem por fora do que acontecia no mundo – ou dos Estados Unidos, de Seattle ou mesmo da Carolina do Norte – e, para ser sincera, não estava me importando muito com isso. Mas gostava de ouvir quando ele falava e, às vezes, ele fazia perguntas sérias sobre assuntos sérios. Depois de fingir pensar no tema em questão, eu dizia alguma coisa como "É difícil responder. O que você acha?", e ele começava a me explicar suas opiniões. Talvez eu também pudesse ter aprendido algo, mas como vivia perdida em meus sentimentos por ele, não me lembrava de muita coisa. De vez em quando, eu me pegava de novo questionando o que ele via em mim e sentia uma súbita pontada de insegurança, mas como se pudesse ler meus pensamentos, ele pegava minha mão e o sentimento passava.

Também nos beijávamos muito. Nunca quando podíamos ser vistos por minha tia ou pela família dele, mas praticamente em todos os outros momentos. Digamos que eu estivesse escrevendo um trabalho e, aproveitando um segundo para organizar meus pensamentos, notava que ele estava me olhando. Eu me inclinava e lhe dava um beijo. Ou depois de examinar fotos do arquivo, Bryce se abaixava e me beijava. Nós nos beijávamos na sacada no final da noite ou assim que ele botava os pés na casa da minha tia, para me ajudar nos estudos. Nós nos beijávamos na praia e na cidade, perto da casa dele e do lado de fora da casa da minha tia, o que às vezes significava mergulhar atrás de uma duna ou de uma esquina. Em alguns momentos, ele enrolava uma mecha do meu cabelo em volta do dedo. Em outros, simplesmente me abraçava. Mas sempre repetia que me amava, e todas as vezes que isso acontecia meu coração começava a bater de um jeito estranho, e eu sentia que minha vida era tão perfeita quanto poderia ser.

No início de março, tive que visitar de novo o Dr. Mãos Gigantes. Seria minha última consulta com ele antes do parto, pois Gwen continuaria a me supervisionar pelo restante do tempo. Exatamente como previsto, comecei a ter contrações ocasionais, e quando disse ao médico que não gostava muito daquilo, ele me lembrou de que era a forma do meu corpo se aprontar para o parto. Fiz o ultrassom, evitei olhar o monitor, mas soltei um suspiro de alívio quando a assistente disse que o bebê (*Sofia? Chloe?*) estava muito bem. Embora eu me esforçasse muito para não pensar no bebê como uma pessoa que pertencia a mim, ainda queria saber se ele ia ficar bem. O técnico acrescentou que a *mamãe* também estava bem – se referia a mim, mas ainda era esquisito ouvir aquilo –, e quando finalmente me sentei com o médico, ele começou a tratar de uma série de coisas que eu poderia experimentar na última fase da gravidez. Eu praticamente parei de escutar quando ele mencionou a palavra *hemorroidas* – aquilo tinha sido assunto na reunião de grávidas adolescentes na ACM em Portland, mas eu havia esquecido –, e quando ele terminou, eu me sentia deprimida. Levei um segundo para entender que ele estava me fazendo uma pergunta.

– Maggie? Você escutou?

– Desculpe. Ainda estava pensando nas hemorroidas – respondi.

– Perguntei se está se exercitando.

– Caminho quando estou tirando fotos.

– Isso é ótimo. Lembre que o exercício é bom pra você e pro bebê e que vai reduzir o tempo que seu corpo precisa para se recuperar depois do parto. Mas nada intenso demais. Ioga leve, caminhada, coisas assim.

– E andar de bicicleta?

Ele levou um dedo gigante ao queixo.

– Desde que seja confortável e não machuque, provavelmente não tem problema nas próximas semanas. Depois disso, seu centro de gravidade começará a se alterar, e se equilibrar vai ficar mais difícil. Uma queda seria ruim pra você e pro bebê.

Em outras palavras, eu ficaria ainda maior, o que eu já sabia que ia acontecer. Mesmo assim era algo tão deprimente quanto a ideia das hemorroidas. Gostei de saber que meu corpo poderia se recuperar mais depressa com exercício, por isso quando vi Bryce perguntei se poderia andar de bicicleta junto dele, nas suas corridas matinais.

– Claro – respondeu. – Vai ser ótimo ter companhia.

Na manhã seguinte, depois de acordar cedo demais, pus o casaco e fui de bicicleta para a casa de Bryce. Ele estava fazendo alongamentos na frente e veio correndo na minha direção, com Daisy ao lado. Quando ele se abaixou para me beijar, percebi de repente que não tinha escovado os dentes, mas beijei-o mesmo assim e ele não pareceu se importar.

– Está pronta?

Achei que seria fácil, pois ele estaria correndo e eu, de bicicleta, mas me enganei. Eu me saí bem nos primeiros quilômetros, mas depois disso, minhas coxas começaram a queimar. Pior ainda, Bryce continuou tentando conversar, o que não era fácil porque eu estava bufando. Quando pensei que não poderia ir mais longe, ele parou perto de uma estrada de cascalho que levava aos canais e disse que precisava acelerar em alguns trechos.

Eu descansei no assento da minha bicicleta, com um dos pés no chão, e observei enquanto ele corria para longe de mim. Até Daisy tinha dificuldade de acompanhar, e vi a imagem dele diminuir na distância. Ele parou, descansou um pouco e depois correu novamente, na minha direção. Ele se aproximou e recuou cinco vezes e, embora estivesse respirando com muito mais dificuldade que eu, com a língua de Daisy para fora quase alcançando as patas, ele voltou a correr assim que terminou, dessa vez na direção de casa. Achei que tivéssemos acabado, mas me enganei de novo. Bryce fez flexões, abdominais e depois pulou para cima e para baixo da mesa de piquenique em seu quintal antes de fazer, por fim, várias séries de flexões usando um cano pendurado embaixo de sua casa, os músculos delineados sob a camiseta. Enquanto isso, Daisy estava deitada, ofegante. Quando olhei o relógio depois que terminou, vi que ele havia se exercitado sem parar por quase noventa minutos. Apesar do ar frio da manhã, seu rosto reluzia com o suor e havia círculos úmidos na camiseta.

– Você faz isso todas as manhãs?

– Seis dias por semana – respondeu ele. – Mas eu vario. Às vezes, a corrida é mais curta e eu corro mais rápido em alguns trechos ou algo parecido. Quero estar pronto para West Point.

– Então toda vez que você chega para estudar comigo, você já fez tudo isso?

– Normalmente, sim.

– Estou impressionada – declarei, e não disse aquilo apenas por apreciar a visão de seus músculos. Era *impressionante*, e me fez desejar ser mais parecida com ele.

Apesar da prática de exercícios matinais regulares, continuei a ganhar peso e minha barriga não parou de aumentar. Gwen me lembrava continuamente de que isso era normal – ela começou a aparecer em casa com regularidade para verificar minha pressão e ouvir o bebê com um estetoscópio –, mesmo assim eu não me sentia melhor. Em meados de março, eu já havia engordado quase dez quilos. No final do mês, onze quilos e era praticamente impossível esconder a barriga por mais largo que fosse o moletom. Eu parecia um personagem de desenho animado: cabeça pequena, pernas finas e um tronco protuberante.

Não que Bryce parecesse se importar. Ainda nos beijávamos, ele ainda segurava minha mão e sempre me dizia que eu era linda, mas à medida que o mês avançava, comecei a me sentir grávida quase o tempo todo. Tinha de me equilibrar com cuidado antes de me sentar para evitar desabar no assento e levantar do sofá exigia um breve planejamento e concentração. Ainda ia ao banheiro quase uma vez a cada hora e, em certa ocasião, quando espirrei na balsa, minha bexiga pareceu *vazar*, o que foi absolutamente humilhante e me deixou com a sensação de estar úmida e suja até voltarmos para Ocracoke. Sentia o bebê se mexendo muito, especialmente quando eu me deitava – e também *observava* o movimento, o que era bem estranho –, e tive que começar a dormir de costas, o que não era nada confortável. Minhas contrações de Braxton Hicks vinham com mais regularidade e, assim como o Dr. Mãos Gigantes, Gwen disse que era uma coisa boa. Eu, por outro lado, ainda achava ruim, porque minha barriga se contraía e eu sentia como se estivesse com cólica, mas Gwen ignorava minhas reclamações. As únicas coisas terríveis que não aconteceram foram hemorroidas ou uma explosão repentina de acne no meu rosto. Ainda apareciam uma ou duas espinhas, mas minhas habilidades de maquiagem impediam que fossem tão perceptíveis e Bryce nunca comentou nada em relação a isso.

Eu também me saí muito bem em minhas provas bimestrais, mas meus pais não pareceram muito impressionados. Minha tia, porém, ficou satisfeita, e foi nessa época que comecei a notar que ela guardava suas opiniões para si sobre meu relacionamento com Bryce. Quando mencionei que começaria a me exercitar de manhã, ela apenas disse: "Por favor, tome cuidado." Naquelas noites em que Bryce ficava para o jantar, os dois conversavam amigavelmente como sempre. Se eu dissesse a ela que sairia para tirar fotos no sábado, ela apenas perguntava a que horas eu achava que voltaria, para saber quando servir o jantar. À noite, tia Linda e eu conversávamos sobre meus pais ou Gwen ou o que estava acontecendo com meus estudos ou na loja, até que ela pegava um romance e eu começava a folhear livros de fotografia. No entanto, eu não conseguia afastar a sensação de que algo havia se colocado entre nós, algum tipo de *barreira*.

No início, eu não me importava tanto. O fato de minha tia e eu quase não falarmos sobre Bryce fez o relacionamento parecer um pouco clandestino, vagamente ilícito e, portanto, mais emocionante. E embora não fosse encorajadora, tia Linda pelo menos parecia aceitar a ideia de que sua sobrinha estava apaixonada por um rapaz que ela aprovava. De noite, quando chegava a hora de acompanhar Bryce até a porta, com grande frequência ela levantava de seu lugar no sofá e se dirigia para a cozinha, nos dando um pouquinho de privacidade, o suficiente para um rápido beijo de despedida. Acho que ela sentia que eu e Bryce não iríamos extrapolar. Não tínhamos sequer tido um segundo encontro. Na verdade, como nos víamos quase todos os dias, não havia motivos para isso. Nem nos ocorrera a possibilidade de escapulir de noite para nos encontrarmos nem de sair sem avisar minha tia de antemão. Com meu corpo começando a assumir uma nova forma, sexo era absolutamente a última coisa que passava pela minha cabeça.

No entanto, depois de um tempo a distância começou a me incomodar.

Tia Linda era a primeira pessoa que ficava completamente do meu lado. Ela me aceitava como eu era, com defeitos e tudo, e eu queria pensar que poderia falar qualquer coisa com ela. Isso me ocorreu quando estávamos sentadas na sala, perto do final de março. Tínhamos jantado, Bryce já voltara para casa e estava chegando a hora em que ela costumava ir para a cama. Pigarreei, constrangida, e minha tia tirou os olhos do livro.

– Fico feliz por ter me deixado morar aqui – falei. – Não sei se já disse como sou grata.

Ela franziu o cenho.

– Por que está dizendo isso?

– Não sei. Acho que andei tão ocupada nos últimos tempos que não tivemos a oportunidade de ficar sozinhas para que eu pudesse te dizer quanto aprecio tudo o que você fez por mim.

A expressão dela se suavizou e ela deixou o livro de lado.

– Não é nada. Você é da família, claro, e foi por isso que me dispus a ajudá-la a princípio. Mas assim que você chegou aqui, comecei a perceber quanto apreciava tê-la por perto. Nunca tive filhos e, de certo modo, sinto como se você fosse a filha que não tive. Sei que não cabe a mim dizer tais coisas, mas aprendi que não há nada de errado em fingir de vez em quando.

Passei a mão pela minha barriga, pensando em tudo o que eu havia feito minha tia passar.

– Fui uma péssima hóspede no início.

– Você foi ótima.

– Fui temperamental, bagunceira e nem um pouco divertida.

– Estava assustada – amenizou ela. – Eu sabia. Pra ser bem franca, eu também estava amedrontada.

Por essa eu não esperava.

– Por quê?

– Eu tinha medo de não ser aquilo que você precisava. E se isso acontecesse, temia que tivesse que voltar para Seattle. Como seus pais, eu só queria o melhor pra você.

Brinquei com umas mechas do meu cabelo.

– Ainda não sei o que vou dizer pras minhas amigas quando voltar. Até onde sei, algumas pessoas já desconfiam da verdade e estão falando sobre mim, então possivelmente vão espalhar boatos de que eu estava numa clínica de reabilitação ou coisa parecida.

A expressão dela permaneceu calma.

– Um monte de garotas a quem eu ajudava no convento tinha medo da mesma coisa. E a realidade é que tudo isso pode acontecer, e é terrível quando acontece. No entanto, você talvez se surpreenda. As pessoas tendem a se concentrar nas próprias vidas e não na vida do outro. Assim que você voltar e começar a fazer as coisas habituais com as amigas, elas vão esquecer que você se afastou por algum tempo.

– Acha isso?

– Todos os anos, quando as aulas terminam, os jovens se espalham por todo tipo de lugar durante o verão. Embora possam ver alguns dos amigos, não se encontram com outros. Mas assim que se reencontram, é como se nunca tivessem se afastado.

Embora fosse verdade, eu também sabia de gente que amava uma boa fofoca acima de tudo, gente que se sentia melhor quando desdenhava dos outros. Virei-me para a janela, reparando na escuridão do outro lado do vidro, e me perguntei mais uma vez por que ela não parecia querer falar sobre meus sentimentos por Bryce e as consequências disso. No final, eu simplesmente puxei o assunto.

– Estou apaixonada por Bryce – confessei, com uma voz quase como um sussurro.

– Eu sei. Vejo como você olha pra ele.

– Ele também está apaixonado por mim.

– Eu sei. Vejo como ele olha pra você.

– Acha que sou jovem demais pra me apaixonar?

– Não cabe a mim dizer isso. Você acha que é?

Suponho que eu deveria ter esperado que ela me devolvesse a pergunta.

– Uma parte de mim sabe que eu o amo, mas há outra voz na minha cabeça sussurrando que não posso saber, já que nunca me apaixonei antes.

– O primeiro amor é diferente pra cada um. Mas acho que as pessoas sabem quando sentem.

– Já se apaixonou? – Quando ela assentiu, fiquei convencida de que ela se referia a Gwen, mas como não deu mais detalhes, eu prossegui: – Como tem certeza que é amor?

Pela primeira vez ela riu, não de mim; riu praticamente para si mesma.

– Os poetas, os músicos, os escritores e até os cientistas vêm tentando responder a essa pergunta desde Adão e Eva. E tenha em mente que fui uma freira durante muito tempo. Mas se quer saber minha opinião... e tendo a ficar com o lado mais prático, menos romântico. Acho que, no final, tudo se resume ao passado, ao presente e ao futuro.

– Não sei bem se entendi o que quer dizer – falei, inclinando a cabeça.

– O que atraiu você na outra pessoa no passado, como aquela pessoa a tratou no passado, como foram compatíveis no passado? E as mesmas perguntas no presente, exceto que também se acrescenta uma atração física pelo outro. O desejo de tocar, abraçar e beijar. E se todas as respostas dão a impressão de que você nunca mais vai querer ficar com outra pessoa, então provavelmente é amor.

– Meus pais vão ficar furiosos quando descobrirem.

– Vai contar pra eles?

Quase respondi por instinto, mas quando reparei que minha tia tinha erguido uma das sobrancelhas, as palavras ficaram presas na garganta. O que eu ia dizer a eles? Até aquele momento, eu simplesmente presumira que contaria, mas mesmo se contasse, o que isso significaria para Bryce e para mim? Teríamos mesmo condições de nos ver? Enquanto esses pensamentos se agitavam na minha cabeça, me lembrei de minha tia dizendo que o amor se resumia ao passado, ao presente e...

– O que o futuro tem a ver com amor? – perguntei.

Assim que falei, percebi que já sabia a resposta. Minha tia, no entanto, manteve o tom quase leve.

– Você consegue se ver ao lado da pessoa no futuro, por todos os motivos pelos quais a ama agora, em meio a todos os desafios inevitáveis que virão pela frente?

– Ah – foi tudo o que consegui dizer.

Tia Linda puxou distraidamente a própria orelha.

– Já ouviu falar da irmã Thérèse de Lisieux?

– Acho que não.

– Era uma freira francesa que viveu nos anos 1800. Ela era muito santa, uma das minhas heroínas, na verdade, e provavelmente não teria apreciado minha referência sobre o amor ter relação com o futuro. Ela disse: "Quando se ama, não se calcula." Era bem mais sábia do que eu jamais poderia esperar ser.

Minha tia Linda era realmente a melhor de todas. Mas apesar das suas palavras reconfortantes naquela noite, fiquei agitada e agarrei a ursinha Maggie com força. Demorou muito até que eu pegasse no sono.

Bastante habilidosa na arte da procrastinação – que aprendi na escola, por ser obrigada a fazer tarefas entediantes –, consegui não pensar na conversa com minha tia por um tempo. Em vez disso, quando vinham à tona pensamentos sobre ir embora de Ocracoke e deixar Bryce, tentava lembrar a mim mesma aquela história de que *quando se ama, não se calcula* e costumava funcionar. Para ser justa, minha capacidade de evitar o assunto poderia ter relação com o fato de Bryce ser tão irresistivelmente atraente, então era bem fácil para mim me perder no momento.

Sempre que Bryce e eu estávamos juntos, meu cérebro entrava em pane, provavelmente porque continuávamos a nos beijar sempre que possível. Mas de noite, quando eu ficava sozinha no quarto, eu podia ouvir o relógio avançando rumo à hora da minha partida, em especial quando o bebê se mexia. A hora da verdade estava chegando, quisesse eu ou não.

O mês de abril começou conosco tirando fotos no farol, onde eu observei Bryce trocar as lentes da câmera sob um céu de arco-íris. Daisy trotava livremente, farejando o chão e voltando vez ou outra para ver como ele estava. O tempo tinha esquentado e ele usava uma camiseta. Peguei-me fitando os músculos bem definidos de seus braços como se fossem o pêndulo de um hipnotista. Estava com quase 35 semanas de gravidez e havia interrompido os passeios de bicicleta pelas manhãs com Bryce. Também estava ficando mais preocupada de ser vista em público. Não queria que os moradores da ilha presumissem que ele tinha me engravidado. Afinal, Ocracoke era o lar dele.

– Ei, Bryce. Sabe que vou voltar a Seattle, certo? Assim que tiver o bebê? – perguntei finalmente.

Ele tirou os olhos da câmera e me encarou boquiaberto, como se eu estivesse usando uma casquinha de sorvete como chapéu.

– Mesmo? Você está grávida e vai embora?

– Estou falando sério – repreendi.

Ele abaixou a câmera.

– É. Eu sei.

– Já pensou no que isso pode significar pra nós?

– Eu pensei no assunto. Mas posso fazer uma pergunta? – Quando assenti, ele prosseguiu: – Você me ama?

– Claro que sim – respondi.

– Então vamos dar um jeito.

– Vou estar a 4.500 quilômetros de distância. Não vou poder te ver.

– Podemos nos falar pelo telefone...

– Chamadas de longa distância são caras. E mesmo se eu encontrar um jeito de pagar a conta, não sei bem com quanta frequência meus pais vão deixar eu ligar pra você. E você também vai estar ocupado.

– Então escreveremos cartas, tudo bem? – Pela primeira vez, percebi a ansiedade se esgueirando na voz dele. – Não somos o primeiro casal na história que teve de lidar com esse negócio de relacionamento à distância. Até meus pais passaram por isso. Meu pai era enviado ao exterior durante meses, duas vezes por ano. E agora ele viaja o tempo inteiro.

Mas eles se casaram e tiveram filhos juntos.

– Você vai pra faculdade e eu ainda tenho dois anos de ensino médio pela frente.

– E daí?

Você vai encontrar alguém melhor. Ela será mais inteligente e mais bonita, e vocês dois terão mais coisas em comum do que nós. Ouvi as vozes na minha cabeça, mas não disse nada. Bryce se aproximou. Ele tocou meu rosto, contornando-o com suavidade, depois abaixou-se para me beijar, tão leve quanto o próprio ar. Ele me abraçou, sem que nenhum de nós dissesse nada, até que finalmente eu o ouvi soltar um suspiro.

– Não vou te perder – sussurrou.

De olhos fechados, eu queria acreditar nele, mas não sabia bem como aquilo seria possível.

Nos dias seguintes, pareceu que nós dois tentávamos fingir que a conversa nunca acontecera. E pela primeira vez, houve momentos em que ficamos sem graça quando estávamos juntos. Eu o pegava fitando ao longe, e quando perguntava no que estava pensando, ele balançava a cabeça e forçava um sorriso rápido. Ou eu cruzava os braços e suspirava de repente e percebia que ele sabia exatamente o que eu tinha em mente.

Embora não conversássemos, nossa necessidade de contato físico se tornou ainda mais pronunciada. Ele buscava minha mão com mais frequência e eu buscava um abraço sempre que os medos do futuro se anunciavam. Quando nos beijávamos, seus braços me seguravam com mais força, como se ele estivesse se agarrando a uma esperança impossível.

Passávamos mais tempo em casa por causa do estado avançado da minha gravidez. Não havia mais passeios de bicicleta e, em vez de tirar fotos, eu estudava aquelas no arquivo. Fiquei longe do laboratório fotográfico, apesar de ser considerado um local seguro.

Assim como fiz durante o mês de março, me dediquei com mais intensidade às minhas leituras e tarefas, principalmente para não pensar no inevitável. Escrevi uma análise de *Romeu e Julieta*, que não teria sido possível sem Bryce, e que foi também meu último grande trabalho do ano. Enquanto eu lia a peça, às vezes me perguntava se estava mesmo lendo na minha língua materna. Bryce teve que traduzir quase todos os trechos. Mas, por outro lado, quando eu brincava com o Photoshop, confiava em meus instintos e continuava a surpreender Bryce e a mãe dele.

Mesmo assim, Daisy parecia sentir a nuvem que pairava sobre mim e Bryce; ela com frequência acariciava uma das minhas mãos enquanto ele segurava a outra. Uma quinta-feira, depois do jantar, eu o acompanhei até o alpendre enquanto minha tia, no mesmo instante, encontrava um motivo para ver alguma coisa na cozinha. Daisy nos seguiu e se sentou ao meu lado, olhando para Bryce enquanto ele me beijava. Senti sua língua encontrar a minha e, depois, ele encostou a testa com suavidade na minha enquanto nos abraçávamos.

– O que você vai fazer no sábado? – perguntou ele finalmente.

Presumi que estava me convidando para outro encontro.

– Sábado à noite, você quer dizer?

– Não – respondeu ele com um aceno de cabeça. – Durante o dia. Tenho que levar Daisy para Goldsboro. Sei que você tem tentado manter a discrição, mas eu esperava que você viesse comigo. Eu não quero voltar sozinho e minha mãe tem que ficar com os gêmeos. Caso contrário, eles podem explodir a casa por acidente.

Embora eu soubesse o que estava por vir, senti um nó na garganta só de pensar que Daisy estava prestes a partir. Busquei por ela automaticamente, meus dedos encontrando suas orelhas.

– É... Tudo bem.

– Precisa perguntar pra sua tia? Por ser um dia antes da Páscoa?

– Sei que ela vai deixar. Vou falar com ela mais tarde e se houver alguma mudança de planos, eu aviso.

Seus lábios estavam franzidos enquanto ele assentia. Fiquei olhando para Daisy, sentindo meus olhos se encherem de lágrimas.

– Vou sentir falta dela.

Daisy gemeu ao som da minha voz. Quando olhei para Bryce, percebi que seus olhos também estavam marejados.

No sábado, pegamos a balsa matutina de Ocracoke e fizemos a longa viagem da costa até Goldsboro, que ficava uma hora depois de New Bern. Daisy ia na frente da caminhonete, espremida entre nós dois no banco, enquanto fazíamos carinho nela. Contente, ela mal se movia.

Por fim, paramos num estacionamento do Walmart e Bryce avistou as pessoas que tinha ido encontrar. Estavam paradas perto de uma caminhonete com uma caixa de transporte de animais na caçamba. Bryce conduziu a caminhonete na direção deles, diminuindo a velocidade aos poucos. Daisy se sentou para ver o que estava acontecendo e olhou pelo para-brisa, animada com uma nova aventura, mas sem ter ideia do que realmente se passava.

Como o estacionamento estava lotado de compradores, por ser sábado, Bryce prendeu a guia na coleira de Daisy antes de abrir a porta. Ele saiu primeiro e Daisy pulou, baixando o focinho no chão para farejar o novo ambiente. Enquanto isso, me arrastei para fora, o que a essa altura havia se tornado um grande desafio, e me juntei a Bryce. Ele me ofereceu a guia.

– Pode segurar por um minuto? Preciso entregar a papelada na caminhonete.

– Claro.

Abaixei-me, fazendo mais carinho em Daisy. A essa altura, os visitantes já vinham na nossa direção, os dois parecendo mais relaxados que eu. Um deles era uma mulher na casa dos quarenta anos com o cabelo ruivo e longo preso num rabo de cavalo. O homem parecia uns dez anos mais velho, vestido com uma camisa polo e calça cáqui. O comportamento familiar deixava claro que os dois conheciam Bryce.

Bryce apertou as mãos deles antes de entregar uma pasta. Os dois se apresentaram como Jess e Toby e eu os cumprimentei. Vi seus olhares se deslocarem por um instante para a minha barriga e cruzei os braços, mais constrangida do que de costume. Os dois foram gentis e não ficaram olhando fixamente e depois de alguma conversa fiada sobre a viagem e sobre o que ele andava fazendo nos últimos tempos, Bryce começou a dar informações sobre o adestramento de Daisy. Mesmo assim, eu sabia que estavam tentando concluir se Bryce era o pai do bebê, então voltei a me concentrar em Daisy. Mal prestei atenção na conversa. Quando Daisy lambeu meus dedos, eu soube que nunca mais a veria e senti que as lágrimas começavam a se formar.

Jess e Toby estavam habituados àquele tipo de situação e sabiam que prolongar a despedida só tornaria tudo mais difícil para Bryce. Encerraram a conversa e ele se agachou. Tomou o rosto de Daisy nas mãos, os dois se encarando.

– É o melhor cão que eu já tive – disse ele, a voz falhando ligeiramente. – Sei que vai me deixar orgulhoso e que seu novo dono vai amá-la tanto quanto eu.

Daisy parecia absorver todas as palavras, e quando Bryce beijou o alto da sua cabeça, ela fechou os olhos. Ele entregou a guia para Toby e se afastou, com um ar sombrio, dirigindo-se para a caminhonete sem dizer nada. Também beijei Daisy pela última vez e o segui. Ao olhar para trás, a vi se sentando pacientemente, observando Bryce. A cabeça estava inclinada, como se ela estivesse se perguntando para onde ele tinha ido, o que quase partiu meu coração. Bryce abriu a porta e me ajudou a subir na caminhonete, permanecendo em silêncio.

Ele subiu e se sentou ao meu lado. Pelo retrovisor, voltei a ver Daisy. Ela continuava a nos olhar quando Bryce deu partida no motor. A caminhonete passou, devagar, por uma série de carros parados. Bryce se concentrou diretamente no que estava à frente e atravessamos o estacionamento, rumo à saída.

Havia um sinal fechado, mas nenhum carro. Ele pegou a estrada de acesso, já no caminho de volta para Ocracoke. Olhei para trás uma última vez. Daisy permanecia sentada, a cabeça ainda inclinada, sem dúvida observando a caminhonete diminuir na distância. Fiquei me perguntando se ela estava confusa, assustada ou triste, mas se encontrava distante demais para se saber. Vi Toby finalmente dar um puxão na guia e Daisy o seguiu devagar para a traseira da caminhonete. Ele abriu a porta de trás e Daisy pulou para dentro. Aí, passamos por outro prédio que bloqueou a vista, e de repente ela tinha desaparecido. Para sempre.

Bryce permaneceu em silêncio. Eu sabia que ele estava sofrendo e sabia quanto sentiria falta da cadela que havia criado desde filhote. Enxuguei as lágrimas, sem saber bem o que dizer. Dizer o óbvio tinha pouco significado quando a ferida era tão recente.

Adiante se encontrava o acesso para a autoestrada, mas Bryce começou a diminuir a velocidade do veículo. Por um instante, pensei que ele ia voltar ao estacionamento para realmente se despedir de Daisy, mas ele não fez isso. Entrou com a caminhonete em um posto de gasolina, parando à beira da propriedade antes de desligar a ignição.

Depois de engolir em seco com força, ele pousou o rosto nas mãos. Os ombros começaram a estremecer, e, quando ouvi o som de seu choro, foi impossível controlar minhas lágrimas. Solucei e ele soluçou, e embora estivéssemos juntos, estávamos sozinhos na nossa tristeza, nós dois já sentindo falta de nossa querida Daisy.

Quando chegamos a Ocracoke, Bryce me deixou na casa da minha tia. Eu sabia que ele queria ficar sozinho, e eu estava exausta e precisava dormir um pouco. Quando acordei, tia Linda tinha preparado queijo-quente e sopa de tomate. Enquanto estava sentada, eu ficava involuntariamente procurando Daisy debaixo da mesa.

– Gostaria de ir à igreja amanhã? – perguntou minha tia. – Sei que é Páscoa, mas se preferir ficar em casa, eu compreendo.

– Vou ficar bem.

– Sei que vai. Estava perguntando por outro motivo.

Porque você está parecendo realmente grávida, era o que ela queria dizer.

– Gostaria de ir amanhã, mas depois disso, acho que vou fazer uma pausa.

– Tudo bem, querida. A partir do próximo domingo, Gwen vai estar por perto se você precisar de algo.

– Ela também não vai à igreja?

– Provavelmente não é uma boa ideia. Ela precisa estar por aqui, para qualquer imprevisto.

Caso você entre em trabalho de parto, era o que ela queria dizer, e quando fui pegar meu sanduíche, fiquei impressionada ao notar ainda mais mudanças, sinalizando que a hora estava chegando, e infelizmente mais depressa do que eu desejava.

Na segunda-feira, dois dias depois, meu primeiro pensamento ao acordar foi que só faltava um mês. Deixar Daisy para trás tinha tornado bem mais concreta a realidade da despedida, não apenas para mim, mas também para Bryce. Ele parecia quieto durante nossa sessão de estudos e depois, em vez de fotografia, ele sugeriu que começássemos aulas de direção. Mencionou que havia falado com minha tia e com a mãe dele e que as duas aprovaram.

Eu sabia que ele tinha se acostumado a ter Daisy conosco quando saíamos para fotografar e queria fazer algo para se distrair. Depois que concordei, ele dirigiu até a estrada que levava ao outro extremo da ilha e trocamos de lugar. Só quando estava ao volante foi que percebi que a caminhonete tinha câmbio manual e não automático. Não me pergunte por que eu não havia notado antes, mas provavelmente porque Bryce fazia a direção parecer fácil.

– Acho que não vou conseguir fazer isso.

– É bom aprender com câmbio manual, caso você precise dirigir um carro assim.

– Isso nunca vai acontecer.

– Como você sabe?

– Porque a maioria das pessoas é inteligente o suficiente pra ter carros com câmbio automático.

– Podemos começar? Já terminou de reclamar?

Era a primeira vez naquele dia que Bryce parecia com sua versão antiga. Senti os ombros relaxarem. Não tinha percebido como andavam tensos. Ouvi com atenção quando ele descreveu como se usava o câmbio.

Pensei que seria fácil, mas não era. Soltar o câmbio no mesmo instante que o acelerador pegava era bem mais difícil do que Bryce fazia parecer, e a primeira hora da minha aula de direção foi essencialmente uma longa série de movimentos rápidos e cambaleantes da caminhonete, seguidos pela parada do motor. Após minha primeira série de tentativas, Bryce teve que apertar o cinto de segurança.

Por fim, quando coloquei a caminhonete em movimento, ele me fez acelerar, engatando a segunda e a terceira marchas antes de iniciar o processo novamente.

No meio da semana, quase não deixei a caminhonete morrer; na quinta-feira, eu estava suficientemente boa para experimentar as ruas da aldeia, bem menos perigosas para todos os envolvidos do que parecia, pois quase não havia tráfego por ali. Girei demais ou de menos o volante ao fazer curvas, o que significou passar a maior parte do dia praticando a direção. Na sexta-feira, felizmente, eu não sentia mais vergonha ao volante, contanto que fosse cuidadosa nas curvas e, ao fim da aula, Bryce me abraçou e disse de novo que me amava.

Enquanto ele me abraçava, minha mente não pôde evitar a lembrança de que o bebê nasceria dali a 27 dias.

Eu não vi Bryce naquele sábado, pois ele já havia me avisado depois da aula de direção no dia anterior que, como seu pai ainda estava fora da cidade, passaria o fim de semana pescando com o avô. Fui à loja e passei algum tempo organizando os livros em ordem alfabética e arrumando as fitas de vídeo por categoria. Depois, Gwen e eu voltamos a discutir minhas contrações de Braxton Hicks, que haviam começado recentemente após um período de relativa tranquilidade. Ela lembrou que era um fenômeno normal e me explicou o que eu deveria esperar depois de entrar em trabalho de parto.

Naquela noite, joguei baralho com minha tia e Gwen. Achei que ia me defender direitinho, mas descobri que as duas ex-freiras eram ases do baralho e, depois de guardar as cartas, me perguntei o que exatamente acontecia nos conventos depois que as luzes se apagavam. Tive visões de uma atmosfera semelhante à de um cassino, com freiras usando pulseiras de ouro e óculos escuros enquanto se sentavam em mesas forradas de feltro.

O domingo, porém, foi diferente. Gwen apareceu com seu monitor de pressão arterial e o estetoscópio e fez as mesmas perguntas que o Dr. Mãos Gigantes normalmente fazia. Mas assim que ela saiu, me senti mal. Não só porque não fui à igreja, mas porque estava quase de férias, já que havia terminado todas as minhas tarefas do semestre. Bryce também não deixara a câmera comigo, então fotografar estava fora de questão. Meu walkman estava sem pilha – minha tia dissera que traria pilhas novas mais tarde –, o que me deixava sem ter o que fazer. Eu poderia ter saído para dar uma volta, mas não queria sair de casa. Estava claro demais, com muitas pessoas por perto, e minha gravidez era tão óbvia que sair de casa era o equivalente a ter duas setas néon gigantes apontadas para minha barriga, revelando para todos o motivo da minha temporada em Ocracoke.

No fim das contas, acabei ligando para meus pais. Tive de esperar até o meio da manhã por causa da diferença de fuso e, embora não soubesse o que esperava ouvir, minha mãe e meu pai não me fizeram me sentir melhor. Não perguntaram por Bryce nem pela fotografia, e quando mencionei como estava adiantada na escola, minha mãe mal fez uma pausa antes de dizer que Morgan tinha conseguido outra bolsa, dessa vez dos Cavaleiros de Colombo. Quando deram o telefone à minha irmã, ela pareceu cansada, o que a deixou mais silenciosa do que o habitual. Pela primeira vez em muito tempo, pareceu um verdadeiro bate-papo e, incapaz de me conter, contei a ela um pouco sobre Bryce e meu recém-descoberto amor pela câmera. Ela pareceu quase perplexa e me perguntou quando eu ia voltar para casa, o que me deixou perturbada. Como ela não sabia nada sobre Bryce nem sobre minhas fotografias, nem que o bebê deveria nascer no dia 9 de maio? Quando desliguei, fiquei me perguntando se meus pais e Morgan nunca falavam de mim.

Com nada melhor para fazer, também limpei a casa. Não apenas a cozinha e meu quarto e minhas roupas sujas, mas tudo o mais. Deixei o banheiro brilhando, passei o aspirador, tirei a poeira e cheguei a esfregar o forno, embora isso tenha feito minhas costas doerem, e aí acabei não fazendo a melhor limpeza do mundo. No entanto, como a casa era pequena, eu tinha horas pela frente para matar o tempo antes de minha tia voltar, por isso fui me sentar na sacada.

O dia estava deslumbrante, e era possível notar a chegada da primavera. O céu não tinha nuvens e a água reluzia como uma bandeja de diamantes azuis, mas eu não estava prestando muita atenção. Tudo o que eu pensava era que aquele dia parecia um desperdício e que eu não tinha muitos dias de sobra para desperdiçar em Ocracoke.

As aulas com Bryce tinham passado a consistir apenas em preparação para as provas da semana seguinte, a grande rodada de avaliações antes das provas finais. Como eu tinha um limite para quanto conseguia estudar, nossas sessões ficaram mais curtas. Havíamos examinado praticamente todas as fotos no arquivo, então passamos a mergulhar num livro de fotografia após o outro. Percebi com o tempo que embora quase qualquer um pudesse, com bastante prática, aprender a enquadrar e a fazer uma boa composição, a fotografia em seus melhores momentos era de fato uma arte. Um excelente fotógrafo colocava a *alma* no trabalho, comunicando uma sensibilidade particular e um ponto de vista pessoal por meio da imagem. Dois fotógrafos tirando fotos da mesma coisa na mesma hora podiam produzir imagens completamente diferentes, e comecei a compreender que o primeiro passo para uma foto magistral era o simples ato de se conhecer.

Apesar da pesca do fim de semana ou talvez por causa dela, nosso tempo juntos não parecia a mesma coisa. Ah, nós nos beijávamos e Bryce dizia que me amava, ainda segurava minha mão quando estávamos sentados no sofá, mas não parecia tão... *aberto* quanto antes – não sei se isso faz sentido. De vez em quando, eu tinha a sensação de que ele estava pensando em algo mais, algo que não queria dividir comigo. Havia até momentos em que parecia esquecer que eu estava lá. Não acontecia com frequência, e quando ele percebia, pedia desculpas pela distração, embora nunca explicasse o que o preocupava. No entanto, depois do jantar, quando nos despedíamos na sacada, ele grudava em mim, como se relutasse em partir.

Apesar da minha aversão geral em deixar a casa, saímos para dar uma caminhada na praia na tarde de sexta-feira. Éramos os únicos por lá e ficamos de mãos dadas enquanto caminhávamos à beira-mar. As ondas batiam preguiçosamente na costa, os pelicanos davam rasantes na arrebentação e, embora estivéssemos com a câmera, ainda não havíamos tirado nenhuma foto. Isso me fez perceber que eu queria uma foto de nós dois juntos, pois não tínhamos nenhuma. Mas não havia ninguém por perto para tirar, por isso fiquei quieta e acabamos dando meia-volta nos dirigindo para a caminhonete.

– O que você quer fazer neste fim de semana? – perguntei.

Ele deu alguns passos antes de responder.

– Não vou estar aqui. Tenho que voltar a pescar com meu avô.

Senti meus ombros pesarem. Ele já estaria se afastando de mim para que as coisas ficassem mais fáceis na hora de dizer adeus? Mas, se fosse esse o caso, por que continuava a dizer que me amava? Por que seus abraços eram tão demorados? Naquele meu estado de confusão, consegui pronunciar um monossílabo.

– Ah.

Ao ouvir minha decepção, ele me deteve gentilmente.

– Sinto muito. É algo que tenho que fazer.

Eu o encarei.

– Você está deixando de me contar alguma coisa?

– Não. Absolutamente nada.

Pela primeira vez desde que estávamos juntos, não acreditei nele.

No sábado, entediada de novo, tentei estudar para as provas, pensando que quanto melhores as minhas notas, mais vantagem eu teria caso fosse mal nas finais. Como eu havia completado todas as leituras, as tarefas e já havia estudado a semana inteira, parecia um exagero. Eu sabia que não ia ter problemas e acabei indo até a sacada.

Era uma sensação esquisita aquela de me sentir totalmente preparada, com todo o trabalho escolar concluído, mas também me fez perceber por que Bryce estava tão à frente de mim, do ponto de vista acadêmico. Não era apenas por ser inteligente. O estudo domiciliar eliminava todas as atividades não acadêmicas. Na minha escola, havia intervalos entre as aulas, minutos para que os alunos se acomodassem em sala, anúncios escolares, matrículas nos clubes, treinamentos de incêndio e horário de almoço um tanto estendido que se pareciam com ocasiões sociais. Na sala, os professores costumavam ter que diminuir o ritmo das lições para beneficiar os alunos com mais dificuldades do que eu, e tudo isso acabava somando horas de tempo desperdiçado.

Mesmo assim, eu ainda preferia ir para a escola. Gostava de ver meus amigos e, para ser bem franca, pensar em passar dia após dia com minha mãe me dava calafrios. Além do mais, as habilidades sociais também tinham importância. Embora Bryce parecesse perfeitamente normal, algumas pessoas – como eu, por exemplo – se beneficiavam do contato com outras. Ou pelo menos era no que eu queria acreditar.

Estava fazendo essas ponderações enquanto esperava que minha tia voltasse da loja. Meus pensamentos vagaram para Bryce e tentei imaginar o que ele fazia no barco. Estaria ajudando a puxar a rede ou haveria uma máquina para fazer aquilo? E se não houvesse rede? Estaria tirando as tripas do peixe ou faziam aquilo no cais? Ou quem sabe outra pessoa era responsável por essa parte? Era difícil imaginar, principalmente porque eu nunca tinha ido pescar, nunca tinha andado num barco nem fazia ideia do que estavam tentando pegar.

Foi mais ou menos nessa altura que ouvi o som de pneus esmagando os seixos da entrada. Ainda era cedo demais para minha tia estar em casa e por isso eu não tinha ideia de quem poderia ser. Para minha surpresa, vi a van da família Trickett e ouvi o som do mecanismo hidráulico sendo ativado. Segurei o corrimão e desci os degraus devagar, quando vi a mãe de Bryce vindo na minha direção na cadeira de rodas.

– Sra. Trickett? – falei.

– Oi, Maggie. Apareci num momento ruim?

– De modo algum. Bryce saiu para pescar com o avô.

– Eu sei.

– Está tudo bem com ele? Não caiu do barco nem nada parecido, certo? – Franzi a testa, sentindo uma onda de ansiedade me atingir.

– Duvido que isso tenha acontecido – ela me tranquilizou. – Estou esperando que ele volte lá pelas cinco horas.

– Fiz alguma coisa errada?

– Não seja boba – respondeu ela, parando aos pés dos degraus. – Passei na loja da sua tia mais cedo e ela me disse que não teria problema se eu passasse aqui. Queria falar com você.

Como parecia estranho ficar de pé diante dela, me sentei nos degraus. De perto, ela estava bonita como sempre, a luz do sol iluminando seus olhos como prismas de esmeraldas.

– Como posso ajudá-la?

– Bem... em primeiro lugar, gostaria de dizer que estou realmente impressionada com o seu trabalho fotográfico. Você tem instintos maravilhosos. É extraordinário como avançou tanto em tão pouco tempo. Levei anos pra chegar aonde você está.

– Obrigada. Tive bons professores. – Ela pousou as mãos no colo e senti sua inquietação. Sabia que ela não tinha vindo para falar comigo sobre fotografia. Pigarreei e prossegui: – Quando seu marido volta?

– Em breve, acho. Não sei bem a data certa, mas vai ser bom tê-lo de volta. Nem sempre é fácil criar três garotos sozinha.

– Tenho certeza que não é fácil. Ao mesmo tempo, seus filhos são extraordinários. Cuidou deles maravilhosamente bem.

Ela desviou o olhar antes de pigarrear.

– Já falei com você sobre como Bryce agiu depois do acidente?

– Não.

– É óbvio que foi uma época muito difícil, mas felizmente o Exército permitiu que Porter trabalhasse em casa nos primeiros seis meses, para que ele pudesse cuidar de mim e dos garotos enquanto adaptávamos a casa para o acesso de cadeira de rodas. Mas ele acabou tendo que voltar ao trabalho. Eu ainda sentia muitas dores e não me movimentava tão bem quanto agora. Richard e Robert tinham apenas 4 anos naquela época e davam muito trabalho. Cheios de energia, chatos pra comer, bagunceiros. Apesar de ter apenas 9 anos, Bryce foi praticamente obrigado a se tornar o homem da casa enquanto o pai estava no trabalho. Além de cuidar dos irmãos, ele teve de me ajudar a cuidar de mim mesma. Ele lia para os irmãos, brincava com eles, cozinhava, botava os dois na banheira e na cama. Tudo isso. Mas por minha causa, ele também teve de fazer coisas que nenhuma criança deveria fazer, como me ajudar no banheiro ou até a me vestir. Não se queixava, mas ainda me sinto mal. Porque ele precisou crescer mais depressa que os outros garotos da sua idade. – Enquanto ela suspirava, reparei que seu rosto parecia marcado por rugas de arrependimento. – Depois disso, ele nunca mais voltou a ser uma criança. Não sei se foi uma coisa boa ou ruim.

Tentei e não consegui encontrar uma resposta adequada. Por fim, falei:

– Bryce é uma das pessoas mais extraordinárias que conheço.

Ela se virou para a água, mas eu tinha a sensação de que não estava realmente olhando.

– Bryce sempre acreditou que os dois irmãos são... melhores que ele. E embora os dois sejam brilhantes, eles não são Bryce. Você já conheceu os dois. Por mais inteligentes que sejam, são só crianças. Quando Bryce tinha a idade deles, já era um adulto. Quando tinha 6 anos, ele disse que queria estudar em West Point. Apesar de sermos uma família militar, e Porter ter estudado em West Point, não tivemos nenhuma influência nessa decisão. Se dependesse de mim e de Porter, nós o mandaríamos para Harvard. Ele também foi aceito lá. Chegou a te contar?

Ainda tentando assimilar o que ela havia dito sobre Bryce, balancei a cabeça.

– Ele disse que não queria que pagássemos nada. Era uma questão de honra pra ele ser capaz de ir para a universidade sem nossa ajuda.

– Parece típico de Bryce.

– Deixe-me fazer uma pergunta – disse ela, voltando a se virar para mim. – Sabe por que Bryce anda pescando com o avô nesses últimos fins de semana?

– Porque o avô precisava da ajuda dele, presumo. Porque o pai ainda não voltou.

A boca da Sra. Trickett formou um sorriso triste.

– Meu pai não precisa da ajuda de Bryce. Em geral, ele não precisa da ajuda de Porter também. Porter ajuda basicamente com consertos do equipamento e do motor, mas na água meu pai não precisa de ninguém além de seu ajudante de convés, que trabalha pra ele há décadas. Meu pai é pescador há mais de sessenta anos. Porter sai com eles porque gosta de se manter ocupado e de ficar ao ar livre, e também porque ele se dá muito bem com meu pai. A questão é que eu não sei por que Bryce saiu com ele, mas meu pai mencionou que ele falou de algumas coisas que o deixaram preocupado.

– Como o quê?

Os olhos dela estavam firmes nos meus.

– Entre outras coisas, que ele está repensando a decisão de ir para West Point.

Ao ouvir essas palavras, eu pisquei.

– Mas... isso... não faz sentido – gaguejei por fim.

– Também não fez sentido pro meu pai. Nem para mim. Não cheguei a comentar com Porter, mas duvido que ele vá saber o que pensar disso.

– Claro que ele vai pra West Point – balbuciei. – Já falamos sobre isso várias vezes. E olha só a forma como ele vem se exercitando, para estar preparado.

– Essa é outra coisa – disse ela. – Ele parou de se exercitar.

Eu também não esperava por essa.

– É por causa de Harvard? Porque ele prefere ir pra lá?

– Não sei. Se preferir, provavelmente precisa aprontar a documentação bem depressa. Até onde sei, o prazo pode até ter se esgotado. – Ela ergueu os olhos para o céu antes de pousá-los de volta em mim. – Mas meu pai disse que ele também fez um monte de perguntas sobre a pesca, o custo do barco, gastos com reparos, coisas assim. Andou importunando o avô sem parar, pedindo detalhes.

Tudo o que eu pude fazer foi balançar a cabeça.

– Tenho certeza que não é nada. Ele não falou nada sobre isso. E sabe como ele é curioso.

– Como ele anda ultimamente? Como está agindo?

– Está um pouco abalado desde que entregou Daisy. Eu pensei que era por sentir falta dela.

Não mencionei os momentos em que ele parecia carente. Para mim, essa era uma informação íntima demais.

Ela examinou a água novamente, tão azul que quase machucava os olhos.

– Não acho que isso tenha a ver com Daisy – concluiu ela. Antes que eu pudesse pensar no que ela acabara de dizer, a Sra. Trickett pôs as mãos nas rodas da cadeira, obviamente prestes a ir embora. – Queria apenas saber se ele tinha comentado algo com você. Por isso obrigada por conversar comigo. É melhor eu ir. Richard e Robert estavam fazendo alguma espécie de experimento científico e sabe Deus o que pode acontecer.

– Claro.

Ela virou a cadeira de rodas e se voltou para mim mais uma vez.

– O bebê deve chegar quando?

– Nove de maio.

– Você vai passar lá em casa pra se despedir?

– Talvez. Estou tentando passar despercebida. Mas quero agradecer a todos vocês por terem sido tão bondosos e acolhedores.

Ela assentiu como se esperasse pela resposta, mas seu rosto permaneceu preocupado.

– Quer que eu tente conversar com ele? – indaguei enquanto ela seguia para a van.

Ela só acenou e respondeu olhando para trás.

– Tenho a sensação de que ele vai falar com você.

Eu ainda estava sentada nos degraus quando tia Linda voltou da loja, uma hora mais tarde. Vi quando estacionava, percebi que me examinava antes de sair do carro.

– Está tudo bem com você? – perguntou, parando diante de mim.

Quando balancei a cabeça, ela me ajudou a levantar. Dentro da casa, ela me conduziu até a mesa da cozinha e se sentou na minha frente. Depois de um tempo, pegou a minha mão.

– Quer me contar o que aconteceu?

Respirei fundo e contei tudo. Quando terminei, tia Linda tinha uma expressão suave.

– Eu percebi, quando ela passou na loja, que estava preocupada com Bryce.

– O que devo dizer a ele? Devo conversar com ele? Dizer que precisa ir pra West Point? Ou pelo menos pedir pra ele contar aos pais o que está pensando?

– Você sabe de alguma coisa?

Fiz que não com a cabeça.

– Não sei o que está acontecendo – afirmei.

– Acho que sabe.

Você é a questão, era o que ela queria dizer.

– Mas ele sabe que estou de partida – protestei. – Sempre soube. Conversamos sobre isso muitas vezes.

Ela pareceu pensar na resposta.

– Talvez ele não tenha gostado do que você disse – sentenciou ela, com a voz baixa.

Não dormi bem naquela noite e no domingo me peguei desejando ter feito a maratona de doze horas até a igreja para me distrair do torvelinho dos meus pensamentos. Quando Gwen passou para me ver, eu mal consegui me concentrar, e depois que ela saiu me senti ainda pior. Para onde eu fosse na casa, minhas preocupações iam junto, fazendo uma pergunta depois da outra. Mesmo a ocasional contração de Braxton Hicks não me distraía por muito tempo, pois já me acostumara aos espasmos. Estava exaurida de preocupações.

Era 21 de abril. O bebê deveria chegar em dezoito dias.

Quando Bryce apareceu na manhã de segunda-feira, falou pouco sobre o fim de semana. Fiz perguntas com naturalidade e ele mencionou que tinham se afastado da costa mais do que haviam planejado, mas que a temporada para o atum-amarelo tinha esquentado e que nos dois dias eles conseguiram uma pesca decente. Não disse nada em relação a seus motivos para desaparecer nos dois fins de semana anteriores nem falou dos planos para a universidade. Como eu não sabia bem como abordar o assunto, não comentei nada.

As coisas correram como sempre, quase como se não estivesse nada errado. Mais estudos, muito mais fotografia. A essa altura, eu conhecia a câmera tão bem quanto a palma da minha mão e podia fazer os ajustes de olhos fechados. Praticamente decorei os aspectos técnicos de cada imagem no arquivo e compreendia os erros que cometia ao tirar minhas próprias fotos. Quando minha tia chegou em casa, ela perguntou se Bryce tinha alguns minutos para ajudá-la a instalar mais prateleiras para livros na loja. Ele aceitou de bom grado, embora eu fosse ficar em casa.

– Como foi? – perguntei quando tia Linda voltou para casa sozinha.

– Ele é como o pai. Consegue fazer qualquer coisa – comentou.

– Como ele estava?

– Sem perguntas nem comentários estranhos, se é o que você está querendo saber.

– Ele também me pareceu bem hoje.

– Isso é bom, não é?

– Acho que sim.

– Esqueci de mencionar antes, mas falei com o diretor e seus pais hoje, sobre a escola.

– Por quê?

Ela explicou e, embora eu concordasse com ela, tia Linda deve ter visto algo no meu rosto.

– Você está bem?

– Não sei – admiti.

Apesar de Bryce ter agido como se tudo estivesse normal, acho que ele também estava inseguro.

O restante da semana foi bem parecido, a não ser pelo fato de Bryce ter jantado comigo e com minha tia tanto na terça quanto na quarta. Na quinta, depois que fiz três provas e minha tia voltou para a loja, ele me convidou para um segundo encontro na noite seguinte – outro jantar –, mas eu logo recusei.

– Não quero que as pessoas fiquem me encarando em público – respondi.

– Então por que não preparo o jantar aqui? Podemos ver um filme depois.

– Não temos televisão.

– Posso trazer a minha para cá, junto com o videocassete. A gente podia assistir a *Dirty Dancing* ou alguma outra coisa.

– *Dirty Dancing*?

– Minha mãe adora. Nunca vi.

– Como você nunca viu *Dirty Dancing*?

– Caso não tenha percebido, não há cinemas em Ocracoke.

– Foi lançado quando eu era pequena.

– Andei ocupado.

Eu ri.

– Vou ter que consultar minha tia pra saber se não tem problema.

– Eu sei.

Assim que ele falou, lembrei-me de repente da visita da mãe dele no fim de semana anterior.

– Precisa ser cedo? Você vai pescar de novo no sábado?

– Vou ficar por aqui no fim de semana. Tem uma coisa que eu queria mostrar pra você.

– Outro cemitério?

– Não. Mas acho que você vai gostar.

Depois que completei as provas na manhã de sexta-feira, obtendo resultados satisfatórios, tia Linda não só concordou com o segundo encontro, mas acrescentou que ficaria feliz em fazer uma visita à casa de Gwen naquela noite.

– Não vai ser um grande encontro se eu ficar aqui sentada com vocês dois. A que horas precisam que eu saia?

– Fica bom às cinco horas? – perguntou Bryce. – Pra dar tempo de preparar o jantar...

– Está ótimo, mas provavelmente vou estar de volta às nove.

Depois que ela saiu, de volta à loja, Bryce mencionou que o pai voltaria para casa na semana seguinte.

– Não disse exatamente quando, mas sei que mamãe está feliz com a notícia.

– E você não está?

– Claro. As coisas são mais fáceis em casa quando ele está por perto. Os gêmeos não ficam tão agitados.

– Sua mãe parece ter tudo sob controle.

– E tem mesmo. Mas ela não gosta de ter de ser sempre a malvada.

– Não consigo imaginar sua mãe como a malvada.

– Não se engane com ela – disse Bryce. – Mamãe pode ser bem durona quando necessário.

Bryce saiu de tarde para cuidar de algumas tarefas. Ao acordar de um cochilo, me peguei olhando fixamente para o espelho. Até meus jeans elásticos – os maiores – estavam ficando apertados e as blusas mais largas que minha mãe comprara para mim no Natal mal cobriam minha barriga.

Sem possibilidade de me vestir de forma deslumbrante, fui um pouco mais ousada com a maquiagem do que de costume, usando basicamente minhas habilidades com o delineador, coisa digna de Hollywood. Fora o Photoshop, a aplicação de delineador era o meu único grande talento natural. Quando saí do banheiro, até tia Linda olhou duas vezes.

– Está demais? – perguntei.

– Não sou a melhor pessoa para dizer – afirmou ela. – Não uso maquiagem, mas acho que você está impressionante.

– Estou cansada de estar grávida – choraminguei.

– Com 38 semanas, todas as mulheres ficam cansadas da gravidez. Algumas das meninas com quem trabalhei começavam a fazer elevações pélvicas na esperança de induzir o trabalho de parto.

– Funcionava?

– Difícil dizer. Passaram mais de duas semanas da data prevista de uma pobre menina e ela fez elevações pélvicas durante horas, chorando de frustração. Foi terrível pra ela.

– Por que o médico não induziu o parto?

– O médico com quem trabalhávamos naquela época era bastante conservador. Gostava que as gestações terminassem de forma natural. A não ser, é claro, que a vida da mulher corresse perigo.

– Perigo?

– Claro. Pré-eclâmpsia pode ser bem perigosa, por exemplo. Faz a pressão arterial disparar. Mas há outros problemas também.

Eu andava evitando pensar nessas coisas, pulando os capítulos assustadores do livro que minha mãe tinha me dado.

– Vou ficar bem?

– Claro que sim – retorquiu ela, apertando meu ombro. – Você é jovem e saudável. De qualquer forma, Gwen está de olho em você e disse que está ótima.

Embora eu tenha assentido, não pude deixar de notar que as garotas que ela mencionara também eram jovens e saudáveis.

Bryce chegou pouco depois, com uma sacola de compras. Ele conversou um pouco com minha tia antes que ela saísse e depois voltou para a caminhonete para pegar a televisão e o videocassete. Passou algum tempo arrumando tudo na sala, verificando se o sistema estava funcionando e depois foi para a cozinha.

Com os pés doloridos e sentindo o desconforto de mais uma contração de Braxton Hicks, me sentei à mesa. Depois que a contração passou e que consegui voltar a respirar normalmente, perguntei:

– Quer minha ajuda?

Não me dei ao trabalho de disfarçar a natureza pouco entusiasmada da minha oferta e Bryce com certeza percebeu.

– Acho que você poderia sair e cortar lenha para o fogo.

– Rá, rá.

– Não se preocupe. Está tudo sob controle. Não é muito difícil.

– O que você vai fazer?

– Estrogonofe de carne e uma salada. Você mencionou que era um de seus pratos favoritos e Linda me deu a receita.

Por ter visitado a casa tantas vezes, ele não precisava de ajuda para encontrar as facas ou a tábua de carne. Fiquei olhando enquanto ele cortava alface, pepino e tomate para a salada e depois cebola, cogumelos e carne para o prato principal. Pôs no fogo uma panela com água para ferver, para preparar o macarrão, temperou a carne e depois a dourou na manteiga e no azeite de oliva. Refogou as cebolas e os cogumelos na mesma frigideira, acrescentou caldo de carne e sopa de creme de cogumelos. O creme de leite, eu sabia, seria adicionado no final. Eu tinha visto tia Linda fazer isso mais de uma vez.

Enquanto ele cozinhava, conversamos sobre minha gravidez e como eu estava me sentindo. Quando perguntei de novo sobre as pescarias, ele não disse nada sobre as coisas que preocupavam sua mãe. Descreveu as saídas cedinho de manhã com uma pitada de reverência.

– Meu avô simplesmente sabe onde os peixes vão estar – contou ele. – Saímos do cais com outros quatro barcos, e cada um seguiu numa direção diferente. Pegamos sempre mais do que os outros.

– Ele tem muita experiência.

– Os outros também – rebateu ele. – Alguns pescam há quase tanto tempo quanto meu avô.

– Ele parece um homem interessante – observei. – Mesmo que eu ainda não consiga entender uma palavra do que diz.

– Já mencionei que Richard e Robert estão aprendendo o dialeto? O que é meio difícil de fazer, porque não há nenhum livro sobre o assunto. Eles pediram à minha mãe para fazer gravações e depois memorizá-las.

– Mas você não está aprendendo também?

– Tenho andado muito ocupado dando aulas particulares pra uma garota de Seattle. Isso me consome muito tempo.

– Pra uma garota linda e genial, certo?

– Como você sabe? – respondeu com um sorriso.

Quando o jantar ficou pronto, juntei energia para pôr a mesa. A salada foi para uma tigela. Ele também havia trazido refresco em pó, que eu misturei numa jarra antes de nos sentarmos para comer.

A comida estava deliciosa e me lembrei de pegar a receita antes de partir. Durante a maior parte da refeição, relembramos momentos da infância, uma lembrança dele despertando uma lembrança minha e vice-versa. Apesar da minha barriga gigante – ou talvez por causa dela –, eu não conseguia comer muito, mas Bryce repetiu e não nos acomodamos na sala antes das seis e meia.

Eu me apoiei nele enquanto víamos o filme, seu braço em volta dos meus ombros. Ele pareceu gostar e eu também, apesar de já ter visto cinco ou seis vezes. Junto com *Uma linda mulher*, era um dos meus favoritos. Quando o filme chegou ao clímax – quando Johnny erguia Baby na pista de dança, diante de seus pais –, meus olhos estavam cheios d'água, como sempre. Enquanto os créditos passavam, Bryce olhou para mim, impressionado.

– Você está mesmo chorando?

– Estou grávida e cheia de hormônios. Claro que estou chorando.

– Mas eles dançaram bem. Ninguém se machucou e ela não meteu os pés pelas mãos.

Sabia que ele estava apenas me provocando e me levantei do sofá para pegar uma caixa de lenços. Assoei o nariz – acabando com qualquer tentativa de glamour, mas com aquela barriga, o glamour estava mesmo distante. Enquanto isso, Bryce parecia extremamente feliz, e quando voltei ao sofá, ele me abraçou de novo.

– Acho que não vou voltar pra escola – falei.

– Nunca mais?

Revirei os olhos.

– Quando voltar pra casa. Minha tia conversou com meus pais e com o diretor e eles vão me deixar fazer as provas em casa. Volto pra escola no outono.

– É o que você quer fazer?

– Acho que seria esquisito aparecer logo antes do início das férias de verão.

– Como vão as coisas com seus pais? Ainda conversa com eles uma vez por semana?

– Converso. Mas a gente não costuma se falar por muito tempo.

– Eles dizem que sentem saudade?

– Às vezes. Nem sempre. – Mudei de posição, me aproximando do seu calor. – Eles não fazem o tipo sentimental.

– E com Morgan eles são assim.

– Na verdade, não. Têm orgulho dela, se gabam dela, mas é diferente. E bem no fundo, eu sei que amam nós duas. Pros meus pais, o gesto de me mandar para cá mostra o quanto me amam.

– Mesmo sendo difícil para você?

– Também tem sido difícil pra eles. E acho que minha situação seria complicada para a maioria dos pais.

– E suas amigas? Teve notícias delas?

– Morgan disse que viu Jodie no baile. Imagino que algum veterano a levou, mas não sei quem foi.

– Não é um pouco cedo pro baile?

– Minha escola organiza os bailes em abril. Não me pergunte o motivo. Nunca pensei nisso.

– Você já quis ir a um baile?

– Também nunca pensei no assunto. Acho que eu gostaria de ir se alguém me convidasse, dependendo de quem fosse. Mas quem sabe se meus pais me deixariam ir se eu fosse convidada?

– Está nervosa pra saber como vão ser as coisas com seus pais depois de voltar?

– Um pouco – admiti. – Por tudo o que sei, eles não vão me deixar sair de casa de novo até eu completar 18 anos.

– E a faculdade? Mudou de ideia sobre o assunto? Acho que você se daria bem na faculdade.

– Talvez se eu tivesse um professor particular em tempo integral.

– Então... deixa eu entender. Você talvez fique presa em casa até completar 18 anos, suas amigas podem ter se esquecido de você e seus pais, nos últimos tempos, não dizem que sentem saudades suas. Entendi direito?

Sorri, sabendo que estava à beira do melodrama, mesmo se parecesse um pouquinho verdadeiro.

– Sinto muito por ser uma pessoa tão deprimente.

– Não é, não – disse ele.

Levantei a cabeça e, quando nos beijamos, senti as mãos dele no meu cabelo. Quis dizer que ia sentir sua falta, mas sabia que as palavras me fariam voltar a chorar.

– Essa foi uma noite perfeita – foi o que sussurrei.

Ele voltou a me beijar antes de pousar seus olhos nos meus.

– Todas as noites com você são perfeitas.

Bryce voltou no dia seguinte – o último sábado de abril –, e de novo ele parecia normal. A mãe tinha encomendado um novo livro de fotografias em Raleigh e nós passamos algumas horas examinando-o. Depois de comer sobras no almoço, saímos para dar outra volta na praia. Enquanto caminhávamos na areia, perguntei a mim mesma se aquele seria o lugar para onde ele queria me levar, aquele que havia mencionado na quinta-feira. Mas como ele não disse nada, aceitei aos poucos a ideia de que Bryce queria apenas me tirar da casa por algum tempo. Era estranho pensar que a mãe dele tinha vindo me ver na semana anterior.

– Como vão seus exercícios? – perguntei finalmente.

– Não tenho feito muito nas últimas semanas.

– Por que não?

– Precisava de uma pausa.

Não era uma boa resposta... ou talvez fosse, e a mãe dele estivesse apenas imaginando coisas.

– Pois bem – comecei –, você estava se esforçando por muito tempo. Vai correr na frente de toda a turma.

– Vamos ver.

Outra não resposta. Bryce às vezes empregava um discurso ambíguo tão bem quanto minha tia. Antes de pedir que esclarecesse, ele mudou de assunto.

– Ainda usa o cordão que eu te dei?

– Todos os dias – respondi. – Eu o adoro.

– Quando pedi que fizessem a gravação, fiquei pensando se deveria acrescentar meu nome pra que você lembrasse quem foi que a presenteou.

– Não vou esquecer. Além disso, eu adoro o que você escreveu.

– Foi ideia do meu pai.

– Aposto que vai ser ótimo voltar a vê-lo, não é?

– Vai, sim – disse ele. – Tem uma coisa que eu preciso falar com ele.

– O quê?

Em vez de responder, Bryce simplesmente apertou minha mão e eu senti um súbito estremecimento de medo ao pensar que por mais normal que ele parecesse, por dentro eu não fazia a mínima ideia do que estava acontecendo com ele.

Na manhã de domingo, Gwen veio ver como eu estava e me avisar que eu estava "quase lá", o que o espelho deixava bem claro.

– Como estão suas contrações de Braxton Hicks?

– Irritantes – respondi.

Ela ignorou meu comentário.

– Deve começar a pensar em aprontar a bolsa pro hospital.

– Ainda tenho tempo, não acha?

– Perto do fim, é impossível prever. Algumas mulheres entram em trabalho de parto mais cedo. Outras levam mais tempo que o esperado.

– Quantos partos você já fez? Acho que nunca perguntei.

– Não consigo me lembrar exatamente. Talvez uma centena?

Arregalei os olhos.

– Você fez o parto de uma centena de bebês?

– Alguma coisa assim. Tem duas outras mulheres grávidas na ilha no momento. Provavelmente vou fazer os partos.

– Você ficou chateada porque eu quis ir pro hospital?

– De modo algum.

– Também queria agradecer a você por ficar aqui nos domingos e me fazer companhia.

– Não seria correto deixá-la sozinha. Você ainda é muito nova.

Assenti, embora parte de mim tivesse dúvidas se conseguiria voltar a se sentir jovem.

Bryce apareceu pouco depois com uma calça cáqui, camisa polo e sapatos, parecendo mais velho e mais sério do que o habitual.

– Por que você está todo arrumado? – perguntei.

– Tem uma coisa que quero te mostrar. Aquilo que mencionei no outro dia.

– Aquele negócio que não tem a ver com cemitérios?

– Isso mesmo – respondeu ele. – Mas não se preocupe. Passei por lá antes de vir pra cá e não tem ninguém. – Esticou o braço e pegou minha mão, beijando a parte de trás. – Está pronta?

De repente, eu soube que ele tinha planejado algo importante e dei um passinho para trás.

– Deixe-me escovar o cabelo primeiro.

Eu já havia penteado o cabelo, mas fui para o quarto desejando que houvesse um meio de voltar atrás nos últimos minutos e simplesmente começar de novo. Embora o Novo Bryce andasse parecendo um tanto estranho, a versão daquele dia era completamente nova, e tudo o que eu pensava era que queria que o Velho Bryce tivesse aparecido em seu lugar. Eu queria vê-lo com jeans e o casaco verde-oliva, com uma caixa de fotos embaixo do braço. Queria que ele estivesse à mesa, me ajudando a aprender equações ou fazendo perguntas sobre o vocabulário de espanhol. Queria que Bryce me abraçasse como tinha feito na praia, naquela noite da pipa, quando o mundo parecia perfeito.

Mas o Novo Bryce – todo arrumado, que beijava minha mão – esperava por mim, e quando descemos os degraus, tive mais uma contração de Braxton Hicks. Precisei me segurar no corrimão, e Bryce olhou para mim, preocupado.

– Está quase, não é?

– Onze dias mais ou menos – respondi, gemendo.

Quando a sensação finalmente passou e eu tive certeza de que poderia me mover em segurança, percorri o restante do caminho andando como uma pata. Na caçamba da caminhonete, Bryce pegou um banquinho para me ajudar a subir, como havia feito antes de irmos para a praia.

A viagem durou apenas alguns minutos e foi só depois que ele desligou o motor no fim de uma estrada de terra que notei onde nos encontrávamos. Atrás do para-brisa, fitei um pequeno chalé. Ao contrário da casa da minha tia, os vizinhos mais próximos mal estavam visíveis atrás das árvores e não havia água à vista. Quanto à moradia em si, era menor do que a da minha tia, mais baixa e ainda mais decrépita. As tábuas de madeira estavam desbotadas e descascadas, os gradis do alpendre pareciam estar apodrecidos e notei manchas de musgo nas telhas. Foi só quando vi a placa que dizia ALUGA-SE que senti uma súbita sensação de terror, a respiração ficando presa na garganta enquanto as peças se juntavam.

Atordoada, não ouvi Bryce saltar da caminhonete e, a essa altura, ele já estava do meu lado. A porta se abriu, o banquinho de apoio foi colocado. Ele procurou meu braço e me ajudou a descer. Meu cérebro começou a repetir a palavra *não*...

– Sei que o que estou prestes a dizer pode parecer uma maluquice a princípio, mas pensei muito no assunto nas últimas semanas. Pode acreditar em mim quando digo que é a única solução que faz sentido.

Fechei os olhos.

– Por favor – sussurrei. – Não.

Ele continuou como se não tivesse me ouvido. Ou talvez eu não tivesse dito as palavras em voz alta, somente nos pensamentos, porque nada daquilo parecia real. Tinha que ser um sonho...

– Desde que nos conhecemos, eu soube quanto você era especial – começou Bryce. A voz parecia próxima e distante ao mesmo tempo. – E quanto mais tempo nós passávamos juntos, mais claro ficava pra mim que eu nunca conheceria ninguém como você. Você é linda, inteligente e bondosa, tem um grande senso de humor e tudo isso me faz amar você de um modo que sei que nunca serei capaz de amar mais ninguém.

Abri a boca para falar, mas nenhum som saiu. Bryce continuou, as palavras saindo mais depressa.

– Sei que vai ter um bebê e que deve ir embora em seguida, mas até você admite que voltar pra casa vai ser um desafio. Não tem um bom relacionamento com seus pais, não sabe o que vai acontecer com suas amigas e merece bem mais do que isso. Nós dois merecemos, e é por isso que eu te trouxe pra cá. É por isso que fui pescar com meu avô.

Não, não, não, não...

– Podemos ficar aqui – continuou ele. – Eu e você. Não tenho que ir pra West Point e você não tem que voltar pra Seattle. Pode estudar em casa, como eu, e tenho certeza que poderíamos fazer tudo pra que você conclua os estudos no próximo ano, mesmo se decidir ficar com o bebê. E depois disso, talvez eu vá pra universidade, ou talvez nós dois possamos ir. Vamos dar um jeito como meus pais fizeram.

– Ficar com o bebê? Eu só tenho 16 anos... – gemi.

– Na Carolina do Norte, podemos entrar com uma petição, e a justiça permitiria que você ficasse com o bebê. Se vivermos juntos aqui, você poderia ser emancipada. É um pouco complicado, mas sei que posso encontrar um jeito de isso funcionar.

– Por favor, pare – sussurrei, sabendo que, de algum modo, eu vinha esperando por isso desde o momento em que ele havia beijado minha mão.

De repente ele pareceu reconhecer o peso que eu sentia sobre os ombros.

– Sei que é muita coisa pra levar em consideração neste momento, mas não quero perdê-la. – Ele inspirou profundamente. – A questão é a seguinte: encontrei um modo pra ficarmos juntos. Tenho dinheiro bastante no banco pra pagar o aluguel desta casa durante quase um ano e sei que posso ganhar o suficiente, trabalhando com meu avô, pra pagar o restante das contas sem que você tenha que trabalhar. Estou disposto a ajudá-la nas tarefas da escola e não há nada que eu queira mais do que ser o pai do seu bebê. Prometo amá-lo e adorá-lo como se fosse meu próprio filho, até adotá-lo, se me permitir. – Ele buscou minha mão, segurando-a, antes de se abaixar e se apoiar em um dos joelhos. – Amo você, Maggie. Você me ama?

Mesmo sabendo para onde tudo aquilo estava se encaminhando, eu não tinha condições de mentir para ele.

– Sim, eu te amo.

Ele me encarou, com olhos suplicantes.

– Quer casar comigo?

Horas depois, me sentei no sofá, à espera do retorno de minha tia, sentindo algo que poderia ser comparado ao estado de choque. Até minha bexiga parecia atordoada e submissa. Assim que tia Linda chegou em casa, ela deve ter notado minha expressão, pois se sentou imediatamente a meu lado. Quando perguntou o que tinha acontecido, contei tudo, mas só depois que terminei ela fez, enfim, a pergunta óbvia.

– O que você disse?

– Não consegui dizer nada. O mundo estava rodando como se eu tivesse caído num redemoinho e aí Bryce finalmente disse que eu não precisava responder de imediato. Mas pediu que eu pensasse no assunto.

– Eu temia que isso pudesse acontecer.

– Você sabia?

– Conheço Bryce. Não tão bem quanto você, obviamente, mas o suficiente pra não ficar de todo surpresa. Acho que a mãe dele estava preocupada que ele fizesse alguma coisa assim.

Sem dúvida, e fiquei me perguntando por que somente eu não estava esperando por aquilo.

– Por mais que eu o ame, não posso me casar com ele. Não estou pronta pra ser mãe nem esposa, nem mesmo pra ser adulta. Eu vim pra cá querendo apenas deixar tudo isso pra trás e poder voltar à minha vida normal, mesmo se ela for meio chata. E ele tem razão... as coisas podiam ser melhores lá em casa com meus pais e com minha irmã, mas ainda assim eles são minha família.

Enquanto eu falava, meus olhos se encheram de lágrimas e comecei a chorar. Não consegui me conter. Eu me odiei por isso, mesmo sabendo que o que eu dizia era verdade.

Tia Linda esticou o braço e apertou minha mão.

– Você é mais sábia e mais madura do que pensa.

– O que vou fazer?

– Precisa conversar com ele.

– O que devo dizer?

– Deve dizer a verdade. Ele merece.

– Ele vai me odiar.

– Duvido – afirmou ela, com a voz baixa. – E quanto a Bryce? Você acha mesmo que ele pensou em tudo isso? Acha que ele está realmente pronto pra ser pai e marido? Pra viver em Ocracoke como pescador ou fazendo bicos? Pra desistir de West Point?

– Ele disse que é o que queria.

– O que você quer pra ele?

– Eu quero...

O que eu queria? Que ele fosse feliz? Que tivesse sucesso? Que buscasse realizar seus sonhos? Que se tornasse uma versão mais velha do rapaz que eu aprendera a amar? Que ficasse comigo pra sempre?

– Eu só não queria atrapalhá-lo – respondi, enfim.

O sorriso dela não conseguiu esconder seu ar de tristeza.

– Acha que atrapalharia?

A tensão que eu sentia tornou uma missão impossível ter um sono revigorante e – talvez por causa do choque anterior – as contrações de Braxton Hicks voltaram com força total, e as senti durante toda a noite. Praticamente todas as vezes em que eu estava prestes a cochilar, sentia uma nova contração e precisava apertar a ursinha Maggie com força, para aguentar. Acordei exausta na manhã de segunda-feira e, mesmo assim, elas continuaram.

Bryce não apareceu na casa na hora habitual e eu não estava em condições de estudar. Passei a maior parte da manhã na sacada, pensando nele. Minha mente viajava por dezenas de conversas imaginárias, nenhuma delas muito boa, embora eu lembrasse a mim mesma que eu sabia o tempo todo que me apaixonar tornaria inevitável uma despedida dolorosa e terrível. Mas eu nunca tinha esperado que fosse daquele jeito.

Eu sabia que ele viria. Enquanto o sol gradualmente aquecia o ar, eu quase conseguia sentir seu espírito. Imaginei-o deitado na cama, as mãos sob a nuca, os olhos concentrados no teto. De vez em quando, ele devia dar uma olhada no relógio, perguntando-se se eu precisava de mais tempo antes de lhe dar uma resposta. Eu sabia que ele queria que eu dissesse "sim", mas o que ele pensava que aconteceria se eu aceitasse? Esperava que nós dois fôssemos juntos para sua casa, contássemos para a mãe dele e que ela ficaria feliz? Esperava ouvir minha ligação, enquanto eu contasse para meus pais? Não sabia que eles seriam contra a ideia da emancipação? E se os pais dele parassem de falar com Bryce? E tudo isso sem contar que eu tinha apenas dezesseis anos e não estava pronta de forma alguma para o tipo de vida que ele propunha.

Como tia Linda sugerira, não parecia que ele tinha realmente pensado nos desdobramentos. Ele parecia ver a resposta através de lentes que focavam apenas em nós dois, como se mais ninguém fosse afetado. Por mais romântico que parecesse, a realidade era bem mais complicada. Além disso, ignorava meus sentimentos.

Acho que foi isso que me incomodou mais. Eu conhecia Bryce suficientemente bem para presumir que os motivos faziam sentido para ele e tudo o que eu conseguia pensar era que ele, como eu, desconfiava que um relacionamento à distância não funcionaria. Talvez pudéssemos nos escrever e nos telefonar – embora as ligações fossem caras –, mas quando teríamos condições de nos rever? Se eu duvidava que meus pais me permitiriam sair com alguém, não havia a menor chance de me deixarem ir para a Costa Leste para ver Bryce. Só depois da minha formatura e, mesmo assim, se eu ainda estivesse morando com eles, talvez não concordassem. O que significava pelo menos dois anos, talvez mais. E ele? Poderia pegar um voo para Seattle nos verões? Ou West Point teria programas obrigatórios de liderança durante as férias escolares? Uma parte de mim acreditava que haveria atividades, e que mesmo que não houvesse, Bryce era o tipo de pessoa que normalmente se inscreveria num estágio no Pentágono ou algo parecido. E com a relação tão próxima que ele mantinha com a família, também precisaria passar um tempo com ela.

Seria possível continuar a amar uma pessoa mesmo sem passar nenhum tempo com ela?

Comecei a compreender que a resposta, para Bryce, era negativa. Algo dentro dele precisava me ver, me abraçar, me tocar, me beijar. Ele sabia que se eu voltasse para Seattle e se ele fosse para West Point, essas coisas não seriam apenas impossíveis, assim como também não teríamos aqueles momentos simples que nos levaram a nos apaixonar. Não estudaríamos à mesa nem caminharíamos na praia. Não passaríamos as tardes tirando fotos nem fazendo ampliações no laboratório. Nada de almoços nem jantares, nem de filmes no sofá. Ele levaria sua vida e eu levaria a minha. Nós cresceríamos e mudaríamos, e a distância cobraria seu preço, como gotas de água desgastando uma pedra. Ele conheceria alguém ou isso aconteceria comigo, e nosso relacionamento terminaria sem deixar nada além de lembranças de Ocracoke em seu rastro.

Para Bryce, era tudo ou nada. Ou ficávamos juntos ou não ficávamos. Não havia meio-termo, porque todas as opções intermediárias levavam à mesma conclusão inevitável. E eu admitia: ele provavelmente tinha razão. Mas porque eu o amava, embora fosse partir seu coração, de repente eu soube exatamente o que precisava fazer.

Tenho certeza de que aquela conclusão provocou outra contração de Braxton Hicks, a mais forte de todas. Pareceu durar uma eternidade, mas por fim passou, minutos antes de Bryce finalmente aparecer. Ao contrário do dia anterior, ele vestia calça jeans e camiseta e, embora sorrisse, havia algo de vacilante em seu sorriso. Como o dia estava agradável, fiz um gesto para sairmos. Nós nos sentamos no mesmo lugar em que eu havia ficado quando minha mãe passara por ali.

– Não posso me casar com você – falei, sem rodeios, e vi quando ele, de repente, baixou os olhos. Bryce juntou as mãos com força e aquilo doeu em mim. – Não é porque eu não te amo, porque eu amo. Tem a ver comigo e com quem sou. E com quem você é, também.

Pela primeira vez, ele me olhou.

– Sou jovem demais pra ser mãe e esposa. E você também é jovem demais pra ser marido e pai, ainda mais de um filho que nem é seu. Mas acho que já sabe dessas coisas. O que significa que você queria que eu aceitasse pelos motivos errados.

– O que você quer dizer?

– Você não quer me perder. Não é a mesma coisa de querer estar comigo.

– É exatamente a mesma coisa – protestou.

– Não, não é. Querer estar com alguém é uma coisa positiva. Tem a ver com amor, respeito, desejo. Mas não querer perder alguém não tem a ver com essas coisas. Tem a ver com medo.

– Mas eu amo você. E eu a respeito...

Peguei a mão dele para interrompê-lo.

– Sei disso e acho que você é o sujeito mais incrível, inteligente, bondoso e atraente que eu já conheci. Eu me assusto ao pensar que encontrei o amor da minha vida aos dezesseis anos, mas talvez seja isso mesmo. E talvez eu esteja cometendo o maior erro de todos ao dizer o que eu sou. Mas não sou a pessoa certa pra você, Bryce. Você nem me conhece direito.

– Claro que conheço.

– Você se apaixonou pela minha versão ilhada, grávida, solitária e com dezesseis anos, que por acaso era praticamente a única garota em Ocracoke com uma idade próxima da sua. Eu mal sei quem eu sou e é difícil me lembrar quem eu era antes de chegar aqui. O que significa que não faço ideia de quem vou me tornar quando estiver um ano mais velha e não estiver grávida. Você também não sabe.

– Isso é uma bobagem.

Mantive a voz firme.

– Sabe o que venho pensando desde que nos conhecemos? Tento imaginar como você será adulto. Porque olho pra você e vejo alguém que provavelmente poderia se tornar presidente, se assim decidisse. Ou que poderia pilotar helicópteros ou ganhar um milhão de dólares ou ser o próximo Rambo ou se tornar astronauta ou qualquer outra coisa, porque seu futuro não tem limites. Você tem um potencial com que os outros só podem sonhar, e isso apenas por ser quem é. E eu nunca poderia pedir a você que abrisse mão desse tipo de oportunidade.

– Eu falei que poderia ir para a universidade no ano que vem...

– Sei que poderia. Assim como sei que você sempre me levaria em consideração ao tomar decisões. Isso também é um limite e eu não poderia viver em paz comigo mesma se achasse que minha presença em sua vida poderia privá-lo de explorar todo seu potencial.

– Que tal se a gente esperar alguns anos? Até minha formatura?

Ergui uma das sobrancelhas.

– Um compromisso de longa duração?

– Não precisa ser um compromisso. Podemos namorar.

– Como? A gente não vai poder se ver.

Quando ele fechou os olhos, soube que meus pensamentos anteriores estavam corretos. Havia algo nele que não se limitava a me querer, mas que precisava de mim.

– Talvez eu pudesse estudar em Washington – balbuciou ele.

Senti que ele estava tentando lidar com os fatos, o que dificultava que eu fosse em frente. Mas não havia escolha.

– E desistir de seu sonho? Sei quanto você sempre quis ir para West Point e é o que eu quero para você. Partiria meu coração pensar que você desistiu de um sonho por minha causa. Quero que você saiba que eu o amei o suficiente pra nunca tirar nada de você. Não há nada que eu queira mais.

– Então, o que vamos fazer? Simplesmente nos separar como se nada tivesse acontecido?

Senti minha própria tristeza se expandindo por dentro de mim como um balão que se inflava.

– Podemos fingir que foi um lindo sonho, um sonho do qual nos lembraremos pra sempre. Porque nos amamos o bastante pra permitir o crescimento um do outro.

– Isso não basta. Não consigo imaginar que nunca vou voltar a te ver.

– Então não vamos dizer nada assim. Vamos nos dar alguns anos. Nesse intervalo, você toma as decisões que são as melhores pro seu futuro e eu vou fazer a mesma coisa. Vamos estudar, arranjar empregos, entender quem somos. E aí, se nós dois acharmos que queremos tentar de novo, vamos nos encontrar e ver o que acontece.

– Está pensando em quanto tempo?

Engoli em seco, sentindo a pressão atrás dos olhos aumentar.

– Minha mãe conheceu meu pai quando tinha 24 anos.

– Daqui a mais de sete anos? É uma maluquice. – Nos olhos dele, achei que tinha visto algo parecido com o medo.

– Talvez. Mas se funcionar, vamos saber que é a coisa certa.

– E vamos nos falar até lá? Ou escrever cartas?

Isso seria difícil demais para mim, eu sabia. Se nos correspondêssemos com regularidade, eu nunca deixaria de pensar nele e ele também não deixaria de pensar em mim.

– Que tal um único cartão de Natal todos os anos?

– Você vai sair com outras pessoas?

– Não tenho ninguém em mente, se é o que você deseja saber.

– Mas não está dizendo que não vai.

As lágrimas começaram a rolar.

– Não quero brigar com você. Sempre soube que seria difícil me despedir e isso é tudo o que consigo pensar em fazer. Se nosso destino é ficar juntos, não podemos apenas nos amar como adolescentes. Temos de nos amar como adultos. Não entende?

– Estou tentando não brigar. É tanto tempo... – a voz dele falhou.

– Pra mim também. E odeio te dizer isso. Mas não sou boa o bastante pra você, Bryce. Pelo menos, ainda não. Por favor, me dê uma oportunidade de ser, está bem?

Ele não disse nada. Em vez disso, passou a mão suavemente em seu rosto úmido.

– Ocracoke – sussurrou ele finalmente.

– O quê?

– No seu vigésimo quarto aniversário. Vamos planejar nos encontrar na praia. Onde tivemos nosso encontro, está bem?

Assenti, perguntando a mim mesma se isso sequer seria possível, e quando ele me beijou, pensei que quase podia provar sua tristeza. Em vez de ficar comigo, ele me ajudou a me levantar e me abraçou. Eu sentia o cheiro dele, límpido e fresco, como a ilha onde nos conhecemos.

– Não posso deixar de pensar que estão acabando os dias que eu tenho pra te abraçar. Posso te ver amanhã?

– Eu gostaria disso – sussurrei, sentindo o corpo dele junto do meu, já sabendo que nossa próxima despedida seria ainda pior e perguntando a mim mesma como eu poderia suportá-la.

O que eu não sabia era que nunca teria essa oportunidade.

Feliz Natal

Sentada à mesa com os restos do jantar diante deles, Maggie notou a atenção fascinada de Mark. Embora a comida tivesse chegado cerca de meia hora depois que o esperado, eles terminaram de comer em algum ponto da história quando ela contou que havia viajado com Bryce para entregar Daisy. Ou melhor, Mark tinha terminado; Maggie quase não tocou na comida. Agora eram onze horas e faltava apenas uma hora para o dia de Natal. De forma inesperada, Maggie não estava exausta nem desconfortável, especialmente em comparação ao modo como se sentira antes. Reviver o passado a revigorou de uma maneira surpreendente.

– Como assim? Como foi que nunca teve a oportunidade?

– As contrações que eu tive naquela segunda-feira não eram de Braxton Hicks. Eram contrações de verdade.

– E você não sabia?

– Não no começo. Só depois que Bryce saiu e tive a contração seguinte que o pensamento chegou a passar por minha cabeça. Porque foi uma coisa arrasadora. Mas eu ainda estava muito mexida por causa de Bryce, e a data prevista para o nascimento era só na semana seguinte. Ignorei até que minha tia chegou em casa. A essa altura, claro, eu já tinha tido mais contrações.

– O que aconteceu?

– Assim que mencionei que elas vinham com mais frequência e que estavam bem mais fortes, ela chamou Gwen. Devia ser pelo menos três e quinze, talvez três e meia da tarde. Quando Gwen chegou, levou menos de um minuto pra decidir que eu devia ir pro hospital, porque ela não achou que eu aguentaria até a balsa da manhã. Minha tia jogou algumas das minhas coisas numa sacola de viagem – a única coisa que realmente me importava era a ursinha Maggie – e depois ligou pros meus pais, pro médico e saímos. Graças a Deus que a balsa não estava cheia e que conseguimos entrar. Acho que naquele momento as contrações vinham a cada dez ou quinze minutos. Em geral, você espera pra ir pro hospital quando elas acontecem num intervalo de cinco minutos, mas a travessia de balsa e o percurso até o hospital levavam três horas e meia. Longas três horas e meia, devo acrescentar. Quando a balsa atracou, as contrações já vinham a cada quatro ou cinco minutos. Fico impressionada por não ter espremido todo o recheio da ursinha Maggie.

– Mas conseguiu chegar a tempo.

– Cheguei. Mas o que eu mais me lembro era como minha tia e Gwen se mantiveram calmas o tempo todo. Por mais que eu fizesse barulhos estranhos quando as contrações chegavam, as duas conversavam como se nada de extraordinário estivesse acontecendo. Acho que elas já haviam levado muitas jovens grávidas pro hospital.

– E você sentia dor com as contrações?

– Era como se um bebê dinossauro estivesse mastigando meu útero.

Ele riu.

– E aí?

– Chegamos no hospital e fui instalada num quarto no andar da maternidade. O médico veio e minha tia e Gwen ficaram comigo pelas seis horas seguintes até que eu finalmente tivesse dilatação. Gwen fez eu me concentrar na respiração. Mais ou menos por volta de uma da madrugada eu estava pronta pro parto. Lembro-me, em seguida, das enfermeiras aprontando as coisas e o médico chegando. E depois de fazer força três ou quatro vezes, acabou.

– Não parece ter sido tão ruim.

– Você se esqueceu do bebê dinossauro faminto. Cada contração daquelas foi terrível.

Tinha sido, apesar de ela não se lembrar da sensação exata. Naquela luz baixa, Mark pareceu petrificado.

– E Gwen tinha razão. Foi bom que vocês pegaram a balsa da tarde.

– Não tenho dúvidas de que Gwen poderia ter cuidado do parto, pois não houve complicações. Mas eu me senti melhor por estar no hospital, em vez de dar a luz na minha cama ou em outro lugar.

Ele fitou a árvore antes de se voltar para ela mais uma vez. Às vezes, pensou ela, Mark parecia tão familiar que chegava a assustar.

– O que aconteceu depois?

– Muita comoção, claro. O médico se certificou de que eu estava bem, cuidou do pós-parto enquanto o pediatra examinava o bebê. Peso, escala de Apgar, medidas e logo depois a enfermeira levou o bebê pro berçário. E bem assim, de repente, tudo ficou pra trás. Até hoje, tudo isso às vezes parece surreal, mais parecido com um sonho do que com a realidade. Mas depois que o médico e as enfermeiras se foram, agarrei a ursinha Maggie e comecei a chorar. Chorei por muito tempo, sem conseguir parar. Eu lembro que minha tia ficou de um lado da cama e Gwen do outro, as duas me consolando.

– Tinha de ser um momento de muita emoção.

– E foi. Mas eu sabia o tempo todo que seria. E, claro, quando minhas lágrimas pararam de rolar, já era o meio da madrugada. Minha tia e Gwen tinham ficado acordadas por quase 24 horas e eu estava ainda mais cansada do que elas. Acabamos dormindo, as três. Tinham levado uma cadeira a mais pra minha tia... Gwen usou a outra... por isso não sei quanto elas conseguiram descansar. Mas eu apaguei. Sei que o médico veio em algum momento, durante a manhã, pra garantir que eu estava bem, mas eu mal me lembro. Voltei a dormir e não acordei de novo até as onze horas. Lembro de pensar como era estranho despertar sozinha na cama de hospital porque nem minha tia nem Gwen estavam por lá. Eu também estava faminta e o desjejum ainda se encontrava na bandeja. A comida tinha esfriado, mas eu nem liguei.

– Onde estavam sua tia e Gwen?

– No refeitório. – Quando ele inclinou a cabeça de leve, Maggie mudou de assunto. – Ainda sobrou gemada lá nos fundos?

– Sobrou. Gostaria de mais um copo?

– Se não se importar.

Maggie olhou Mark se levantando da mesa e se dirigindo aos fundos. Ao desaparecer, ela sentiu que sua mente voltava ao momento em que tia Linda entrara no quarto, o passado se tornando novamente real.

⛵

Tia Linda se aproximou da cama antes de puxar uma cadeira. Esticou o braço e afastou o cabelo dos meus olhos.

– Como está se sentindo? Dormiu um bocado.

– Acho que eu estava precisando – falei. – O médico veio mais cedo?

– Veio sim. Ele disse que você estava indo muito bem. Deve ter alta amanhã de manhã.

– Preciso ficar aqui mais uma noite?

– Querem monitorar você por pelo menos 24 horas.

A luz do sol entrando pela janela, por trás dela, parecia envolvê-la como um halo dourado.

– Como está o bebê?

– Muito bem – respondeu. – A equipe é excelente e foi uma noite tranquila. Acho que o seu é o único no berçário no momento.

Absorvi aquelas palavras, imaginando a cena, e as palavras seguintes vieram automaticamente.

– Acha que poderia fazer uma coisa pra mim?

– Claro.

– Pode levar a ursinha Maggie pro berçário? E avisar as enfermeiras que eu gostaria que o bebê ficasse com ela? E talvez pedir que avisem aos pais também?

Minha tia sabia quanto a ursinha Maggie significava para mim.

– Tem certeza?

– Acho que o bebê precisa dela mais do que eu nesse momento.

Minha tia abriu um sorriso suave.

– Acho que é um presente maravilhoso e generoso.

Entreguei-lhe o ursinho, observando como ela o acomodava antes de buscar minha mão.

– Agora que está acordada, podemos conversar sobre a adoção? – Quando assenti, ela prosseguiu: – Você sabe que vai ter que renunciar ao bebê formalmente, o que exige uma documentação, claro. Eu já revisei tudo, e Gwen também, e como já expliquei para seus pais, trabalhamos muitos anos com a mulher que cuidou da adoção. Pode confiar em mim que tudo está em ordem, mas, se preferir, eu poderia providenciar um advogado pra você.

– Confio em você – falei. E confiava. Acho que confiava na minha tia Linda mais do que em qualquer pessoa.

– O importante é saber que essa é uma adoção fechada. Lembra-se do que isso significa, certo?

– Significa que não vou saber quem são os pais, certo? E que eles não vão saber quem eu sou.

– Certo. Quero ter certeza que ainda é isso que você quer fazer.

– É sim – respondi. A ideia de saber alguma coisa me deixaria maluca. – E os novos pais já chegaram?

– Ouvi que eles chegaram hoje de manhã, por isso vamos cuidar da documentação daqui a pouco. Mas tem mais uma coisa que você deveria saber.

– O que é?

Ela respirou fundo.

– Sua mãe está aqui. E ela já marcou o voo de volta pra amanhã. O médico não ficou empolgado com isso, pela possibilidade de coágulos sanguíneos, mas sua mãe foi bastante insistente.

– Como ela chegou aqui tão depressa?

– Ela arranjou um voo ontem, logo depois do meu telefonema. Na verdade, ela chegou a New Bern ontem, tarde da noite, antes do parto. Veio pra cá de manhã, pra vê-la, mas você ainda estava dormindo. Ela não tinha comido nada e por isso Gwen e eu a levamos até o refeitório.

Preocupada com minha mãe, percebi que tinha quase ignorado a outra coisa que ela havia dito.

– Espere aí. Você disse que eu vou embora amanhã?

– Disse.

– Quer dizer que não vou voltar pra Ocracoke?

– Temo que não.

– E as minhas coisas? E a foto que Bryce me deu de Natal?

– Vou mandar tudo pra você. Não precisa se preocupar com isso. *Mas...*

– E Bryce? Nem tive a chance de me despedir. Não me despedi da mãe dele nem da família dele.

– Eu sei – murmurou. – Mas não acho que haja alguma coisa que você possa fazer. Sua mãe tomou as providências e é por isso que eu quis encontrá--la e avisar logo. Pra que você não fosse pega de surpresa.

Senti as lágrimas de novo, lágrimas diferentes daquelas da noite anterior, repletas de um tipo diferente de medo e de dor.

– Quero vê-lo de novo! – exclamei. – Não posso deixá-lo assim.

– Eu sei – disse ela, pronunciando cada palavra com o peso da compaixão.

– Tivemos uma briga – falei. Senti que meu lábio inferior começava a tremer. – Quer dizer, uma espécie de briga. Expliquei a ele que eu não podia me casar.

– Eu sei – sussurrou ela.

– Você não entende. Tenho que vê-lo! Não pode tentar falar com minha mãe?

– Eu tentei – respondeu ela. – Seus pais querem que você volte pra casa.

– Mas não quero ir embora. – A ideia de voltar a morar com meus pais e não com a minha tia não era algo com que eu pudesse lidar naquele momento.

– Seus pais a amam – disse ela, apertando minha mão. – Assim como eu a amo também.

Mas sinto mais o seu amor do que o deles. Eu queria dizer isso a ela, mas minha garganta travou, e dessa vez eu simplesmente me entreguei e comecei a soluçar. E como eu sabia que ela faria, minha doce e maravilhosa tia Linda me abraçou com força por muito tempo, mesmo depois que minha mãe finalmente entrou no quarto.

Manhattan
2019

– Você está bem? Parece angustiada.

Maggie viu que Mark pousava a gemada diante dela.

– Estava me lembrando da manhã seguinte no hospital – revelou ela.

Pegou o copo enquanto Mark se acomodava de novo na cadeira. Quando ele estava pronto, Maggie contou o que acontecera, reparando na consternação dele.

– E foi assim? Você não voltou pra Ocracoke?

– Não pude.

– E Bryce chegou a visitá-la no hospital? Não poderia ter pegado a balsa?

– Tenho certeza que ele achava que eu voltaria pra Ocracoke. Mas mesmo se ele tivesse descoberto o que estava acontecendo e fosse pro hospital, não consigo imaginar como teria sido, com minha mãe por perto. Depois que minha tia e Gwen se foram, fiquei arrasada. Minha mãe não conseguia entender por que eu não parava de chorar. Achou que eu estava me arrependendo da decisão de entregar o bebê pra adoção, e apesar de já ter assinado os documentos, acho que ela temia que eu mudasse de ideia. Não parava de repetir que eu estava fazendo a coisa certa.

– Sua tia e Gwen tinham ido embora?

– Precisavam pegar a balsa da tarde, de volta pra Ocracoke. Fiquei arrasada depois de me despedir delas. Minha mãe acabou se cansando daquilo. Saiu do quarto um monte de vezes pra pegar café lá embaixo, e depois que eu jantei, ela foi pro hotel.

– E deixou você sozinha? Apesar de você estar tão transtornada?

– Foi melhor do que tê-la por perto, e acho que nós duas sabíamos disso. De qualquer forma, acabei caindo no sono e a próxima coisa que realmente me lembro é da enfermeira me levando, de cadeira de rodas, pra fora do hospital enquanto minha mãe estacionava o carro alugado. Eu e ela não falamos muito no carro ou no aeroporto, e assim que entrei no avião, me lembro de ficar olhando pela janela e tendo a mesma sensação de pavor de quando deixei Seattle rumo à Carolina do Norte. Eu não queria ir. Na minha cabeça, continuei tentando processar tudo o que havia acontecido. Mesmo quando cheguei em casa, não conseguia parar de pensar em Bryce e em Ocracoke. Por um tempo, a única coisa que me fazia sentir melhor foi Sandy. Ela sabia que eu estava passando por dificuldades e não saía do meu lado. Entrava no meu quarto ou me seguia pela casa, mas é claro que toda vez que eu a via, eu me lembrava de Daisy.

– E você não voltou pra escola?

– Não. Essa foi realmente uma boa decisão dos meus pais e do diretor. Quando penso no passado, fica claro que eu estava deprimida. Dormia o tempo todo, não tinha apetite e me sentia uma estranha na minha própria casa. Eu não teria sido capaz de lidar com a escola. Eu não conseguia me concentrar, então acabei indo mal em todas as provas finais. Mas como eu tinha me saído bem até ali, minhas médias ainda estavam boas. A depressão acabou fazendo com que eu recuperasse o peso de antes da gravidez quando o verão começou. Depois de algum tempo, finalmente me senti em condições de ver Madison e Jodie e, pouco a pouco, comecei a retomar minha antiga vida.

– Você falou com Bryce ou escreveu pra ele?

– Não. E ele também não ligou nem escreveu. Eu queria isso todos os dias. Mas tínhamos nosso plano e sempre que eu pensava em entrar em contato, eu lembrava a mim mesma que ele ficaria melhor sem mim. Que ele precisava se concentrar em si mesmo, e eu também. Mas minha tia me escrevia com regularidade e às vezes me mandava notícias de Bryce. Ela me contou que ele havia se tornado um Escoteiro Águia, que foi pra faculdade como previsto e, meses depois, mencionou que a mãe de Bryce tinha passado na loja para contar que o filho estava indo excepcionalmente bem.

– E como você estava?

– Apesar de retomar o contato com as amigas, ainda me sentia estranhamente distante. Lembro que depois que tirei a carteira de motorista, eu às vezes pegava o carro emprestado, depois da igreja, e visitava brechós. Eu era provavelmente a única adolescente de Seattle vasculhando os jornais em busca de achados de segunda mão.

– Encontrou alguma coisa?

– Na verdade encontrei – disse ela. – Encontrei uma câmera Leica, de 35 milímetros, mais antiga do que aquela que Bryce usava, mas ainda funcionava perfeitamente. Corri pra casa e implorei ao meu pai que a comprasse para mim, prometendo devolver o dinheiro. Pra minha surpresa, ele concordou. Acho que compreendia melhor do que minha mãe como eu me sentia desesperada e deslocada. Depois disso, comecei a tirar fotografias e aquilo me ajudou a encontrar o equilíbrio. Quando as aulas começaram, entrei para a equipe do Livro do Ano, como fotógrafa, e assim pude tirar fotos também na escola. Madison e Jodie achavam que era uma bobagem, mas eu não dava a mínima. Passava horas na biblioteca pública folheando revistas e livros de fotografia, como fazia em Ocracoke. Tenho certeza que meu pai achou que era uma fase, mas, pelo menos, ele me dava atenção quando eu mostrava as fotos que havia tirado. Por outro lado, minha mãe ainda se esforçava ao máximo pra me transformar em Morgan.

– E deu certo?

– Não deu. Comparadas com os resultados de Ocracoke, minhas notas foram terríveis nos últimos dois anos do ensino médio. Embora Bryce tivesse me ensinado a estudar, eu não tinha vontade de me esforçar muito. E essa é, aliás, uma das razões que me levaram pra uma faculdade comunitária.

– Houve outra?

– A faculdade comunitária, na verdade, tinha algumas aulas que me interessavam. Eu não queria ir pra faculdade e passar os dois primeiros anos cursando disciplinas genéricas e estudando as mesmas coisas do ensino médio. A faculdade comunitária oferecia um curso de Photoshop e outros de fotografia interna e de esportes. As matérias eram ensinadas por um fotógrafo local. E tinha também algumas aulas de design pra web. Nunca esqueci o que Bryce me disse sobre a internet ser o futuro, e por isso compreendi que era algo que eu precisava aprender. Assim que terminei tudo isso, comecei a trabalhar.

– Você ficou morando na sua casa o tempo todo em que esteve em Seattle? Com seus pais?

Maggie assentiu.

– Eu não ganhava muito, por isso não tinha escolha. Mas não era ruim, até porque eu não passava muito tempo em casa. Eu ficava no estúdio, no laboratório ou em locações das sessões de fotos, e quanto menos tempo eu passava lá, melhor parecia ser o relacionamento com minha mãe. Mesmo que ela ainda fizesse questão de me informar que achava que eu estava desperdiçando minha vida.

– Como era seu relacionamento com Morgan?

– Pra minha surpresa, ela demonstrou real interesse em saber o que tinha acontecido comigo quando estava em Ocracoke. Depois de fazer com que ela jurasse não dizer nada pra nossos pais, acabei contando quase tudo, e no final daquele primeiro verão, ficamos mais próximas do que jamais havíamos sido. Mas assim que ela começou a estudar em Gonzaga, voltamos a nos afastar, porque ela raramente aparecia em casa. Fez curso de verão depois do primeiro ano, trabalhou em colônias de férias pra músicos nos verões seguintes. E claro, quanto mais velha e mais adaptada à vida universitária ela ficava, mais claro ficou pra nós duas que não tínhamos realmente muita coisa em comum. Ela não compreendia minha falta de interesse na faculdade, não conseguia compreender minha paixão pela fotografia. Na sua cabeça, era como se eu tivesse largado os estudos pra virar atriz.

Mark relaxou na cadeira e ergueu uma das sobrancelhas.

– Alguém descobriu? O verdadeiro motivo da sua temporada em Ocracoke?

– Acredite ou não, ninguém descobriu. Madison e Jodie não desconfiavam de nada. Tinham perguntas, claro, mas dei respostas vagas e em pouco tempo estava tudo como sempre. As pessoas nos viam juntas e não se davam ao trabalho de explorar com detalhes os motivos para minha partida. Como tia Linda tinha previsto, estavam todos preocupados com as próprias vidas, e não com a minha. Quando as aulas recomeçaram no outono, fiquei nervosa no primeiro dia, mas tudo foi completamente normal. As pessoas me tratavam do mesmo jeito e nunca ouvi nenhum boato. Claro, eu vaguei pelos corredores o ano inteiro com a sensação de ter pouco em comum com qualquer um dos meus colegas, mesmo quando tirava fotos deles para o anuário.

– Como foi seu último ano?

– Foi estranho – ponderou ela. – Porque ninguém dizia nada, e a essa altura minha temporada em Ocracoke parecia um sonho. Tia Linda e Bryce pareciam reais como sempre, mas havia momentos em que eu podia me convencer de que nunca tinha tido um filho. Com o passar dos anos, isso ficou ainda mais fácil. Uma vez, há uns dez anos, fui tomar um café com um cara que me perguntou se eu tinha filhos e eu disse que não. Não porque eu queria mentir pra ele, mas porque, naquele instante, eu de fato não lembrei. Claro que quase no mesmo instante eu me lembrei, mas não havia motivos pra me corrigir. Eu não tinha vontade de explicar esse capítulo da minha vida.

– E Bryce? Ele mandou um cartão de Natal? Você não falou sobre ele.

Maggie não respondeu de imediato. Em vez disso, sacudiu o líquido denso em seu copo antes de encarar Mark de novo.

– Sim. Mandei um cartão pra Bryce naquele primeiro Natal depois de voltar pra casa. Na verdade, mandei pra minha tia e pedi a ela que entregasse na casa dele, porque eu não me lembrava do endereço. Tia Linda foi quem botou o envelope na caixa do correio. Uma parte de mim se perguntava se ele teria se esquecido de mim, embora tivesse prometido não esquecer.

– E o cartão foi... num tom pessoal? – perguntou Mark, com delicadeza.

– Escrevi uma mensagem, contando sobre o que acontecera desde que eu o tinha visto pela última vez. Falei do parto e pedi desculpas por não ter me despedido. Disse a ele que tinha voltado para a escola e comprado uma câmera. Mas por não saber como ele se sentia em relação a mim, foi só no final que admiti que ainda pensava nele e que o nosso tempo juntos significava tudo pra mim. Também disse que eu o amava. Ainda posso me lembrar de escrever essas palavras e ficar absolutamente aterrorizada, sem saber o que ele acharia. E se ele não se desse ao trabalho de me mandar um cartão? E se tivesse dado a volta por cima e conhecido alguém? E se tivesse se arrependido do tempo que passamos juntos? E se estivesse zangado comigo? Eu não tinha ideia do que ele andava pensando nem de como reagiria.

– E aí?

– Ele também mandou um cartão. Chegou um dia depois que enviei o meu, por isso ele não podia ter lido o que eu tinha escrito, mas ele seguiu o mesmo roteiro. Me contou que estava feliz em West Point, que estava indo bem em suas aulas e que havia feito bons amigos. Mencionou que tinha visto os pais no Dia de Ação de Graças e que os irmãos já começavam a explorar diversas universidades que talvez quisessem cursar. E como eu fizera, no último parágrafo ele disse que sentia minha falta e que ainda me amava. Ele também me lembrou do nosso planejado encontro no meu vigésimo quarto aniversário, em Ocracoke.

Mark sorriu.

– Isso parece a cara do Bryce.

Maggie deu outro gole na gemada, ainda apreciando o sabor. Pensou que seria bom abastecer a geladeira, presumindo que fosse possível encontrar gemada depois das festas.

– Precisei de alguns anos de cartões de Natal pra acreditar que ele estava realmente comprometido com o plano. Comprometido conosco, quer dizer. Todo ano, eu pensava que poderia ser o ano em que o cartão não viria ou que ele me diria que tinha acabado. Mas eu estava errada. Em todos, ele fazia a contagem regressiva dos anos que faltavam para que pudéssemos nos reencontrar.

– Ele nunca conheceu ninguém?

– Não acho que estivesse interessado. E pra falar a verdade, também não saí com muita gente. Nos meus últimos anos na escola e na faculdade comunitária, recebi convites aqui e ali, e às vezes aceitava, mas nunca tive um interesse romântico. Ninguém se comparava a Bryce.

– E ele se formou em West Point?

– Em 2000. Depois, como o pai, foi trabalhar na inteligência militar, em Washington, D.C. Eu já tinha me formado no ensino médio e feito as aulas na faculdade comunitária. Às vezes, acho que devíamos ter seguido sua sugestão e nos reencontrado logo depois da formatura dele, em vez de esperarmos que eu tivesse 24 anos. Agora parece tão descabido – lamentou-se, assumindo um olhar melancólico. – As coisas teriam sido diferentes pra nós.

– O que aconteceu?

– Nós dois fizemos o que eu havia recomendado e nos tornamos jovens adultos. Ele trabalhava e eu também. A fotografia se tornou meu mundo desde o início, não só porque eu era apaixonada, mas também porque queria ser digna de Bryce, e não apenas alguém que ele amava. Enquanto isso, Bryce tomava decisões adultas sobre sua vida também. Sabe aquele antigo comercial sobre o Exército? Aquele que tem uma música que diz "Seja tudo o que você pode ser... no Exército"?

– Tenho uma vaga lembrança.

– Bryce nunca desistiu da ideia de se tornar um boina-verde, por isso ele se inscreveu para o SFAS. Tia Linda escreveu me contando. Acho que os pais dele comentaram com ela, e ela sabia que eu ia gostar de saber.

– O que é SFAS?

– É o processo de avaliação e de seleção das forças especiais. Fica em Fort Bragg, lá na Carolina do Norte. Pra resumir a história, Bryce passou com louvor, depois fez o treinamento e acabou sendo selecionado. Tudo isso aconteceu na primavera de 2002. Claro, a essa altura, as forças especiais tinham se tornado prioridade e buscavam os indivíduos mais capacitados que pudessem encontrar. Por isso não fico surpresa de Bryce ter conseguido chegar lá.

– Por que era uma prioridade?

– Por causa do Onze de Setembro. Você é provavelmente jovem demais pra se lembrar de como foi um evento catastrófico, um marco na história dos Estados Unidos. No cartão de Natal de Bryce em 2002, ele dizia que não podia me contar onde estava... o que servia de dica que ele estava em algum lugar perigoso. Mas disse que estava bem. Contou também que talvez não conseguisse chegar a Ocracoke em outubro do ano seguinte, quando eu faria 24 anos. Escreveu dizendo que se não estivesse por lá, pra eu não chegar a nenhuma conclusão. Ele daria um jeito de me avisar se ainda estava em missão e combinaria um lugar e uma ocasião diferentes para que pudéssemos finalmente nos encontrar.

Ela ficou em silêncio, lembrando-se. Então continuou:

– Por mais estranho que pareça, não fiquei nem um pouco decepcionada. Acima de tudo, eu estava impressionada que depois de todos aqueles anos nós dois ainda quiséssemos estar juntos. Mesmo agora, ainda parece pouco plausível que nosso plano tenha funcionado. Eu estava orgulhosa dele e orgulhosa de mim. E, claro, estava empolgadíssima em revê-lo, sem me importar com a ocasião. Mas mais uma vez, isso não estava nas cartas. O destino tinha outros planos pra nós.

Mark não respondeu, à espera. Em vez de falar, Maggie encarou de novo a árvore de Natal, obrigando-se a não pensar no que havia acontecido a seguir, habilidade que havia dominado durante os anos. Em vez disso, ela fitou as luzes, reparando nas sombras, registrando o movimento do trânsito na porta da galeria. Quando por fim ficou confiante de ter trancado a lembrança com toda segurança, ela buscou a bolsa para recuperar o envelope que tinha guardado mais cedo, pouco antes de sair do apartamento. Sem dizer nada, ela o entregou a Mark.

Maggie não o olhou enquanto ele, sem dúvida, observava o endereço do remetente e percebia que segurava uma carta de tia Linda. Nem viu quando ele tirou o selo do envelope. Embora ela tivesse lido a carta apenas uma vez, sabia com absoluta claridade o que Mark encontraria na página.

Querida Maggie,

É tarde da noite, a chuva está caindo e embora devesse estar dormindo há muitas horas, eu me pego à mesa perguntando a mim mesma se tenho forças para transmitir o que preciso lhe dizer. Parte de mim acredita que devo lhe contar pessoalmente, que talvez eu devesse pegar um avião até Seattle e me sentar com você na casa dos seus pais, mas tenho medo de que você descubra por outras fontes antes que eu tenha a chance de encontrá-la. Algumas das informações já estão no noticiário e é por isso que mandei esta carta pela entrega expressa. Quero que saiba que estou orando há horas, tanto por você quanto por mim.

Afinal de contas, não existe uma forma fácil de contar isso para você. Não há nada fácil em tudo isso, nem há um modo de diminuir a dor avassaladora que sinto diante da notícia que recebi hoje. Por favor, saiba que mesmo agora eu sinto muitíssimo por você e, enquanto escrevo, mal consigo ver a página, por conta das lágrimas que caem dos meus olhos. Saiba que eu desejava estar aí para poder abraçá-la e que vou rezar eternamente por você.

Bryce foi morto no Afeganistão, na semana passada.

Não sei detalhes. O pai dele também não sabia muita coisa, mas acredita que Bryce foi pego numa ação armada que deu errado. Não sabem quando nem onde nem como aconteceu, porque a informação é escassa. Talvez com o tempo, eles tenham mais notícias, mas os detalhes não me importam. Para você, duvido que também importem. Em tempos como esse, até para mim é difícil compreender os planos de Deus, e é uma batalha manter a minha fé. Neste momento, estou despedaçada.

Sinto tanto por você, Maggie. Sei quanto o amava. Sei como tem se esforçado no trabalho e sei quanto você queria voltar a vê-lo. Receba as minhas mais profundas e sinceras condolências. Tenho esperanças de que Deus conceda a força que você vai precisar para superar tudo isso de algum modo. Vou rezar com regularidade para que você acabe encontrando a paz, por mais que isso possa demorar. Você está para sempre dentro do meu coração.

Lamento muito sua perda. Eu amo você.

Tia Linda

Mark se mantinha em silêncio, atordoado. Quanto a Maggie, seus olhos que nada viam estavam fixos na árvore, tentando conduzir suas lembranças por outros caminhos – qualquer caminho além daquele que levava às lembranças do que havia acontecido com Bryce. Ela tinha enfrentado tudo aquilo no passado, enfrentado plenamente o horror, e jurara nunca mais reviver aquela dor. Apesar de seu rígido autocontrole, ela sentiu que uma lágrima descia por seu rosto e a enxugou, sabendo que outra a seguiria em breve.

– Sei que você provavelmente tem perguntas – sussurrou ela finalmente. – Mas não tenho respostas. Nunca tentei descobrir o que de fato aconteceu com Bryce. Como disse minha tia na carta, os detalhes não me importavam. Tudo o que eu sabia era que Bryce tinha morrido e depois alguma coisa arrebentou dentro de mim. Fiquei enlouquecida. Quis fugir de tudo o que eu conhecia, por isso larguei o trabalho, deixei minha família e me mudei pra Nova York. Parei de ir à igreja, saí todas as noites e namorei um vagabundo após outro por muito tempo, até que a ferida finalmente começou a cicatrizar. A única coisa que me impediu de chegar completamente ao fundo do poço foi a fotografia. Mesmo quando minha vida parecia fora de controle, eu tentei continuar aprendendo e me aprimorando. Porque sabia que era o que Bryce ia querer que eu fizesse. E era um modo de me segurar a algo que nós havíamos compartilhado.

– Sinto... muito, Maggie. – Mark parecia se esforçar para controlar a voz. Ele engoliu em seco. – Não sei o que dizer.

– Não há nada a dizer a não ser que foi o período mais tenebroso da minha vida. – Ela se concentrou em controlar a respiração, os ouvidos meio sintonizados ao som dos festejos na rua. Quando ela falou, sua voz estava contida. – Foi só depois da abertura da galeria que eu consegui passar um dia sem pensar nisso. Quando não estava zangada ou triste com o que aconteceu. Por que Bryce? Entre todos os habitantes do mundo inteiro, por que ele?

– Não sei.

Ela mal o ouvia.

– Passei anos tentando não pensar no que teria acontecido se ele tivesse ficado na inteligência ou se eu tivesse me mudado pra Washington, D.C., depois da sua formatura. Tentava não imaginar como teriam sido nossas vidas ou onde teríamos vivido ou em quantos filhos teríamos tido ou nas férias que teríamos tirado. Acho que foi outro motivo pra aceitar correndo todos os trabalhos de viagem que eu podia arranjar. Era uma tentativa de deixar esses pensamentos obsessivos pra trás, mas eu deveria saber que isso nunca funciona. Porque sempre levamos a nós mesmos para onde formos. É uma das verdades universais da vida.

Mark baixou os olhos para a mesa.

– Sinto muito ter pedido a você que terminasse a história. Devia tê-la ouvido e deixado que terminasse com o beijo na praia.

– Eu sei – disse ela. – É também assim que eu sempre quis que a história terminasse.

⛵

Enquanto o relógio continuava sua contagem para o Natal, a conversa dos dois passou delicadamente de um assunto para o outro. Maggie ficou grata por Mark não ter insistido em saber mais sobre Bryce. Parecia reconhecer como o assunto era doloroso para ela. Ao descrever os anos que seguiram a morte de Bryce, ela ficou assombrada por que os fios que costuraram tantas de suas decisões sempre se estendiam até Ocracoke.

Ela descreveu o afastamento da família, quando se mudou. Os pais nunca deram muito crédito a seu amor por Bryce nem captaram o impacto que ela sofrera com sua perda. Maggie confessou que não tinha confiado no homem que Morgan escolhera para se casar, pois nunca o vira fitar Morgan do mesmo jeito que Bryce a fitava. Falou sobre o ressentimento crescente que sentia em relação à mãe e a seus pronunciamentos críticos. Com frequência, pegava-se refletindo sobre as diferenças entre a mãe e tia Linda. Falou também sobre o pavor que sentiu na balsa para Ocracoke, quando finalmente juntou coragem para visitar a tia mais uma vez. A essa altura, os avós de Bryce tinham morrido e sua família se mudara para algum lugar na Pensilvânia. Durante sua estadia, Maggie visitara todos os lugares que haviam significado tanto para ela. Foi para a praia, para o cemitério e para o farol e ficou diante da casa onde Bryce morara, perguntando-se se o laboratório tinha sido convertido num espaço mais adequado aos novos donos. Foi invadida por ondas de déjà vu, como se os anos voltassem atrás, e houve momentos em que ela quase acreditou que Bryce poderia subitamente dobrar a esquina, só para perceber que era uma ilusão, o que a fez lembrar mais uma vez de que nada havia terminado do jeito que deveria.

Em algum momento quando estava na casa dos trinta anos, depois de tomar vinho demais, ela procurou os irmãos de Bryce no Google, para saber como estavam. Os dois tinham se formado no MIT aos dezessete anos e trabalhavam na área tecnológica: Richard no Vale do Silício e Robert em Boston. Os dois eram casados e tinham filhos. Para Maggie, embora as fotos mostrassem os dois adultos, eles para sempre teriam doze anos de idade.

Enquanto os ponteiros do relógio avançavam para a meia-noite, Maggie sentiu a exaustão tomando conta de si, como uma frente fria em rápida aproximação. Mark devia ter percebido o cansaço no seu rosto, pois estendeu o braço para tocar no seu.

– Não se preocupe – disse ele. – Não vou prendê-la por muito mais tempo.

– Não ia conseguir nem se tentasse – respondeu ela com a voz fraca. – Chega uma hora em que eu simplesmente preciso apagar.

– Sabe no que eu estava pensando? Desde que começou a me contar a história?

– O quê?

Ele coçou a orelha.

– Quando penso na minha vida... tudo bem, sei que não sou tão velho... não consigo deixar de perceber que, embora eu tenha vivido fases diferentes, sempre me tornei uma versão ligeiramente mais velha de mim mesmo. Do início da vida escolar aos anos intermediários, o ensino médio e a universidade, o hóquei infantil levou ao hóquei juvenil e depois para o hóquei da escola do ensino médio. Não houve períodos de grande reinvenção. Mas com você foi o contrário. Você era uma menina como as outras e depois se tornou sua versão grávida, o que alterou o curso de sua vida. Você se tornou alguém diferente ao voltar pra Seattle e depois se desfez dessa pessoa ao se mudar pra Nova York. Aí se transformou de novo, tornando-se uma profissional do mundo da arte. Você se tornou alguém inteiramente nova, muitas e muitas vezes.

– Não se esqueça da minha versão com câncer.

– Estou falando sério – repreendeu-a. – E espero que não esteja entendendo da forma errada. Acho que sua jornada é fascinante e inspiradora.

– Não sou tão especial assim. E não é como se eu tivesse planejado alguma coisa. Passei a maior parte da vida reagindo ao que acontecia comigo.

– É mais do que isso. Você tem uma coragem que eu não acho que tenho.

– Não é bem coragem, são mais os instintos de sobrevivência. E por ter aprendido algumas coisas pelo caminho, espero.

Ele se debruçou sobre a mesa.

– Quer saber de uma coisa?

Maggie assentiu, cansada.

– É o Natal mais memorável da minha vida – declarou ele. – Não apenas a noite de hoje. A semana inteira. Claro que também tive a oportunidade de ouvir a história mais espantosa de todas. Foi um presente e quero agradecer a você por isso.

Ela sorriu.

– Por falar em presentes, tenho algo pra você. – De dentro da bolsa ela tirou a latinha de pastilhas e a deslizou sobre a mesa. Mark a examinou.

– Comi alho demais?

– Deixe de ser bobo. Não tive tempo nem energia pra embrulhar.

Mark levantou a tampa.

– Pen drives?

– Estão com minhas fotos – revelou ela. – Todas as minhas favoritas.

Ele arregalou os olhos.

– Até aquelas que estão na galeria?

– Claro. Elas não estão com uma numeração oficial, mas se houver alguma que você aprecie particularmente, pode mandar imprimir.

– As fotos da Mongólia estão aí?

– Algumas delas.

– E *Rush*?

– Essa também.

– Uau... – disse ele, erguendo com delicadeza um dos pen drives que se encontravam na caixinha. – Obrigado. – Ele pousou o primeiro, ergueu o segundo com reverência e o guardou de volta. Tocou o terceiro e o quarto, como se estivesse garantindo que seus olhos não o enganavam. – Não posso dizer quanto isso significa pra mim – afirmou ele, solene.

– Antes que você fique achando que é algo especial, saiba que provavelmente vou fazer o mesmo pra Luanne no próximo mês. E pra Trinity também.

– Tenho certeza que ela vai amar tanto quanto eu. Prefiro isso a uma das obras de Trinity.

– Deve aceitar uma obra de Trinity se ele oferecer. Talvez você possa vendê-la e comprar uma boa casa.

– É – concordou ele, mas estava claro que sua mente permanecia no presente. Ele olhou para as fotos nas paredes à sua volta antes de começar a balançar a cabeça como se estivesse espantado. – Não consigo pensar em nada pra dizer a não ser obrigado, mais uma vez.

– Feliz Natal, Mark. E obrigada por tornar esta semana muito especial pra mim também. Não sei o que teria feito se não estivesse tão disposto a atender meus caprichos. E, claro, estou ansiosa pra conhecer Abigail também. Acho que você disse que ela está chegando no dia 28, certo?

– Sábado – disse ele. – Faço questão que ela visite a galeria num dia em que você esteja por aqui.

– Não sei se vou ser capaz de te dar uma folga durante toda a estadia dela por aqui. Não posso prometer nada.

– Ela entende – garantiu Mark. – Temos todo um domingo planejado e o dia de Ano-Novo também.

– Por que não fechamos a galeria no dia 31? Tenho certeza que Trinity não vai se importar.

– Seria ótimo.

– Vou fazer acontecer. Por ser uma chefe que compreende a importância de passar tempo com as pessoas que se ama, quero dizer.

– Tudo bem – concordou ele. Fechou a tampa da latinha de pastilha e voltou a olhá-la. – Se pudesse pedir qualquer coisa que quisesse de Natal, o que seria?

A pergunta a pegou desprevenida.

– Não sei – respondeu ela, por fim. – Suponho que eu diria que gostaria de voltar no tempo e me mudar pra Washington, D.C. logo depois da formatura de Bryce. E eu imploraria a ele que não entrasse para as forças especiais.

– E se não pudesse fazer o tempo voltar? E se fosse alguma coisa aqui e agora? Algo que realmente fosse possível.

Ela pensou.

– Não é exatamente um desejo de Natal nem mesmo uma resolução de Ano-Novo, mas existem certos... acertos que gostaria de fazer enquanto ainda tenho tempo. Quero dizer a minha mãe e a meu pai que compreendo que sempre fizeram o que achavam que seria o melhor pra mim e como aprecio todos os sacrifícios deles. Sei que no fundo meus pais sempre me amaram e que sempre estiveram ao meu lado. Gostaria de agradecer a eles. E a Morgan também.

– Morgan?

– Podemos não ter muito em comum, mas ela é minha única irmã. É também uma mãe maravilhosa pra suas filhas. Gostaria que soubesse que ela tem sido uma inspiração, de muitas maneiras.

– Mais alguém?

– Trinity, por tudo o que fez por mim. Luanne, pelo mesmo motivo. Você. Nos últimos tempos, ficou muito claro pra mim com quem quero passar o tempo que me resta.

– E uma última viagem pra algum lugar? Para a Amazônia ou algum lugar do tipo?

– Acho que meus dias de viajante ficaram pra trás. Mas está tudo bem. Não tenho arrependimentos em relação a isso. Já viajei o bastante pra dez vidas.

– E que tal um último banquete num restaurante com estrelas Michelin?

– A comida tem um gosto ruim pra mim, lembra? Eu ando vivendo à base de vitaminas e gemadas.

– Fico tentando pensar em mais alguma coisa...

– Estou bem, Mark. No momento, o apartamento e a galeria são mais do que suficientes.

Ele fitou o chão, a cabeça baixa.

– Não posso deixar de desejar que sua tia Linda estivesse aqui com você.

– Você e eu – concordou ela. – Ao mesmo tempo, não gostaria que ela me visse assim, que tivesse de me dar apoio nos dias difíceis que estão por vir. Ela já fez isso por mim no passado, quando eu mais precisava.

Ele assentiu em reconhecimento silencioso antes de olhar para a caixa sobre a mesa.

– Acho que é minha vez de lhe dar o presente, mas depois de embrulhá-lo hoje mais cedo, fiquei sem saber muito bem se deveria lhe dar.

– Por quê?

– Não sei o que você vai achar.

Ela ergueu uma das sobrancelhas.

– Agora fiquei curiosa.

– Mesmo assim, ainda estou hesitante.

– O que preciso fazer?

– Poderia perguntar uma coisa primeiro? Sobre sua história? Não tem relação com Bryce. Mas você omitiu algo.

– O que omiti?

– Você acabou segurando o bebê?

Maggie não respondeu de imediato. Em vez disso, se lembrou daqueles minutos frenéticos após o parto – o alívio e a exaustão que sentiu de repente, o som do choro do bebê, médicos e enfermeiras circulando em torno deles, todo mundo sabendo exatamente o que fazer. Imagens turvas, nada mais.

– Não – respondeu ela, enfim. – O médico perguntou se eu queria, mas eu não podia. Tinha medo de segurá-lo e nunca mais conseguir largá-lo.

– Você sabia que daria seu ursinho?

– Não sei bem – respondeu ela, tentando e fracassando na recriação de seu raciocínio. – Na ocasião, pareceu um impulso, mas eu me pergunto se eu não sabia o tempo todo que faria aquilo.

– Os pais concordaram com isso?

– Não sei. Lembro-me de ter assinado os documentos e de me despedir de tia Linda e de Gwen. E de repente estar sozinha no quarto com minha mãe. Tudo fica muito turvo depois disso. – Embora fosse verdade, falar sobre o bebê deflagrou um pensamento que ela manteve guardado durante os anos e que voltou com toda força. – Você me perguntou o que eu queria ganhar de Natal – prosseguiu ela finalmente. – Acho que gostaria de saber se valeu a pena. E se tomei a decisão correta.

– Refere-se ao bebê?

Ela assentiu.

– Entregar um bebê pra adoção é assustador, mesmo se é a melhor coisa a se fazer. Você não sabe o que vai acontecer. Você se pergunta se os pais deram uma boa educação para a criança, se ela foi feliz. E pensa também em coisas pequenas, como as comidas preferidas, os hobbies, se herdaram características físicas ou temperamento. Há mil perguntas e, por mais que se tente suprimi-las, elas às vezes ainda vêm à tona. Quando se vê uma criança segurando a mão de um dos pais, por exemplo, ou quando se olha uma família comendo na mesa ao lado. Tudo que pude fazer foi ter esperança e fazer conjeturas.

– Tentou alguma vez encontrar as respostas?

– Não. Há alguns anos, brinquei com a ideia de botar meu nome num daqueles registros de adoção, mas então descobri o melanoma e questionei se alguma coisa boa poderia vir disso, dado meu prognóstico. Com toda sinceridade, o câncer praticamente assumiu o controle da minha vida. Embora fosse gratificante saber como tudo se desenrolou. E se ele quisesse me encontrar, aí com toda certeza eu teria desejado conhecê-lo.

– Ele?

– Tive um menino, acredite ou não – disse ela com uma risada. – Surpresa! A técnica do ultrassom estava enganada.

– Isso sem falar nos instintos maternos... você estava tão convencida. – Ele deslizou o embrulho sobre a mesa, na direção dela. – Por que você não vai em frente e abre? Acho que talvez você precise disso mais do que eu.

Intrigada, Maggie fitou Mark com curiosidade antes de finalmente tocar no laço. Ele se desfez num único puxão e o papel frouxo saiu com a mesma facilidade. Era uma caixa de sapatos, e quando ela enfim tirou a tampa, tudo o que conseguiu fazer foi olhar fixamente. A respiração ficou travada na garganta à medida que o tempo desacelerava, transformando o ar à sua volta.

A pelagem cor de café estava embaraçada e embolotada. Uma segunda costura tipo Frankenstein havia sido adicionada a uma das pernas, mas a costura original ainda estava ali, assim como o botão costurado para servir de olho. Sob a luz fraca, era quase impossível distinguir seu nome escrito em hidrocor, mas ela reconheceu o rabisco infantil e, de repente, uma onda de lembranças a inundou, das noites passadas na infância, de apertar com força na sua cama em Ocracoke, de se agarrar enquanto gemia no trabalho de parto, a caminho do hospital.

Era a ursinha Maggie – não era uma réplica nem uma substituta –, e quando a tirou da caixa com delicadeza, ela sentiu o perfume familiar, um perfume estranhamente inalterado pela passagem do tempo. Ela não conseguia acreditar... a ursinha Maggie não poderia estar ali. Não era possível...

Ergueu os olhos para ver Mark, o rosto paralisado pelo choque. Mil perguntas diferentes invadiram sua mente e, lentamente, começaram a ser respondidas enquanto ela absorvia todo o significado do presente recebido. Mark completara 23 anos naquele ano, o que significava que havia nascido em 1996... O convento de tia Linda ficara em algum lugar no Meio-Oeste, onde Mark tinha sido criado... Ele parecera estranhamente familiar... E agora ela segurava o ursinho de pelúcia que tinha dado a seu bebê no hospital...

Não podia ser.

No entanto, era verdade, e quando Mark começou a sorrir, ela sentiu que abria um sorriso trêmulo em resposta. Ele estendeu a mão sobre a mesa, tomando seus dedos, com uma expressão carinhosa.

– Feliz Natal, mãe.

Mark

Ocracoke
Início de março de 2020

Na balsa para Ocracoke, tentei imaginar o medo que Maggie sentiu na primeira vez que chegou à ilha, tanto tempo atrás. Mesmo para mim, havia uma sensação de trepidação, uma sensação de estar sendo levado para o desconhecido. Maggie descrevera a viagem de Morehead City até Cedar Island, de onde saía a balsa, mas a descrição não capturava a sensação de distanciamento ao passar por uma ou outra fazenda solitária, ou por uma motocasa isolada. Nem a paisagem se parecia em nada com a de Indiana. Embora houvesse névoa, o mundo era verde e exuberante, punhados de ervas pendendo de galhos retorcidos, açoitados pelos incessantes ventos costeiros. Estava frio, o céu matinal esbranquiçado no horizonte e as águas cinzentas do estreito Pamlico pareciam dificultar a passagem de qualquer barco que tentasse fazer a travessia. Mesmo com Abigail ao meu lado, era fácil entender por que Maggie havia usado a palavra *ilhada*. Enquanto eu via o vilarejo de Ocracoke crescer no horizonte, ele parecia uma miragem que poderia evaporar. Antes de minha viagem para cá, eu li que o furacão Dorian havia devastado o local em setembro e provocado uma enchente catastrófica. Quando vi as fotos nos jornais, fiquei pensando quanto tempo seria preciso para reconstruir ou fazer reparos. Claro que me lembrei de Maggie e da tempestade que ela atravessara, já que nos últimos tempos ela andava no meu pensamento.

No meu oitavo aniversário, meus pais me contaram que eu era adotado. Explicaram que Deus tinha encontrado um jeito de nos transformar em uma família e que eles queriam que eu soubesse que me amavam tanto que seus corações às vezes pareciam a ponto de explodir. Eu já tinha idade para compreender o que a adoção significava, mas era jovem demais para fazer perguntas e pedir detalhes. Nem me importava de verdade. Eles eram meus pais e eu era o filho deles. Ao contrário de algumas crianças, eu não tinha muita curiosidade em relação a meus pais biológicos. A não ser por algumas raras ocasiões, eu mal lembrava que havia sido adotado.

Aos 14 anos, porém, sofri um acidente. Estava brincando com um amigo num celeiro – minha família tinha uma fazenda – e me cortei numa foice que eu não devia nem ter tocado. Por acaso, cortei uma artéria e perdi bastante sangue. Quando cheguei ao hospital, estava quase sem cor. Recebi uma transfusão. Meu tipo sanguíneo, como descobri, era AB negativo e nenhum dos meus pais tinha o mesmo tipo. A boa notícia é que saí do hospital na manhã seguinte e retomei a vida normal pouco tempo depois. Mas, pela primeira vez, comecei a pensar nos meus pais biológicos. Como meu tipo sanguíneo não era tão comum, eu me perguntava se o da minha mãe e do meu pai também seriam raros. Ficava imaginando se havia outras questões genéticas sobre as quais eu deveria ter conhecimento.

Mais quatro anos se passaram antes que eu tocasse no assunto da adoção com meus pais. Tinha medo de ferir seus sentimentos, mas, olhando em retrospecto, percebi que vinham esperando a conversa desde que haviam me contado tudo naquele aniversário, tanto tempo atrás. Explicaram-me que a adoção tinha sido fechada, que provavelmente seria necessário entrar com recursos judiciais para abrir os arquivos e que não era certo que eu teria sucesso se seguisse esse caminho. Por exemplo, talvez eu pudesse receber informações de saúde importantes, mas nada além disso, a menos que a mãe biológica estivesse disposta a permitir que os registros fossem abertos. Alguns estados têm um cartório apenas para isso – aqueles que foram adotados e aqueles que entregaram um filho para adoção podem entrar num acordo para abrir os registros –, mas não encontrei evidências de tal opção na Carolina do Norte nem sabia se minha mãe havia procurado um desses. Presumi que me encontrava num beco sem saída, mas meus pais foram capazes de fornecer informações suficientes para me ajudar com a busca.

Tinham recebido várias informações da agência: a moça era católica e a família não aceitava o aborto. Era saudável e tinha o acompanhamento de um médico. Havia continuado seus estudos à distância e tinha dezesseis anos na ocasião do parto. Sabiam também que era de Seattle. Como nasci em Morehead City, a adoção tinha sido mais complexa do que eu imaginara. Para me adotar, meus pais precisaram se mudar para a Carolina do Norte nos meses que antecederam meu nascimento para estabelecer residência no estado. Saber disso não foi importante para descobrir a identidade de Maggie, mas deixou ainda mais claro o fato de meus pais estarem desesperados para ter um filho e até que ponto estavam dispostos – como Maggie – a se sacrificar para me dar um lar maravilhoso.

Eles não deviam ter descoberto o nome de Maggie, mas isso aconteceu em parte por acaso e em parte por artes de Maggie. No hospital, era preciso atravessar a maternidade para chegar ao berçário, e a noite tinha sido tranquila. Quando meus pais chegaram, só dois quartos da maternidade estavam ocupados, e um deles recebia uma família negra com mais quatro filhos. O outro, porém, levava o nome de *M. Dawes* numa plaquinha perto da porta. No berçário, eles também receberam um ursinho de pelúcia com o nome *Maggie* rabiscado debaixo da pata e, no mesmo instante, concluíram que era o nome da mãe. Não era algo que meus pais se esqueceriam, embora alegassem que nunca haviam voltado a falar no assunto, até finalmente terem aquela conversa comigo.

Meu primeiro pensamento foi provavelmente o mesmo que todo mundo da minha idade teria. Google. Digitei *Maggie Dawes* e *Seattle* e logo apareceu a biografia de uma fotógrafa famosa. Claro que eu não podia ter certeza de que ela era minha mãe e vasculhei o resto da sua página da internet, sem sorte. Não havia referências à Carolina do Norte nem informações sobre casamentos ou filhos, e eu estava certo de que ela agora morava em Nova York. Na foto, parecia jovem demais para ser minha mãe, mas eu não fazia ideia de quando o retrato tinha sido tirado. Desde que ela não tivesse se casado – e passado a usar o nome do marido –, eu não podia eliminar a possibilidade de ser ela.

Havia links na página que conduziam a seus canais no YouTube e acabei assistindo a uma série de vídeos dela, hábito que mantive mesmo depois que entrei para a faculdade. Embora a maior parte da informação técnica fosse incompreensível para mim, havia algo de cativante em Maggie. Acabei descobrindo outra pista. Nos fundos do seu estúdio no apartamento, estava pendurada a foto de um farol. Em um de seus vídeos ela chegou a fazer uma referência àquela imagem, destacando que aquela era a foto que a tinha inspirado a se interessar pela profissão na adolescência. Congelei a imagem e tirei uma foto. Depois, fiz uma busca por imagens de faróis da Carolina do Norte. Levei menos de um minuto para descobrir que aquele que estava na parede de Maggie se localizava em Ocracoke. O hospital mais próximo, como descobri, ficava em Morehead City.

Embora meu coração tenha quase saído pela boca, eu sabia que ainda não era o suficiente para ficar absolutamente seguro. Foi só há três anos e meio, quando Maggie postou que estava com câncer, que fiquei convencido. Naquele vídeo, ela destacou que estava com 36 anos, o que queria dizer que tinha 16 em 1996.

O nome e a idade batiam. Ela era de Seattle e tinha passado pela Carolina do Norte na adolescência, e Ocracoke parecia se encaixar bem. Quando olhei com mais atenção, cheguei a notar uma semelhança entre nós, embora eu admita que talvez isso fosse fruto da minha imaginação.

A questão era a seguinte: embora eu achasse que queria conhecê-la, não sabia se ela tinha o mesmo desejo. Não sabia bem o que fazer e orei pedindo orientação. Comecei também a acompanhar seus vídeos de forma obsessiva – todos eles –, especialmente aqueles relativos à doença. Estranhamente, quando falava sobre o câncer diante da câmera, ela irradiava uma espécie de carisma incomum. Era sincera, corajosa e amedrontada, otimista e engraçada, e como muita gente, eu me sentia compelido a continuar a assisti-la. E quanto mais eu via, mais convencido ficava de querer conhecê-la. De uma forma significativa, parecia que ela havia se tornado uma espécie de amiga. Com base em seus vídeos e na minha pesquisa, eu também sabia que a remissão era improvável, o que queria dizer que havia pouco tempo.

A essa altura, eu tinha concluído a graduação e começara a trabalhar na igreja do meu pai. Também tomara a decisão de continuar os estudos, o que significava me candidatar ao mestrado e fazer a prova de admissão. Fiquei feliz de ser aceito em três instituições incríveis, mas por causa de Abigail, a opção óbvia era a Universidade de Chicago. Minha intenção era me matricular em setembro de 2019, como ela, mas uma visita a meus pais mudou meus planos. Enquanto estava por lá, eles pediram que guardasse algumas caixas no sótão. Depois de levá-las para lá, encontrei outra caixa. Estava com a etiqueta QUARTO DO MARK. Curioso, levantei a tampa. Lá dentro, encontrei alguns troféus e uma luva de beisebol, pastas cheias de trabalhos escolares, luvas de hóquei e numerosas lembranças que minha mãe não teve coragem de jogar fora. Dentro daquela caixa, junto com aqueles itens, encontrava-se a ursinha Maggie, o bichinho de pelúcia que eu usava para dormir até os nove ou dez anos.

Ver o urso e o nome de Maggie me fez perceber mais uma vez que estava na hora de tomar uma decisão sobre o que eu queria mesmo fazer.

Obviamente, eu poderia não fazer nada. Outra opção era surpreendê-la em Nova York com a informação, talvez almoçar juntos e depois voltar para Indiana. Imagino que seria o que a maioria das pessoas teria feito, mas me pareceu injusto com ela, considerando tudo o que ela já estava passando, pois eu não tinha ideia se ela queria encontrar com o filho que havia entregado para adoção tanto tempo atrás. Aos poucos, comecei a considerar uma terceira opção: talvez eu pudesse viajar para Nova York para conhecê-la sem contar a ela quem eu era.

No final, depois de muita oração, escolhi a terceira opção. Visitei a galeria pela primeira vez no início de fevereiro, acompanhando um grupo de visitantes de outro estado. Maggie não estava lá, e Luanne – que tentava distinguir compradores e turistas – mal reparou em mim. Quando passei na galeria de novo, no dia seguinte, havia ainda mais gente. Luanne parecia estressada e mal dava conta. Maggie estava ausente mais uma vez e comecei a compreender que, além de ter uma chance de conhecê-la, talvez eu tivesse condições de ajudá-la na galeria. Quanto mais pensava nisso, mais a ideia se consolidava. Prometi a mim mesmo que se eu acabasse sentindo que ela queria saber quem eu era, então eu revelaria a verdade.

Mas era uma questão complicada. Se recebesse uma proposta de trabalho – e nem sabia se havia uma vaga disponível naquela época –, eu teria de adiar a pós-graduação por um ano. Embora eu presumisse que Abigail aceitaria minha decisão, ela provavelmente não ficaria feliz. Mais importante: eu precisava que meus pais compreendessem. Não queria que eles pensassem que eu estava tentando substituí-los ou que não era grato por tudo o que haviam feito por mim. Precisava que soubessem que eu sempre os consideraria meus pais. Quando voltei para casa, contei a eles o que eu vinha considerando. Mostrei também uma série de vídeos de Maggie sobre sua batalha contra o câncer e, no fim das contas, acho que foi isso que pesou. Como eu, eles perceberam que o tempo estava acabando. Quanto a

Abigail, ela foi mais compreensiva do que eu esperava, apesar do atraso que isso provocaria em nossos planos. Fiz as malas e cheguei a Nova York sem saber quanto tempo ficaria e se daria certo. Aprendi tudo o que podia sobre a obra de Trinity e de Maggie e acabei levando meu currículo para a galeria.

Sentar diante de Maggie durante a entrevista foi o momento mais surreal da minha vida.

Assim que fui contratado, encontrei um lugar para morar e adiei o início da pós-graduação, mas vou admitir que houve ocasiões em que me questionei se não teria cometido um erro. Nos primeiros meses, mal vi Maggie, e quando nos encontrávamos, a interação era limitada. No outono, começamos a passar mais tempo juntos, mas Luanne costumava estar conosco. Estranhamente, embora eu quisesse o emprego na galeria por motivos pessoais, descobri que tinha uma aptidão para o trabalho e acabei gostando. Meu pai escolheu se referir a meu trabalho como "um serviço nobre". Minha mãe dizia simplesmente que estava orgulhosa. Acho que souberam de antemão que eu não passaria o Natal em casa, e foi por isso que meu pai organizou a viagem à Terra Santa com membros da igreja. Embora fosse um sonho antigo, acho que não queriam estar em casa durante o fim de ano sem o filho único por perto. Tentei lembrá-los com frequência do meu amor por eles, e de quanto eu sempre os estimaria como os pais que eu conhecia ou desejava.

Depois que Maggie abriu o presente, ela me fez inúmeras perguntas – como eu a encontrara, detalhes da minha vida e de meus pais. Ela também me perguntou se eu queria conhecer meu pai biológico. Talvez pudesse me oferecer informações suficientes para me ajudar a dar início à busca, se fosse a minha vontade. Embora minha curiosidade tivesse sido despertada originalmente pelo meu tipo sanguíneo um tanto incomum, percebi que não tinha o menor interesse por J. Encontrar e conhecer Maggie havia sido mais do que suficiente, mas de qualquer maneira fiquei emocionado com sua oferta.

Depois de um tempo, Maggie ficou tão exausta que eu a acompanhei na viagem de táxi até sua casa. Depois de ajudá-la entrar, não voltei a ter notícias até o meio da tarde. Passamos o restante do dia de Natal juntos, em seu apartamento, e enfim tive oportunidade de ver de perto a foto do farol.

– Essa foto mudou a vida de nós dois – pensou ela em voz alta.

Eu só pude concordar.

Mas nos dias e nas semanas após o Natal, percebi que Maggie não sabia como ser minha mãe e eu não sabia como ser seu filho, e, assim, pela maior parte do tempo simplesmente nos tornamos amigos mais chegados. Embora eu a tenha chamado de mãe ao entregar o ursinho de pelúcia, voltei a me dirigir a ela como Maggie depois disso, o que pareceu mais confortável para nós dois. De qualquer forma, ela ficou empolgadíssima em conhecer Abigail, e nós três jantamos juntos duas vezes quando ela veio me visitar. As duas se deram bem, mas quando Abigail deu um abraço de despedida em Maggie, reparei que Maggie se tornava menor a cada dia, o câncer roubando suas forças.

Pouco antes do Ano-Novo, Maggie postou o vídeo que atualizava seu prognóstico e depois entrou em contato com a família. Como antecipara, a mãe implorara que ela voltasse a Seattle, mas Maggie não tinha dúvidas do que queria.

Assim que Luanne retornou de Maui, Maggie contou a ela sobre seu prognóstico e sobre a minha identidade. Luanne, que insistia que soubera o tempo todo que havia alguma coisa no ar, informou a Maggie que nós dois precisávamos ficar juntos o maior tempo possível, e logo marcou minhas férias. Como nova gerente – tanto Maggie quanto Trinity concordaram que ela era a escolha óbvia –, a decisão cabia a ela, e isso permitiu que Maggie e eu tivéssemos o tempo necessário para preencher as lacunas que ainda existiam sobre nossas vidas.

Meus pais vieram para Nova York na terceira semana de janeiro. Maggie ainda não estava de cama e pediu para falar com os dois em particular, sentada no sofá da sua sala de estar. Depois, perguntei a eles qual tinha sido o tema da conversa.

– Ela queria nos agradecer pela sua adoção – revelou minha mãe, mal conseguindo conter a emoção. – Disse que se sentia abençoada. – Calejada pelas confissões associadas à sua profissão, minha mãe raramente chorava, mas naquele instante não resistiu, os olhos cheios de lágrimas. – Ela queria nos dizer que éramos pais maravilhosos e que ela achava que nosso filho era extraordinário.

Quando mamãe se inclinou para me abraçar, eu soube que o que mais a tocara foi o fato de Maggie ter se referido a mim como *filho deles*. Para meus pais, minha decisão de ir para Nova York fora mais difícil do que eu percebera, e eu fiquei imaginando quanto sofrimento eu causara a eles, mesmo que tivessem se mantido em silêncio.

– Fico feliz por você ter tido a oportunidade de conhecê-la – murmurou minha mãe, ainda me abraçando com força.

– Eu também, mãe.

Depois da visita de meus pais, Maggie nunca mais voltou à galeria nem conseguiu deixar o apartamento. A dose de analgésico tinha sido aumentada, ministrada por uma enfermeira que ia até lá três vezes por dia. Às vezes ela dormia até vinte horas seguidas. Sentei-me à sua cabeceira durante muitas dessas horas, segurando sua mão. Ela perdeu ainda mais peso e sua respiração ficou difícil, um chiado doloroso de ouvir. Na primeira semana de fevereiro, não tinha mais condições de sair da cama, mas nos momentos em que estava desperta ainda encontrava um jeito de sorrir. Em geral, eu cuidava da maior parte da conversa – para ela, era um esforço grande demais –, mas de vez em quando ainda me contava algo que eu não sabia sobre ela.

– Você lembra quando eu disse que queria um final diferente pra minha história com Bryce?

– Claro – respondi.

Ela me fitou, com a sombra de um sorriso despontando em seus lábios.

– Com você, consegui o final que eu queria.

Os pais de Maggie vieram em fevereiro e se hospedaram num hotel butique não muito distante do apartamento. Como eu, a mãe e o pai queriam apenas ficar por perto. O pai permanecia em silêncio, submetendo-se à esposa; na maior parte do tempo, ele ficava sentado assistindo à ESPN na TV. A mãe de Maggie ocupou a cadeira perto da cama e torcia as mãos compulsivamente; sempre que a enfermeira chegava, ela exigia explicações para cada ajuste no medicamento para a dor, bem como sobre outros aspectos do tratamento. Quando Maggie estava acordada, a mãe não parava de repetir que não era justo o que estava acontecendo e repetidamente lembrava Maggie de orar. Ela insistia que os oncologistas em Seattle poderiam ter sido capazes de fazer mais e que Maggie deveria tê-la ouvido. Conhecia alguém que conhecia outra pessoa que também tinha melanoma em estágio IV, mas ainda estava em remissão depois de seis anos. Às vezes lamentava por Maggie estar sozinha e nunca ter se casado. Por sua vez, Maggie suportava com paciência as conversas ansiosas da mãe. Não era nada que ela não tivesse ouvido durante toda a vida. Quando também agradeceu a seus pais e disse que os amava, sua mãe pareceu confusa por ela sentir necessidade de dizer tais palavras. *Claro que você me ama!* Eu podia imaginar seus pensamentos. *Veja tudo o que fiz por você apesar das suas escolhas na vida!* Era fácil compreender por que Maggie achava que os pais eram exaustivos.

O relacionamento deles comigo era mais complicado. Por quase um quarto de século, eles tinham conseguido fingir que Maggie nunca havia engravidado. Trataram-me com cautela, como se eu fosse um cão que poderia mordê-los, e mantiveram uma distância física e emocional. Fizeram poucas perguntas sobre a minha vida, mas acabaram escutando bastante coisa quando eu e Maggie conversávamos, pois a mãe dela tendia a ficar por perto sempre que Maggie estava acordada. Quando ela pedia para falar comigo a sós, a Sra. Dawes sempre deixava o quarto bufando, o que fazia com que Maggie apenas revirasse os olhos.

Com filhas pequenas, para Morgan era mais difícil fazer visitas, mas ela chegou a passar para ver a irmã dois fins de semana. Na segunda visita, em fevereiro, Maggie e Morgan conversaram durante vinte minutos. Depois que ela saiu, Maggie me contou a conversa, abrindo um sorriso irônico apesar das dores constantes que tinha passado a sentir.

– Ela disse que sempre invejou a liberdade e a empolgação da minha vida. – Maggie soltou uma gargalhada fraca. – Dá pra acreditar?

– Claro que sim.

– Chegou a afirmar que costumava desejar trocar de lugar comigo.

– Fico feliz por vocês duas terem conseguido se acertar – falei, apertando sua mão frágil como a asa de um pássaro.

– Sabe o que é mais maluco?

Ergui uma das sobrancelhas.

– Ela disse que a vida dela foi muito difícil, quando estávamos crescendo, porque meus pais sempre me preferiram!

Tive de rir.

– Ela não acredita mesmo nisso, não é?

– Acho que acredita.

– Como pode?

– Porque ela é mais parecida com minha mãe do que percebe – respondeu Maggie.

Outros amigos e conhecidos visitaram Maggie em suas últimas semanas de vida. Luanne e Trinity vinham com frequência e ela deu aos dois o mesmo presente que eu havia recebido. Quatro editores de fotografia diferentes também apareceram, junto com a pessoa que fazia a impressão de suas fotos e alguém do laboratório, e durante essas visitas eu ouvi mais histórias sobre suas aventuras. Seu primeiro chefe em Nova York e dois ex-assistentes fizeram aparições, junto com o contador de Maggie e até mesmo seu senhorio. Para mim, no entanto, todas essas visitas foram dolorosas de assistir. Eu percebia a tristeza de seus amigos ao entrarem no quarto, sentia o medo que tinham de dizer a coisa errada ao se aproximarem da cama. Maggie tinha um jeito de fazer com que todos se sentissem bem-vindos e se esforçava para dizer a eles quanto significavam para ela. A cada um deles, ela me apresentou como filho.

De alguma forma, nos poucos períodos em que não estive perto de seu apartamento, ela tomou providências para comprar um presente para Abigail e para mim. Abigail voltou em meados de fevereiro e, quando nos sentamos na cama, Maggie nos presenteou com um safári para Botsuana, Zimbábue e Quênia, uma viagem que duraria mais de três semanas. Nós dois insistimos que era demais, mas ela não ligou para nossas preocupações.

– É o mínimo que posso fazer.

Nós dois nos abraçamos, nos beijamos e agradecemos, e ela apertou a mão de Abigail. Quando perguntamos a ela o que poderíamos ver, ela nos presenteou com histórias de animais exóticos e de acampamentos na selva, e ao falar, houve momentos em que parecia exatamente como era antes.

No entanto, à medida que o mês avançou, a doença dela foi muitas vezes quase insuportável para mim, foram momentos em que precisei sair do apartamento e dar uma volta para esfriar a cabeça. Por mais grato que eu me sentisse por conhecê-la, uma parte de mim estava faminta e queria mais. Eu queria mostrar a ela minha cidadezinha em Indiana. Queria dançar com ela no meu casamento com Abigail. Queria uma foto dela segurando meu filho ou filha, com alegria nos olhos. Eu não a conhecia por tanto tempo, mas de alguma maneira eu sentia como se tivesse tanta intimidade quanto eu tinha com Abigail ou com meus pais. Queria mais tempo com ela, e nos períodos em que ela dormia, às vezes eu não conseguia me segurar e chorava.

Maggie deve ter sentido a minha dor. Quando despertou, abriu um sorriso carinhoso.

– Deve ser difícil pra você – disse ela com esforço.

– É a coisa mais difícil pela qual já passei – admiti. – Não quero perdê-la.

– Lembra o que eu disse para Bryce sobre o assunto? Não querer perder alguém tem a ver com o medo.

Eu sabia que ela tinha razão, mas não estava disposto a mentir.

– Tenho medo.

– Sei disso. – Ela buscou minha mão. A dela estava coberta de hematomas. – Mas nunca esqueça que o amor é sempre mais forte que o medo. O amor me salvou e sei que salvará você também.

Foram suas últimas palavras.

Maggie faleceu mais tarde, naquela mesma noite, perto do fim de fevereiro. Pensando nos pais, ela havia providenciado um serviço religioso numa igreja católica próxima, embora tivesse insistido em ser cremada. Encontrei o padre apenas uma vez antes da cerimônia e, seguindo suas instruções, ele foi breve. Eu fiz um rápido discurso, embora minhas pernas parecessem tão fracas que achei que fosse tropeçar. Como música, ela escolheu "(I've Had) The Time of My Life", do filme *Dirty Dancing*. Os pais não entenderam o motivo, mas eu entendi, e a música foi tocada. Tentei imaginar Bryce e Maggie sentados lado a lado no sofá, numa das últimas noites juntos em Ocracoke.

Eu sabia como Bryce e Maggie eram na adolescência. Antes de morrer, ela tinha me dado as fotos tiradas tanto tempo antes. Vi Bryce segurando um pedaço de madeira, prestes a vedar uma janela. Vi Maggie beijando o focinho de Daisy. Ela quis que ficassem comigo, pois achava que eu, mais do que ninguém, saberia apreciar quanto eram preciosas para ela.

Por mais estranho que parecesse, eram quase igualmente preciosas para mim.

Abigail e eu chegamos a Ocracoke na balsa da manhã e, depois de receber algumas instruções, alugamos um carrinho de golfe e visitamos alguns dos lugares que Maggie descrevera na sua história. Vi o farol e o Cemitério Britânico. Passamos pelos barcos de pesca no cais e pela escola que não era frequentada nem por Maggie nem por Bryce. Depois de fazer algumas perguntas, cheguei a descobrir o local da loja onde Linda e Gwen costumavam preparar pãezinhos. Em seu lugar, encontrava-se uma loja de suvenires. Eu não sabia onde Linda e Bryce haviam morado, mas dirigi por todas as ruas e sei que devo ter passado pelas duas casas pelo menos uma vez.

Abigail e eu almoçamos no Howard's Pub e acabamos nos dirigindo para a praia. Em meus braços, eu segurava uma urna contendo uma parte das cinzas de Maggie. No bolso havia uma carta que ela escrevera para mim. A maior parte de seus restos mortais, em outra urna, encontrava-se com seus pais em Seattle. Antes de morrer, Maggie havia me perguntado se eu estaria disposto a fazer um favor e não havia como recusar.

Abigail e eu caminhamos por toda a extensão da praia. Pensei nas muitas vezes em que Maggie e Bryce estiveram ali, juntos. A descrição tinha sido precisa. Era austera e intocada, uma faixa costeira sem sinais da modernidade. Abigail segurava minha mão e, depois de um tempo, eu a fiz parar. Embora não fosse possível saber a localização com precisão, eu queria escolher um lugar onde o primeiro encontro de Bryce e Maggie poderia ter acontecido, um lugar que parecesse certo para mim.

Entreguei a urna para Abigail e tirei a carta do bolso. Não fazia ideia de quando tinha sido escrita. Tudo o que eu sabia era que se encontrava na mesinha ao lado da cama quando ela morreu. Na parte externa do envelope, ela rabiscara instruções, pedindo que eu a lesse quando estivesse em Ocracoke.

Abri o envelope e tirei a carta. Não era longa, embora a escrita fosse irregular e às vezes difícil de ser decifrada – uma consequência das medicações e da fraqueza. Senti que mais alguma coisa saía do envelope e peguei bem a tempo, outro presente para mim. Respirei fundo e comecei a ler.

Querido Mark,

Em primeiro lugar, quero agradecer por me encontrar, por ter se tornado meu desejo realizado.

Quero que saiba como você é especial para mim, como estou orgulhosa de você e como te amo. Eu já disse todas essas coisas antes, mas você deve saber que me deu um dos presentes mais bonitos que já recebi. Por favor, agradeça a seus pais e a Abigail por mim novamente, por conceder a você o tempo de que precisávamos para nos conhecermos e nos amarmos. Eles, como você, são extraordinários.

Essas cinzas representam o que sobrou do meu coração. Simbolicamente, pelo menos. Por motivos que não preciso explicar a você, quero que sejam espalhadas em Ocracoke. Afinal, meu coração sempre permaneceu lá. E eu passei a acreditar que Ocracoke é um lugar encantado, onde o impossível às vezes se torna real.

Há algo mais que estou ansiosa para lhe contar, embora eu saiba que vai parecer loucura no início. (Talvez eu esteja mesmo louca; o câncer e as drogas devastam meus pensamentos.) No entanto, acredito no que estou prestes a dizer a você, não importa quão alucinado pareça, porque é a única coisa que me parece intuitivamente verdade agora.

Você me lembra Bryce de mais maneiras do que imagina. Por sua natureza e sua gentileza, por sua empatia e seu charme. Você se parece um pouco com ele e – talvez porque ambos fossem atletas – também se move com a mesma graça fluida. Como Bryce, você é muito maduro para sua idade, e à medida que nosso relacionamento se aprofundou, essas semelhanças se tornaram ainda mais evidentes para mim.

É o que escolhi acreditar: de alguma forma, através de mim, Bryce se tornou parte de você. Quando ele me tomou em seus braços, você absorveu um pouco dele. Quando passamos nossos dias mais en-

*cantadores juntos em Ocracoke, você herdou de algum modo suas
características singulares. Assim, você é um filho de nós dois. Sei
que isso é impossível, mas escolhi acreditar que o amor que Bryce
e eu sentíamos um pelo outro teve um papel na origem do rapaz
notável que passei a conhecer e a amar. Na minha mente, não há
outra explicação.*

*Obrigada por ter me encontrado, meu filho. Eu te amo.
Maggie.*

Depois de terminar a carta, guardei-a de volta no envelope e olhei para o
cordão que ela havia anexado. Maggie tinha me mostrado antes, e na parte
de trás do pingente de concha eu reparei nas palavras *Lembrança de Ocracoke*. O pingente parecia estranhamente pesado, como se contivesse todo
o relacionamento de Maggie e Bryce, uma vida de amor condensada em
poucos meses.

Quando me senti pronto, coloquei o cordão e a carta de volta no bolso e
gentilmente peguei a urna de Abigail. A maré estava baixando e entrando
na mesma direção do vento. Pisei na areia úmida, meus pés começaram a
afundar e pensei em Maggie na balsa, em seu primeiro encontro com Bryce.
As ondas eram constantes e rítmicas, e o mar se estendia até o horizonte.
Aquela vastidão parecia incompreensível, mesmo enquanto eu imaginava
pipas com luzes flutuando no céu noturno. Acima de mim, o sol estava
baixo e eu sabia que a escuridão logo chegaria. À distância, um caminhão
solitário estava estacionado na areia. Um pelicano passou dando um rasante
nas ondas. Fechei os olhos e vi Maggie parada no laboratório fotográfico
ao lado de Bryce ou estudando numa mesa de cozinha surrada. Imaginei o
beijo quando tudo pareceu perfeito no mundo de Maggie, pelo menos por
um instante.

Bryce e Maggie tinham partido. Senti uma tristeza avassaladora me atravessar. Girei a tampa, abrindo a urna, e a inclinei, permitindo que as cinzas
se espalhassem na maré vazante. Fiquei parado, relembrando momentos
de *O Quebra-Nozes*, da patinação no gelo e da decoração de uma árvore de
Natal, até derramar, de repente, lágrimas indesejadas. Lembrei a expressão

extasiada de Maggie ao tirar o ursinho de pelúcia de dentro da caixa e soube que eu sempre acreditaria que o amor era mais forte que o medo.

Respirando fundo, eu finalmente dei meia-volta, caminhando devagar em direção a Abigail. Eu a beijei suavemente, segurando sua mão, e nós dois caminhamos em silêncio de volta à praia, juntos.

Agradecimentos

Este ano marca meu vigésimo quinto aniversário como escritor com livros publicados – um marco que com certeza não poderia ter imaginado ao segurar nas mãos pela primeira vez um exemplar de *Diário de uma paixão*. Naquela época, sinceramente não sabia se voltaria a escrever outra boa história, muito menos se teria condições de sustentar a mim e a minha família com o que ganharia como escritor.

O fato de ter sido capaz de fazer o que amo por um quarto de século é um testemunho do grupo genial e leal de apoiadores que aconselham, celebram, importunam, confortam, criam estratégias e me defendem 24 horas por dia, sete dias por semana. Muitos deles estão ao meu lado há décadas. Como Theresa Park, por exemplo: nós nos conhecemos na casa dos vinte anos, trabalhamos loucamente quando tínhamos trinta e quarenta anos, enquanto cuidávamos da família e fazíamos filmes juntos, e estamos tentando viver de maneira sábia e produtiva na casa dos cinquenta. Somos amigos, parceiros e companheiros de viagem na estrada da vida, com um relacionamento que suportou inúmeros altos e baixos em carreiras que nunca, nunca foram enfadonhas.

Eu conheço toda a equipe da Park & Fine há tanto tempo que mal posso imaginar o lançamento de um livro ou de um filme sem eles. É, sem dúvida, o grupo mais experiente, sofisticado e intrépido de representantes do setor – Abigail Koons, Emily Sweet, Alexandra Greene, Andrea Mai, Pete Knapp, Ema Barnes e Fiona Furnari trazem excelência e conhecimento para tudo o que fazem nos projetos de ficção; seus colegas que trabalham com projetos de não ficção são igualmente talentosos. Celeste, fiquei emocionado ao conhecê-la quando você uniu forças com Theresa, e pude perceber imediatamente por que vocês duas se encaixaram perfeitamente!

A Grand Central Publishing continua a ser meu lar depois de tantos anos. E embora os rostos tenham mudado com o passar das décadas, o éthos da decência, da gentileza e da parceria com os autores se mantém constante. Michael Pietsch conduziu a empresa por incontáveis evoluções e desafios com integridade e visão estratégica; o editor Ben Sevier tem sido um gestor maravilhoso e arquiteto de um negócio em evolução, e a editora-chefe Karen Kosztolnyik demonstrou ser uma defensora gentil e encorajadora da minha obra, rigorosa e ainda assim respeitosa com sua caneta editorial. Brian McLendon, seus esforços incansáveis para reinventar a aparência e a mensagem dos meus livros, ano após ano, merecem um prêmio – minha equipe adora seu entusiasmo irrefreável, que, junto com os esforços infatigáveis de Amanda Pritzker, mantém meus livros sempre inovadores e perpetuamente abertos a descobertas. Beth de Guzman, você está entre as poucas pessoas que permanecem na minha editora desde o primeiro livro, e seu trabalho incansável para manter meus títulos do catálogo sempre atraentes é um dos segredos do meu sucesso. Matthew Ballast é o mestre zen da publicidade de autor, de fala mansa e imperturbável, e sua colega Staci Burt é a profissional experiente e receptiva que não teme nem a covid nem imprevisíveis programações de turnês nem autores rabugentos. E ao diretor de arte Albert Tang e ao designer de capas Flag, que me acompanham há tanto tempo: vocês são geniais e conseguem sempre me surpreender com capas marcantes e belas, ano após ano.

Catherine Olim merece uma medalha de bravura por todas as crises que neutralizou e pela divulgação generosa que obteve para minha obra – instrutora e guerreira franca e destemida, ela nunca tem medo de me dar dicas sobre minhas atuações na tela ou de me proteger de críticos injustos. LaQuishe "Q" Wright é a estrela absoluta do mundo da mídia social, com instintos, relacionamentos e conhecimento estratégico sem paralelo nesse mundo mercurial e de rápidas mudanças. Ela adora seu trabalho e sua estrelada lista de clientes se beneficia dessa paixão. Mollie Smith: há um designer e especialista em alcance de fãs com uma percepção melhor de design *e* de público? Você é o pacote completo e, junto com Q., sempre conduz meu alcance com hábil segurança.

Meu antigo representante em Hollywood, Howie Sanders do Anonymous Content, é meu sábio conselheiro e amigo profundamente leal há décadas. Aprecio seus conselhos e admiro sua integridade. Depois de tudo o que passamos juntos, minha confiança nele é total. Scott Schwimer é meu defensor e negociador implacável (mas encantador!) há 25 anos, e ele definitivamente viu de tudo – ele me conhece e sabe dos meandros da minha carreira como poucos. É um membro inestimável do meu círculo de conselheiros mais próximos.

Na minha vida pessoal, fui abençoado com amigos e familiares com cujo amor e apoio posso contar todos os dias. Gostaria de agradecer, sem seguir uma ordem específica, a Pat e Bill Mills; ao clã Thoene, que inclui Mike, Parnell, Matt, Christie, Dan, Kira, Amanda e Nick; ao clã Sparks, incluindo Dianne, Chuck, Monte, Gail, Sandy, Todd, Elizabeth, Adam, Nathan e Josh; e finalmente a Bob, Debbie & Cody e Cole Lewis. Também gostaria de agradecer aos seguintes amigos, que significam tanto para mim: Victoria Vodar; Jonathan e Stephanie Arnold; Todd e Gretchen Lanman; Kim e Eric Belcher; Lee, Sandy e Max Minshull; Adriana Lima; David e Morgan Shara; David Geffen; Jeannie e Pat Armentrout; Tia e Brandon Shaver; Christie Bonacci; Drew e Brittany Brees; Buddy e Wendy Stallings; John e Stephanie Zannis; Jeanine Kaspar; Joy Lenz; Dwight Carlbom; David Wang; Missy Blackerby; Ken Gray; John Hawkins e Michael Smith; a família Van Wie (Jeff, Torri, Ana, Audrey e Ava); Jim Tyler; Chris Matteo; Rick Muench; Paul du Vair; Bob Jacob; Eric Collins, e por último, mas não menos importante, aos meus filhos maravilhosos, que significam tudo para mim. Miles, Ryan, Landon, Lexie e Savannah – amo todos vocês.

CONHEÇA OS LIVROS DE NICHOLAS SPARKS

O melhor de mim

O casamento

À primeira vista

Uma curva na estrada

O guardião

Uma longa jornada

Uma carta de amor

O resgate

O milagre

Noites de tormenta

A escolha

No seu olhar

Um porto seguro

Diário de uma paixão

Dois a dois

Querido John

Um homem de sorte

Almas gêmeas

Um amor para recordar

A última música

O retorno

O desejo

Primavera dos sonhos

Contando milagres

Para saber mais sobre os títulos e autores da Editora Arqueiro,
visite o nosso site e siga as nossas redes sociais.
Além de informações sobre os próximos lançamentos,
você terá acesso a conteúdos exclusivos
e poderá participar de promoções e sorteios.

editoraarqueiro.com.br